Raftul Denisei

Colecție coordonată de
DENISA COMĂNESCU

Osamu Dazai

DECĂDERE UMANĂ

Traducere din japoneză, note și postfață de
GEORGE T. ȘIPOȘ

HUMANITAS
fiction

Redactor: Raluca Popescu
Coperta: Angela Rotaru
Tehnoredactor: Manuela Măxineanu
Corector: Marilena Brînzan
DTP: Iuliana Constantinescu, Veronica Dinu

Tipărit la Bookart Printing

OSAMU DAZAI
NINGEN SHIKKAKU, 1948
OMOIDE, 1933
JOSEITO, 1939
FUGAKU HYAKKEI, 1939
TŌKYŌ HAKKEI, 1941

Descrierea CIP a Bibliotecii Naționale a României
DAZAI, OSAMU
Decădere umană / Osamu Dazai;
trad. din japoneză, postf. și note de George T. Șipoș. –
București: Humanitas Fiction, 2024
ISBN 978-606-097-380-5
I. Șipoș, George (trad.; postf.; note)
821.521

EDITURA HUMANITAS FICTION
Piața Presei Libere 1, 013701 București, România
tel. 021/408 83 50, fax 021/408 83 51
www.humanitas.ro

Comenzi online: www.libhumanitas.ro
Comenzi prin e-mail: vanzari@libhumanitas.ro
Comenzi telefonice: 0723 684 194

DECĂDERE UMANĂ

Prolog

Am văzut trei fotografii ale acelui om.

În prima, din copilărie, e un băietan de vreo zece ani îmbrăcat într-o *hakama* cu dungi grosolane, în picioare pe marginea unui iaz dintr-o grădină, cu capul înclinat cam la treizeci de grade la stânga și cu un rânjet urât întipărit pe față, înconjurat de o mulțime de femei pe care ți le imaginezi a-i fi surori mai mari sau mai mici, sau poate verișoare. Urât? Hmmm... adevărul e că, din punctul de vedere al celor pentru care frumusețea sau urâțenia sunt irelevante, singurul comentariu, lipsit desigur de orice semnificație, pe care l-ar putea face cineva la vederea acelui băiat ar fi: „Vai, ce băiețel simpatic!" Și nu ar greși deloc numindu-l „simpatic", având în vedere că fețișoara din poză are îndeajuns de multe calități care să merite acel compliment. Pe de altă parte, sunt convins că oricine altcineva cu o cât de vagă idee despre conceptul de frumos nu ar putea decât să arunce fotografia cât colo, cu gestul dezgustat cu care te descotorosești de-o gânganie scârboasă, și să mormăie cuprins de repulsie: „Vai, ce plod nesuferit, ferească Dumnezeu!"

Și pe bună dreptate. Cu cât te uiți mai atent la figura rânjindă, cu atât mai mult te simți cuprins de-un dezgust imposibil de descris în cuvinte și îți dai seama că pe fața copilului nu-i întipărit un zâmbet. Nu e nici măcar umbra unui zâmbet, iar mâinile, încleștate într-un pumn, sunt tocmai dovada acelui zâmbet inexistent. Nu-i posibil ca o ființă umană să zâmbească așa, cu pumnii strânși în felul acela. Din fotografie te privește o maimuță cu dinții rânjiți, iar așa-numitul zâmbet nu-i nimic altceva decât o-ncrengătură de riduri grotești. Poza surprindea o expresie facială pe de o parte stranie, pe de alta atât de necurată, grețoasă chiar, de te făcea imediat să reacționezi cu silă și să exclami: „Doamne, ce copil hidos!“ Eu unul n-am mai văzut în viața mea o figură atât de greu de surprins în cuvinte.

Diferența dintre prima și cea de a doua fotografie este ca de la cer la pământ. Figura personajului este neverosimil de diferită față de cea de dinainte. Ne apare aici un tânăr în uniformă, deși nu e tocmai clar dacă e vorba despre o imagine din liceu sau din anii de studenție. Cert este că avem de-a face acum cu un adolescent extrem de chipeș, deși fața tot nu reușește în mod inexplicabil să te convingă că aparține unei ființe umane. Tânărul e îmbrăcat în uniformă, cu o batistă albă ițindu-i-se din buzunarul de la piept. Stă pe-un scaun de paie, picior peste picior, și zâmbește, dar nu cu rânjetul acela de maimuță afișat în copilărie, ci cu un surâs ștrengăresc, care însă nu pare nici el a fi al unei ființe umane. Băiatul e lipsit parcă de, cum să-i spui mai bine?, vivacitate, sau poate vitalitate, și nu îți dă o senzație de finitudine. Pare o coală albă de hârtie, mai ușor decât o pasăre, mai ușor decât o pană, numai un surâs afișat pe față. Pe scurt, fotografia îți creează o senzație de absolută artificialitate, a cărei esență prefăcătoria, falsitatea, fatuitatea nu reușesc să o surprindă cum se cuvine și pe care nu o poți pur și simplu trece cu vederea socotind-o un semn al mondenului. Ba dimpotrivă, cu cât te uiți mai atent, cu atât începi să-ți dai seama că este ceva straniu de neplăcut la acel tânăr chipeș. Eu unul n-am mai văzut vreodată un adolescent a cărui înfățișare plăcută să mă contrarieze atât de mult.

Ultima fotografie este poate cea mai grotescă dintre toate. E de-a dreptul imposibil să ghicești vârsta personajului, cu toate că părul îi pare brăzdat cumva de șuvițe cărunte. A fost făcută în colțul unei camere extrem de murdare și se poate vedea cu ușurință că peretele din spate e crăpat în vreo trei locuri. Bărbatul din imagine își ține mâinile, remarcabil de mici, în față și nu are nici urmă de zâmbet pe chip. De fapt, nu are nici un fel de expresie. Imaginea îți dă senzația că personajul din ea a fost surprins murind cu mâinile deasupra unui reșou și din cauza asta pare rece, prevestitoare de rău. Un alt aspect șocant este, din nou, fața celui din fotografie. Capul este reprezentat mult prea mare și îți dă posibilitatea de a-i examina trăsăturile în detaliu. O frunte obișnuită, cu riduri banale, sprâncene, ochi, nas, gură, bărbie, toate la fel de obișnuite. O figură nu numai lipsită de expresivitate, dar care nu îți face nici o impresie. O față fără individualitate. De-ndată ce-nchid ochii, fața acelui bărbat mi se și șterge din memorie. Îmi amintesc fără probleme peretele, reșoul, dar figura lui este complet estompată și nu-mi pot aminti absolut nimic despre ea. E-o față care nu are nici o șansă de-a deveni vreodată subiectul unui portret sau al unui desen. Iar când deschid ochii, nu simt nici un fel de plăcere revăzând-o, nu mă bucură gândul că mi-o amintesc acum. Ce să mai discutăm? Nici măcar după ce deschid ochii și mă uit din nou la poză nu sunt capabil să mi-o amintesc. Ca să nu mai vorbim de faptul că mă enervează cumplit să mă uit la ea, mă face, de fapt, să vreau să-mi feresc privirea de imaginea din fotografie.

Cred că până și-o mască mortuară ar avea o expresie mai pregnantă și te-ar face să-i păstrezi o amintire mai solidă. Cea din poză însă ar putea foarte bine să fie imaginea unui cap de cal atașat unui trup omenesc. Ceva indescriptibil face pe oricine se uită la ea să se scuture plin de dezgust. Eu unul n-am mai văzut nici o altă față atât de greu de descifrat.

Primul caiet

Am trăit o viață plină de rușine.

Mi-e greu să-mi imaginez cum e să trăiești viața unei persoane obișnuite. M-am născut într-un sat din nord-estul țării și n-am văzut un tren până când mă făcusem deja măricel. Mă tot urcam și coboram pe pasarela de peste linii și nici nu-mi trecea prin cap că era pusă acolo pentru a trece de la o linie la alta, convins fiind că fusese construită pentru a-i da gării culoare și-a face locul mai plăcut, poate ca un fel de loc de joacă, cum sunt cele din străinătate. Am rămas cu această impresie vreme îndelungată și mi se părea că urcatul și coborâtul pe și de pe pasarelă erau o distracție de înalt rafinament. Din punctul meu de vedere, acela era unul dintre serviciile cele mai elegante oferite de căile ferate. De cum am aflat că sofisticatul loc de joacă nu avea, de fapt, decât o funcție pur utilitară, mi-am pierdut complet interesul pentru el.

Tot așa, când am văzut pentru prima dată în copilărie imagini cu metrouri în cărți, nu mi-a trecut deloc prin cap că ar fi putut fi inventate din necesitate și mi-am imaginat că acele trenuri minunate care mergeau pe sub pământ în loc să meargă deasupra lui trebuie să fi fost o nouă și încântătoare metodă de a-ți petrece timpul liber.

De când mă știu am fost un copil bolnăvicios și am zăcut în pat destul de mult. De câte ori nu m-am gândit la lipsa absolută de inspirație de care dădeau dovadă desenele de pe cearșafuri și fețele de pernă! Când însă am înțeles – trebuie să fi avut deja vreo douăzeci de ani – că acele obiecte aveau de fapt un scop practic, m-a cuprins o depresie adâncă, gândindu-mă la cât de terni sunt oamenii.

N-am știut niciodată ce e foamea. Departe de mine gândul de a spune că am crescut într-o familie bogată. Nu vreau decât să indic că nu am avut nici cea mai mică idee despre ce ar fi putut fi senzația de „foame". Poate că sună absurd ce spun, dar nu am avut niciodată conștiința faptului că aveam stomacul gol. În copilărie, când veneam de la școală, atât în timpul școlii primare, cât și-n al celei gimnaziale, cei de-acasă se dădeau de ceasul morții să aibă grijă de mine. Vai, ce foame trebuie să-ți fie! Știm noi cum e, ce foame ți-e când vii acasă de la școală. Ce-ai zice de niște bomboane *amanattō* din fasole dulce? Avem și pandișpan, și pâine, și alte cele, dacă vrei... Iar eu, nevrând să supăr pe nimeni, mormăiam ceva despre cum că mi-ar fi foame, da, și-mi îndesam în gură vreo zece bomboane *amanattō*, fără ca însă să am nici cea mai mică idee dacă aveam de fapt vreo senzație de foame.

Asta nu înseamnă că nu mănânc cu poftă, dar nici nu-mi amintesc să o fi făcut vreodată pentru că mi-ar fi fost foame. Mănânc și mâncăruri exotice. Și mănânc și mâncăruri scumpe. Iar când mă duc în vizită la cineva mă forțez să bag în mine tot ce mi se pune în față, chiar dacă câteodată mi-e chiar greu s-o fac. În copilărie însă cel mai dificil moment al zilei era întotdeauna masa, mai ales la noi acasă.

La noi la țară, toți cei zece membri ai familiei mâncau la aceeași masă, aliniați față în față pe două rânduri, iar eu, fiind mezinul familiei, ședeam, așa cum se cuvine, la capătul cel mai îndepărtat al mesei. Camera în care mâncam era întunecoasă, și imaginea tuturor membrilor familiei mâncându-și prânzul sau cina în completă tăcere îmi dădea fiori pe șira spinării. Nu mai vorbesc de faptul că eram o familie tradiționalistă și bucatele pe care le mâncau erau cam tot timpul aceleași, așa că nici nu se punea problema vreunor mâncăruri neobișnuite sau extravagante. Prin urmare, uram momentul în care trebuia să mă așez la masă și ședeam acolo la capătul mesei în camera aia prost luminată, tremurând din rărunchi de frig, și-mi îndesam în gură câteva îmbucături de mâncare în timp ce mă chinuiau tot felul de gânduri sumbre. „La ce bun să mâncăm trei mese pe zi în fiecare zi și să mai afișăm și fețele astea teribil de solemne, de parc-am participa la cine știe ce ritual? De trei ori pe zi la ore fixe ne adunăm cu toții aici, în camera asta sumbră, unde găsim întotdeauna farfuriile așezate în ordine și, indiferent că ne e foame sau nu, băgăm în noi în tăcere deplină, uitându-ne în jos la farfurii. Sau, poate cine știe, o fi și ăsta vreun tip de rugăciune prin care îmbunăm spiritele care ni s-au aciuat prin casă."

Se spune că trebuie să mănânci ca să nu mori, dar, în ceea ce mă privește, zicala cu pricina mi se părea numai o amenințare nefondată. Pe de altă parte însă, deși nu o credeam decât o superstiție ridicolă, tot nu-mi puteam stăpâni un sentiment de teamă și îndoială. Iar când mai auzeam și comentarii banale de genul „omul muncește din greu ca să aibă ce mânca pentru că, dacă nu mănâncă, moare" nu-mi puteam stăpâni mirarea la tonul grav, amenințător, pe care îl adoptau cei ce le rosteau.

Așadar, s-ar putea spune că nu aveam, și nu am până-n ziua de azi, nici cea mai mică idee ce înseamnă să fii cu adevărat om. Neliniștea pe care mi-o provoca gândul că fericirea mea era completamente diferită de ceea ce îi făcea fericiți pe cei din jur era atât de acută, încât nu puteam dormi nopți la rând, ajungând adesea la limita nebuniei. Sincer să fiu, nu cred că am fost vreodată cu adevărat fericit, cu toate că mi se repetă de când mă știu că sunt norocos nevoie mare. Mie însă mi s-a părut întotdeauna că viața mea-i un fel de infern perpetuu și că toți aceia care cred că eu sunt norocos erau, de fapt, cei cu atât de mult noroc, încât nici nu se puteau compara cu mine.

Nu o dată m-a bătut gândul că mie mi se dăduseră nu una, ci zece poveri pe suflet, poveri atât de mari, încât una singură ar fi fost de-ajuns să transforme pe oricine altcineva într-un criminal violent.

Eu chiar nu pricep în ruptul capului care-ar fi chinurile prin care ar putea trece, de exemplu, persoana de lângă mine. Dacă orișice problemă, orișice nenorocire, poate fi rezolvată fără cine știe ce efort atâta vreme cât e mâncare de-ajuns – și e vorba aici de nenorociri mult mai mari decât chinul îndurat de-o tortură infinită nu în unul, ci în zece iaduri și atât de oribile, încât să fărâme-n bucățele toate cele zece poveri date mie –, atunci cine să mai înțeleagă ceva? Și dacă, în ciuda tuturor acestor cazne, toți cei din preajmă-mi reușesc să-și ducă viața fără să se omoare unii pe alții, fără s-o ia razna, ba mai mult, continuând să-și bată capul cu partidele politice, și fără să se lase doborâți de disperare și luptând cu îndârjire pentru viața lor, atunci cum e posibil ca durerea lor să fie reală? Greșesc oare gândind că acești oameni au devenit, de fapt, atât de egoiști și sunt atât de convinși că viața pe care o duc este una normală, încât n-au nici o umbră de îndoială despre ei înșiși? Numai așa, zic eu, le poate fi atât de ușor să îndure suferințele prin care trec zi de zi, făcându-le astfel să fie, de fapt, parte integrantă din condiția umană și neașteptându-se la nimic altceva. Sincer, nu știu… Îmi imaginez că, dacă dorm bine noaptea, se vor trezi de dimineață plini de voie bună, de chef de viață. Asta nu mă oprește însă să mă-ntreb ce-or fi visat în timpul nopții. Ce gânduri le cutreieră mintea când merg pur și simplu pe stradă? Banii? Mă-ndoiesc. Nu poate să fie atât de simplu. În fond, pare-mi-se c-am auzit eu vorba aia cum că oamenii trăiesc ca să mănânce, dar nu și una care să spună că oamenii trăiesc ca să facă bani. Nicidecum. Deși trebuie să recunoaștem că la unii… Dar nu, de unde pot eu să știu așa ceva? Și, cu cât mă gândesc mai mult, cu atât mai complicat mi se pare totul. Și-atunci mă las copleșit de teama, de teroarea gândului că poate eu sunt cel diferit de toată lumea. Și din cauza asta mi-e și cu neputință să port un dialog normal cu alți oameni. N-am nici cea mai mică idee ce-aș putea să vorbesc cu ei, ce-aș avea eu să le spun, până la urmă.

Așa am ajuns s-o fac pe paiața.

Clovneria avea să fie cea din urmă încercare a mea de-a găsi dragostea semenilor mei. Cu toate că eram torturat de-o teamă de moarte de celelalte ființe umane, îmi era cu neputință să mă retrag complet din societate. M-am forțat așadar să îmi mențin tot timpul pe buze un zâmbet de suprafață, singura modalitate care-mi era la îndemână de-a mă face plăcut celor din jur și pe care o mențineam cu prețul unor eforturi interioare de neimaginat.

În copilărie mi-era imposibil să-mi imaginez prin ce treceau cei din jurul meu sau ce puteau gândi chiar și când era vorba despre membri de familie. Nu-mi erau accesibile emoțional decât propriile mele temeri și rușini, unele de nedescris în cuvinte. Și, până să-și dea seama cineva, mă transformasem într-un clovn perfect, un copil care nu spunea niciodată o vorbă în care să te poți încrede.

Aveam să observ mai târziu că, în fotografiile pe care le făceam împreună cu alți membri ai familiei, toți cei din jurul meu arborau niște figuri serioase, în timp ce eu îmi contorsionam fața într-un zâmbet nefiresc, până la urmă tot un fel de bufonerie copilăroasă și jalnică.

Îmi făcusem un obicei din a nu răspunde vreodată nici unei întrebări ce-mi era adresată de către cei din familie. Cel mai mic indiciu de mustrare mă izbea cu o forță de trăsnet și mă scotea din minți. Zi ceva! mă îndemnam pe mine însumi, dar îmi lipsea complet voința de-a o face. Ba mai mult, eram convins că reproșurile și mustrările lor proveneau fără doar și poate din adevăruri cu origini adânci în trecuturile îndepărtate ale experienței umane. Mă obseda ideea că, nefiind capabil să acționez în conformitate cu acele adevăruri, fusesem deja descalificat de la a trăi printre celelalte ființe umane. Și această credință a mea mă paraliza și mi-era cu neputință să mă apăr sau să mă justific. Ori de câte ori eram criticat, eram sigur că trebuie să fi trăit până în acel moment într-una dintre cele mai teribile confuzii, făcând nenumărate greșeli. Și acceptam atacul lor în tăcere, pentru ca în sinea mea să-mi fie atât de cumplit de frică, încât inima stătea să-mi sară din piept.

Sigur că da, nimănui nu-i place să fie criticat sau să se țipe la el, dar pentru mine figura unei alte ființe umane pline de furie la adresa mea nu era nimic mai mult decât un animal sălbatic arătându-se pe sine în adevărata-i natură, una mai oribilă, mai înfricoșătoare decât a unui leu, sau a unui crocodil sau dragon. Oamenii tind să-și ascundă adevărata natură, dar, atunci când se ivește ocazia (ca, de exemplu, un taur odihnindu-se nemișcat într-o poiană plină de iarbă care plesnește pe neașteptate din coadă, ca să omoare tăunele ce i s-a așezat pe coapsă), mânia care-i cuprinde le scoate la iveală într-o clipită natura umană în toată grozăvia ei. La vederea unei astfel de răbufniri, m-a cuprins dintotdeauna o frică soră cu moartea, care-mi ridica părul în cap și pe trup la gândul că această natură trebuie să fie parte integrantă din ceea ce înseamnă a fi om. Și gândul acela mă umplea de disperare.

De când mă știu am fost cuprins de groază în preajma oamenilor. Cum nu am nici cea mai vagă urmă de încredere în capacitatea mea de a vorbi și de a mă comporta ca o ființă umană, mi-am ținut aceste agonii solitare ferecate adânc în suflet. Tristețea, neliniștea... le-am ținut ascunse cu mare grijă pentru a nu fi expuse și m-am prefăcut a fi un optimist. M-am transformat treptat pe mine însumi pentru a mă potrivi perfect în rolul unui excentric ridicol.

Mi-am spus că, atâta vreme cât reușesc să-i fac să râdă pe cei din jur, indiferent de cum o fac, o să-mi fie bine. „Dacă reușesc, atunci n-o să le pese ființelor umane din jur că viețuiesc în afara existenței lor. Cel mai important lucru e să mă feresc a-i deranja în vreun fel. Trebuie cu tot dinadinsul să fiu nimic. Trebuie să fiu vântul, cerul..." Așa că mă purtam ca o paiață, un rol născut din disperare, chiar și cu servitorii din casă, de care îmi era frică și mai abitir decât de membrii de familie, pentru că îi găseam și mai greu de înțeles.

Într-o vară i-am făcut pe toți să râdă în hohote când am început să mă preumblu prin casă îmbrăcat într-un pulover roșu de lână pe care mi-l îndesasem sub chimonoul de vară *yukata*. S-a râs atunci cu-atâta poftă, că până și fratele meu mai mare, care nu râdea niciodată, mi s-a adresat printre hohote cu o voce plină de afecțiune: „Te cam strânge la subțiori *yukata* aia, frățâne Yōzō!" Adevărul e că sunt rău și de căldură, și de frig, așa că nu se punea problema să mă îmbrac în ditamai puloverul de lână în miez de vară. Îmi trăsesem de fapt peste brațe dresurile groase de iarnă ale surorii mele mai mici și lăsasem numai puțin să se ițească din mâneci, cât să creeze impresia că-mi pusesem pe mine un pulover.

Taică-meu se ducea mai tot timpul la Tōkyō cu treburi și avea și-acolo o casă în zona Sakuragichō din cartierul Ueno pentru astfel de călătorii, unde locuia cam jumătate din timp. Venea de fiecare dată încărcat cu cantități enorme de suveniruri și cadouri nu numai pentru cei din casă, dar și pentru alte rude, de parcă cumpărăturile erau modul lui preferat de a-și petrece timpul liber. O dată, în ajunul unei astfel de călătorii, ne-a adunat pe toți copiii în salon și ne-a întrebat zâmbind ce cadou ne-am dori din Tōkyō, notându-și cu mare atenție toate răspunsurile într-un carnețel. Era lucru rar pentru tata să se comporte cu atâta afecțiune cu noi, copiii.

— Și tu, Yōzō, ce-ai vrea să-ți aduc? m-a întrebat și pe mine când îmi veni rândul, dar eu n-am fost în stare decât să mormăi ceva neinteligibil.

Când eram întrebat ce-mi doream, reacția mea inițială era întotdeauna să spun „nimic“, pentru că singurul lucru care-mi trecea prin minte în acel moment era că, indiferent de ce aș primi, nu ar schimba absolut nimic în viața mea și nimic nu mă va bucura în vreun fel. Pe de altă parte, îmi era fizic imposibil să refuz ceva oferit de o altă persoană, chiar dacă îmi displăcea profund. Când primeam ceva nu eram capabil să spun că nu îmi place, iar când chiar îmi plăcea ce primeam gustam din el cu mare ezitare, aproape pe furiș, de parcă ar fi fost amar. Oricare din cele două opțiuni îmi crea o teamă de moarte și nu aveam nici măcar putere să aleg între cele două reacții pe care le aveam la dispoziție. Aici se regăsea, cred eu, rădăcina uneia dintre trăsăturile care avea să devină mai târziu una dintre cauzele majore ale „vieții mele pline de rușine".

Am tăcut așadar și atunci când m-a întrebat tata. În cele din urmă, părintele își pierdu răbdarea așteptând, ba și chiar și ceva din buna dispoziție.

— O carte, nu-i așa? Sau poate o mască pentru dansul leului de Anul Nou de la gheretele din Asakusa? Se găsesc acum și pentru copii. Nu-i așa c-ai vrea și tu una?

Cuvintele „nu-i așa c-ai vrea" îmi repugnau încă și mai abitir, orice răspuns devenind acum imposibil. Până și-o replică caraghioasă de bufon părea de neimaginat.

— O carte ar fi cel mai potrivit cadou, zic eu, a răspuns în locu-mi fratele, abordând figura lui serioasă.

— Aha! închise tata brusc carnețelul fără să mai scrie nimic, vizibil dezamăgit de răspuns.

Ce eșec teribil! Părintele meu se supărase și mă puteam aștepta acum la o răzbunare cumplită din partea lui. Tremurând în pat toată noaptea, m-am chinuit să mă gândesc cum să repar situația pe care o creasem. M-am strecurat afară dintre pături și m-am dus tiptil în salon direct la sertarul în care eram sigur că tata își pusese carnețelul. L-am scos din sertar și-am dat paginile până am găsit-o pe cea unde își notase cadourile pentru noi. Am umezit apoi cu limba creionul agățat de carnet și, după ce-am scris apăsat „dansul leului" în dreptul meu, m-am întors în pat. Nu-mi doream, de fapt, câtuși de puțin să primesc o mască pentru dansul leului. Aș fi preferat mai degrabă o carte. Tata însă voise să-mi cumpere o mască, iar eu nu voiam nimic altceva decât să îi fac pe plac și să-l ajut să-și recapete buna dispoziție. Asta mă și făcuse să mă duc pe furiș în salon în miez de noapte.

Aventura mea nocturnă a dat însă rezultatele așteptate și l-am auzit din camera copiilor pe tata, proaspăt revenit de la Tōkyō, spunându-i mamei:

— Ei, ce crezi c-am găsit când mi-am deschis carnețelul la magazinul de jucării din Nakamise? Uite, a scris cineva aici „dansul leului", iar ăsta nu-i scrisul meu. N-am știut ce să cred vreme de-o clipă și-apoi îmi dădui seama: trebuie să fi fost una dintre glumele lui Yōzō. Când l-am întrebat ce vrea de la Tōkyō n-a scos nici o vorbă și mi-a stat acolo ca un popândău rânjindu-se la mine. O fi stat el mai apoi și s-o fi gândit și, când și-a dat seama cât de mult își dorea masca aia pentru dans, n-a mai rezistat. Apăi, ce să mai zici? E-un caraghios de copil și ăsta! Se face că n-are nici o idee ce-ar vrea și-apoi se furișează să-mi scrie-n carnețel. Dacă tot voia așa de mult masca aia, nu putea să-mi fi spus de la bun început? M-a bușit un râs de mama focului în mijlocul magazinului, de se uitau toți la mine ca la urs. Ia, zi-i să se prezinte aici pe loc.

Altă dată, i-am adunat pe toți servitorii în camera occidentală și l-am pus pe unul dintre ei să bată aiurea în clapele pianului (deși locuiam la țară, aveam în casă tot felul de instrumente cuvenite unei locuințe moderne). Am purces apoi să dansez un dans indian[1] acompaniat de melodia aceea fără cap și fără coadă, făcându-i pe toți cei prezenți să râdă în hohote, de se tăvăleau pe jos. Frate-meu mi-a făcut și-o poză cu blițul. Când am developat-o, amuzamentul s-a intensificat și mai abitir pentru că în poză mi se zărea și puța prin despicătura creată în timpul țopăielii mele de cele două ștergare din care îmi făcusem acoperământul din jurul mijlocului. Consideram o victorie personală faptul că se râsese atât de mult pe seama acelui dans, mai mult chiar decât mi-aș fi putut imagina.

Aveam abonamente lunare la ceva mai bine de zece reviste pentru copii, pe lângă tot felul de cărți pe care mi le comandam de la Tōkyō pentru a le devora învăluit în tăcere. Așa se făcea că eram extrem de informat despre aventurile Profesorilor Mechara Kuchara[2] și Nanja Monja[3], și știam bine și tot felul de povestioare de groază, istorii de aventuri, cântecele, cimilituri și bancuri,

---

1. Autorul folosește cuvântul *indeyan* sau *indyan* în original pentru a se referi cel mai probabil la mișcările specifice unui dans ritual al triburilor native din America de Nord.

2. Mai degrabă decât un personaj literar sau de benzi desenate *manga*, Profesorul Mechara Kuchara (sau Știe-tot) era pseudonimul folosit de către redactorul-șef al popularei reviste pentru copii *Shōnen kurabu* (*Clubul copiilor*). Rubrica acestuia, „Kokkei daigaku“ („Universitatea Umorului“) răspundea lună de lună cititorilor. Rubrica a debutat în 1920.

3. Greu de identificat în literatura pentru copii din Japonia interbelică (deși este un personaj faimos de *manga* al autorului Chō Shinta în anii ’90 ai secolului trecut), numele acestui personaj s-ar traduce aproximativ prin „Cum se spune“.

material din plin pentru poveștile absurde cu care îmi amuzam publicul format din membrii familiei mele.

Dar cu școala? Cum o duceam cu școala?

Începusem să mă bucur de ceva respect la școală. A fi respectat însă avea un efect negativ asupra mea și mă intimida cumplit. Singurul mod în care îmi puteam imagina un om „respectabil“ era cineva care reușise aproape complet să-i păcălească pe toți cei din jur numai pentru a-și vedea înșelăciunea dezvăluită de o ființă omniscientă și omnipotentă, care îl distrusese și îl făcuse de rușine. Așadar, mă gândeam că, și dacă reușeam să-i păcălesc pe mai toți din jur cu privire la cine eram, unul dintre ei tot avea să afle adevărul despre mine, și mai devreme sau mai târziu toți ceilalți îl vor ști și ei. Și-apoi cine știe cum se vor răzbuna toți aceia care se lăsaseră păcăliți? Gândul la mânia lor mă înspăimânta de moarte.

La școală îmi făcusem renume nu neapărat pentru că proveneam dintr-o familie bogată, ci pentru că, așa cum se spune, „mă ducea mintea“. Eram firav și bolnăvicios și lipseam de la școală mult, câteodată chiar și câte-o lună sau două, ba chiar și aproape un an întreg. Odată revenit însă la școală, încă în convalescență și slăbit așa de tare, încât trebuia să fiu dus cu ricșa, dădeam examenele de final de an și ieșeam tot timpul cu cele mai bune note datorită „minții“ mele. De-nvățat, nu prea învățam nici când mă simțeam bine. În timpul orelor de citire, desenam caricaturi, iar în pauze îi făceam pe copii să se tăvălească de râs cu explicațiile pe care le dădeam desenelor. La orele de compunere nu scriam decât istorioare amuzante și comicării, enervându-l pe profesorul care mă mustra pe față, dar despre care știam că se amuza și el teribil de ce scriam. Într-o bună zi, am predat o temă cu o compunere pe care o scrisesem într-o manieră comică și în care povesteam despre o călătorie cu trenul până la Tōkyō, în timpul căreia urinasem pe holul trenului, într-o scuipătoare. Adevărul e că, făcându-mi-se să mă duc la baie, m-am folosit de inocența-mi copilărească pentru a pretinde că nu știam la ce folosește scuipătoarea și am folosit-o dinadins pe post de pisoar. Eram atât de convins că profesorul îmi va găsi istorioara extrem de amuzantă, încât l-am urmărit când a ieșit din clasă la sfârșitul orei ca să se întoarcă în cancelarie. De-ndată ce-a ieșit din clasă, mi-a scos compunerea din teancul pe care îl căra în mână și a început să citească în timp ce mergea pe holul școlii. N-a trecut decât vreun minut, c-a și început să mustăcească a râde. Iar când a intrat în cancelarie, l-am văzut prin geamul ușii după ce terminase probabil de citit, râzând în hohote, cu fața stacojie. Am stat acolo ascuns până când mi-a pus compunerea la loc în teancul de hârtii, simțindu-mă foarte mulțumit de mine însumi.

Un ștrengar pus pe șotii.

Reușisem așadar să par un măscărici. Reușisem să mă salvez de la aparența de-a fi respectabil. Nu aveam decât note de zece, cu excepția notei la purtare, unde nu treceam vreodată de 5 sau 6, o constantă sursă de amuzament pentru toți cei din familie.

Personalitatea mea însă era diametral opusă celei de ștrengar pus pe șotii. Servitorii noștri mă învățaseră destule lucruri deplorabile și eram deja corupt. Cu mintea mea de acum îmi dau seama că a pune un copil să facă astfel de lucruri este poate cea mai urâtă, mai nemiloasă, mai crudă crimă pe care poate să o comită o ființă umană. Eu însă am suportat-o cu stoicism. Ba mai mult decât atât, cred că mi-a dat acces la înțelegerea încă unui aspect a ceea ce înseamnă să fii om. Zâmbesc cu gândul la propria mea slăbiciune, dându-mi seama că, de aș fi fost învățat să spun întotdeauna negreșit adevărul, aș fi putut probabil să le împărtășesc părinților mei crima care fusese săvârșită împotriva mea. Dar, pe de altă parte, nu aș fi fost niciodată în stare să-mi înțeleg propriii părinți. Iar a căuta ajutorul oricărei alte ființe umane îmi era peste putință, din moment ce nu mă puteam aștepta sub nici o formă la vreun sprijin din partea altcuiva. Și, chiar de m-aș fi plâns tatei sau mamei, sau poate chiar la poliție, la guvern, eram convins că se va găsi până la urmă cineva care să mă reducă la tăcere, cineva pentru care lumea avea mai multă înțelegere și ale cărui acțiuni primeau automat aprobarea tuturor celor din jur. Până la urmă, e clar că suntem înconjurați de favoritism și că nu are nici un sens să mă plâng altcuiva. Așa că m-am abținut de la a spune adevărul, pentru că nu vedeam o altă opțiune pentru mine, indiferent de ce mi se întâmpla, decât să fac pe paiața.

Parcă-i și aud pe unul sau pe altul amuzându-se copios pe seama mea: „Cum să n-ai încredere în oameni? Da' de când te făcuși creștin, dom'ne?" Ca și cum lipsa de încredere în oameni trebuie neapărat să aibă ceva de-a face cu religia! Nu este, în fond și la urma urmei, nimic altceva decât purul adevăr că toți oamenii, chiar și cei care fac poante pe seama mea, trăiesc într-o absolută lipsă de încredere unii față de alții și nu petrec nici o secundă măcar gândindu-se la Dumnezeu sau la orice altceva similar?

Eram încă un băietan când s-a petrecut următoarea întâmplare. Venise în urbea noastră un mare om politic din partidul al cărui membru era și părintele meu. Servitorii noștri mă luară și pe mine la teatru, ca să ascult discursul acelui politician. Sala era plină ochi cu concetățeni de-ai noștri, mai ales aliați și amici de-ai tatălui meu, care aplaudau frenetic la vorbele celui de pe podium. De îndată însă ce se termină discursul, toți cei prezenți s-au răspândit în noaptea înzăpezită în bisericuțe, discutând care mai de care mai critic părți din discurs. Am auzit clar vocile unora dintre amicii cei mai apropiați ai tatei plângându-se aproape mânioși de inepția cuvintelor din deschidere rostite de tata sau cât de greu le fusese să priceapă ce și cum în discursul marelui politician. Aceiași oameni s-au oprit apoi pe la noi acasă, au intrat în sufragerie și l-au felicitat pe tata cu expresii de delectare pură întipărite pe față pentru extraordinarul succes din seara aceea. Până și servitorii, întrebați de mama despre eveniment, au răspuns la unison că fusese extrem de interesant. Aceiași servitori nu avuseseră decât vorbe de ocară pe drumul spre casă și spuseseră că adunările politice sunt cele mai plictisitoare evenimente la care erau forțați să participe.

Iar acestea nu sunt decât exemple minore, pentru că sunt convins că viața e plină de altele mult mai bune, mai calme, pline de minciuni, unele poate chiar desăvârșite, splendide în nesinceritatea lor, exemple în care oamenii se mint unii pe alții fără ca măcar să se rănească, oricât de ciudat ar părea, pentru că nici măcar nu sunt conștienți de faptul că se mint unii pe ceilalți. Pe mine însă nu mă interesa minciuna reciprocă. Eu îi păcăleam pe cei din jur cu clovneria mea. Și nici nu mă preocupam cine știe ce de moralitate așa cum apare în manualele de etică, sub numele de „corectitudine". Mi-e pur și simplu prea greu să înțeleg genul de om care trăiește sau care este convins că poate trăi în puritate, fericire și calm în timp ce se scaldă în înșelăciune. De l-aș fi putut înțelege, poate că nu ar mai fi trebuit să mă tem în felul ăsta de oameni, nu ar mai fi fost necesar să mă opun cu vehemență vieții de om și nici nu aș mai fi trăit chinurile iadului în fiecare noapte. Pe scurt, motivul pentru care nu am spus nimănui despre acea crimă josnică a servitorilor împotriva mea nu a fost din cauza lipsei de încredere în oameni și nici, desigur, pentru că aș fi avut înclinații creștine, ci pentru că cei din jurul meu mă izolaseră complet de lumea încrederii sau lipsei de încredere. Până și părinții mei adoptau câteodată atitudini extrem de greu de priceput din punctul meu de vedere.

Mai cred acum și că multe femei au reușit în mod instinctiv să îmi detecteze această singurătate sufletească (deși nu am mărturisit-o nimănui niciodată) și așa s-a făcut că mai târziu în viața mea aveau să profite de mine în fel și chip. Femeile m-au considerat întotdeauna un tip căruia nu-i era greu defel să țină o iubire secretă.

Al doilea caiet

Aliniați pe mal așa de aproape de apă, de părea că valurile se sparg de ei, se aflau vreo douăzeci de cireși înălțuți cu trunchiuri negre cărbune, care, în aprilie, la începutul anului școlar, etalau o bogăție de flori albe și frunze maronii umede proiectate pe albastrul mării. În numai câteva zile, o furtună de petale se spulbera peste apă, umplând valurile cu puncte albe cărate mai apoi înapoi la mal. Plaja aceasta presărată cu flori de cireș era terenul de joacă al liceului la care mergeam, iar imaginea stilizată a florilor se regăsea și pe matricola de pe șepci, și pe nasturii uniformei școlare.

O rudă îndepărtată avea o casă în apropiere, motiv cât se poate de solid pentru tata să mă dea la această școală cu flori de cireș pe malul mării. Fusesem de altfel lăsat complet în grija acelei familii a cărei casă era atât de aproape de școală, încât puteam să ajung la ore dimineața fără să întârzii dacă fugeam de acasă, chiar și după ce se sunase. Eram leneș ca elev, dar tot am reușit, prin aceleași metode ca și mai înainte, să mă fac îndrăgit și cunoscut printre ceilalți băieți.

Era prima dată când locuiam într-un alt oraș și, ca să fiu sincer, îmi plăcea mult mai mult decât locul meu natal. Unii vor spune că era pentru că maimuțăreala mea devenise într-atât parte din propria mea persoană, încât nu-mi mai era deloc greu să o fac în fața altora. Eu însă mă gândesc că trebuie să fi fost datorită diferenței de necontestat dintre a juca teatru și a face pe clovnul în fața propriei familii față de a face același lucru în fața străinilor sau de a o face în orașul natal față de oriunde altundeva. O problemă pe care o întâmpină până și cel mai mare geniu actoricesc: a juca în fața unui public din orașul natal. Cred că până și cel mai talentat actor din lume s-ar găsi complet paralizat într-o încăpere plină cu toți membrii familiei sale, veniți să-l vadă jucând. Iar eu învățasem la perfecție cum să-mi joc rolul acasă și avusesem chiar mult succes. Nici nu-mi închipuiam că un actor de talia mea ar putea să nu se descurce departe de casă.

Nu știu dacă era mai mare sau mai mică decât înainte, dar frica de oameni continua să-mi tortureze sufletul, deși talentul meu actoricesc se maturizase fără doar și poate. Nu era posibil să nu îmi fac toți colegii de clasă să se tăvălească pe jos de râs, în timp ce profesorul se lamenta pe față că prezența mea îi strica complet bunătate de oră, în timp ce se întorcea cu spatele, ca să râdă și el în hohote. Ba până și instructorul de pregătire militară, care nu făcea de obicei decât să urle la noi cu o voce barbară ca de tunet, se lăsa copleșit de râs în fața giumbușlucurilor mele.

Chiar însă când începusem să mă simt mai în largul meu și eram deja mulțumit de felul în care reușisem să-mi ascund aproape complet adevărata personalitate și identitate, m-am trezit pe neașteptate înjunghiat pe la spate. Ca toți cei care te atacă astfel, atacatorul meu era un oarecare, cel mai pricăjit băiat din clasă, unul c-o față plină de bube vinete și îmbrăcat într-un sacou vechi, moștenit în mod clar de la taică-său sau de la vreun frate mai mare și cu niște mâneci atât de lungi, de-ai fi jurat că era Prințul Shōtoku[1]. Și, după ce că arăta cum arăta, individul mai era și complet inept la învățătură și lipsit de orice aptitudine fizică sau militară, așa că părea mai degrabă a fi un observator decât un participant la activitățile din școală. Nu e de mirare, așadar, că nu mi s-a părut necesar să mă protejez în vreun fel de acest băiețandru.

Ei bine, într-o bună zi, eram la ora de educație fizică, iar Takeichi (așa parcă îmi amintesc că îl chema pe individ, deși nu-i mai știu și numele de familie) stătea cocoțat pe bară ca de obicei, uitându-se la noi toți ceilalți cum făceam exerciții. Hotărât să produc unul dintre giumbușlucurile mele obișnuite, am adoptat o figură cât se poate de serioasă și m-am azvârlit către bară cu un strigăt. M-am prefăcut că n-am putut să ajung la bară și, făcând un salt în aer, am căzut caraghios în fund în groapa cu nisip. Deși complet deliberată, căzătura mea îi făcu pe toti prezenți să izbucnească în hohote de râs, exact așa cum îmi dorisem. M-am ridicat cu un zâmbet jalnic și rușinat pe față, și tocmai

---

1. Comparație comică cu veșmintele purtate la curtea semilegendarului prinț Shōtoku Taishi (574–622), faimos în Japonia pentru reformele sale și căruia i se atribuie promulgarea primei constituții japoneze, Constituția celor Șaptesprezece Articole (604). Toate faptele sale sunt consemnate în cronica japoneză *Nihon shoki* (*Cronicile Japoniei*, 720).

îmi scuturam turul pantalonilor de nisip când m-am trezit împuns cu un deget de la spate. Era Takeichi, care-mi șoptea: „Dinadins, ai făcut-o dinadins!“

M-am cutremurat. Poate că m-aș fi așteptat ca altcineva să-și dea seama de înșelăciunea mea, dar faptul că fusese tocmai Takeichi m-a lovit în creștet ca un fulger. M-am simțit de parcă totul în jurul meu fusese cuprins într-un moment de o vălvătaie cu toate flăcările iadului și fui nevoit să-mi înăbuș din răsputeri un țipăt de frică.

Au urmat zile pline de neliniște, de teamă de moarte. Am continuat, desigur, la suprafață să-i fac pe toți cei din jur să râdă la clovneriile mele de toată jena, dar nu mă puteam stăpâni din când în când să nu oftez din toată inima. Indiferent de ce-aș fi făcut, Takeichi avea să știe, să se prindă și nu avea să treacă prea multă vreme până când va începe să trâmbițeze tuturor ce văzuse și, ori de câte ori mă lăsam copleșit de astfel de gânduri, fruntea mi se umplea de sudoare și mă uitam la toată lumea cu ochii de necontrolat ai unui nebun. De-aș fi putut, m-aș fi lipit de Takeichi, ca să-l țin sub supraveghere 24 de ore din 24, fără să mă mișc un milimetru de lângă el. Aș fi stat cu el dimineața, la prânz și seara, ca să mă asigur că nu avea să-mi divulge secretul. M-am gândit intens la ce-aș putea să fac. Aș sta cu el ore întregi ca să-l conving că tot ceea ce făceam era real și nicidecum „dinadins“, iar dacă totul ar fi mers cum trebuie, am deveni amici de neseparat. Dacă însă planul nu mi-ar fi ieșit cum îmi doream, atunci n-aș mai fi avut decât o singură opțiune, și anume să mă rog din tot sufletul să moară. Ideea de a-l ucide eu însumi nu mi-a trecut prin cap, ceea ce nu mă surprinde, având în vedere că de-a lungul vieții mi-am dorit adesea să mor de o moarte violentă, dar niciodată să ucid pe cineva. Asta e probabil și din cauză că mă gândesc că, dacă îmi ucid adversarii, sfârșesc, de fapt, prin a-i face fericiți.

Pentru a mi-l apropia pe Takeichi, am adoptat figura blândă și zâmbitoare a unui fals creștin. Îl însoțeam peste tot, ținându-l cu brațul de umerii osoși și aplecându-mi capul către el cu afecțiune. Îl invitam adesea cu miere în glas să vină să-și petreacă timpul cu mine la rudele unde locuiam. În loc de răspunsuri, nu primeam însă decât priviri goale. Numai că într-o zi, după ore, să fi fost cam pe la începutul verii, căzu pe neașteptate o ploaie puternică de seară. Toți ceilalți elevi se dădeau de ceasul morții care cum să ajungă pe unde locuia, dar, cum casa mea era la câțiva pași, am hotărât s-o iau la fugă printre stropi. Tocmai mă pregăteam să mă avânt în ploaie, când l-am zărit pe Takeichi stând lângă ușă cu o privire jalnică, parcă neștiind ce să facă. „Hai la mine", i-am spus, „îți dau eu o umbrelă". Și fără să mai aștept răspunsul lui, l-am apucat de mână și am luat-o la fugă prin ploaie. Odată acasă, am rugat-o pe mătușă-mea să ne usuce hainele și-am reușit să-l aduc pe Takeichi în camera mea de la etaj.

În casă locuiau tanti, o femeie de vreo cincizeci de ani, și două verișoare. Cea mai în vârstă era înaltă, fragilă, purta ochelari și trebuie să fi avut cam treizeci de ani (fusese măritată cândva, dar se întorsese acasă), iar cea mai mică era o fătucă scundă cu o fețișoară rotundă, care părea că de-abia terminase liceul. La parterul casei se afla un magazin care vindea produse de papetărie și articole sportive care se aflau înșirate pe peste tot, dar principala sursă de venit a familiei era chiria provenită din cele cinci, șase case construite de răposatul tată și soț.

— Mă dor urechile, spuse Takeichi, stând nemișcat în mijlocul camerei mele.

— Ți-o fi intrat apă-n ele.

Când m-am uitat la urechile lui, am văzut că ambele îi curgeau teribil. Iar lobii erau acoperiți de puroi, gata să curgă și el. Mă prefăcui îngrijorat: „Cred că te doare ceva de groază!“ Iar mai apoi îmi cerui scuze „cu gentilețe“, ba chiar folosind cuvinte din registrul femeiesc: „Să mă ierți, te rog mult, că te-am târât după mine prin ploaie.“ M-am dus apoi din nou jos ca să aduc niște vată și spirt. L-am întins pe Takeichi pe podea, cu capul la mine-n poală și l-am curățat cu mare grijă în urechi. De data asta, nici el măcar nu și-a dat seama de ipocrizia, de intențiile malefice care se ascundeau în spatele faptelor mele. Ba mai mult, de acolo se unde se afla întins pe podeaua camerei mele, cu capul în poala mea, mi-a spus ceea ce se voia a fi un compliment, chiar dacă unul prostesc:

— Ce-or să se mai țină muierile de tine ca muștele...

Aveam să-mi dau seama mai târziu în viață cât de demonică avea să se dovedească acea profeție a lui Takeichi, mult mai hidoasă decât și-ar fi putut-o el imagina când a spus-o. Nu mi-a plăcut niciodată expresia asta, fie că-i vorba de „a se ține ca musca de cineva“ sau de a fi cel „de care se ține musca“, pentru că mi-a creat întotdeauna o impresie de vulgar, de prost gust, și în același timp că era plină de o prostească satisfacție de sine. Indiferent de context, de îndată ce apare în conversație această expresie, templele melancoliei se prăbușesc, nelăsând în urmă decât o senzație de fatuitate. În același timp însă mi se pare curios cum de îndată ce înlocuiești o expresie precum „ce enervant e să se țină muierile ca muștele de tine“ cu ceva mai literara „ce neliniște îți dă sentimentul de a fi iubit“, parcă acele temple ale melancoliei rămân în picioare.

Takeichi îmi servise acel compliment de doi bani cum că aveau să se țină femeile de mine ca muștele, pentru că fusesem cumsecade cu el și îi curățasem lichidul care-i curgea din urechi. Când l-am auzit spunând-o nu am făcut decât să mă-nroșesc tot și să zâmbesc fără să scot o vorbă, dar, ca să fiu sincer, aveam deja o idee vagă ce avea să însemne acea prezicere a lui. Ba nu, nu m-am referit deloc bine la atmosfera creată de o expresie atât de vulgară precum „a se ține ca muștele de tine“, pentru că ea trăda de fapt un infantilism sentimental ieftin pe care nu-l găseai nici măcar în dialogul protagonistului romantic al unei comedii muzicale. Iar eu nu mă regăseam chiar deloc reprezentat de falsitatea emoțiilor indicate de formularea „idee vagă“ de mai sus.

Femela speciei umane mi s-a părut întotdeauna mult mai greu de înțeles decât masculul. În familia mea apropiată, erau mai mult femei decât bărbați, și multe dintre ele îmi erau verișoare. Mai era apoi și fata-n casă din „crima“ amintită. Așadar, nu cred că exagerez deloc când spun că singurii mei parteneri de joacă în timpul copilăriei erau fete, dar, din punctul meu de vedere, singura senzație pe care o asociam cu ele era aceea de maximă precauție. Mi-era absolut imposibil să-mi dau seama ce voiau, așa c-am făcut greșeli peste greșeli, care m-au lăsat cu răni adânci. Răni care nu sunt defel cicatricile lăsate de biciul unui bărbat, ci tăieturi adânci, sau, mai bine spus, făcute în adâncime, generatoare de hemoragii interne și de dureri profunde. Astfel de răni sunt aproape imposibil de vindecat.

Femeile m-au dus de nas și m-au azvârlit cu dezgust, și-au bătut joc de mine și m-au torturat de față cu alții, pentru a mă îmbrățișa cu pasiune de-ndată ce ne găseam singuri. Femeile dorm atât de adânc, de parcă sunt moarte. Dar, cine știe? Poate că trăiesc pentru a dormi. Ajunsesem la astfel de generalizări în urma multor ani de observații asupra femeilor, observații începute încă de pe vremea când nu eram decât un băietan și, deși trăsesem concluzia că femeile păreau a fi din toate punctele de vedere membre ale aceleiași specii ca și bărbații, erau, fără doar și poate, niște ființe cât se poate de diferite. Și, oricât de fenomenal ar putea să pară, aceste ființe de neconceput în prefăcătoria lor au avut întotdeauna grijă de mine. Prin urmare, expresii uzuale precum „a se-ndrăgosti de" sau „a fi iubit" nu mi se potriveau deloc, pentru că în cazul meu nu se putea spune decât ceva de genul „a avea grijă de".

Tot femeile erau cele cu care puteam să mă desfășor în voie când venea vorba de clovnerii. Bărbații se opreau din râs la un moment dat, iar, dacă mă lăsam îmbătat de succes pe când distram vreun bărbat și îmi luam rolul prea în serios, sfârșeam prin a-mi pierde umorul, așa că trebuia să am tot timpul grijă să mă opresc la momentul oportun. Femeile însă nu păreau a avea nici un fel de opreliște. Indiferent de cât de mult petreceam cuprins de pasiunea giumbușlucurilor și poantelor mele, ele îmi cereau tot mai mult, până când eram eu epuizat de cerințele lor nesățioase. Asta pentru că femeile râd cu poftă și îndelung. S-ar putea spune că femeile reușesc să se bucure de mult mai multe plăceri decât bărbații.

Cele două verișoare în casa cărora locuiam în timpul școlii obișnuiau să vină la mine în cameră ori de câte ori nu aveau altceva mai bun de făcut. Când îmi băteau la ușă, îmi săream din piele de frică fără vreun motiv anume.

— Ce faci? Teme?

— Nu, răspundeam eu cu un zâmbet și-nchideam cartea din care citeam. Mă lansam apoi în câte-o poveste fantasmagorică, fără nici o legătură cu ceea ce gândeam cu adevărat.

— La școală, proful de geografie, ăla de i se spune Morsa...

Într-o seară, verișoarele-mi veniră din nou în cameră și, după ce m-au lăsat să fac glume și clovnerii un timp nemilos de lung, una din ele spuse:

— Ia să vedem cum îți stă cu ochelari, Yōzō!

— Păi de ce?

— Ei, hai nu te prosti acu'! Ia, pune ochelarii ăștia!

Îmi vorbeau întotdeauna în același ton dur, de parcă-mi porunceau. Iar clovnul, neavând ce face, își puse pe nas ochelarii celei mai mari. Verișoarele s-au îndoit de burtă de atâta râs.

— Ești leit Harold Lloyd!

Comicul american de cinema era extrem de popular în Japonia pe vremea aia. M-am ridicat în picioare:

— Doamnelor și domnilor, am spus, ridicând un deget, aș dori să profit de această ocaziune pentru a-i mulțumi din adâncul inimii publicului meu din Japonia...

Și-am continuat ca și cum aș fi ținut un discurs în fața unei adunări, iar fetele au continuat să râdă pe tot parcursul lui. Și-așa s-a făcut că m-am avut încotro și-am fost nevoit să mă duc să văd toate filmele cu Harold Lloyd ori de câte ori veneau la cinematograful din oraș, pentru a-i studia în secret expresiile faciale și gesticulația.

Într-o seară de toamnă, pe când citeam o carte tolănit în pat la mine în cameră, verișoara mea mai mare căreia îi spuneam Anesa[1] intră valvârtej aidoma unei păsări în zbor și se trânti lângă mine pe pat plângând.

— Ajută-mă, Yōzō, te rog eu mult să m-ajuți! Știu că tu ai să m-ajuți! Hai să fugim împreună din casa asta nenorocită! Ajută-mă, te rog din suflet!

Și o ținu tot așa cu rugăminți isterice încă o vreme, pentru a izbucni din nou în hohote de plâns. Nu era pentru prima dată că aveam de-a face cu o astfel de scenă din partea unei femei, așa că nu am fost tocmai luat prin surprindere de explozia emoțională a Anesei. Nu am putut să-mi reprim un sentiment de plictiseală la cât de banale și de goale erau sentimentele pe care le exprima. M-am strecurat afară din pat pe lângă ea și mi-am luat un fruct de kaki de pe birou. L-am curățat de coajă și i-am dat si ei o felie. Fata l-a mâncat printre sughițuri de plâns, și-apoi spuse:

— Ai vreo carte bună? Împrumută-mi și mie ceva.

---

1. Formă de limbaj copilăresc pentru Oneesan (lit. „soră mai mare“).

Am luat de pe raft romanul *Eu, motanul* al lui Sōseki și i l-am dat.

— Mersi mult pentru kaki, mai spuse ieșind din cameră cu un zâmbet rușinat pe față.

Anesa nu era nici pe departe singura care să se comporte în felul ăsta în prezența mea. Nu o dată mi s-a năzărit că e mult mai complicat, mai enervant și mai neplăcut să pricep sentimentele după care se ghidează în viață o femeie decât să descopăr gândurile cele mai ascunse ale unui vierme. Așa am învățat, din proprie experiență, că cea mai bună metodă de a liniști o femeie care izbucnește în istericale este să-i oferi ceva dulce.

Secchan, sora ei mai mică, își aducea și prietenele la mine-n cameră, iar eu le amuzam pe toate în egală măsură. De-ndată însă ce prietenele plecau, Secchan se apuca să le bârfească pe toate, pentru a încheia de fiecare dată cu un: „E-o tip-a naibii. S-ai grijă cu ea." Iar eu tot mă țineam să nu-i răspund, „Păi și-atunci, la ce mi-ai mai adus-o aici?" Dar, mulțumită ei, toți vizitatorii din camera mea erau fete.

Asta nu înseamnă însă că acel compliment al lui Takeichi cum c-or să se țină femeile de mine „ca muștele" se împlinea deja. Nu eram decât Harold Lloyd din Japonia de nord-est. Aveau să mai treacă câțiva ani buni până când prostioara spusă atunci de Takeichi să se concretizeze cu forță, transformându-se într-o profeție sinistră.

Tot Takeichi mi-a mai făcut un alt cadou important.

Într-o zi, pe când venise la mine să mai tăiem frunze la câini împreună, m-am trezit că-mi flutură pe sub nas o imagine colorată.

— E-o stafie, îmi spuse.

Cuvintele lui m-au șocat. Am decis atunci, în acel moment – deși n-aveam să-mi dau seama decât mulți ani mai târziu – că trebuia să găsesc o cale de scăpare. Știam foarte bine ce-mi arăta Takeichi. Nu era decât bine-cunoscutul autoportret al lui Van Gogh. Pe vremea copilăriei mele, impresionismul francez era la modă în Japonia, și primul contact pe care îl aveam cu arta occidentală era adeseori prin intermediul acestor lucrări. Până și elevii din școlile de la țară știau bine picturile lui Van Gogh, Gauguin, Cézanne și Renoir, mai ales prin intermediul reproducerilor fotografice. Și eu văzusem nenumărate astfel de fotografii în culori după picturile lui Van Gogh, iar intensitatea pensulei și prospețimea culorilor mă intrigaseră. Dar nu mi-am imaginat nici un moment că imaginile lui sunt cele ale unor fantome.

Am luat de pe raft un volum cu reproduceri din Modigliani și i-am arătat lui Takeichi bine-cunoscutele nuduri cu pielea lor de culoarea aramei lustruite.

— Dar astea? Și-astea tot stafii sunt?

— Extraordinar! exclamă amicul meu o admirație adâncă citindu-i-se în ochii larg deschiși. Asta parc-ar fi un cal din iad...

— Așadar, tot stafii...

— Ce n-aș da să pot și eu să pictez așa fantome, a mai spus Takeichi.

Există pe lume oameni a căror teamă de alte ființe umane este atât de morbidă, încât ajung la un punct în care își doresc din tot sufletul să nu le apară în fața ochilor decât cei mai teribili monștri. Și, cu cât mai neliniștiți sunt, cu cât mai frică le e și cu atât mai abitir se roagă ca următoarea furtună să fie și mai violentă decât cele de dinainte... pictorii mânați de o astfel de mentalitate și care au suferit răni și intimidări grele din partea acelor fantasme numite ființe umane ajung aproape inevitabil să creadă în fantome. De fapt, ajung la punctul în care văd monștri ziua-n amiaza mare, în mijlocul naturii. Și, în loc să se ferească de oameni și să se-ascundă în spatele clovneriilor, fac tot posibilul să surprindă acești monștri în opera lor de îndată ce-i văd. Avea dreptate Takeichi, mare curaj avuseseră acești pictori să surprindă demoni în opera lor și mi-am dorit în acel moment ca ei, și nu altcineva să-mi fie prieteni în viață. Eram atât de bucuros de această hotărâre, că aș fi putut să plâng acolo, pe loc.

— Și eu am să pictez. O să pictez fantome, și diavoli, și cai din iad... Și, nu știu din ce pricină, vocea îmi era aproape șoptită în timp ce-i spuneam toate astea.

Încă din școala primară mi-a plăcut să desenez și să mă uit la imagini. Desenele mele însă nu au reușit să-mi aducă reputația pe care mi-o aduceau istoriile umoristice. N-am avut niciodată nici cea mai mică umbră de încredere în oameni, iar povestirile mele nu erau nimic altceva decât gestul inițial de binețe făcut de un comic către public: aveau darul de a-mi fascina profesorii, dar nu prezentau nici cel mai mic interes pentru mine. Desenele în care surprindeam însă obiecte, chiar dacă printr-o descriere realistă, erau singurele cărora le dedicam eforturi stilistice (deși copilărești) reale. Manualele de desen după care învățam la școală erau complet plicticoase, iar ceea ce ne preda profesorul de desen era și mai stupid, așa că am fost nevoit să experimentez de unul singur, fără nici un fel de îndrumare, folosindu-mă de orice metodă de exprimare care-mi trecea prin cap. Am avut setul meu de vopsele de ulei și de pensule încă de când am intrat la liceu. Dar, în ciuda încercărilor mele disperate de a imita tehnicile folosite de impresioniști, picturile mele nu erau decât forme pe hârtie, fără vreo șansă de a deveni ceva valoros vreodată. Spusele lui Takeichi în acea zi m-au ajutat însă să-mi dau seama că abordasem pictura cu o atitudine complet greșită. Câtă superficialitate și câtă prostie, până la urmă, se ascunde în încercarea de a picta într-o manieră plăcută privirii acele lucruri pe care le consideri plăcute. Adevărații maeștri au creat frumusețe absolută datorită subiectivității propriei percepții a unor realități complet triviale și nu și-au ascuns plăcerea unor lucruri amețitor de hidoase, lăsându-se cuprinși de bucuria de a le descrie. Așadar, nu dăduseră doi bani pe concepțiile greșite ale altora. De-abia atunci, după ce fusesem inițiat de Takeichi în aceste secrete de bază ale artei picturii, am început și eu să pictez autoportrete, având însă grijă să nu fie văzute de nici una dintre vizitatoarele mele de sex feminin.

Picturile erau atât de sfâșietoare, că m-au lăsat și pe mine stupefiat când am văzut produsul final. Acela era adevăratul eu, cel pe care-l ținusem ascuns cu tragică disperare: rânjisem cu toată gura, îi făcusem pe alții să râdă cu lacrimi, dar realitatea cruntă era cea din tablou. Mi-am asumat atunci acel eu în secret, convins fiind că nu am cum să îl evit, dar nu m-am grăbit să arăt imaginile nimănui altcuiva decât lui Takeichi. Îmi displăcea profund gândul că aș putea deveni brusc victima suspiciunii vigilente a altora de îndată ce realitatea de coșmar de sub comicăriile mele ar fi fost expusă public. Pe de altă parte însă, mi-era la fel de frică că nici după ce mi-au văzut adevăratul sine nu mi l-ar recunoaște ca atare, crezându-l nimic mai mult decât o nouă versiune a clovneriilor mele, o ocazie pentru a stoarce câteva hohote de râs. Iar asta ar fi fost cea mai cumplită și insuportabilă durere. În cele din urmă, am ascuns toate picturile în fundul dulapului.

Nu mi-am schimbat stilul nici pentru orele de desen, ținându-mi secretă tehnica stilului fantomă și continuând să pictez cât se poate de convențional.

Nu îmi dezvăluiam sensibilitatea atât de ușor de rănit decât lui Takeichi, și numai lui nu am ezitat să-i arăt autoportretele. Iar el m-a răsplătit cu entuziasm la vederea lor, așa că am pictat încă vreo două, trei, precum și o imagine a unei fantome, ceea ce-l făcu pe amicul meu să-mi prezică: „Ai s-ajungi un mare pictor."

Nu mult după aceste evenimente, am plecat la Tōkyō. Aveam scrise în frunte cele două profeții ale tembelului de Takeichi: că or să se țină femeile ca muștele de mine și că o să fiu un mare pictor.

Am vrut să intru la o școală de arte, dar taică-meu n-a vrut să audă în ruptul capului de așa ceva și m-a trimis la universitate, cu gândul c-am s-ajung funcționar public. Asta a fost sentința care mi s-a dat, iar eu, complet incapabil de a protesta vreodată, m-am supus ca un idiot. La insistențele părintelui meu, am dat examenele de admitere la facultate un an mai devreme decât alții și-am intrat. Eram, ca să fiu drept, sătul până peste cap de liceul de pe malul mării și de florile de cireș.

În Tōkyō m-am mutat de îndată într-un cămin, dar mizeria absolută și violența m-au îngrozit. Nu mai aveam nici un chef de clovnerie, așa că am obținut un certificat medical cum c-aș avea probleme cu plămânii și m-am mutat pe dată din cămin în casa tatălui meu din cartierul Ueno. Viața-n comun îmi repugnase complet. Și-acum mă trec fiori când aud expresii de genul „pasiunea tinereții“ sau „mândrie tinerească“ și nu pot în ruptul capului să mă las îmbiat de ceea ce se numește „spirit studențesc“. Atât sălile de curs, cât și căminele mi se păreau a fi nimic mai mult decât gropi de gunoi mustind de dorințe sexuale denaturate, unde chiar și farsele și poantele mele cele mai bine puse la punct nu serveau la nimic.

Când nu era sesiune parlamentară, taică-meu nu petrecea mai mult de o săptămână, două pe lună în casa din Tōkyō. Iar când nu era acolo, eram numai trei în vila cât se poate de impunătoare pe care o ocupa: un cuplu în vârstă care avea grijă de proprietate și eu. Chiuleam frecvent, dar nu pentru c-aveam chef să umblu lela prin Tōkyō – probabil c-o să dau ortu' popii și tot n-am să văd Altarul *Meiji jingū*, dedicat memoriei împăratului Meiji, statuia lui Masashige Kusunoki sau mormintele celor Patruzeci și șapte de *rōnin*. De fapt, nici nu călcam pe-afară, preferând să stau în casă și să citesc sau să pictez. Sigur că nu aveam încotro când era și tata la Tōkyō și trebuia să plec la cursuri făr' de greș dis-de-dimineață, deși chiar și-atunci sfârșeam adesea prin a nu mă duce decât la un curs de artă oferit de un pictor în cartierul Hongō, cu care făceam schițe vreme de trei, patru ore. Cum reușisem să scap de viața în cămin, eram oarecum cinic față de tot ce însemna studenție, iar probabil datorită complexului meu de superioritate mi se părea că aveam un statut special și nu mă duceam la cursuri decât ca un fel de auditor extern mai degrabă decât ca un student obișnuit. Așa că mersul la cursuri a ajuns să fie din ce în ce mai plictisitor. Deși trecusem prin școala primară, gimnazială și prin liceu, mă găseam acum la facultate fără să am nici cea mai mică idee ce însemna să te simți mândru de universitatea la care mergi. Nu făcusem nici măcar efortul să învăț imnul școlilor.

Nu trecu mult, și un alt participant la cursul de artă a avut grijă să mă inițieze în profundele mistere ale băutului, fumatului, prostituatelor, caselor de amanet și ale gândirii de stânga. Da, o combinație stranie, dar chiar așa s-a întâmplat.

Studentul cu pricina se numea Masao Horiki. Născut în inima orașului Tōkyō, era cu șase ani mai mare ca mine și absolvise o școală particulară de arte. Neavând propriul atelier acasă, venea la cursul de artă la care mă duceam și eu, în ideea de-a-și continua și îmbunătăți competențele în pictura în ulei.

Într-o bună zi, pe când încă nu ne cunoșteam decât din vedere și nu avusesem ocazia să schimbăm nici o vorbă, a venit pe neașteptate la mine și mi-a spus:

— Ai să mă-mprumuți și pe mine cu cinci yeni?

M-a luat prin surprindere și m-am trezit că i-am dat pe loc banii.

— Bravo! îmi spuse. Acum, hai să bem! Ești invitatul meu!

Am simțit că n-aveam cum să-l refuz, așa că m-am trezit târât la un bar din apropiere. Așa am început să fim prieteni.

— Te urmăresc de ceva vreme. Aha, exact! Zâmbetul ăsta rușinat! Ăsta este semnul clar al unui artist care promite. Și-acum, hai noroc și dă-l pe gât, ca să ne-ntărim prietenia! Gesticulă apoi către una dintre chelnerițe, ca să vină la masa noastră: Ei, ce zici? Nu-i un băiat chipeș? Da' să nu te-apuci acu' să-i pici în plasă, auzi? Trebuie să recunosc că, de când a apărut la curs, nu mai sunt eu cel mai bine bărbat de-acolo...

Horiki avea un ten mai închis, dar trăsături armonioase și se îmbrăca straniu pentru un student la arte, în costum și cu cravată. Părul și-l dădea cu pomadă și-l pieptăna cu cărare la mijloc.

Nu știam prea bine unde mă aflam și nu mă simțeam în largul meu. Îmi tot încrucișam brațele la piept neliniștit și zâmbeam timid. Dar, după ce-am dat gata vreo două, trei pahare de bere, m-am simțit brusc cuprins de o ciudată eliberare. M-am apucat să-i spun lui Horiki:

— Mă gândeam să mă duc la o școală de arte...

— Las-o baltă! Nu-ți ajută la nimic. Școala-n general n-ajută la nimic. Profesori care se cufundă în natură! Profesori care arată o înțelegere profundă a naturii! Asta ne trebuie nouă...

N-aveam nici strop de respect pentru părerile lui. Îmi spuneam: „E un idiot, iar picturile lui sunt de toată jena, dar poate că nu-i rău să am cu cine să mai ies și eu.“ Întâlnisem pentru prima dată în viață un adevărat terchea-berchea de oraș. Ca și mine, deși într-un alt fel, și el era deconectat total de alte ființe umane. Eram membri ai aceleiași specii, dar asta pentru că nu ne găseam locul. Pe de altă parte, era o diferență esențială între mine și Horiki. El nu părea deloc conștient de farsa propriei lui existențe sau cel puțin nu acorda nici cea mai mică atenție recunoașterii nefericirii acelei farse.

Îl disprețuiam ca pe o persoană pe care o foloseam ca să mă amuz și al cărei scop nu putea fi altul. Ba chiar mi-era rușine de amiciția noastră. Din păcate, s-a dovedit că până și Horiki era mult prea puternic pentru mine.

La-nceput însă am fost cât se poate de convins că Horiki era un tip de treabă, neobișnuit de cumsecade, și, în ciuda silei mele obișnuite de alte ființe umane, mi-am lăsat garda jos într-atât, încât mi-am spus că-mi găsisem un ghid excelent care să-mi arate orașul. Pentru că adevărul adevărat e că după ce-am ajuns la Tōkyō mi-era o teamă teribilă de orice: nu mă urcam în tramvai de teama vatmanului, nu mă duceam la teatru de teama plasatoarelor înșirate de-a lungul scării cu covor roșu din fața intrării principale, nu intram în restaurante pentru că eram intimidat de chelnerii care mă pândeau de la spate, așteptând să-mi golesc farfuria. Cel mai mult și mai mult mă-nspăimânta plătitul. Stângăcia cu care întindeam banii după ce-mi cumpăram câte ceva nu provenea din zgârcenie, ci din stres excesiv, rușine excesivă, disconfort excesiv și neliniște. Ochii îmi pluteau în cap, și lumea-ntreagă mi se-ntuneca în față, că simțeam că-mi pierd mințile. Nici nu se punea problema să mă tocmesc, din moment ce de cele mai multe ori uitam să-mi iau restul, ba chiar și lucrurile pe care le cumpăram rămâneau acolo cu o frecvență uimitoare. În astfel de condiții nici nu se putea pune problema să mă descurc de unul singur prin Tōkyō. Și sfârșeam petrecând zile la rând fără să ies din casă.

Așa c-am hotărât să-i înmânez portofelul meu lui Horiki, ca să mergem în oraș împreună. Se pricepea de minune să se tocmească, ceea ce-l făcea un specialist de necontestat când venea vorba de satisfacerea plăcerilor și reușea întotdeauna să cheltuiască extrem de puțin, obținând maximum de rezultate. Horiki mai știa și cele mai bune metode de-a ajunge oriunde-și dorea în cel mai scurt timp posibil, fără să se folosească de taxiuri. Se urca, în diverse combinații, după nevoie, în tramvai, autobuz, ba chiar și-n bărci cu motor pe râu. Tot el m-a învățat și varii chestiuni practice cum ar fi faptul că, dacă ne opream dimineața în drum spre casă de la vreo prostituată și luam un mic-dejun cu *yudōfu*[1] la restaurantul cutare unde puteam să facem și-o baie ca parte din pachetul oferit, aveam ocazia să ne bucurăm de-un tratament luxos fără să plătim o căciulă de bani. M-a mai învățat și că o masă rapidă de vită cu orez *gyūmeshi* sau de frigărui de pui *yakitori* de la vânzătorii ambulanți, deși costă mai nimica toată, îți umple burta o bună bucată de vreme. Și tot el m-a asigurat că cea mai sigură și rapidă metodă de-a te-mbăta era cu cocktailul *denki bran*[2]. Și uite-așa, datorită lui Horiki,

---

1. *Tōfu* fiert în miso și servit cu ghimbir și ceapă verde, o mâncare tradițională din zona orașului Kyōto.

2. Electric brandy, cocktail inventat în 1882 în legendarul bar Kamiya din cartierul Asakusa din Tōkyō, pe baza unui amestec de coniac, gin și ierburi, a cărui rețetă rămâne secretă până în ziua de azi. Dazai, ca și alți scriitori și intelectuali ai vremii, era unul dintre clienții fideli ai barului Kamiya și pasionat de *denki bran*.

am ajuns să nu mă mai chinuie anxietatea și frica ori de câte ori trebuia să plătim ceea ce consumam.

La fel de important în relația mea cu Horiki a fost și faptul că era genul absolut dezinteresat de părerea celui cu care vorbea și era în stare să-ți toarne vrute și nevrute douăzeci și patru de ore pe zi, în funcție de subiectul care îl preocupa în momentul respectiv. Iar în unele cazuri, era foarte posibil ca subiectul de care era cel mai pasionat să fi fost tocmai lipsa de interes cu privire la părerea interlocutorului. Logoreea lui era cea mai bună asigurare că nu exista nici cel mai mic pericol de a ne lăsa copleșiți de tăceri stânjenitoare atunci când satisfacerea celorlalte plăceri ne extenua. Cu oricine altcineva trebuia să fiu întotdeauna atent pentru a nu lăsa tăcerea să se aștearnă între noi, dar fiind din fire mai mutălău, ajungeam adesea să fiu nevoit să recurg la glumițe nesărate și clovnerii. Cu tembelul de Horiki însă nici vorbă de-așa ceva, pentru că el era acela care, fără măcar să-și dea seama, juca rolul clovnului, dându-mi libertate mie să nu am vreo obligație de a mă angaja în discuții. Cât despre mine, era de-ajuns dacă lăsam avalanșa de cuvinte să-mi intre pe-o ureche și să-mi iasă pe alta și să râd din când în când, exclamând: „Ei, nu mai spune, dom'ne!"

Astfel am ajuns să înțeleg după o vreme că băutura, tutunul și prostituatele erau toate excelente subterfugii prin care să-mi alung, chiar și pentru câteva momente, frica de oameni. Ba chiar simțeam că, și dacă ar fi fost nevoie să vând tot ceea ce aveam pentru a avea acces nelimitat la aceste subterfugii, ar merita s-o fac într-o clipită.

Prostituatele nu le consideram nici oameni, nici femei, pentru că îmi păreau fie sărace cu duhul, fie nebune. Când eram însă cu ele mă simțeam în siguranță absolută și dormeam neîntors. Și este cât se poate de trist cât de generoase sunt aceste ființe, cât de lipsite de lăcomie. Simțind la rându-le că aveam o înțelegere aparte pentru ele și tagma lor, prostituatele m-au învăluit mereu cu o prietenie naturală în care nu m-am simțit vreodată copleșit sau oprimat. O prietenie fără motivații secundare, fără presiunea de-a cumpăra ceva de la ele și pe care o ofereau cuiva pe care cel mai probabil nu aveau să îl mai vadă vreodată. Erau nopți în care vedeam în aceste proaste, nebune prostituate, aura Fecioarei Maria.

Le frecventam pentru a scăpa de frica mea teribilă de oameni și pentru a-mi găsi liniștea măcar pentru o noapte, dar, pe când mă dedam distracției cu aceste prostituate „înrudite" cu mine, se pare că mi-am însușit inconștient o anumită alură grețoasă de care nu mă mai puteam descotorosi și care se transformă dintr-un „bonus" într-un „adagiu" al meu în sine. Un rezultat în mod clar la care nu m-am așteptat, dar care a devenit din ce în ce mai evident, făcându-l pe Horiki să-mi atragă atenția asupra lui, spre uimirea și consternarea mea. Ca să fiu drept, îmi făcusem ucenicia în femei cu prostituatele, așa că eram un fel de expert. Se spune că aceasta este cea mai dificilă ucenicie când vine vorba de femei, ceea ce-o face și cea mai eficientă. Acea aură de „fustangiu" ajunse însă să-mi domine întreaga ființă, și toate femeile (nu numai prostituatele) îl detectau în mine cu ușurință și erau atrase de mine ca muștele. Atmosfera aceea obscenă și rușinoasă în care mă scăldam și care devenise un „supliment“ intrinsec al ființei mele era acum cu mult mai relevantă decât efectele regeneratoare ale uceniciei mele cu prostituatele.

Bănuiesc că Horiki îmi spusese despre „adagiul“ meu pe jumătate sub formă de compliment, dar mie îmi atinse o coardă dureroasă. Am început să-mi amintesc de scrisori scrise făr' de talent primite de la fete din baruri și de fata generalului a cărui casă era vecină cu a noastră și care, deși avea vreo douăzeci de ani, bântuia în fiecare dimineață când treceam în drum spre școală pe lângă poarta lor îmbrăcată frumos și machiată fără vreun țel anume, și de chelnerița de la restaurantul unde mă duceam să mănânc friptură și care, deși nu scosesem vreo vorbă... și de fata de la tutungeria unde mergeam de obicei și care îmi punea în tabacheră... și de femeile de pe scaunul de lângă mine de la Teatrul Kabuki... și de când m-am îmbătat și-am adormit în tramvai în mijlocul nopții... și de scrisoarea plină de pasiune pe care o primisem de la o rudă mai îndepărtată de la țară... și de fata despre care nu știam nimic, dar care îmi lăsase o păpușă făcută de ea odată când nu eram acasă. Nu, nu fusesem decât cât se poate de mizerabil cu toate aceste femei, nelăsând nici una dintre acele posibile povești de dragoste să fie mai mult decât cioburi sfărâmate. Cert este că eram învăluit, fără doar și poate, într-o aură care le provoca femeilor melancolii sentimentale. Faptul că ajunsese până și Horiki să se prindă de situația mea îmi crea o amărăciune la limita rușinii, care mă făcea în același timp să-mi pierd orice urmă de interes în prostituate.

Ca să se dea mare de cât de „modern“ era el (nu-mi trece prin cap nici un alt motiv pentru care ar fi făcut-o),

Horiki m-a luat cu el într-o bună zi la întâlnirea secretă a unui grup de lectură comunist (care, dacă m-ajută memoria, se numea ceva de genul R.S.). Horiki era genul de persoană pentru care o întâlnire secretă a unui grup comunist nu era nimic altceva decât parte integrantă din „turul orașului Tōkyō". Am fost prezentat „tovarășilor" și pus să cumpăr o broșură, după care am ascultat prezentarea despre economia marxistă a unui tânăr urât ca naiba. Tot ce-a spus mi s-a părut cât se poate de evident și adevărat fără putință de tăgadă, dar nu mi-am putut stăpâni sentimentul că ceva cu mult mai obscur și mai înspăimântător se ascundea în inimile oamenilor. Nu era de-ajuns s-o numești lăcomie. Cum nu era nici pur și simplu vanitate. Și nici o combinație de lăcomie și sexualitate. Nu eram capabil de a-mi explica mie însumi ce era, dar ceva inexplicabil se afla acolo, la fundul societății umane, și nu putea fi redus la economie. Dominat de frica de acest straniu factor pe care nu îl puteam identifica, l-am acceptat ca fiind materialism cu naturalețea cu care apa se ridică numai până la un anumit nivel. Din păcate însă, materialismul nu mă putea elibera de frica pe care o aveam de oameni și nu-mi permitea să simt bucuria speranței pe care o simți când deschizi ochii asupra unor frunze de un verde crud. Am continuat totuși să particip fără greș la întâlnirile grupului de lectură R.S. (așa cum cred că îi spunea, deși e foarte posibil să greșesc), cu toate că găseam cât se poate de amuzant faptul că „tovarășii" arborau niște fețe extrem de serioase, de parcă discutau probleme absolut esențiale, când de fapt dezbăteau de zor teorii atât de elementare, de nivelul matematic al lui unu plus unu fac doi. M-am străduit cât am putut la rându-mi să mai tai din tensiunea ședințelor și am recurs la clovnerie, așa că, încetul cu încetul, atmosfera a început să se destindă. Ba mai mult, am devenit atât de popular, încât prezența mea era considerată a fi esențială pentru succesul adunărilor. Se pare că în mintea lor eram la fel de simplu ca ei toți, nimic mai mult decât un „tovarăș" plin de optimism și de voioșie. Eu însă îi păcăleam pe toți, pentru că, mai întâi de toate, nu le eram „tovarăș", iar pe de altă parte, le jucam de fiecare dată întregul meu repertoriu de figuri comice.

Și nu o făceam din vreo altă pricină decât pentru că așa îmi plăcea mie și pentru că îmi făcea plăcere să fiu cu ei, dar în nici un caz pentru că eram în vreun fel legați de-o pasiune comună pentru Marx.

Ilegalitate! Ideea mi se părea cumva plăcută. Sau, mai bine spus, mi se potrivea. Adevărul este că legalitatea lumii mă speria (cu tot cu acel presentiment al unui lucru de-o forță incalculabilă), cu mecanismul ei imposibil de înțeles. Refuzam să rămân închis într-o cameră lipsită de ferestre, pe-o podea înghețată și mi se părea infinit mai plăcut să mă arunc în marea ilegalității și să mă scufund acolo până aveam să mor.

Aud adeseori expresia „paria ai societății" pentru a-i desemna pe nefericiții, etern-perdanții și imoralii acestei lumi. Eu însă mă simt ca și cum m-aș fi născut un „paria al societății", iar atunci când întâlnesc pe cineva desemnat deja de societate drept proscris, nu pot decât să mă simt atras de acea persoană, mânat de o afecțiune aparte, una pe care o numesc „suflet blând", care sfârșește prin a mă domina și copleși.

O altă expresie pe care o tot aud este „conștiință criminală". De-a lungul întregii mele vieți în această lume a oamenilor, am fost torturat de această conștiință pe care însă am ținut-o aproape ca pe o nevastă-n sărăcie, pentru ca împreună, numai noi, să ne scăldăm în bucuriile plăcerii noastre izolate, o atitudine la care nu am renunțat niciodată. În vorbirea populară se mai spune și „a avea o pată pe conștiință", dar în cazul meu port această „pată" de pe când eram sugar, iar trecerea vremii, în loc să mi-o șteargă, a făcut-o să-mi intre adânc în sânge. Am suferit din pricina ei nopți lungi de agonie care mi-au făcut viața un iad din care n-a lipsit nici un fel de tortură. Am ajuns însă acum, oricât de straniu ar părea, ca această pată, această rană a conștiinței mele, să-mi fie mai dragă decât propriul meu trup, iar durerea pe care mi-o provoacă este acum echivalentă cu sentimentul că trăiesc cu adevărat, ba chiar îmi pare o șoaptă drăgăstoasă.

Nu e de mirare așadar că pentru cineva ca mine atmosfera din jurul activității unui grup clandestin era liniștitoare și plăcută. Mai mult decât scopul ei declarat, mă atrăgea irevocabil personalitatea acestei mișcări. Pentru Horiki, pe de altă parte, mișcarea nu era decât un pretext pentru glume proaste, și singura adunare la care a participat a fost cea la care m-a prezentat pe mine. Justificarea lui pentru a nu mai veni era acea poantă ridicolă care spunea că marxiștii ar face bine să studieze nu numai producția, ci și consumul, deși, ca să fiu sincer, de consum ne ocupam noi doi cât se poate de bine. Dacă nu mă înșală memoria, erau pe vremea aia tot felul de marxiști. Unii hotărau să se numească

„marxiști“ pentru că li se părea ceva „modern“. Alții, printre care mă număram și eu, erau atrași de farmecul irațional al mișcării și i se dedicau trup și suflet. Sunt cât se poate de sigur că, dacă adevărații marxiști ar fi aflat ce ne interesa de fapt pe mine și pe Horiki, ar fi fost cuprinși pe loc de furie și ne-ar fi dat cu șutul ca unor trădători josnici. În mod surprinzător, nici eu și nici el nu ne-am găsit în situația de-a fi expulzați. Ba dimpotrivă, mă simțeam atât de liniștit în acel mediu irațional, cu mult mai mult decât în lumea oamenilor raționali, încât eram capabil să îmi îndeplinesc atribuțiile cu promptitudine și aplomb. Așa am ajuns să fiu considerat un tovarăș de încredere și mi s-au încredințat diverse misiuni, care mai de care mai pline de un ridicol nivel de clandestinitate, iar eu nu am refuzat niciodată vreuna dintre ele. Purtându-mă cât se poate de ascultător, am îndeplinit totul cu asemenea încredere de sine, încât „javrele“ (cum îi numeau tovarășii pe polițiști) nu suspectau nimic și nu m-au ridicat niciodată, nici măcar pentru a mă chestiona.

Și-uite așa, ba mai zâmbind eu, ba făcându-i pe alții să zâmbească, mi-am îndeplinit cu conștiinciozitate toate misiunile periculoase care mi-au fost încredințate. (Toți membrii mișcării erau extrem de precauți, mereu pradă unei nervozități de viață și de moarte, de parcă erau într-o imitație nereușită a unui roman polițist. Misiunile în care eram trimis erau de o stupefiantă lipsă de importanță, dar tovarășii erau atât de agitați, de parcă chiar aveam de-a face cu cine știe ce pericole.) M-am gândit de multe ori în acea perioadă că ar trebui să devin membru de partid ca să fiu prins, pentru că oricum nu îmi păsa dacă aveam să-mi petrec restul zilelor în închisoare. Ba chiar îmi trecu prin cap că închisoare pe viață ar fi de fapt o soartă mult mai plăcută decât continuarea lungului meu șir de nopți nedormite, gemând de frica infernală a „vieții adevărate“ pe care o trăiau cei din jurul meu.

În perioadele când era și tata cu mine în casă, era atât de ocupat cu primirea de oaspeți sau cu vizitele de protocol, încât de-abia ne vedeam, și-atunci și treceau câteodată și câte trei, patru zile fără să dăm ochii unul cu altul. Prezența lui însă era oprimantă și intimidantă. Tocmai când începusem să mă gândesc cum să fac să mă mut de-acolo (cu toate că n-aveam curajul să îi spun și lui), am aflat de la bătrânul care-avea grijă de casă că taică-meu se gândea deja să vândă vila.

Mandatul de deputat avea să-i expire curând și, din nenumărate motive pe care nici nu-ndrăznesc să-ncerc să le pricep, cel puțin nu mai mult decât pe cele ale unei persoane oarecare, părea să nu mai intenționeze să candideze din nou. Cel mai probabil se hotărâse în fine să-și construiască o reședință undeva mai aproape de locurile natale. Tōkyō nu-i plăcuse oricum niciodată și trebuie să fi ajuns la concluzia că nu mai avea nici un rost să țină o întreagă vilă cu servitori cu tot numai pentru a mă găzdui pe mine ca student. Așa că în scurtă vreme casa a fost vândută, și eu m-am mutat într-o cameră întunecată dintr-o clădire dărăpănată numită Seiyūkan din Morikawa-chō, în cartierul Hongō. Din acel moment mi-au început și grijile financiare.

Primisem pân-atunci o rentă lunară care nu mă ținea decât vreo două, trei zile. Din fericire, în casă găseam întotdeauna țigări, băutură și fructe, iar alte obiecte necesare vieții de student și nu numai, cărți, produse de papetărie, haine de tot felul, le puteam pune pe creditul tatei la oricare dintre magazinele din cartier. Ba, câteodată, negutătorii, știind cine sunt, mă lăsau să-mi iau ce aveam nevoie fără măcar să scoată vreo vorbă, știind că părintele meu avea să se ocupe de datorie.

Acum însă mă găseam într-o locuință fără nimic din cele de dinainte și unde eram nevoit să mă descurc exclusiv din suma lunară alocată de-acasă, ceea ce mă ținea la capătul răbdărilor. Indemnizația de-acasă dispărea, ca de obicei, în două, trei zile, și-apoi o luam razna de teamă și disperare. Mă apucam să trimit valuri de telegrame acasă, cerșind bani ba de la taică-meu, ba de la frați și surori. După valul de telegrame, urma invariabil un lung șir de scrisori în care ofeream explicații detaliate ale nevoilor pe care le-aveam. (Detaliile din scrisori nu erau decât fabricații absurde, dar consideram că era o strategie bună să-i fac pe oameni să râdă măcar, dacă tot îi tapam de bani.) La îndemnul lui Horiki, am început să frecventez și magazinele de amanet, dar, chiar și așa, eram constant într-o nevoie cronică de fonduri.

Eram pur și simplu incapabil să locuiesc singur în acea clădire unde nu știam pe nimeni și eram terifiat de gândul de-a sta singur la mine-n cameră. Mi-era teamă c-aveam să fiu prins și bătut de careva pe nepusă masă. Așa că preferam să stau pe-afară, ajutând cu activitățile mișcării comuniste, sau să iau barurile la rând cu Horiki, umflându-ne împreună cu sake ieftin. Mă lăsasem aproape de tot și de universitate, și de pictură.

În al doilea an de universitate, prin noiembrie, m-am încurcat într-o relație cu o femeie măritată, mai în vârstă ca mine și am încercat să mă sinucid cu ea. Incidentul acela m-a schimbat complet.

Încetasem să mă mai duc la cursuri și nu mai studiam deloc, dar reușeam cumva să dau răspunsuri decente la examene, ceea ce le dădea alor mei impresia că totul era în ordine. Absențele nelimitate pe care le acumulam însă i-au făcut pe administratori să-i trimită tatei un raport confidențial. Așa s-a făcut că m-am trezit într-o bună zi cu o scrisoare lungă, scrisă-n termeni duri și nenegociabili de la fratele meu cel mai mare, care îmi scria în numele tatei și îmi punea în vedere că venise vremea să-mi bag mințile-n cap. Pe mine însă puțin mă durea de scrisoarea lui, având în vedere că mă luptam în continuare cu o lipsă acută de bani și că misiunile care îmi erau atribuite de tovarășii din mișcare deveniseră atât de frecvente și de intense, încât nu mai pridideam să-mi mențin spiritul comic cu care le începusem. Fusesem ales cadru de conducere pentru toate grupurile de acțiune ale studenților marxiști din școlile din zona centrală a orașului și-acum fugeam dintr-o parte într-alta pentru a menține „contactul". Ba chiar îmi cumpărasem și-un cuțitaș pe care-l purtam cu mine tot timpul în buzunarul trenciului, gândind c-avea să-mi fie de-ajutor în cazul unei rebeliuni armate, deși, dacă memoria nu-mi joacă feste, n-avea o lamă mai puternică decât cea cu care se-ascut creioanele. Nu-mi doream decât să beau până uitam de tot și de toate, dar n-aveam bani pentru o astfel de beție. Eram copleșit de toate cerințele care-mi veneau de la P. (cum i se spunea partidului în limbaj codificat), de simțeam că nu-mi mai pot trage sufletul, că mă sufoc, iar corpul meu slab și bolnăvicios nu avea cum să țină pasul cu asemenea activitate frenetică. Singurul motiv pentru care-mi dorisem să ajut grupul era fascinația pe care mi-o provoca ilegalitatea, dar acum sfârșisem prin a fi implicat atât de adânc, încât mi se părea că sunt pedepsit pentru gluma pe care o făcusem. Ajunsesem să visez să le pot spune tovarășilor pe șleau că nu era treaba mea să fac toată acea muncă și că venise vremea să-și găsească membri de P. care să se ocupe de tot ceea ce căzuse în seama mea. Neputând însă să spun nimic și nici să-mi controlez enervarea, am evadat. O evadare care nu-mi făcea nici o plăcere, sinuciderea.

La vremea aia, erau trei femei care îmi arătau interes. Una dintre ele era fiica proprietarului casei în care locuiam. Ori de câte ori mă întorceam în cameră complet epuizat după o zi de alergătură pentru „tovarăși", de mă prăbușeam pe pat fără să mă mai gândesc la cină, apărea și ea, cu un caiet și-un pix în mână.

— Nu te supăra, dar e-atâta gălăgie jos cu soră-mea și cu frate-meu, că nici vorbă să-mi adun gândurile ca să scriu și eu o scrisoare.

Și se-așeza la biroul meu ca să scrie câteodată chiar și-o oră sau mai bine.

Ar fi fost probabil extrem de simplu să nu o bag în seamă și să mă fac că nu văd că era la mine-n cameră, dar era atât de clar că voia cu tot dinadinsul să vorbească cu mine, încât, deși n-aveam nici o dorință de-a vorbi cu ea, îmi ofeream serviciile. Mă întindeam pe burtă în pat și, trăgând din țigară, mă lansam în conversație cu ea:

— Cică sunt bărbați care-și încălzesc apa din cadă aruncând pe foc scrisorile de-amor pe care le primesc de la femei…

— Ce oribil! Așa faci tu?

— Ca să fiu sincer, m-am folosit de unele de-ale mele ca să-mi încălzesc niște lapte odată. Și l-am și băut.

— Vai, ce onoare pentru ea! Ia și bea și cu-ale mele!

Și măcar de-ar fi plecat repejor, cu minciuna ei despre scrisori cu tot! Da' de unde! Sunt convins că nu scria decât vorbe alandala pe hârtia aia! Iar de-i spuneam: „Ia, arată-mi și mie!“ (deși n-aș fi vrut să mă uit nici să mă pici cu ceară), atunci se eschiva și „vai, nu!“ și „ce măgar ești!“ cu cochetării aparent inocente, dar care mă făceau să mă treacă fiori pe spate. Și-așa mi-a venit ideea să-i dau ceva de făcut.

— Nu te supăra, dar nu iei tu tramvaiul pân' la farmacie să-mi iei și mie niște Calmotin? Sunt cumplit de obosit, îmi arde fața și n-am să pot să dorm fără niște pastile de dormit. Sincer, nu te supăra. Iar cu banii…

— Ei, lasă, nu-ți face probleme cu banii, mi-a răspuns cu un sentiment de satisfacție.

Știam eu bine că nu poți ofensa o femeie dacă o rogi să-ți facă o favoare. Dimpotrivă, erau oricând gata să-i facă pe plac oricărui bărbat le cerea ceva.

Cea de-a doua femeie interesată de mine era o „tovarășă“, o studentă la colegiul pedagogic, pe care n-aveam încotro și trebuia s-o văd în fiecare zi din cauza misiunilor pe care le-aveam de-ndeplinit. De cum îmi terminam sarcinile zilnice mă trezeam cu ea după mine, oferindu-mi tot felul de atenții alese aparent la-ntâmplare, pe care mi le dădea spunându-mi să o consider o soră bună.

Forțându-mă să-i fac pe plac, îi răspundeam cu o grimasă că așa o și consideram. Mi-era teamă s-o supăr în vreun fel și făceam tot posibilul să amân cât mai mult posibil ce părea să aibă ea de gând. Din păcate, asta însemna că trebuia să-i fiu pe plac din ce în ce mai mult acelei creaturi urâte și dezagreabile. O lăsam să-mi cumpere micile ei cadouri, care erau de atâta prost gust, încât sfârșeam prin a le da cât puteam de repede poștașului sau curierului care-mi livra cumpărăturile. Mă prefăceam a fi fericit în preajma ei și-o făceam să râdă la bancurile mele. Într-o bună seară de vară, nu reușeam deloc s-o fac să mă lase în pace și, odată ajunși într-o alee întunecată, am sărutat-o, sperând să o conving să se ducă odată acasă. Sărutul meu însă a excitat-o peste măsură și nu s-a mai putut controla. A chemat pe loc un taxi și m-a dus cu ea într-o cămăruță pe care mișcarea o închiria într-o clădire de birouri, unde am petrecut o noapte de amor sălbatic. „Iacă-tă ce mai surioară am și eu...", mi-am spus zâmbind cinic.

Nu aveam, așadar, nici o posibilitate de a le evita, nici pe fata proprietarului, și nici pe „tovarășa" cu pricina și dădeam nas în nas cu ele în fiecare zi. Nu aveam cum să nu le văd așa cum obișnuiam să fac cu alte femei în trecut. Și-uite așa, până să-mi dau seama ce se întâmpla cu adevărat, completa mea lipsă de încredere de sine mă-mpinse fără de voie să fac încercări disperate de a le face pe plac amândurora, de parcă eram cumva legat de ele printr-o datorie veche, dintr-o altă existență.

Tot în vremea asta, m-am trezit tot pe neașteptate beneficiarul grațiilor unei chelnerițe de la una din marile cafenele de pe bulevardul Ginza, căreia, după o singură întâlnire, îi datoram atât de mult, încât eram paralizat de îngrijorare și de teamă. Mă obișnuisem deja să mă prefac că am curajul necesar de a mă urca în tramvai de unul singur sau de a mă duce la Teatrul Kabuki sau chiar la cafenea fără ajutorul lui Horiki. Dar asta nu schimbase nimic din suspiciunea pe care o încercam pe dinăuntru cu privire la aplombul și violența ființelor umane. La suprafață însă învățasem puțin câte puțin arta de-a mă întâlni cu alții fără probleme... ba, nu, mint! Nu eram atunci cum nu sunt nici acum în stare să mă întâlnesc cu nimeni fără a ajutorul unor zâmbete schimonosite, semn al bufoneriei înfrângerii mele sociale. Stăpâneam cât de cât tehnica conversației banale, pe care o făceam ca într-un vis. Poate că era și acesta un talent achiziționat de pe urma activităților din mișcare... Sau, poate mulțumită femeilor, alcoolului? Sau, pur și simplu, lipsei acute de bani...

Frică îmi era indiferent unde mă aflam, așa că am vrut să văd dacă nu cumva cea mai bună metodă de-a scăpa de ea era să mă pierd într-o cafenea din cele mari, unde m-aș fi amestecat printre mulțimea de bețivi, chelnerițe și servitori. Așa am ajuns să mă duc de unul singur la o cafenea în Ginza. Cum n-aveam decât zece yeni la mine, i-am spus pe șleau animatoarei care s-a și așezat lângă mine de cum am intrat:

— N-am decât zece yeni la viața mea, asta ca să știi!

— Nu-ți face probleme, îmi răspunse ea, și detectai un vag accent din regiunea Kansai. Nu mă puteam încrede în propriile mele sentimente, dar acele câteva vorbe reușiseră să mă calmeze și nu pentru că nu mai eram nevoit să mă agit din cauza lipsa banilor, ci pentru că, stând acolo lângă ea îmi dispăruse orice umbră de neliniște.

Mi-am băut alcoolul comandat. Femeia nu mă intimida, așa că nu simțeam nici o obligație să-mi afișez obișnuitele bufonerii pentru ea. Am băut în liniște, fără să mă obosesc să-mi ascund spiritul taciturn și mohorât, adevărata mea natură.

— Îți plac astea? m-a-ntrebat ea, înșirând în fața mea câteva farfurii cu aperitive care merg bine la băutură.

Am clătinat din cap.

— Numai băutură, deci? Bine, atunci beau și eu.

Într-o seară rece de toamnă o așteptam pe Tsuneko (parcă așa o chema, deși amintirea ei e prea tulbure ca să fiu sigur... așa-s eu, genul care uită cum o cheamă pe femeia cu care a încercat să se sinucidă) să iasă de la muncă, așezat la un bar de sushi dintr-o alee lăturalnică din Ginza. Sushiul pe care-l mâncam era complet fad, dar ce spun eu, prefăcându-mă că-mi amintesc dacă era bun sau nu când nu-mi aduc aminte cum o chema pe ea! Îmi amintesc cu claritate capul tuns soldățește și fața ca de șarpe ale bătrânului care tăia peștele și felul în care-și mișca țeasta, de parc-ar fi fost vreun mare maestru bucătar. Mi s-a întâmplat de-atunci de vreo câteva ori să dau de câte-o figură familiară în tramvai și să încerc să-mi amintesc cine este, pentru ca apoi să-mi dau seama că persoana la care mă holbam era leită cu bătrânul acela de la dugheana ambulantă de sushi. Faptul că în acest moment atât numele, cât și fața femeii îmi sunt aproape complet șterse din memorie, în timp ce chipul lui mi-l amintesc cu atâta precizie, că aș fi în stare să-l desenez, nu este decât dovada clară că acel sushi era atât de prost, încât mă trecea cu fiori când îl mâncam. Pe de altă parte, trebuie să recunosc că, și dacă sunt invitat la restaurante renumite, sushi nu este tocmai mâncarea mea preferată.

Tsuneko locuia într-o cameră închiriată la etajul unu al atelierului unui tâmplar. Mă tolănisem pe podea și sorbeam dintr-o ceașcă de ceai, cu falca sprijinită în pumn, de parc-aș fi avut o durere teribilă de dinți. Nu-mi ascundeam deloc posomoreala mea obișnuită, iar ei părea să-i placă să se uite la mine așa cum stăteam acolo întins pe dușumeaua ei. Femeia îmi părea complet izolată, de parcă o furtună de toamnă se învârtea în jurul ei, lăsând în urmă numai frunze moarte purtate cu violență către pământ.

Și, cum stăteam acolo unul lângă altul, mi-a spus că era cu doi ani mai mare ca mine și că era din Hiroshima.

— Sunt măritată, să știi. El a fost frizer în Hiroshima, dar pe la sfârșitul anului trecut ne-am hotărât să lăsăm totul baltă și să fugim împreună la Tōkyō. Dar el nu și-a găsit nimic de Doamne-ajută de făcut pe-aici. Apoi a fost arestat și-nchis pentru înșelăciune, și-acu-i la-nchisoare. M-am tot dus să-l văd în fiecare zi, dar de mâine, gata, nu mă mai duc.

Și continuă să vorbească tot așa, dar eu n-am fost niciodată în stare să mă concentrez când femeile toacă din gură despre ele însele. Se poate să fie din cauză că sunt incredibil de inepte când vine vorba să povestească ceva, pentru că pun accentul pe lucrurile neimportante, sau poate din altă cauză. Oricare-ar fi motivul, pe-o ureche-mi intră, și pe alta-mi iese tot ce spun.

Așa-s de nefericită... vorbe șoptite care, mai mult decât un milion de altele ieșite din gura unei femei, aveau să-mi trezească compasiunea. Ce declarație simplă, dar pe care n-am avut ocazia s-o aud niciodată de la o femeie! Iar cea de lângă mine nici măcar nu le spusese în vreun fel anume, dar un curent puternic de nefericire îi învăluise parcă toată suprafața corpului și l-am simțit apoi pe pielea mea, întregul meu corp fiind brusc cuprins de el, încolăcit vârtos în jurul propriului meu curent de amărăciune, căzând împreună ca „o frunză pe pietrele de la fundul unui iaz"[1]. Și-atunci m-am simțit eliberat complet de frică și anxietate.

Era un sentiment diferit de cel al somnului neîntors pe care îl încercasem în brațele acelor prostituate idioate (asta și pentru că ele erau, în primul și-n primul rând, pline de optimism). Noaptea petrecută cu soția pungașului a fost pentru mine una de eliberare și fericire (un cuvânt îndrăzneț, a cărui folosire în aceste caiete nu se va mai petrece, sunt convins).

Totul nu dură decât o noapte, și când m-am trezit de dimineață eram din nou nimic mai mult decât carcasa goală a unui clovn. Cei slabi se tem cel mai abitir de fericire. Ei sunt capabili să se taie și cu o cârpă. Până și fericirea îi doare. Nu mai voiam acum decât s-o părăsesc mai înainte să fiu eu rănit, așa că mi-am întins din nou neserioasa mea cortină din fum.

— Se spune că odată cu banii se duce și dragostea de râpă, numai că înțelesul e opus față de ce crede lumea. Aici nu e vorba de faptul că de-ndată ce-un bărbat nu

1. În ghilimele în original, deși nu e clar dacă e vorba de un citat sau de o simplă imagine poetică folosită de Dazai.

mai are bani îl lasă și femeile, ci că, fără bani, se simte ca naiba și n-are chef de nimic. Își pierde până și bucuria din hohotul de râs și se amărăște singur până când se leapădă și de femei. Asta vrea să zică proverbul ăla, că bărbatul fără bani o ia razna și se tot scutură și se tot scutură de tot și de toate până se scutură și de femeie, și așa-i și explicat în dicționarul cel mare al lui Kanazawa[1], un sentiment pe care-l împărtășesc și eu.

Comentariile astea prostești îmi amintesc c-o făceau pe Tsuneko să râdă cu poftă. Nu voiam de fapt decât să spăl putina cât mai repede cu putință în dimineața aia, și pe cât posibil s-o fac chiar și fără să mă spăl pe ochi. Simțeam instinctiv că n-avea rost să mai stau, și dacă o făceam putea să fie periculos. Atunci am emis și explicația despre dragoste și bani, una care avea să ducă la complicații neașteptate mai târziu.

N-aveam s-o mai văd pe binefăcătoarea mea din noaptea aceea vreme de vreo lună, și în tot acest timp acel moment de fericire pe care îl încercasem cu ea avea să se disipeze puțin câte puțin în fiecare zi. Începusem să fiu speriat de faptul că acceptasem acel moment de tandrețe, pentru că simțeam că-mi impusesem mie însumi niște legături teribile din care nu aveam să fiu capabil să scap. În timp, faptul că plătise nota la cafenea în ziua aia a început să mă oprime și am perceput-o și pe Tsuneko ca pe una dintre femeile care îmi amenințau existența, ca fiica proprietarului sau studenta de la colegiul pedagogic.

1. *Kanazawa daijirin*, în original, se referă la dicționarul explicativ al limbii japoneze, editat de Shōzaburō Kanazawa (1872–1967) și publicat sub titlul de *Kōjirin* în 1925, la Editura Sanseidō.

Tsuneko mă intimida constant, chiar și de la distanță. În plus, mi-era o frică de moarte că, dacă aveam s-o întâlnesc din nou, o femeie cu care petrecusem o noapte împreună, aveam să izbucnesc cu o mânie de nestăpânit. Retras cum eram din fire mai ales când era vorba de a mă vedea cu alți oameni, am hotărât că este mai ușor să stau departe de Ginza. Firea mea retrasă nu era deloc prefăcătorie, dar nu reușeam sub nici o formă să mă obișnuiesc cu acea caracteristică feminină care le permite să separe complet ceea ce fac după ce se bagă în așternuturi și când se trezesc de dimineață, de parcă ar fi dominate de o uitare absolută.

Să fi fost pe la fine de noiembrie când m-am dus să beau cu Horiki la un bar ieftin din Kanda. Nici nu ieșisem bine pe șapte cărări de-acolo, când amicul mânat de diavol începu să bată toba să ne ducem să mai bem și altundeva. Bani nu mai aveam, dar el o ținea una și bună.

M-a convins în cele din urmă, cel mai probabil pentru că eram deja mai beat decât de obicei, ceea ce mă făcea mai îndrăzneț, și i-am spus:

— Na, bine-atunci, te duc cu mine într-un tărâm al viselor. Ai să te minunezi: băutură și femei...[1]

— O cafenea, adică?

— D-apăi cum?

— Păi ce mai așteptăm? Dă-i drumu'!

Și-uite așa, ne-am urcat amândoi într-un tramvai. Horiki mai spuse, extrem de excitat:

---

1. *Shuchi nikurin*, în original, este o expresie idiomatică din patru caractere (*yoji jukugo*), de origine chineză, însemnând literal „iazuri de alcool, păduri de carne“, adică un mare banchet, deși „carne“ se poate referi atât la mâncare, cât și la sex.

— Sunt flămând dup-o femeie în noapte-asta! O fi foc de mă iau de-animatoare?

Nu-mi plăcea deloc când Horiki făcea pe nebunul în felul ăla când se-mbăta. Și el știa foarte bine cât îmi repugna asemenea comportament, așa că insistă ca să mă râcâie:

— Ce zici? O fi foc? Oricum le pup de nu se văd. Care-o sta lângă mine, o și iau la pupat.

— Bănuiesc că nu contează.

— Bun, atunci! Că nu mai pot dup-o femeie!

Ne-am dat jos la Ginza și-am intrat în cafeneaua cu „băutură și femei", deși n-aveam nici un șfanț în buzunar și nu mă bazam decât c-o să dăm de Tsuneko. Ne-am așezat într-un separeu gol, față-n față, și două animatoare s-au și repezit către noi. Tsuneko era una dintre ele, dar s-a așezat lângă Horiki, iar cealaltă fată lângă mine. Preț de-o secundă, gândul că Horiki avea să-și pună-n aplicare planul fără ezitare m-a paralizat.

Nu-mi părea rău că Tsuneko nu venise la mine, pentru că n-am fost vreodată dominat de dorința de-a poseda ceva sau pe cineva. E-adevărat că din când în când, rar, se-ntâmpla să mă încerce un vag sentiment de regret când pierdeam ceva, dar nu era nicicând atât de puternic încât să mă supere sau să intru în conflict cu cineva pentru a-mi exprima dreptul la posesiune. Era atât de onest acest sentiment în cazul meu încât câțiva ani mai târziu aveam să privesc în tăcere în timp ce soția mea era violată.

Făcusem tot posibilul până atunci să nu mă amestec în treburile sordide ale oamenilor, pentru că mi-era incredibil de teamă că mă voi găsi tras la fundul unui vârtej infinit. În fond, Tsuneko nu-mi fusese iubită decât o noapte. Nu-mi aparținea mie. Nu aveam, așadar, de ce să mă dedau unei emoții atât de nelalocul ei precum „regretul". Eram, cu toate astea, șocat.

Îmi părea sincer rău de Tsuneko și de faptul că trebuia să îndure săruturile animalice ale lui Horiki sub ochii mei. Iar după ce-avea să fie batjocorită de Horiki, nu va mai avea altă opțiune decât să mă lase pe mine. Pasiunea mea pentru ea însă nu era atât de fierbinte, încât s-o opresc. Așa că, după acel moment inițial de șoc cu gândul la situația ei nefericită, n-am făcut decât să mă gândesc că s-a-ncheiat totul între noi, pentru ca apoi să mă resemnez supus. M-am uitat de la Horiki la Tsuneko și înapoi, cu un rânjet pe față.

În clipa următoare însă, lucrurile luară o turnură neașteptată spre și mai rău.

— Dă-o dracu' de treabă! zise Horiki cu-o grimasă de dezgust pe față. Nici măcar un desfrânat de teapa mea nu poate să se mozolească cu-o muiere care pute a sărăcie în halul ăsta!

Și și-a pus brațele la piept, forțându-și grimasa de mai-nainte într-un zâmbet.

— Dă tu ceva de băut! N-am nici o para chioară la mine, i-am șoptit lui Tsuneko.

Nu mai voiam decât să beau în neștire, să mă înec în alcool. În ochii celorlalți, Tsuneko nu merita să fie pupată nici măcar de bețivanul din fața mea: o muiere terminată, puțind a sărăcie. Gândul m-a lovit cu forța unui fulger, puternic, șocant. Am băut mai mult decât oricând în viață, cerând tot mai mult și mai mult, până când am simțit că-mi înotau ochii în alcool. Și de fiecare dată când ne uitam unul la altul, Tsuneko și cu mine, ne zâmbeam trist. Horiki avea dreptate. Tsuneko nu era decât o femeie epuizată, doborâtă de sărăcie și mizerie. Atât și nimic mai mult. Ori de câte ori mă cuprindea acest gând, venea împreună cu unul de camaraderie pentru această persoană care suferea la fel de mult ca și mine, dar din cauza sărăciei (până la urmă, conflictul dintre bogați și săraci este un subiect invocat și răsinvocat, dar pe care îl înțelegeam acum în profunzime și căruia îi conștientizam perenitatea tematică în literatură). Mi-a fost milă de Tsuneko și, pentru prima dată în viață, am devenit conștient de un sentiment pozitiv (deși extrem de vag) de dragoste în suflet. Am vomitat. Mi s-a rupt filmul. Era prima dată că îmi pierdeam cunoștința din cauza băuturii.

M-am trezit cu Tsuneko, care ședea lângă perna mea. Dormisem în camera ei de deasupra atelierului de tâmplărie.

— Am crezut că glumeai când mi-ai spus că dragostea se duce de râpă odată cu banii, dar tu chiar erai serios. N-ai mai venit pe la mine. Grea povestea asta cu dragostea și sărăcia. Dar, dac-aș face bani pentru tine, cum ar fi?

— Nici vorbă!

Femeia s-a-ntins lângă mine. Ea a fost cea care a pronunțat prima cuvântul „moarte" cândva mai înainte de-a se crăpa de ziuă. Și ea părea că nu mai avea puterea să se achite de sarcina de-a fi o ființă umană. Iar eu, cu cât mă gândeam mai adânc la scârba mea de lume și de infernala plictiseală pe care mi-o cauza, la bani, la mișcare, la femei și la studiile mele, mi se păru clar deodată că nu mai aveam cum să continui să trăiesc. Am consimțit la propunerea ei de a muri împreună.

Nu mi-a fost însă ușor să mă conving complet pe mine însumi de realitatea acestei hotărâri de-a muri. Mi se părea pe undeva că nu era nimic adevărat, că era un „joc".

Ne-am plimbat împreună prin Asakusa în dimineața aceea. Am intrat apoi într-o ceainărie și-am băut câte-un pahar cu lapte.

— Plătește tu, mi-a spus.

M-am ridicat în picioare și-am scos portofelul din mâneca chimonoului, dar nu aveam decât trei monede de cupru. Nu rușinea, ci oroarea m-a cuprins în acel moment. Am văzut în fața ochilor camera în care locuiam, complet goală acum, cu excepția uniformei de student și a așternuturilor în care dormeam... o celulă sumbră, lipsită de orice obiect care ar mai fi putut fi amanetat. Singurele posesiuni pe care le mai aveam erau chimonoul și paltonul de pe mine. Asta era realitatea și îmi era mai mult decât clar că nu mai puteam continua să trăiesc.

Și, cum stăteam acolo ezitând, s-a ridicat și ea și s-a uitat în portofelul încă deschis:

— Vai de mine, asta-i tot ce ai?

Nu era nici o intenție de malițiozitate în vocea ei, dar pe mine m-a rănit adânc. M-a durut așa cum numai vocea primei femei pe care ai iubit-o în viață poate să te doară. Asta-i tot? Nu, nu aveam de fapt nici măcar atât, pentru că acele trei monede de cupru nu valorau nimic. Suferisem o umilință mai stranie decât vreo alta suferită până atunci, o umilință cu care nu puteam continua să trăiesc. Iată aici și dovada că nu reușisem deloc să mă separ de ideea că eram fiul unui bogătaș. De-abia atunci am decis, de data asta cu sentimentul dureros al realității, să mă sinucid.

Ne-am aruncat în mare la Kamakura în seara aia. Femeia și-a scos *obi*-ul pe care îl împrumutase de la o prietenă de la cafenea, l-a împăturit frumos și l-a pus pe un bolovan de pe mal, iar eu mi-am scos paltonul și l-am așezat tot acolo. Am intrat în apă împreună.

Femeia a murit. Eu nu.

Incidentul a primit destulă atenție în presă, pe de-o parte pentru că eram student la universitate, iar pe de alta și pentru că numele părintelui meu încă mai avea o oarecare rezonanță publică.

Am fost pus într-o rezervă de spital undeva aproape de țărm, și o rubedenie trimisă de-acasă s-a ocupat de toate cele necesare. Tot el a insistat să-mi spună mai înainte de a pleca înapoi că atât taică-meu, cât și restul familiei erau atât de înfuriați de întregul incident, încât mă puteam considera deja dezmoștenit. M-au lăsat rece amenințările lor, gândurile mele fiind complet îndreptate către Tsuneko, care nu mai era printre cei vii și după care tânjeam ca un câine și plângeam tot timpul. Din toți oamenii pe care-i cunoscusem până în acel moment al vieții mele, ființa aceea nenorocită era cu adevărat singura pe care o iubisem.

În timpul spitalizării am primit o scrisoare lungă de la fiica proprietarului, compusă toată dintr-o înșiruire de cincizeci de poeme *tanka*. Cincizeci de poeme *tanka* în care fiecare prim vers de cinci silabe din cele treizeci și una tradiționale era o rugăminte stranie: „Trăiește pentru mine, te implor..." Asistentele care mi se perindau prin cameră râdeau cu poftă în prezența mea, iar unele chiar mă strângeau de mână pe furiș.

Spitalizarea a dus și la descoperirea faptului că aveam o problemă la plămânul stâng, ceea ce s-a dovedit a fi până la urmă un lucru bun. La externare am fost luat direct la secția de poliție și acuzat de complicitate la suicid, dar am fost tratat ca un bolnav cronic și nu am fost închis cu criminalii de rând, ci într-o rezervă specială, datorită condiției mele medicale.

Ba chiar în noaptea aia, polițistul bătrân care era de pază la ușa rezervei mele a deschis ușa ușurel și m-a chemat:

— Bă, ți-o fi frig acolo de numa'! Hai, vină acilea lângă mine să șezi cu mine lângă foc!

Arborând o mină voit deprimată, m-am dus la el în camera de gardă și m-am așezat pe-un taburet lângă foc.

— Ți-o fi dor de ea, nu?

— Da, îmi e, am răspuns cu vocea stinsă.

— Iac-așa suntem noi, oamenii, spuse el, cu un timbru grav. Unde te-ai luat cu ea la-nceput?

Brusc, polițaiul abordase un ton autoritar aproape identic cu cel al unui judecător. Era clar că mă trata cu dispreț, ca pe-un copilandru prost, care n-avea cum să perceapă diferența și se comporta acum de parcă el ar fi fost însărcinat să se ocupe de întreaga investigație.

Mie mi-a fost clar pe loc că nu spera decât să-și treacă seara lungă de toamnă extrăgând de la mine o declarație prin care să-i spun, de fapt, o poveste de dragoste cu ceva elemente sexuale picante. Știam prea bine că era dreptul meu să refuz să-i răspund la orice întrebare îmi punea și n-am putut decât să mă abțin din răsputeri să nu-i izbucnesc în râs în față. Pe de altă parte, îmi dădeam și eu bine seama că aveam înainte o noapte lungă, așa că, în loc să-i resping încercările de „interogatoriu privat“, am adoptat o mină de sinceritate simplă, de parcă aș fi fost convins fără nici o umbră de îndoială că bătrânul avea dreptul să mă interogheze și că severitatea sentinței mele depindea neîndoielnic de decizia lui. Așa c-am inventat o confesiune pe care am considerat-o îndeajuns de absurdă pentru a-i satisface măcar cât de cât curiozitatea lascivă.

— Mda, mda... Cred c-am înțeles acum despre ce-i vorba. Să știi că luăm în considerație onestitatea cu care ne răspunde un prizonier.

— Vă mulțumesc mult de tot! Nu pot decât să sper că mă veți ajuta cum o să puteți.

Îmi jucasem rolul cu succes, se pare, deși nu avea să-mi fie de-ajutor în nici un fel anume. De-abia după ce se crăpă de ziuă am fost chemat în fața comandantului secției. Aici avea să aibă loc adevăratul interogatoriu.

Nici nu deschisesem bine ușa ca să intru în biroul lui, că șeful mă și luă pe sus:

— Ei, da! Iacă-tă ce mai flăcău frumos! Nu, clar nu tu ești de vină aici! Mă-ta-i de vină c-a adus pe lume ditamai flăcăul arătos!

Era un tip negricios, încă destul de tânăr și care părea să fie absolvent de facultate. Mă luă prin surprindere cu cuvintele lui și m-am simțit brusc atât de jalnic, de parcă m-aș fi născut cu o malformație congenitală și cu o pată roșie pe jumătate din față.

Interogatoriul comandantului cu trup atletic era simplu și direct, complet opus față de cel furtiv și obscen al bătrânului din seara de dinainte. După ce-a terminat cu întrebările, a completat ceva într-un formular care trebuia trimis la biroul procurorului regional. În timp ce scria, mi s-a adresat fără să ridice ochii de pe hârtie:

— Nu-i bine că-ți neglijezi sănătatea în felul ăsta... Tușești sânge, nu-i așa?

Tușisem într-adevăr toată dimineață ceva de speriat, și de fiecare dată îmi acoperisem gura cu batista care era stropită cu sânge. Sângele însă nu era din gât, ci de la un coș de sub ureche pe care-l tot storsesem în ajun. Mi-am dat seama imediat că nu aveam nimic de câștigat dacă spuneam adevărul, așa că mi-am pus ochii în pământ și-am murmurat de parc-aș fi suferit un martiriu:

— Da...

Comandantul terminase de completat hârtia cu pricina:

— Acum e la latitudinea procurorului regional dacă să fii trimis în judecată sau nu, dar eu unul îți sugerez să suni sau să trimiți o telegramă unuia dintre gardienii tăi legali, care să te însoțească la biroul procurorului în Yokohama. Bănuiesc că ai un gardian legal sau măcar pe cineva care să dea garanție pentru tine, nu?

Îmi amintii de un consătean de la mine de la țară, un negutător de antichități cu pretenții de mare domn, care tot venea în vizită la vila tatei și care îmi fusese gardian legal pentru înscrierea la școală, în lipsa părinților. Dom' Shibuta era un bărbat la vreo patruzeci de ani, necăsătorit și îi făcea tot felul de servicii tatei. Avea o față cumva turtită, iar poziția ochilor îl făcea să semene c-un pește plătică, iar părintele meu îi spunea chiar așa. Ajunsesem la rându-mi să-i spun tot la fel.

L-am căutat pe Plătică în cartea de telefon de la secția de poliție și l-am sunat. L-am rugat să vină la Yokohama pe post de gardian legal și, deși mi-a răspuns pe un ton ciudat și extrem de servil, a fost de acord în cele din urmă.

— Bă, luați careva telefonul ăla și dezinfectați-l naibii! Voi nu vedeți că ăsta tușește sânge, ce dracu'?! l-am auzit urlând în urma mea pe comandant către subalternii din secție, în timp ce mă-ntorceam în rezerva mea.

În dup-amiaza aceea, mi-au legat mâinile cu o frânghie subțire de cânepă, pe care m-au lăsat s-o ascund sub palton când ieșeam din secție. Un polițai tânăr ținea însă bine de capătul celălalt al frânghiei. Ne-am dus la Yokohama cu tramvaiul.

Experiența de la secția de poliție nu m-a deranjat câtuși de puțin. Ba dimpotrivă, mi-a lipsit rezerva pe care mi-o dăduseră, ba chiar și bătrânul polițist cu plăcerea lui pentru istorii obscene. Ce m-o fi făcând, oare, să mă simt așa? Când mi-au legat mâinile ca unui pușcăriaș de rând, am simțit o ușurare enormă, și un puternic sentiment de calm și relaxare m-a învăluit pe loc. Chiar și-acum, când scriu aceste amintiri, mă-ncearcă aceeași senzație plăcută de liniște interioară.

Între toate celelalte amintiri pline de nostalgie ale acelei experiențe, una singură rămâne puternică, un dezastru teribil pe care nu am să-l pot uita vreodată și care mă umple și-acum de sudoare rece. S-a petrecut în biroul prost luminat al procurorului regional, un tip la vreo patruzeci de ani, plin de un calm inteligent și profesional și având ceea ce eu aș numi „chipeșenie reală“ (față de a mea care, chiar dacă ar fi reală, este mânjită de lascivitate). Părea genul de om simplu și direct, așa că mi-am lăsat garda jos complet. În timp ce-i povesteam monoton toată tărășenia, am fost cuprins din nou de o tuse puternică. Mi-am scos batista făcând în așa fel încât să arăt ca din greșeală petele de sânge cu același oportunism nesimțit de la secția de poliție. Mă gândeam că poate tusea-mi va fi de ajutor din nou, așa că am adăugat câteva în plus, puțin exagerate și, cu gura încă acoperită de batistă, am furat o privire către procuror.

— Pe bune? întrebă el cu acel zâmbet liniștit pe față.

Chiar și-acum amintirea asta mă umple de rușine și agitație. Era cu mult, mult mai rău decât în liceu când întrebarea tâmpitului de Takeichi mă aruncase în focurile iadului, când mă atacase pe la spate cu idiotul lui de „dinadins". Astea sunt cele două dezastre majore din viața mea de actor. Mă bate câteodată gândul că ar fi fost mult mai bine dacă eram condamnat la zece ani de închisoare decât să fiu nevoit să îndur acel dispreț calm al procurorului regional.

Nu am fost acuzat în final de nimic, dar nu m-am bucurat deloc la aflarea deciziei. Mă simțeam atât de teribil cum stăteam pe bancă acolo, pe coridorul din fața biroului procurorului regional, așteptându-l pe Plătică să-și facă apariția.

Prin ferestrele înalte din spatele băncii se vedea cerul strălucind în lumina apusului. Un stol de pescăruși zbura într-o formație care aducea cu rotunjimile trupului feminin.

Al treilea caiet

1

Dacă una dintre predicțiile lui Takeichi se îndeplinise, cealaltă, nici vorbă. Evident că cea îndeplinită era cea despre femei, cea lipsită de glorie, pe când cea despre cum că aș deveni un mare artist nu se materializa defel.

N-am ajuns decât un necunoscut desenator de mâna a doua, angajat de cele mai ieftine reviste.

Incidentul de la Kamakura a adus cu sine o exmatriculare imediată de la universitate, așa că am ajuns să locuiesc într-o cămăruță de la etajul casei lui Plătică. Mi-am dat seama că sume infime de bani îi erau trimise de către familie (de la frații mei, fără știrea tatei) direct lui Plătică în fiecare lună, pentru a-mi acoperi cheltuielile de bază, orice altă legătură cu cei de-acasă fiind complet tăiată. Plătică era tot timpul posac în preajma mea și, chiar dacă zâmbeam pentru a mă face cât mai plăcut cu putință, atitudinea lui nu se schimba cu absolut nimic. Așa de radical se transformase Plătică, încât nu putea decât să mă facă să meditez la cât de vrednică de dispreț, sau poate comică, este firea omului, capabilă să se metamorfozeze atât de ușor și făr' de efort.

Plătică părea să mă urmărească-n mod constant, de parc-aș fi fost gata să mă sinucid din nou, crezând probabil c-aveam să m-arunc în mare cu prima ocazie, pe urmele iubitei mele, și îmi interzise cu strictețe să ies din casă. În absența tutunului și-a băuturii, petreceam zi după zi, de când mă trezeam de dimineață până mă duceam la culcare, ca într-o capcană în cămăruța mea. N-aveam nimic de făcut decât să citesc la infinit câteva reviste vechi. Trăiam ca un semidoct și-mi pierdusem până și energia necesară de-a mă gândi să mă sinucid din nou.

Casa lui Plătică era pe lângă Colegiul Sanitar Okubo, singurul lucru demn de menționat fiind firma mare de la intrare pe care scria „La Dragonul Verde. Negutător de antichități". Clădirea avea două intrări, una din ele dând în anticariat, o-ncăpere prăfuită plină până la refuz cu vechituri fără valoare. Plătică nu trăia însă din negoțul cu gunoaiele din magazin, ci se ocupa de altfel de servicii, cum ar fi transferuri secrete de proprietate de la un client la altul pentru a evita impozitele, așa că nu-l vedeai în magazin niciodată. Pleca de-acasă dimineața devreme în mare grabă și încruntat deja, iar de negoț se ocupa un băietan de vreo șaptesprezece, optsprezece ani, care și el, ori de câte ori nu avea altceva mai bun de făcut, bătea mingea sau se juca alte jocuri cu copiii din cartier. Tânărul trebuie să mă fi luat de prost, cum locuiam eu acolo la etajul casei de unul singur, așa că mă trezeam cu el ținându-mi lungi și pretențioase discursuri, de parc-ar fi fost cu mult mai mare și mai înțelept decât mine. Iar eu, ca să nu mă contrazic cu el, pentru că nu am fost în stare să o fac niciodată, nu făceam altceva decât să îl ascult cu atenție cu o mină obosită, dar plin de admirație falsă așternută pe față. Auzisem parcă de mult de la careva din familie o bârfă cum că băietanul ar fi fost un fiu nelegitim al lui Plătică, dar cei doi nu își spuneau tată și fiu. Cine știe ce motiv or fi avut ei să nu-și spună așa unul altuia, poate faptul că dom' Shibuta ăsta era necăsătorit, dar, cum pe mine mă lasă rece viața altora, nu am aflat niciodată nimic mai mult decât ce am spus mai sus. Trebuie să recunosc că ochii tânărului semănau întrucâtva cu cei de pește, așa că se prea poate să fi fost ceva adevăr în spatele acelei bârfe. Pe de altă parte, dacă era adevărat că erau rude, atunci nu duceau o viață prea plăcută ca părinte și odraslă. Singura activitate de familie pe care o aveau împreună erau rarele comenzi pe care le făceau seara târziu de la un restaurant de tăiței *soba* din cartier numai pentru ei doi, fără a mă invita vreodată și pe mine. Mâncau fără să scoată vreo vorbă, în tăcere absolută.

În casa lui Plătică, băiatul era cel care gătea aproape întotdeauna, și tot el era cel care aducea de trei ori pe zi pe o tavă mâncarea pentru parazitul ferecat în camera de la etaj. Plătică și tânărul mâncau împreună în debaraua plină de umezeală de sub scară și o făceau cu atâta grabă, de le auzeam tacâmurile lovind vesela.

Într-o bună seară, către finele lui martie, Plătică m-a invitat la cină la parter, unde se servea, în semn de ocazie deosebită, sake. Nu-mi e clar nici astăzi dacă dăduse peste vreun chilipir financiar sau îi reușise vreo mașinație mai profitabilă și, chiar dacă aceste ipoteze erau corecte, un număr de alte motive s-ar fi putut afla în spatele invitației lui, unele atât de obscure, încât nu aș putea în veci vecilor să mi le imaginez. Înfruptându-se dintr-o porție de *sashimi* de ton, gazda mea se afla într-un spirit generos, ceea ce îl predispusese să ofere mâncare și sake și mutălăului parazit de la etaj.

— Ei, și ce-ai de gând să faci, de-acu' încolo? m-a-ntrebat.

Fără să scot o vorbă, am luat cu bețișoarele de pe-o farfurie de pe masă niște fulgi de sardine uscate, și privirea mi s-a oprit pe ochii argintii ai peștilor. Un val ca de beție se ridică în mine și m-am lăsat cuprins de nostalgie după zilele în care bântuiam barurile cu Horiki. Îmi lipsea cu atâta disperare acea „libertate", încât m-am simțit brusc foarte slab, și ochii mi s-au umplut de lacrimi.

De când venisem în casa aia îmi pierdusem până și impulsul către bufonerie, zăcând practic sub privirile disprețuitoare ale lui Plătică și-ale băiatului. Iar cum Plătică nu părea deloc interesat în a avea conversații de suflet cu mine, nici eu nu eram încercat de dorința de-a mă plânge lui.

— Cu sentința asta suspendată, nu ai să ai cazier, cel puțin după cum stau lucrurile în momentul ăsta, a mai zis Plătică. Așa că depinde numai de tine ce-ai să faci ca să te reabilitezi. Dac-apuci pe drumul ăl' bun și vii la mine cu orice probleme ai avea, nu glumesc, să știi, eu am să fac tot ce pot ca să te-ajut!

Felul de-a vorbi al lui Plătică – nu, numai al lui, ci, de fapt, al oricărei alte persoane pe lumea asta – avea o complexitate ciudată, evazivă, împletită cu înțelesuri neclare. Astfel de precauții verbale atât de stricte, încât deveneau inutile îmi scăpaseră de când mă știu, iar micile manevre care le învăluiau mă iritau nespus. În cele din urmă, nu-mi mai păsa ce voiau să spună și le ignoram cu poante sau le lăsam să mă cucerească în mod abject, dând din cap fără să scot vreun cuvânt, acceptând că fusesem învins.

Mult mai târziu mi-am dat seama că, dacă Plătică ar fi spus atunci lucrurilor pe nume, nu s-ar fi petrecut nimic rău. Precauțiile sale absolut inutile sau, poate, vanitatea de neînțeles și dragostea de aparențe a oamenilor în general au făcut să trec printr-un număr de experiențe cât se poate de sumbre.

De-ar fi spus atunci ceva de genul: „C-o fi de stat sau privată nu contează, dar vreau ca din aprilie să te-ntorci la școală. Dacă te duci din nou la școală, ai tăi au hotărât să-ți trimită și o sumă lunară mai decentă pentru trai." N-aveam să aflu decât mult mai târziu că asta era, de fapt, situația. De-aș fi știut-o, cred c-aș fi făcut exact ce mi-a cerut Plătică. Felul stupid de prudent și circular în care mi-a vorbit însă n-a făcut decât să mă irite peste măsură, așa că tot restul vieții mele avea să fie schimbat irevocabil din cauza asta.

— Dar, dacă nu simți că poți să vii la mine ca să te sfătuiesc cum să faci pe viitor, atunci nu prea am cum să te ajut.

— Să mă sfătuiți?

N-aveam nici cea mai mică idee la ce se referea.

— Păi, da, despre ce ai acum pe suflet.

— De exemplu?

— Ei, de exemplu, de exemplu! Adică ce vrei să faci cu viața ta de-acu' încolo!

— Păi... credeți c-ar fi bine să-mi caut de lucru?

— Nu mă-ntreba pe mine! Tu ce-ai vrea să faci cu-adevărat?

— Bine, dar, chiar și dac-aș vrea să mă întorc la școală...

— Știu ce-ai să spui... că-i scump. Dar nu banii sunt problema aici. Problema e ce vrei tu cu-adevărat!

De ce oare, mă tot întreb, nu mi-o fi spus el atunci că banii mi-ar fi venit de-acasă? Lucrurile s-ar fi clarificat imediat, dar așa am fost lăsat într-o ceață completă.

— Ei, ce zici? N-ai nici un fel de aspirații de viitor? Of, că greu mai e să faci oamenii să priceapă cât de dificil e să-i ajuți pe alții!

— Îmi pare rău...

— Să știi că sunt tare-ngrijorat pentru tine... Ești în grija mea și sunt responsabil de tine acum, iar mie nu-mi plac lucrurile făcute pe jumătate. Vreau să văd că ești hotărât să faci un efort real pentru o nouă cale în viață. Uite, dacă de exemplu ai fi venit la mine să discutăm serios niște planuri de viitor, să știi că eu aș fi făcut pe dracu-n paișpe să te-ajut. Asta nu-nseamnă să te-aștepți să te-ntorci la traiul tău luxos de dinainte pe spinarea mea... eu asemenea iluzii nu pot să sufăr. Dar, de ești într-adevăr hotărât să o iei de la capăt, știi, și să-ți faci niște planuri solide de viitor, atunci eu chiar cred c-aș fi capabil să-ți dau o mână de ajutor ca să te redresezi. Dar tu trebe să fii ăla care să vină să-mi ceară ajutorul, deși numai Dumnezeu știe cât de puțin am și eu. Pricepi ce vreau să zic? Deci, zi, ce planuri ai?

— Păi... dacă nu mă mai lăsați să stau în casa dumneavoastră, atunci o să-mi caut de lucru...

— Serios? Păi tu știi că-n ziua de azi până și absolvenți de la Universitatea Imperială din Tōkyō...

— A, nu... Nu mă gândeam la o slujbă într-o companie mare...

— Păi și-atunci, ce?

— Pictor, am spus cu tărie.

— Ceeee?

N-am să uit în viața mea acea umbră răutăcioasă care se așternuse pe fața lui Plătică în timp ce râdea cu hohote, cu pielea gâtului adunată toată la ceafă. Părea să fie dispreț, dar disprețul nu descria întocmai acea umbră. Dacă oamenii ar fi avut adâncimi de neimaginat ca ale oceanului, ai fi aflat poate acea umbră stranie plutind ici și colo undeva în străfunduri. Atunci, în acel hohot de râs, am perceput într-o clipită nadirul vieții mature.

„N-are nici un sens să mai vorbim acum, din moment ce nu-ți e clar nici ție ce vrei. Mai gândește-te în seara asta, cât poți tu de serios", mai spuse Plătică, și am luat-o pe scări în sus către camera mea de la etaj. Am stat în pat treaz toată noaptea, dar nimic altceva nu mi-a trecut prin minte. De cum s-a crăpat de ziuă, am fugit din casa lui Plătică.

Am lăsat un bilet scris mare cu creionul pe-o bucată de hârtie din caietul meu: „Mă-ntorc negreșit diseară. Nu vă faceți griji, mă duc să discut planuri de viitor cu prietenul de mai jos. Pe cuvânt de onoare." Am scris apoi numele și adresa din Asakusa ale lui Masao Horiki și-am șters-o din casa lui Plătică.

N-am fugit pentru că mă-ngrozea ideea de-a-l asculta pe Plătică și prelegerile lui, ci pentru că, așa cum își dăduse și el seama, eram o persoană incapabilă de a-și defini propriile sentimente și care n-avea nici cea mai mică idee de planuri de viitor sau ce-avea să facă în general. În plus, mă simțeam prost să fiu o povară pentru Plătică și nici nu mă puteam gândi că, și dacă reușeam cumva să-mi găsesc un țel demn de urmărit, aș fi fost nevoit să mă bazez pe sărmanul Plătică să scoată de unde, de neunde o sumă lunară cu care să mă redresez.

Pe de altă parte, n-aveam de gând să mă consult cu alde Horiki cu privire la viitor. Nu lăsasem bilețelul cu pricina decât în speranța c-aveam să-l liniștesc pe Plătică fie și numai pentru un moment. Nu-l scrisesem nici ca pe vreo stratagemă de roman polițist, ca să câștig ceva timp până când aveam să fiu urmărit (deși aveam mare nevoie să nu fiu urmărit), ci mai mult pentru a nu-l șoca pe Plătică, ceea ce l-ar fi făcut să se lase cuprins de panică și confuzie. Bănuiesc că astea trebuie să fi fost motivele pentru care lăsasem fițuica cu nota mea. Sigur că faptele aveau să iasă la lumină, dar mi-era pur și simplu frică să le exprim eu însumi. Unul dintre cusururile mele cele mai tragice este nevoia acută de-a adăuga câte ceva la orice situație – lucru care i-a făcut pe unii să mă numească „mitoman“[1] – deși eu nu adaug amănunte pentru a-mi crea mie însumi vreun avantaj, ci pentru a evita frica sufocantă de care sunt cuprins când presimt acea schimbare cataclismică în aer, când fluxul conversației se îneacă. Și, chiar dacă știam că orice adăugam de la mine avea să devină un dezavantaj mai târziu, tot mă simțeam obligat să pun ceva acolo, aproape făr' de intenție, o minciună oarecare, determinată numai și numai de dorința de moarte de-a mă face plăcut, o dorință la rându-i născută din mania-mi disperată de-a fi de folos, de a servi. Era și asta tot o formă întortocheată a slăbiciunii mele ca om, o prostie, deși obiceiul mi-l creasem pentru a mă folosi cât puteam mai mult de așa-numiții „cetățeni cinstiți“. Așa se-ntâmplase și-atunci când scrisesem numele și adresa lui Horiki, care mi se activase din colțuri uitate ale memoriei.

După ce-am plecat de la Plătică, am mers pe jos până în Shinjuku, unde am vândut toate cărțile pe care le cărasem în buzunare, rămânând apoi acolo, în mijlocul străzii, fără nici cea mai mică idee de ce aveam să fac mai departe. M-am străduit întreaga viață să mă fac plăcut tuturor, dar nu am avut niciodată un „prieten“ adevărat. Dimpotrivă, nu am decât amintiri dureroase ale diverselor mele cunoștințe, poate cu excepția camarazilor de distracție, cum era Horiki. Și, pentru a mă desprinde din astfel de relații dureroase, am făcut tot timpul pe paiața, sfârșind prin a mă extenua pe mine

1. *Usotsuki* („mincinos“), în original.

însumi. Până-n ziua de azi sunt absolut șocat când mă trezesc că parcă aș recunoaște vreo față în mulțime, pe stradă, și sunt cuprins de un tremur în tot corpul atât de violent, că mă ia amețeala. Știu bine că sunt unii oameni care mă plac pe mine, dar eu unul par să fiu incapabil să „iubesc" pe altcineva. (Aș adăuga aici că mă încearcă îndoieli teribile cu privire la faptul că ființele umane au o astfel de capacitate.) Nu era, prin urmare, tocmai de așteptat ca unul ca mine să aibă cine știe ce prietenii apropriate. Ca să nu mai vorbim și că nu puteam în ruptul capului să mă duc în „vizită"[1] la oameni. Eram terorizat de ușa de la intrare a altcuiva mai ceva decât de poarta infernului din *Divina comedie*, și, fără să exagerez, recunosc că eram capabil de a simți dincolo de ușă prezența unui monstru, a unui dragon, șerpuind înăuntru și emițând o miasmă de putregai.

N-aveam pe nimeni. N-aveam unde să mă duc.

Horiki.

Ei, și uite-așa, cum se spune că prostu-ncearcă gârla-n glumă și se-neacă înadins, așa am ajuns și eu să mă duc la Horiki, exact cum îi scrisesem în bilețelul meu de-adio lui Plătică. Nu mă dusesem niciodată la el acasă, iar când venea el la mine îl invitam eu în prealabil printr-o telegramă. De data asta însă, mă-ndoiesc c-aveam până și bani de telegraf și mă gândeam oricum, cu inteligența părtinitoare a celui căzut în dizgrație, dacă Horiki nu ar fi refuzat să mă vadă, chiar și dacă îi

1. Cuvânt scris cu caracterele japoneze pentru *hōmon* („vizită"), în original, dar cu citire *furigana*, indicată de autor ca neologismul *vijitto* (*visit*).

trimiteam o depeșă prin telegraf. Așa că m-am hotărât să-i fac eu o „vizită“, lucrul cel mai scârbos pe care mi-l puteam imagina. Oftând din rărunchi, m-am urcat într-un tramvai, gândul că singura mea speranță pe lume era Horiki umplându-mă de o silă rău-prevestitoare, care-mi dădea fiori.

L-am găsit acasă. Horiki locuia într-o cameră de mărime obișnuită[1] la etajul doi într-o casă cu etaj de la capătul unei alei murdare. La parter, bătrânii lui părinți împreună cu un tânăr muncitor lucrau de zor, cosând și împletind fâșii de pânză ca să facă chingi pentru sandale *geta*.

Am avut astfel ocazia să văd o altă fațetă a lui Horiki, cea de orășean de un egoism rece bine studiat, una pe care un băiețoi de la țară ca mine nu putea decât s-o privească cu ochi plini de uimire. Horiki nu era nici pe departe o fire simplă și etern pasivă ca mine.

— Ian' te uită! M-ai luat prin surprindere! Te-a iertat tac'tu deja? Sau nu încă?

N-am fost în stare să recunosc că fugisem.

M-am eschivat, ca de obicei. M-am eschivat, deși știam că Horiki își va da seama în scurtă vreme, ba nu, imediat, de ce se întâmplase.

— S-or rezolva toate, cumva!

— Bă, uite care-i treaba! Aici nu-i nimic de râs! Ascultă aici la mine și termină cu prostiile imediat, că te ia mama naibii! Și-n orice caz, am o grămadă de treabă azi. Sunt superocupat zilele astea!

---

1. *Rokujō* („șase tatami“), în original, mărimea unei camere obișnuite într-o casă japoneză și în ziua de astăzi.

— Ce fel de treabă?

— Alo, ce tot faci acolo? Ia vezi, să nu-mi rupi ața din pernă!

În timp ce vorbeam, mă jucasem fără voie cu unul dintre ciucurii de la colțul pernei *zabuton* de șezut de pe podea, tot învârtindu-l pe deget și trăgând de el... parcă le zice ciucuri de legătură *tojiito*... ori poate ațe de țesătorie *kukurihimo*... Horiki însă demonstra un simț al posesiei exacerbat pentru lucrurile din casă, până la acel ciucur de pernă, și se holba la mine plin de mânie, fără urmă de rușine pentru modul în care se comporta. În fond, pe Horiki nu îl costase nimic amiciția cu mine.

Bătrâna mama a lui Horiki intră cu o tavă cu două porții de *shiruko,* supă de fasole roșie dulce cu găluște de orez *mochi*.

— O, ce bunătate! exclamă Horiki cu blândețe, adoptând o atitudine de fecior iubitor și continuă apoi cu o politețe atât de exagerată, încât părea că joacă teatru: Vai, ai făcut *shiruko*! Minunat, minunat! Dar chiar nu trebuia să te deranjezi, sincer. Eram chiar pe picior de plecare cu ceva treabă-n oraș. Dar acum, dac-ai făcut asemenea bunătate, doar n-o s-o lăsăm să se irosească! Săru-mâna mult de tot!

— Ei, vrei și tu? mi s-a adresat el mie. Măicuța a făcut-o special c-ai venit tu! Vai, ce bună e... Excelent! Să te lingi pe degete, nu alta!

Horiki mânca cu o plăcere neprefăcută, în absolut extaz. Mi-am mâncat și eu supa, sorbind zgomotos. Avea gust de apă caldă, iar când am ajuns la *mochi* de la fund mi-am dat seama că nu era *mochi*, ci cu totul altceva ce nu am putut identifica. Nu le dispreţuiam sărăcia. (Ba chiar, dacă îmi amintesc bine, nu mi s-a părut atunci că supa ar fi avut gust rău și am fost cât se poate de recunoscător pentru amabilitatea și generozitatea bătrânei. Urăsc sărăcia, nu vreau să mint, dar nu am dispreţuit-o în viaţa mea.) Supa aceea și felul în care o mâncase Horiki îmi dădură acolo, pe loc, o lecţie despre zgârcenia orășeanului și despre ce înseamnă să trăiești cu adevărat într-o casă în Tōkyō unde membrii familiei separă cu stricteţe ce fac și cum se comportă acasă și ce fac când sunt în oraș. Am înţeles atunci cu mâhnire că un idiot ca mine, incapabil, din cauza evadării constante din societatea umană, de a distinge diferenţele dintre „acasă" și „afară", se găsea acum complet izolat, părăsit până și de Horiki. Și-aș vrea să scriu aici foarte clar că mă simţeam copleșit de o enormă singurătate în timp ce îmi mâncam supa cu beţișoarele alea de pe care lacul se jupuise de mult.

— Acu' să mă ierţi, te rog, dar am ceva treabă-n oraș, zise Horiki, ridicându-se și punându-și pardesiul pe el. Pe bune acuma, îmi cer scuze...

Chiar atunci a venit o femeie în vizită la el, și atitudinea lui către mine se schimbă brusc și deveni cât se poate de plin de vioiciune.

— A, să mă ierţi, rogu-te, tocmai porneam către tine când a venit un amic la mine fără să m-anunţe. Dar, nu, nu-i nici o problemă. Te rog, intră!

Părea dat peste cap. Am luat perna de sub mine și-am întors-o pentru a i-o înmâna lui Horiki, care însă mi-o smulse din mâini și o întoarse din nou, după care i-o oferi femeii. Era singura pernă *zabuton* pentru oaspeți în afară de cea pe care stătea Horiki.

Femeia era înaltă și slabă. A refuzat perna și s-a așezat sfioasă într-un colț.

Îi auzeam absent, fără să fiu atent la ce vorbeau cei doi. Ea era în mod clar angajata unei reviste care venise să ridice o ilustrație sau poate altceva comandat lui Horiki.

— E grabă mare...

— Da, sigur că da. E gata deja. Am terminat-o de ceva timp. Uite-aici!

Tocmai atunci veni o telegramă.

Horiki a citit-o, și buna dispoziție i-a dispărut de pe față.

— Stai-așa! Ce dracu' ai făcut, mă?

Telegrama era de la Plătică.

— Cum o fi, cum n-o fi, să te duci înapoi acasă imediat, m-auzi?! Ar trebui să te duc eu de guler pe dată, dar n-am timp acu'. Auzi, dumneata, e fugar și mai afișează și fața asta de sfânt!

— Unde stați?

— În Okubo, i-am răspuns femeii dintr-o suflare.

— A, e pe lângă biroul nostru.

Avea 28 de ani și era din Kōshū. Locuia într-un apartament în Kōenji cu fetița ei de cinci ani. Soțul îi murise de trei ani.

— Pari o persoană care-a avut o copilărie nefericită. Ești atât de sensibil, de mi se rupe inima...

Și-așa am ajuns pentru prima dată-n viață să fiu un bărbat întreținut. Shizuko (ăsta era numele ziaristei) pleca de dimineață la revistă în Shinjuku, iar eu rămâneam singur cu fetița de cinci ani, Shigeko, amândoi cuminți în casă, s-avem grijă de-apartament. Până la venirea mea, Shigeko fusese lăsată să se joace singură în camera administratorului blocului până când i se întorcea mama de la serviciu, iar acum părea extrem de încântată să aibă un nou prieten de joacă în persoana lui „nenea" cel haios.

Vreme de vreo săptămână, am rămas într-o stare de apatie completă. Mă găseam adesea cu privirea pierdută pe zmeul prins în firele de telegraf din afara ferestrei apartamentului. Deși ferfenițit complet și scuturat cu putere încolo și-ncoace de prăfosul vânt de primăvară, se ținea cu încăpățânare de fire, de parcă avea ceva important de transmis. Ori de câte ori mă uitam la zmeul acela, nu mă puteam abține să nu zâmbesc rușinat și să mă fac roșu tot. Începusem să-l visez.

— Vreau niște parale.

— Cam cât?

— Multe... știi și tu zicala c-odată cu banii se duce de râpă și dragostea... Nu-i vorbă mai adevărată ca asta.

— Ete, na, ce prostie! De unde-ai mai scos-o și p-asta?

— De unde, de neunde, văd că nu te prinzi. În ritmul ăsta, eu-mi iau lumea-n cap.

— A, da? Păi dintre noi doi, care-i ăl' sărac? Și care o să-și ia lumea-n cap? Ești haios tare tu!

— Vreau să-mi câștig propriii bani. Vreau să fiu în stare să-mi iau singur băutură și țigări. Să știi că-s mult mai bun artist decât nea Horiki!

Îmi aduceam aminte bine de autoportretele pe care le făceam în liceu, alea pe care Takeichi le numise „stafii“. Capodoperele mele pierdute, pierdute toate pe vecie în timpul numeroaselor mele mutări. Am pictat mult după aceea, tot felul de subiecte, dar nimic nu se compara cu acele lucrări minunate după cum mi le-aminteam eu. Nu reușeam să mă consolez pe mine însumi cu gândul la enorma pierdere pe care o suferisem, de-mi simțeam sufletul pustiu.

Un pahar de-absint rămas nebăut.

Sentimentul unei pierderi, condamnată să rămână nerezolvată pe vecie, începu să se contureze în mine. De câte ori vorbeam despre pictură, acel pahar rămas nebăut de absint îmi plutea în fața ochilor. Nu reușeam să mă eliberez de ideea frustrantă că, de-aș fi arătat acele picturi ale mele, atunci toți cei din jur ar fi avut încredere în talentul meu artistic.

— Serios vorbești?! Ești așa de drăguț când vorbești prostii, dar te prefaci serios.

Eu însă nu vorbeam prostii și nu glumeam. Nu spuneam decât adevărul gol-goluț. Ah, cât mi-aș fi dorit să-i pot arăta acele picturi. O mâhnire goală mă cuprinse și mă lăsai răpus de resemnare.

— La ilustrații, zic. Sunt convins că-s mult mai bun decât Horiki la ilustrații, dacă nu la altceva.

De data asta, vorbele mele șugubețe menite s-o amăgească au fost luate mult mai în serios decât cele adevărate rostite mai devreme.

— Ei, aici ai dreptate. Chiar m-am mirat de cât de bune sunt desenele pe care le faci pentru Shigeko tot timpul. Unele sunt caricaturi excelente, de mă pufnește râsul. Ce-ai zice să desenezi și pentru revistă? Nu-i mare lucru să-l întreb pe redactorul-șef.

Compania ei publica o revistă lunară pentru copii, nu foarte cunoscută.

— Numai ce dau cu ochii de tine și toate femeile sunt încercate de-o așa nevoie să te-ajute, de nu se pot stăpâni... Ești timid, dar ești atât de haios... Și-apoi ești cuprins câteodată de-o asemenea singurătate și deprimare, de le faci să le tremure sufletul și mai abitir pentru tine.

Așa mă măgulea Shizuko, iar eu, cu acea calitate odioasă a bărbatului întreținut, acceptam totul cu calm. De câte ori mă gândeam însă la situația mea, mă cufundam tot mai adânc în depresie și mă simțeam complet vlăguit. Nu-mi puteam scoate din cap faptul că aveam nevoie de mai mulți bani decât o femeie și că nu-mi doream decât să fug de la Shizuko și să trăiesc de unul singur. Mi-am făcut tot felul de planuri de cum să mă eliberez, dar, cu cât mă zbăteam mai mult, cu atât mai prins în capcană mă găseam. Așa s-a făcut că această femeie din Kōshū (cărora le este bine știută încăpățânarea) a fost nevoită să aibă grijă de toate complicațiile provenite din fuga mea de acasă și să se îngrijească de mine, iar eu nu am devenit decât încă și mai „timorat" de propria mea existență.

La îndemnul ei, a avut loc o întâlnire cu Plătică, Horiki și cu ea, unde s-a decis ca orice relație între mine și familia mea să fie întreruptă definitiv, iar eu să trăiesc de atunci încolo cu Shizuko, ca soț și soție prin lege. Tot datorită eforturilor ei, caricaturile și benzile mele desenate au început să genereze sume bunicele de bani, așa că eram în fine capabil să-mi cumpăr și alcool, și țigări, exact așa cum îmi dorisem. Cu toate astea, melancolia și depresia mea nu au făcut decât să mă facă și mai conștient de faptul că decăzusem de tot. Câteodată gândul mă purta către casă, și atunci mă cuprindea disperarea chiar când lucram la serialul de benzi desenate *Aventurile lui Kinta și Ota* pentru revista lui Shizuko, iar asta mă făcea să mă simt atât de nefericit, încât nu mai eram în stare să mut creionul pe hârtie, capul îmi cădea și mă uitam în jos cu ochii împăienjeniți de lacrimi.

În astfel de momente, singura ușurare îmi venea de la micuța Shigeko, care începuse să-mi spună fără ezitare „tati".

— Tati, nu-i așa că, dacă te rogi tare de tot, Doamne, Doamne îți dă orice-ți dorești?

Iar eu mă gândeam ce n-aș fi dat să pot să mă rog și eu așa: „O, Doamne, dă-mi rogu-te voință de fier! Ajută-mă să pricep și eu adevărata natură a «omului», căci nu comite oare păcat cel ce-și dă la o parte semenul? Dă-mi, Doamne, rogu-te și-o masc-a mâniei!"

— Da, draga mea, cu siguranță ție ți-ar da orice-ți dorești, dar nu prea cred că mi-ar da la fel și mie.

Mi-era frică până și de Dumnezeu. Nu mă puteam încrede în iubirea Lui, cum nu mă puteam încrede nici în pedeapsa Lui. Credința. Asta trebuie să fi fost acel act de a te găsi în fața tribunalului justiției divine, așteptând cu capul în pământ biciul lui Dumnezeu. Iar, dacă nu-mi era greu deloc să cred în iad, îmi era cu neputință să cred că raiul poate exista.

— Da' de ce nu i-ar da la fel și lui tati?

— Pentru că n-am ascultat de părinți.

— Nu?? Păi cum așa? Că toate lumea zice că ești așa de bun...

Mda, zic toți așa pentru că-i păcălesc. Îmi dădeam și singur seama că toți cei care locuiau în clădire se purtau foarte frumos cu mine, dar nu aveam cum să-i explic lui Shigeko că mie îmi era o frică cumplită de ei și că fusesem blestemat cu nefericita abilitate de a fi cu atât mai mult plăcut de oameni cu cât mie îmi era mai frică de ei și cu cât mă plăceau mai mult, cu atât mai frică îmi era de ei, o dilemă care mă făcuse în cele din urmă să fug de toată lumea.

— Dar tu ce-ai vrea cel mai mult și cel mai mult de la Dumnezeu? schimbam eu subiectul pe neașteptate.

— Cel mai mult și cel mai mult, eu l-aș vrea pe tati al meu.

Brusc am văzut negru-n fața ochilor. Un dușman. Fie că eu eram dușmanul lui Shigeko, sau ea dușmanca mea, își făcuse acum apariția în relația noastră un adult înfricoșător care mă intimida. Un străin, un străin de neînțeles, un străin plin de secrete, așa începu să-mi pară fața lui Shigeko.

Mă mințisem pe mine însumi că Shigeko nu reprezenta nici o primejdie, dar acum se-arătase și ea să aibă o „coadă ca a boului placid care omoară musca pe neașteptate dintr-o singură plesnitură". Și de-atunci încolo trebui să fiu precaut și-n preajma fetiței.

— Acasă-i diavolul amorului?

Horiki se-apucase să-mi fac vizite din nou. Nu puteam să-l refuz, chiar dacă el mă tratase atât de oribil în ziua când fugisem de la Plătică. L-am întâmpinat cu un zâmbet șters.

— Bag samă că benzile tale desenate încep să aibă popularitate. În fine, n-ai ce discuta cu amatorii: sunteți atât de rahat cu toții, că nici nu vă dați seama când să vă temeți. Așa că nu lăsa să ți urce la cap. Ai o tehnică de toată jena.

Așadar, făcea pe marele maestru cu mine! Gândul la fața pe care ar fi făcut-o de i-aș fi arătat vreodată desenele cu „fantomele“ mele mă cutremură și mă cuprinse anxietatea mea obișnuită.

— Chiar te rog eu mult să nu mai spui așa ceva! Mă faci de-mi dau lacrimile, sincer... am protestat fără convingere.

Horiki însă a continuat cu și mai mult avânt:

— Păi, dacă n-ai talent decât cât să-ți asiguri acolo un trai oarecare, atunci n-ai decât să te-aștepți să te lase la un moment dat!

Talent cât să-mi asigur un trai oarecare! Nu mi-am putut stăpâni un zâmbet... Talent cât de-un trai, acolo! Îmi trecu prin minte că unul ca mine, care nu poate să sufere alți oameni, și se ferește de ei, și îi păcălește ori de câte ori poate, ar putea foarte ușor să pară la suprafață izbitor de asemănător cu unul care se înclină cu reverență în fața înțelepciunii unei zicale precum „Nu căuta necazul cu lumânarea“.[1] În fond, nu e adevărul gol-goluț

1. *Sawaranu kami ni tatari nashi* (lit. „Zeul/spiritul pe care nu-l superi n-o să te pedepsească“).

acela că două ființe umane nu au nici cea mai mică idee una despre cealaltă, ba chiar și cei care se consideră prieteni la toartă se întâmplă să greșească în mod absolut când se judecă unul pe celălalt și nu înțeleg acest adevăr trist de-a lungul unei vieți întregi, pentru a plânge mai apoi când citesc despre moartea celuilalt prin ziare?

Așa și cu Horiki care, trebuie să recunosc, se ocupase în mod activ de rezolvarea situației mele după ce fugisem de la Plătică (deși o făcuse cu mare șovăială și la îndemnurile viguroase ale lui Shizuko), pentru ca acum să se comporte de parcă îi datoram cine știe ce pentru reabilitarea mea sau pentru faptul că eram într-o relație amoroasă cu acea femeie. Ori de câte ori îmi dădea lecții în felul acela, adopta o mină gravă, de om important. Ba câteodată chiar se ivea pe neașteptate la mine în miez de noapte, mort de beat, ca să-l împrumut cu cinci yeni (niciodată mai mult sau mai puțin).

— E cam timpul să te lași și tu de alergat după fuste. Gata, până-aici! Să știi că n-o să te mai suporte lumea în felul ăsta!

Dar ce-o fi fost oare „lumea" asta despre care vorbea el? Adică, mai mulți oameni? Și unde, mă rog frumos, se află esența acestei „lumi"? Nu trăisem până atunci decât cu ideea că lumea trebuie să fi fost ceva puternic, sever și înfricoșător. Auzindu-l însă pe Horiki, îmi venea să-i răspund pe loc:

— Prin „lume", vrei să zici tu, nu-i așa? Dar m-am abținut ca să nu-l întărât și mai tare.

— N-o să mai suporte lumea.

— Ba nu lumea, ci tu. Tu n-o să mai suporți, nu?

— Să știi că, dacă continui tot așa, lumea o să te facă să plătești.

— Nu lumea, nu! Ci tu.

— Până să-ți dai seama ce și cum, o să te trezești izolat de lume.

— Nu de lume, nu. Tu o să mă ostracizezi, nu?

Cunoaște-ți propria frică, propria-ți ticăloșie, viclenie și mizerie umană! Astea erau cuvintele care-mi treceau prin minte, dar n-am făcut decât să mă șterg pe față de transpirație cu o batistă și să spun c-un zâmbet pe față:

— M-au trecut fiorii.

Din acel moment însă am început să susțin și mai abitir ideea că „lumea nu poate fi, de fapt, un singur individ".

Și de-abia atunci am fost capabil să mă comport și eu după cum simțeam că mi-erau firea și înclinațiile. Până și Shizuko începu să mă găsească din ce în ce mai încăpățânat și lipsit de timiditatea care mă caracterizase până atunci. La rându-i, Horiki remarcă și el că era amuzant cât de zgârcit mă făcusem. Cât despre Shigeko, nu mă mai purtam așa de frumos nici cu ea.

Îmi petreceam zilele fără să scot vreo vorbă, fără să schițez nici măcar un zâmbet, având grijă de Shigeko și desenând la *Aventurile lui Kinta și Ota* ori la *Episcopul cel făr' de griji*, o evidentă imitație epigonică a renumitei serii *Taica cel făr' de griji*[1], ori la *Nerăbdătorul Pin cel*

1. *Nonki na tōsan*, serie de benzi desenate *comics* a desenatorului Yutaka Asō (1898–1961), extrem de populară și publicată vreme de șapte ani (1923–1930) fără întrerupere în presa japoneză interbelică, inspirată de celebra serie *Bringing Up Father* a desenatorului american George McManus (1884–1954).

mic[1] și alte astfel de idioțenii fără cap și fără coadă, de nu le mai pricepeam nici eu rostul, dar pentru care primeam necontenit comenzi de la tot felul de publicații și companii. Iar comenzile tot veneau după ce începusem să public în revista companiei lui Shizuko, toate de la edituri de și mai joasă calitate decât a ei, unele chiar de mân-a șaptea, le-aș numi. Desenam fiecare trăsătură de cărbune cu mare grijă, stăpânindu-mi depresia extremă, excesivă, numai ca să mă asigur că am bani îndeajuns de alcool. Și de-ndată ce apărea Shizuko acasă de la muncă, mă năpusteam pe ușă afară la dughenele de pe lângă gara Kōenji, ca să mă umflu de tărie ieftină și proastă. De cum îmi revenea cât de cât curajul, mă-ntorceam la apartament și bolboroseam:

— Cu cât mă uit mai mult la tine, cu-atât mai caraghioasă mi se pare fața ta. Nici nu știi că fața Episcopașului făr' de griji e picătură leită fața ta când dormi!

— Ei, parcă fața ta când dormi e mai brează? Față de om bătrân, arăți de parc-ai fi de patruj' de ani când dormi!

— Păi și-a cui vină e, ia zi! A ta, că m-ai uscat de tot. „Ca și apa ce tot curge/ Viața omului se duce/ Făr' de grijă și amar/ Ca o salcie pe mal, măi…"[2]

1. *Sekkachi Pin-chan*, cel mai probabil un titlu inventat de Dazai, după modelul nenumăratelor serii de benzi desenate care împânzeau presa vremii.

2. Probabil versuri dintr-un cântec popular. Versurile trei și patru sunt preluate dintr-un poem *dodoitsu* (cu structura versurilor în forma 7–7–7–5), atribuit lui Ryōma Sakamoto (1836–1867), una dintre cele mai importante figuri ale sfârșitului

— Hai, gata, gata cu prostiile tale! Pleacă la culcare și nu mai fă atâta tărăboi degeaba! De mâncat, mânci ceva? Calmă, nu părea să mă ia deloc în serios.

— Da' ceva de băut o mai fi? Că-i dau eu de cap... „Ca și apa ce tot cuuurge/ Viața omului se duuuce... Ca și omu' ce tot cuuurge..." Nu, nu... „Ca și apa ce tot cuuurge/ Viața apei se tot duuuce, măi..."

Și-i tot trăgeam cu cântatul în timp ce Shizuko mă dezbrăca de haine. Adormeam apoi buștean cu fruntea strâns lipită de pieptul ei. Asta mi-era rutina zilnică.

... et puis on recommmence encore le lendemain
avec seulement la même règle que la veille
et qui est d'éviter les grandes joies barbares
de même que les grandes douleurs
comme un crapaud contorne une pierre sur son
chemin...[1]

Când am citit pentru prima dată aceste versuri ale lui Guy-Charles Cros în traducerea în japoneză a lui Bin Ueda[2], m-am făcut roșu tot la față, de parcă eram în flăcări.

---

regimului shogunal, și pare a fi inspirat de cântecele populare din regiunea prefecturii Kumamoto.

1. Din poezia *Les fêtes quotidiennes* (1912) a poetului francez Guy-Charles Croș (1879–1956).

2. Bin Ueda (1874–1916), bine-cunoscut traducător de poezie europeană. Antologia sa de traduceri *Kaichōon* (*Sunetul mareei*, 1905), conținând selecții din operele a 29 de poeți europeni, este republicată până în zilele noastre.

Un broscoi...

Asta eram eu. Nu se punea problema dacă lumea mă tolera sau nu, dacă mă ostraciza sau nu. Nu eram decât un animal inferior unui câine, inferior unei pisici. Un broscoi. Nu făceam decât să mă târâi de colo-colo.

Începusem să beau din ce în ce mai mult. Nu mă mai limitam doar la zona din jurul gării Kōenji, ci mă duceam până în Shinjuku, până în Ginza, câteodată rămânând prin baruri toată noaptea. Prin baruri mă purtam ca un apucat, mă luam de femei în dreapta și-n stânga, făceam orice-mi trecea prin cap atâta vreme cât nu era „manierat" și beam în disperare, deși nu mai mult decât înainte de încercarea de-a mă sinucide, și aveam atât de mare nevoie de bani, că începusem să-i amanetez hainele lui Shizuko.

Se făcuse deja anul de când mă mutasem în apartamentul ei și zâmbisem amar la vederea acelui zmeu rupt și era cam vremea când dădea frunza cireșilor. Am luat unele dintre *obi*-urile și jupoanele lui Shizuko și le-am dus direct la consignație, iar cu banii primiți nu m-am oprit până în Ginza. N-am dat pe-acasă două nopți, dar dup-a treia zi a început să mă mustre conștiința pentru ce făcusem și m-am întors la apartament. Am intrat din instinct în vârful picioarelor până în fața camerei lui Shizuko, de unde am auzit-o vorbind cu Shigeko.

— De ce bea așa mult?

— Tati nu bea pentru că-i place băutura, să știi... Bea că-i prea bun la suflet... Bea pentru că...

— Toți oamenii buni la suflet beau la fel?

— Nu, nu neapărat...

— Ai să vezi ce surprins o să fie tati!

— Da' poate n-o să-i placă... Uite, uite, a sărit din cutie!

— Ca Pin-chan nerăbdătorul!

— Chiar așa! se auzi clar râsul neprefăcut al lui Shizuko, care părea cu adevărat fericită.

Am crăpat puțintel ușa, ca să mă pot uita înăuntru. Un iepuraș alb țopăia de colo-colo prin cameră, cu mama și fiica ținându-se după el.

(Ce fericite păreau! Mă băgasem ca un idiot în relația dintre ele și-acum le puteam distruge pe-amândouă. O fericire simplă, completă! Un bun părinte și-un copil bun. Doamne, de-asculți tu la rugile celor ca mine, mă rog Ție, Doamne, o dată, o singură dată în viață, auzi-mi ruga și dă-le fericire, Doamne!)

Am simțit că vreau să m-arunc la pământ și să mă rog chiar acolo. Am închis ușa încetișor și nu m-am oprit până-n Ginza. Nu m-am mai întors la ele niciodată.

Și-așa m-am găsit bărbat întreținut la etajul unei clădiri de deasupra unei dughene de bar de pe lângă gara Kyōbashi.

Lumea. Începusem și eu să-nțeleg vag cam ce însemna. E lupta dintre un individ și celălalt, o luptă care se poartă aici și-acum și în care e musai să-nvingi. Pentru că, în fond, *oamenii nu se lasă-nvinși de alți oameni*, și până și sclavii au propriile metode de a se răzbuna. Ființele umane nu pot concepe nici o altă modalitate de supraviețuire decât în urma unei competiții aici și-acum. Fie că invocă datoria către patrie sau alte astfel de justificări, în cele din urmă întregul efort le este concentrat în mod invariabil numai la nivel individual și, chiar și-atunci când toate nevoile personale le sunt satisfăcute tot acolo, la individual, se întorc. Dificultatea de-a pricepe lumea, societatea în sine, este de fapt dificultatea de-a pricepe individul, pentru că oceanul nu este lumea, ci persoanele individuale. Numai așa am reușit să-mi câștig o oarecare independență de teroarea pe care mi-o crea iluzia acelui ocean imens pe care îl numim lume. Și numai așa am învățat să mă comport agresiv fără a mă mai lăsa doborât de anxietăți ca mai înainte și răspunzând direct nevoilor de moment.

Când am plecat din apartamentul din Kōenji, i-am spus matroanei de la dugheana-bar din Kyōbashi:

— Ne-am despărțit și-am venit la tine.

Atât și nimic mai mult. Pentru că nu mai era nimic altceva de spus, având în vedere faptul că rezultatul luptei de aici și acum la care tocmai participasem de unul singur era hotărât deja. După care m-am mutat fără prea mare protocol în apartamentul ei de la etajul barului. „Lumea“ care ar fi trebuit să mă înspăimânte de groază nu mi-a mai făcut nici un rău, iar eu, la rându-mi, nu i-am oferit „lumii“ nici cea mai mică explicație. Până la urmă, atâta vreme cât matroana n-avea nici o obiecție, atunci totul era în ordine.

La bar eram tratat ca un client, ca proprietar, ca băiat bun la toate, sau chiar ca vreo rudă, deși m-aș fi așteptat poate să par un personaj dubios. „Lumii“ de acolo nu-i păream suspect în nici un fel, și clienții fideli ai dughenei mă tratau cu o amabilitate aproape dureroasă, îmi spuneau „Yō-chan" cu numele meu de alint și îmi tot dădeau de băut.

Așa se făcu că începui încet, încet să-mi pierd neîncrederea în lume. Ajunsei chiar să cred că lumea nu era, până la urmă, chiar atât de înfricoșătoare. Panica mea fusese creată de teama cumplită pe care mi-o inspirau „superstițiile științifice" despre sutele de mii de viruși de tuse convulsivă purtați de briza primăvăratică, ori sutele de mii de bacterii din băile publice care-ți distrug ochii, ori milioanele de microbi cauzatori de calviție care populează frizeriile, ori roiurile de paraziți scabioși care colcăie pe pielea mânerelor pentru pasageri din trenuri, ori ouăle de tenie, gălbează sau naiba mai știe ce, care se ascund fără doar și poate în peștele crud sau în vita și porcul negătite cum se cuvine, ori despre umblatul în picioarele goale care te-ar expune la pericolul unui ciob minuscul de sticlă care să-ți intre în corp prin călcâi, pentru a-ți circula apoi prin întregul trup, pentru a-ți ajunge în cele din urmă la ochi și a te orbi. Și sigur că nici nu se pune problema de a disputa adevărul „științific" că milioane de microbi chiar plutesc, înoată și colcăie peste tot. Ajunsei însă să pricep pe de altă parte și că, dacă-i ignori complet, își pierd orice legătură cu tine și devin brusc numai niște pierdute „fantome ale științei". Fusesem atât de terorizat de „statistici științifice" (dacă zece milioane de oameni lasă în castron câte trei boabe de orez de fiecare dată când mănâncă de prânz, atunci câți saci de orez sunt risipiți într-o singură zi?; ori, dacă zece milioane de oameni nu folosesc un șervețel pe zi pentru a-și șterge nasul, ce cantitate de celuloză poate fi economisită?), încât de fiecare dată când lăsam o boabă de orez în castron, ori de câte ori îmi suflam nasul, îmi imaginam că iroseam munți de orez, tone de hârtie, și mă lăsam cuprins de sentimente atât de întunecate, de parc-aș fi comis cine știe ce crimă cumplită. Acestea însă nu erau decât „minciunile științei“, „minciunile statisticii“ și „minciunile matematicii“, pentru că nu este pur și simplu posibil să aduni trei boabe de orez de la fiecare persoană care le lasă în farfurie. Ca exerciții de înmulțire sau împărțire se aflau printre problemele cele mai elementare și mai prostești de calcul, cam la același nivel cu calcularea procentului cu care se alunecă pe podea în toalete prost luminate și se cade în gaura veceului sau cu cel al pasagerilor care își prind piciorul în spațiul dintre ușa trenului și peron sau alte astfel de exerciții triviale de probabilitate. Și, chiar dacă oricare dintre aceste evenimente se poate regăsi între limitele posibilului, eu unul n-am auzit în viața mea de nici o persoană care să fi căzut în gaura veceului. Ajunsesem încetul cu încetul la un asemenea nivel de înțelegere a adevăratei naturi a ceea ce se numea „lume“, încât nu mai simțeam acum decât milă și dispreț pentru sinele meu, care numai până deunăzi acceptase astfel de situații ipotetice ca pe niște adevăruri științifice absolut factuale și care se găsise complet terifiat de ele.

Asta nu însemna, desigur, că nu eram încă speriat de oameni și nu mă încumetam să mă întâlnesc cu clienții barului decât după ce dădeam pe gât un pahar bun de alcool. Văzusem mult prea multe lucruri teribile. Și totuși mă duceam la bar în fiecare seară, ca un copil care, deși se teme puțin de animăluțul de companie, îl strânge în brațe cu atât mai abitir, și îi delectam beat fiind pe toți cei din jur cu teoriile mele de doi bani despre artă.

Un artist oarecare de benzi desenate lipsit de mari bucurii în viață, dar și fără mari amărăciuni. Îmi doream cu disperare o bucurie enormă, sălbatică, indiferent de câtă suferință mi-ar fi provocat, dar singura mea plăcere rămânea seară de seară să trăncănesc fără noimă cu bețivii din bar și să beau pe banii lor.

Trecuse de-acum aproape un an de când începusem să trăiesc în felul ăsta în barul din Kyōbashi. Desenele mele pe care le semnam cu pseudonimul Jōshi Ikita (Supraviețuitorul dublei sinucideri)[1] nu mai apăreau numai în revistele pentru copii, ci și în publicațiile pornografice de joasă speță care se vând pe la standurile de ziare din gări, pentru care schițam imagini porcoase în care inseram catrene din *Rubaiate*.

Când te oprești în fine din ruga-ți cea-n zadar
Și lacrimii ușor nu i te dai în dar,
Aminte să-ți aduci doar de plăcere... și pahar
Și-azvârle orice grijă ai în viață, bun stihar!

*

Cei ce tot timpul vieții doar teamă crunt-aruncă
Imaginând ei înșiși păcate de spelună
Sunt cei ce nu mai scapă vreodată de frica cea adâncă
A răzbunării eterne și-a morților poruncă.

---

1. Dazai oferă el însuși traducerea pseudonimului folosit de personaj.

*

Asear-eram ferice, cu burta de vin plină
Și mă trezesc acuma, venin cumplit în splină
A naibii fie noaptea cu pacea ei deplină
Ce-mi nărui cu totul de-aseară veselie.

*

La dracu' și cu judecată ce-a să vie
Și care visele ne hăituiește cu tărie
În vagi bătăi de tobe din ceruri ni se scrie
Oricare vină, cât de mică – ce prostie!

*

Justiția e dară a omului măsură?
Dar, de-i așa, atuncea cum de-s de sânge pline
Și câmpul bătăliei, și vârful de custură
Ori poate tot dreptate-i și-a crimei rea ordură?

*

Dar unde sunt acuma acele mari principii?
Și unde ni s-a dus lumina rațiunii?
Frumoasă e, și groaznică, această lume-a clipii
Și-a omului povară nu poți s-o dai risipii.

*

Plantat-adânc în noi, sămânța pasiunii
Ne blestemă cu bunul, cu răul, cu crima și pedeapsa
Nimic nu mai oprește parcursul stricăciunii
Și n-avem nici puterea de-a o reda genunii.

*

Pe unde și de ce tot umbli căutând,
La ce bun să tot critici, să inspectezi, să rândui,
Ha! Totul e un vis, fantasmă făr' de gând,
Și na!, de lași băutul, 'ți rămân doar vorbe-n vânt.

*

Și, ce mai e? Te uită dar la cerul fără de hotar,
Un punct minuscul plutindu-i în mijloc ca un far,
Și zi-mi de ce se-nvârte atâta pământul nost' amar,
Rotație, revoluție, întoarcere, la bunu-i plac neclar.

*

Eu simț puteri supreme oriunde tot mă duc,
În orice țară sunt, în orice națiune,
E-aceeași omenirea oriunde mă conduc,
Ereticul sunt eu, nu ei; atât pot să deduc.

*

Cu toții prost citesc prea-sfânta-nvățătură,
Ori poate nu au cap, nici chiar bun-simț,
Cum oare să arunci tu viața bună, băutură,
O, ce-i urăsc! Dar Mustafa, tu fă din toate ce-ți
plăcură![1]

---

1. Deși numite „rubaiate“ în roman, aceste catrene nu sunt traduceri directe ale celebrelor catrene ale lui Omar Khayyam, ci o interpretare liberă a stilului și ideilor poetului persan de către un traducător japonez. Dazai nu era probabil conștient de acest lucru, de unde și numirea lor în roman ca „rubaiate“. Poemele sunt creația traducătorului Ryōho Horii (1887–1938), care

Cam în vremea aceea, o fătucă începu să mă tot roage să mă las de băut.

— Nu mai poți continua în felul ăsta, zi de zi beat mort încă de la prânz.

---

le-a scris inspirat de diverse traduceri în engleză ale poemelor persane, dându-și frâu liber imaginației. Ele fac parte dintr-un volum apărut în 1947 într-o ediție intitulată *Ihon Rubayatto* (*Rubaiatele alternative*, la Editura Nanboku shoen din Tōkyō). Din acest motiv, aceste versuri nu pot fi găsite ca atare între catrenele lui Khayyam și sunt omise cu totul în unele dintre traducerile romanului în alte limbi, ca de exemplu în cea spaniolă. Traducerea în engleză a romanului de către Donald Keene (1958) preferă să includă trei catrene autentice ale lui Khayyam în clasica traducere a lui Edward Fitzgerald (1859), ignorându-le complet pe cele citate de către Dazai, urmată fiind de alte traduceri, precum cele în italiană sau portugheză. Dintre traducerile în limbi europene consultate, numai cea în engleză a lui Mark Gibeau, *A Shameful Life* (2018), și cea în franceză a lui Georges Renondeau (1962) transpun cele unsprezece poeme ca atare din japoneză, Renondeau menționând că versurile nu îi aparțin lui Khayyam, fără însă să le identifice sursa. Unele studii chiar identifică greșit aceste versuri ca fiind traducerile lui Sofū Taketomo din 1921 sau ale lui Ryōsaku Ogawa (1938), cum ar fi articolul „Translations of Persian Works into Japanese" al lui Hashem Rajabzadeh din *Encyclopedia Iranica*. Alți cercetători însă, precum Hideaki Sugita sau Kazuo Kuzumi (2015), le plasează în volumul lui Horii și le identifică sursa din engleză. Traducătorul a optat aici pentru traducerea directă a celor unsprezece catrene din ediția Horii, după versiunea japoneză citată de Dazai. Traducătorul dorește să le mulțumească colegilor Mitsu Nakamura, de la Washington University, din Saint Louis, și Yoshitada Naitō, de la Ritsumeikan University, pentru ajutorul

Era o fată de vreo 17, 18 ani, cu pielea albă și dinți strâmbi. Lucra la tutungeria de peste drum de bar. Îi spuneam Yoshi-chan[1]. Ori de câte ori mă duceam să-mi iau țigări, îmi repeta același sfat și îmi zâmbea galeș.

— Și de ce să nu beau, mă rog? Care-i problema? După cum spuneam vechii persani: „Aminte să-ți aduci doar de plăcere… și pahar/ Și-azvârle orice grijă…" Ei, da' las-acuma! „Și e doar o speranță pentr-a mea inimă de dor și necaz plină/ Din jad adânc, paharul unei uitări deplină." Pricepi acuma?

— Deloc.

— Ești cam prostuță tu! Ia mai bine să te iau la pupat.

— Păi ia-mă! își bosumflă ea buza de jos, fără să pară câtuși de puțin rușinată.

— Dar chiar că ești proastă! Nici urmă de castitate…

Era însă clar din comportamentul ei că era de fapt virgină și nu fusese încă întinată de vreun bărbat.

La vreo câteva zile după Anul Nou, m-am dus pe șapte cărări în miez de noapte pe un frig de crăpau pietrele să-mi iau țigări și-am căzut într-o canalizare chiar în fața tutungeriei. Am strigat disperat după Yoshi-chan să vină să mă scoată de-acolo. Fata mi-a bandajat cu grijă tăietura de pe brațul drept și mi-a spus fără umbră de zâmbet: „Bei prea mult."

Gândul c-am să mor nu mă deranja câtuși de puțin, dar, când venea vorba de răni, de sângerat și altele aseme-

---

enorm oferit în identificarea acestor surse și informații despre acest fragment inedit din romanul lui Dazai.

1. Nume de alint de la Yoshiko.

nea, n-aveam nici cea mai mică dorință de a trece prin așa ceva. Și-uite așa, pe când îmi curăța Yoshi-chan rana, îmi trecu prin cap că poate n-ar fi rău să mă las totuși de băut.

— Mă las. Începând de mâine nu mai pun picătură-n gură.

— Vorbești serios?

— Fără discuție. Și, dacă mă las, te măriți cu mine, Yoshi-chan? i-am spus în glumă.

— D-ap'!? îmi răspunse ea, abreviind un fel de „păi sigur!". Pe-atunci era foarte la modă să trunchiezi cuvintele, după modelul *moga* în loc de „modern girl" sau *mobo* în loc de „modern boy".[1]

— Bun, atunci. Hai să ne jurăm!

A doua zi m-a prins prânzul bând, ca de obicei.

Spre seară, m-am dus legănându-mă pe picioare la tutungeria fetei.

— Să mă ierți, Yoshi-chan! M-am îmbătat rău iară.

— Ei, hai că nu-mi place ce faci! Acuma te prefaci că ești băut!

Reacția ei m-a luat prin surprindere și parcă m-a și trezit din beție.

— Ba nu, nu te mint. Chiar am băut rău de tot. Nu mă prefac deloc.

— Hai, nu mai face glume cu mine. Ești al naibii acu'! mai spuse ea, fără să mă creadă.

— Cred că-ți dai și tu seama numai uitându-te la mine. Tot beau de la prânz. Să mă ierți, te rog!

---

1. Pronunțate urmând regulile fonetice ale limbii japoneze, *modan garu* și *modan boi*.

— Da' ce bine le joci, auzi? Bun actor mai ești!

— Ba nu, fraiero! Nu joc teatru! Hai că te iau la pupat iară!

— Păi hai!

— Nu, nu pot! Nu merit să te sărut! Nu cred că pot să mă țin de cuvânt și să te iau de nevastă. Uite și tu ce față roșie am! Ba nu, nu te uita la mine! Am băut rău.

— Ei, lasă! Ce, eu nu văd că nu-i decât soarele la asfințit de-ți bate pe față? Mă iei de proastă? Și-apoi, mi-ai promis ieri. Ai jurat! Nu te cred! Te ții de bancuri iar! Minți, minți, minți!

Stăteam acolo, țeapăn, uitându-mă la fața ei palidă și zâmbitoare cum strălucea în lumina chioară din tutungerie, mirându-mă cât de prețioasă era acea virginitate nepângărită. Nu mai fusesem niciodată cu o fată virgină și mai tânără decât mine, așa că nimic altceva nu ne rămânea de făcut decât să ne căsătorim. Și ce-o fi o fi, ce tristețe ne-o cuprinde, să ne cuprindă, indiferent de cât de teribilă ar fi ea! Nu-mi doream decât ca măcar o dată-n viață să simt o bucurie enormă, furtunoasă. Eu, cel care crezusem că frumusețea unei fete virgine nu era decât o fantasmă inventată de poeți prostånaci, îmi dădeam acum seama că nu era deloc așa și că ea chiar exista cu adevărat pe lume. Da, o să ne căsătorim și, de cum se face primăvară, o să ne ducem împreună pe biciclete să vedem Cascada Aoba[1], mă mai

1. Joc de cuvinte greu de tradus: *aoba no taki* poate însemna atât Cascada Aoba, un loc pitoresc din orașul Uda, în prefectura Nara, cât și „cascade înconjurate de frunze verzi", o descriere a unui peisaj idilic, dar generic.

gândii și, pe loc, fără ezitare, ca într-un joc de ruletă rusească, culesei acea floare.

Ne-am căsătorit la scurtă vreme, dar bucuria a fost scurtă și banală, pe când tristețea (cuvântul „nenorocire“ nu este este nepotrivit aici) care urmă a fost teribilă, dincolo de orice așteptări. Și asta pentru că, pentru mine, „lumea“ era, până la urmă, un loc absolut înfricoșător și în nici un caz unul al simplității, unde se puteau lua hotărâri ca la ruleta rusească.

2

Eu și Horiki.

Dacă a te disprețui unul pe celălalt, a te împinge unul pe altul la mediocritate este ce se numește „prietenie“, atunci se poate spune fără doar și poate că aveam o strânsă relație de „prietenie“ cu Horiki.

Bazându-mă exclusiv pe spiritul cavaleresc al madamei de la barul din Kyōbashi – și poate că sună straniu să vorbesc despre spiritul cavaleresc al unei femei, dar (și spun asta din proprie experiență), cel puțin la oraș, femeile au acest spirit mult mai mult decât bărbații, care tind să fie niște lași, creaturi mizerabile, cărora le e frică și de umbra lor, cărora nu le pasă decât de aparențe și sunt zgârciți ca naiba – am reușit să mă căsătoresc civil cu Yoshiko, fata de la tutungerie, și-am închiriat împreună o cămăruță la demisolul unei clădiri de apartamente din cartierul Tsukiji, în apropiere de râul Sumida. Chiar m-am lăsat de băut și m-am apucat din nou de ceea ce părea să-mi devină o carieră: benzile desenate. După cină, ne duceam la cinema, și apoi ne opream la o cafenea sau ne cumpăram un ghiveci cu flori, dar, mai mult decât orice, îmi plăcea să o ascult și să mă uit la ea, hipnotizat de această femeie care avea încredere în mine cu toată ființa ei. Și, pe când tocmai începusem să cred că poate mai am totuși o șansă de a mă transforma în ceva care măcar să semene a ființă umană, pe când o umbră vagă de speranță că aveam să evit o moarte jalnică de-abia se ițea, Horiki își făcu din nou apariția.

— Alo, ce mai face diavolul amorului? Hei, dar ce dracu'-i cu tine? Că doar nu te-oi fi făcut om de treabă! Aduc vești de la doamna de la Kōenji! strigă el la mine, pentru ca mai apoi să-și domolească vocea și să dea din cap în direcția lui Yoshiko, care trebăluia prin bucătărie, de parc-ar fi vrut să-ntrebe: „E de comitet gagica?"

— Da, nici o problemă. Poți să spui orice, i-am replicat eu calm.

Adevărul este că Yoshiko era genială când venea vorba de a se încrede în oameni și nu își făcuse nici un moment iluzii cu privire la relația mea cu madama din Kyōbashi sau cu Tsuneko, chiar și după ce îi povestisem cu lux de amănunte tot incidentul de la Kamakura. Și asta nu pentru c-aș fi fost eu cine știe ce mincinos talentat, ci pentru că, deși-mi dădusem silința să-i vorbesc direct și cinstit, ea luase totul ca pe o glumă.

— Ei, bag de samă că o duci bine, ca de obicei... În orice caz, nu e nimic important. Voia numai să-ți transmită să mai dai și tu prin Kōenji din când în când.

Și-uite așa, chiar când mă pregăteam să uit și să las totul în urmă, se năpustea asupra mea acest monstru înaripat și-mi scobea cu ciocul în rana încă deschisă a amintirilor. Imagini puternice ale trecutelor mele păcate și rușinile de atunci mi se desfășurau din nou în fața ochilor și eram atât de cutremurat de ele, încât voiam să urlu din rărunchi. Nu mai puteam sta locului.

— Bem? am spus eu.

— Bem, a răspuns Horiki.

Eu și Horiki. Eram unul și-același. Câteodată chiar păream a fi oameni. Dar asta poate doar când umblam ca bezmeticii din bar în bar ca să ne îmbuibăm de alcool ieftin, dar nu și când ne-aduceai față-n față. Atunci nu ne mai puteai deosebi de niște câini amușinând prin aleile înzăpezite din cartiere.

Din ziua aceea ne-am reîmprietenit și am început să frecventăm împreună dugheana de bar din Kyōbashi, pentru ca mai apoi, ca două cotarle, morți de beți, să ne găsim în apartamentul din Kōenji al lui Shizuko, unde mai rămâneam și peste noapte, nemaiplecând până se crăpa de ziuă.

N-am să uit niciodată. Era o seară de vară cu zăpușeală. Către amurg, Horiki și-a făcut apariția la apartamentul din Tsukiji într-un chimonou de vară care de-abia se mai ținea în câteva ațe, spunându-ne că fusese nevoit să-și amaneteze hainele de vară, dar că nu putea-n ruptul capului să-i spună așa ceva bătrânei lui mame, așa că trebuia să facem ceva ca să și le ia înapoi cât mai repede cu putință, și n-aveam noi cumva să-l împrumutăm de ceva bani? Bani n-aveam nici noi, așa c-am făcut ce făceam de obicei și-am pus-o pe Yoshiko să se ducă să-și amaneteze din hainele ei și, cu banii rămași, după ce i-am dat lui Horiki ce avea nevoie, ne-am cumpărat niște tărie *shōchū* cu care ne-am dus pe-acoperișul clădirii, ca să ne bucurăm de briza de-abia perceptibilă care bătea din când în când dinspre Sumida. Am tras acolo un chef sordid de vară.

Ne-am angrenat într-un joc pe care-l inventasem chiar eu și în care defineam substantivele drept comice sau tragice. Cum puteau fi masculine, feminine, neutre, și tot așa, mi se părea normal să poată fi și comice sau tragice. De exemplu, vapor cu aburi sau locomotivă cu aburi erau ambele tragice, pe când tramvai sau autobuz era comice, iar, dacă trebuia să-ntrebi de ce, atunci în mod clar nu aveai ce căuta să discuți probleme importante de artă, la fel cum un dramaturg care lăsa chiar și un singur substantiv tragic să-și găsească locul într-o comedie sau viceversa, un substantiv comic într-o tragedie, trebuia muștruluit abitir.

— Gata? Țigări? am întrebat eu.

— Tragi (așa abreviam „tragic“), a răspuns Horiki chiar mai înainte să fi terminat eu de întrebat.

— Medicamente?

— Pudră sau pastile?

— Injecții.

— Tragi.

— Haida, de! Păi și dacă-s cu hormoni?

— Tragi. Fără discuție! Păi, în primul rând ai acul... ce e mai tragi de-atâta?

— Bine, bine, gata! Dar să știi că medicamentele și doctorii sunt de fapt comi (abrevierea pentru „comic“). Dar moarte?

— Comi. Ca și popii creștini și călugării budiști.

— Aha, bun atunci! Deci, viață e tragi.

— Nu, și-aia-i tot comi.

— Ei, nu, nu merge-așa! Păi în ritmul ăsta, toate-s comi. Bine, hai încă una. Desenator. Asta nu poți să spui că-i comi.

— Tragi, tragi! Un mare, enorm substantiv tragic.

— Ei, ca să vezi! Ba tu ești un mare tragi!

Nu era nimic impresionant în jocul nostru prostesc cu cuvintele, dar nouă ne părea în acel moment o distracție de-un rafinament extraordinar, pe care nu o puteai întâlni decât în cele mai sofisticate saloane ale lumii și eram mândri de el până la absurditate.

Cam tot pe-atunci mai inventasem un alt joc, foarte similar, în care jucătorii trebuiau să ghicească antonimele unor cuvinte. De exemplu, anto (abrevierea pentru antonim) pentru negru era alb, dar anto pentru alb era roșu și anto pentru roșu era negru.

— Care-i anto pentru floare? am întrebat.

La care Horiki se-ncruntă puțin în timp ce se gândea și spuse:

— Păi știu eu un restaurant care se cheamă Floarea lunii, deci trebuie să fie lună.

— Nicidecum! Ăla nu e un anto. Poate un sinonim, dar nu un anto. Pentru poeți, stelele și violetele sunt sinonime, nu? În nici un caz anto.

— Da, da, am înțeles! Păi stai să mă gândesc... albina!

— Albina?

— Da. „O albină pe-un bujor"... Sau era o furnică?

— Ce tot spui acolo? Ăla-i un trop literar. Mă iei de fraier?

— A, gata, m-am prins! Norii peste flori se-adună...

— Ba nu, e „Norii peste lună se adună..."[1]

— A, da, așa! Vântul bate peste flori! Vânt! Anto pentru floare trebuie să fie vânt.

— Mda, stupid... Parc-ar fi un vers dintr-un cântec de inim-albastră. Se vede de unde vii...

— Ba nu, e *biwa*!

— Și mai stupid! Anto pentru floare... Ce naiba!? Singurul lucru din lumea asta care este absolut opus florii este... acolo trebuie să te concentrezi!

— Păi... a! Stai așa! Gata, m-am prins! Femeia!

— Ți-a căzut fisa! Și... dacă tot vorbim de femeie... Care e sinonimul pentru femeie?

— Mațe!

— Aoleu, da' nu ești deloc poetic! Și anto pentru mațe?

— Lapte.

— Aha, nu-i rău, nu-i rău! Și, tot așa, încă unul... Rușine... Care-i e anto?

— Nerușine! Sau un desenator la modă, Jōshi Ikita.

— Ei, parcă cu Horiki Masao mi-o fi... rușine!

---

1. O zicală japoneză, *Tisuki ni murakumo, hana ni kaze* („Norii peste lună se adună, vântul bate peste flori"), care înseamnă că, la fel ca și norii care-acoperă luna sau vântul care bate peste flori, orice lucru bun întâmpină obstacole, dar ele nu durează prea mult.

Hohotele de râs începuseră de-acum să se stingă cum ne găseam cuprinși din ce în ce mai mult de acea stare de spirit mohorâtă atât de specifică beției cu *shōchū*, când parcă-ți simți capul plin de cioburi de sticlă.

— Hai, mă, nu face pe nebunu', că pe mine cel puțin nu m-a târât potera prin oraș legat cu frânghia rușinii...

Am înțepenit. Mi-am dat seama deodată că Horiki nu mă considerase, de fapt, niciodată o ființă umană deplină care se schimbase și că în ochii lui rămăsesem o fantomă idioată și lipsită de rușine, un „cadavru ambulant" care nu fusese nici măcar în stare să moară cum se cuvine. Dacă putea să se asocieze cu mine pentru a se distra, foarte bine, dacă nu, nici o pierdere. Nu era nimic altceva în „prietenia" noastră. Deși nu m-a surprins câtuși de puțin, gândul că nu meritam nici măcar respectul unuia de teapa lui Horiki nu avu darul de a-mi îmbunătăți starea de spirit. Încă din copilărie eșuasem lamentabil în încercarea de a avea valoare ca om, așa că nu meritam decât să fiu disprețuit, chiar și de el.

— Crimă, am spus, prefăcându-mă indiferent. Care-i anto pentru crimă? Na, că te-ncuiași aici!

— Legea, ce altceva? a replicat Horiki fără vreo inflexiune în voce, ceea ce m-a făcut să mă uit la fața lui cu atenție. În lumina tremurând roșiatică a neonului de la o clădire din apropiere, părea să fi arborat expresia sumbră a unui comisar de poliție. M-am cutremurat.

— Da' de unde?! Nu asta înseamnă crimă.

Legea? De unde până unde era legea antonimul crimei?! Dar, poate că așa de simplist gândeau toți oamenii din lume. Credeau că nu există crimă decât acolo unde nu era poliție.

— Ei, și-atunci care-i? Că doar n-o fi Dumnezeu! Deși, la cum puți de la o poștă a popă, nu m-aș mira! E de-a dreptul scabros, ca să fiu sincer!

— Hai să nu ne dedăm la mârlănii, totuși! Eu zic să ne punem amândoi capetele la contribuție și s-o descurcăm pe-asta împreună. E-o chestiune interesantă, până la urmă, nu? Ba chiar, zic eu că ne-am putea da seama de multe lucruri despre o persoană după felul în care răspunde la întrebarea asta...

— Să nu ne-mbătăm cu apă rece! Anto pentru crimă este virtute. Un cetățean virtuos. Așa, ca mine.

— Iar faci mișto! Virtutea este anto pentru viciu. Nu pentru crimă.

— Deci, crima și viciul sunt diferite?

— Da, eu așa cred. Virtutea și viciul sunt concepte inventate de oameni. Termeni morali creați în mod arbitrar de către ființele umane.

— Mai tacă-ți fleanca! Bine, atunci nu poate fi decât Dumnezeu. Dumnezeu, Dumnezeu și iarăși Dumnezeu! N-ai cum să greșești, dacă lași totul pe seama lui Dumnezeu. Mamă, ce foame m-a plesnit!

— Yoshiko fierbe niște fasole jos.

— Perfect! Îmi place fasolea, a zis și s-a lăsat pe spate, cu brațele sub cap.

— Te porți de parcă nici nu ți-ar păsa de crimă.

— Sigur că nu-mi pasă. Că doar nu-s vreun criminal ca tine. Mă mai dedau și eu plăcerii ici și colo, dar n-ai să mă vezi că fac femeile să moară sau că le usuc de bani.

De undeva din adâncul meu am auzit atunci un ecou slab, disperat, ridicându-se să protesteze. N-o făcusem eu să moară și nu furasem banii nimănui. Dar, ca de obicei, ecoul se stinse sugrumat de obiceiul meu de a mă considera întotdeauna vinovat.

N-am fost niciodată în stare să mă cert cu cineva, să contrazic pe cineva. Melancolia pe care mi-o provoca alcoolul acela tare mă făcea din ce în ce mai irascibil și simțeam că nu-mi voi putea controla mânia. Am început să bombănesc ca și cum aș fi vorbit de unul singur...

— Nu-i nici o crimă să fii băgat la zdup. Cum naiba să ne dăm seama de esența crimei, când nu suntem în stare să-i găsim anto... Dumnezeu... Salvare... Iubire... Lumină... Satana e anto pentru Dumnezeu, iar suferința trebuie să fie anto pentru salvare. Ura pentru iubire, întunericul pentru lumină, răul pentru virtute... Crimă – rugăciune, crimă – regret, crimă – spovedanie, crimă – ... Aaaah! Dracu s-o ia, o las baltă! Toate-s sinonime. Care-i anto pentru crimă?

— Anto pentru crimă-i macră![1] Macră cum e carnea macră... Mamă, ce foame-mi-e! Du-te și tu și-adă ceva de potol!

— Ia du-te tu singur! m-am trezit țipând la el, poate pentru prima dată-n viață.

— Cum vrei! Mă duc jos și comit și eu niște crime cu Yoshi-chan! Tot mai bună e o experiență pe viu

---

1. Joc de cuvinte în original, greu de tradus. Autorul folosește cuvântul *tsumi* („crimă“, „păcat“), care citit invers devine *mitsu* („nectar“, „miere“), ceea ce-i amintește personajului Horiki că îi e foame.

decât o dezbatere seacă. Anto de la crimă e carne... Ba nu! Fasole...

Era atât de beat, că i se-mpleticeau vorbele-n gură.

— Da' du-te unde-oi vedea cu ochii! Du-te la dracu', dacă vrei!

— Crimă și stomacul gol, stomac gol și fasole... Ba nu, astea-s sinonime, continuă el să îngaime pe când se ridica legănându-se pe picioare.

Crimă și pedeapsă. Dostoievski. Gândul îmi trecu pe la marginea conștiinței și-am lăsat să-mi scape un suspin de surpriză. Dar, dacă consideram *crima* și *pedeapsa* lui dom' Dosto nu ca sinonime, ci le reconfiguram ca antonime? Crima și pedeapsa... completamente opuse una alteia, ca focul și gheața... Crima și pedeapsa ca anto, mocirla putridă, balta-mbâcsită de alge, abisul cel mai adânc al haosului ale lui dom' Dosto... Aha, m-am prins... ba nu, nu încă... raze de lumină mi se roteau prin cap, gata să se-aprindă cu totul când...

— Bă, nasoală fasole! Vino-ncoa! Horiki avea și vocea și fața schimbate. După ce se-mpleticise pe scări în jos cu numai câteva momente-n urmă, acum se-ntorsese brusc, de parcă era absolut treaz.

— Ce-i, mă?

O luarăm amândoi pe scări în jos, o ciudată tensiune așternută între noi. Horiki m-a oprit pe la jumătatea scărilor către apartamentul nostru de la demisol.

— Uite-acolo! șopti și-mi arătă cu degetul unde să mă uit.

Gemulețul de deasupra camerei noastre era deschis și se vedea înăuntru. Două animale, cu lumina aprinsă.

Ochii mi se-mpăienjeniră și mă luă cu amețeală. Nu-s decât oameni care fac ce fac oamenii, oameni care fac ce fac oamenii, nimic de mirare, mi-am șoptit încercând să-mi recapăt suflarea. Fără s-o ajut pe Yoshiko, am rămas pironit pe scară.

Horiki tuși tare. Am luat-o în sus pe scări până pe acoperiș, unde m-am trântit la pământ cu fața în ploaia nopții de vară. Nu, nu mânie, ură sau tristețe simțeam, ci teroare. Nu teroarea pe care o încerci când vezi o stafie în cimitir, ci cea de când te întâlnești cu un spirit înveluit în alb, plutind printre cedrii masivi din grădina unui altar *shintō*, o teroare feroce, străveche, ce nu poate fi exprimată în câteva vorbe. Din noaptea aia am început să albesc și mi-am pierdut încet, încet încrederea în orice, devenind suspicios pe orișicine. Am devenit pe veci străin de orice concept de speranță, înțelegere sau bucurie care să fi avut loc în lume. Acesta deveni un moment definitoriu al vieții mele, ca și cum capul îmi fusese despicat în două, și din acea clipă orice fel de interacțiune cu alte ființe umane făcea ca acea rană să mă doară cumplit.

— Îmi pare rău pentru tine, dar de-acum fii și tu mai precaut. Eu unul nu mai vin pe-aici... E iadul pe pământ aici... Dar s-o ierți pe Yoshi-chan. În fond, nici tu nu ești mai breaz. Gata, eu m-am dus.

Horiki nu era genul care să stea pe gânduri când situația se înrăutățea, așa că a dispărut cât ai zice pește.

M-am ridicat și-am luat o dușcă de *shōchū*. Și-am plâns. Și-apoi am plâns iar. Mi se părea c-aș fi putut să plâng acolo pe acoperiș pentru tot restul timpului.

Fără să-mi dau seama, Yoshiko apăruse în spatele meu cu o farfurie plină ochi de fasole, și rămăsese acolo pierdută-n gânduri.

— A zis... că nu-mi face nimic...

— Lasă... nu spune nimic. Nu ți-a trecut nici un moment prin cap să te-ndoiești de oameni. Stai jos. Hai să mâncăm fasolea.

Ne-am așezat unul lângă celălalt și-am început să mâncăm din fasole. Să fie încrederea o crimă? Bărbatul era un precupeț prostănac, la vreo treizeci de ani, un pricăjit care se dădea de ceasul morții când trebuia să-mi plătească cei câțiva bănuți pe care mi-i datora pe desenele pe care i le făceam.

Cum era de așteptat, n-a mai avut nas să apară pe la mine după aia, dar ura mea era îndreptată mai mult către Horiki decât către el. Horiki, cel care, după ce-i prinsese, în loc să tușească ori să facă zgomot ca să-i oprească, îi lăsase și venise după mine pe acoperiș ca să-mi spună. În nopțile de nesomn, ura și mânia mă făceau să mă zvârcolesc și să gem în așternuturi.

Nici nu se punea problema de a ierta sau de a nu ierta. Yoshiko avea darul de a se încrede în oameni. Nu știa cum să fie suspicioasă. Tocmai aici era tragedia.

Și-atunci, îl întreb pe Dumnezeu: e încrederea o crimă?

Ceea ce mă duru cumplit multă vreme după aceea, până la punctul în care simțeam că nu mai pot trăi, nu era faptul că Yoshiko fusese pângărită, ci faptul că încrederea ei fusese pângărită. Pentru cineva ca mine, josnic și nenorocit, pentru care capacitatea de a se încrede în alții era pe veci distrusă și care nu putea privi pe nimeni în ochi, încrederea pură și inocentă a lui Yoshiko era curată și proaspătă precum o cascadă într-o oază de verdeață. Iar acum, într-o singură seară se transformase în apa murdară, maronie a unei canalizări. Din seara aceea, Yoshiko tremura de-ndată ce pe față mi se-așternea o umbră de-ncruntare, o schiță de zâmbet.

— Vino-ncoa'!

De cum o strigam tresărea și mă privea cu teamă, neștiind încotro s-apuce.

Oricât încercam eu s-o fac să râdă, să mă prostesc cu clovneriile mele, ea tot părea să tremure ca trestia în fața mea, pentru ca mai apoi să-nceapă să mi se adreseze într-un limbaj excesiv de politicos.

Să fie, așadar, încrederea inocentă la baza tuturor crimelor?

M-am apucat să citesc tot felul de romane cu soții care erau violate. N-am găsit însă nici una care să fi fost violată cu cruzimea cu care se petrecuseră lucrurile cu Yoshiko. Ceea ce i se întâmplase ei n-avea cum să fie vreodată material de roman. Poate că m-aș fi simțit altfel de-aș fi știut că fusese vreo umbră de amor între ea și pricăjitul de negustor, dar realitatea era că Yoshiko avusese pur și simplu încredere într-un om într-o seară de vară și cu asta... basta. Iară capul meu părea pe punctul de-a plesni în orișice moment, vocea-mi răgușise fără motiv, și părul mi se-albise înainte de vreme, pe când Yoshiko avea să tremure acum pentru tot restul vieții. În majoritatea romanelor pe care le-am citit, se punea accentul pe hotărârea soțului dacă să ierte sau nu „fapta“ soției, numai că, din punctul meu de vedere, o astfel de hotărâre era lipsită de importanță. Fericit o fi bărbatul care are dreptul de-a decide dacă să ierte sau nu. Până la urmă, dacă chiar găsește trădarea femeii a fi de neiertat, atunci nici nu mai are rost să se ambaleze și ar face mai bine să divorțeze și să-și caute altă nevastă. Dacă însă nu poate să facă așa ceva, atunci o „iartă“ și îndură pe mai departe traiul cu ea. Orice-ar alege, tot simțămintele lui rămân cele mai importante. Desigur că o astfel de întâmplare este un șoc și pentru soț, dar în cele din urmă nu este decât un „șoc“, și nu ceva asupra căruia să agonizeze și să revină din nou și din nou, ca valurile spărgându-se neîncetat de țărm. Din punctul meu de vedere, acesta era genul de problemă care putea fi rezolvată într-un fel sau altul de mânia întemeiată a oricărui bărbat în drepturile sale legitime. La noi însă, bărbatul nu avea absolut nici un drept legitim și, din orice unghi analizam situația, îmi devenea din ce în ce mai clar că totul era numai vina mea. Așa că nici nu se punea problema de a fi supărat pe ea și nu i-am reproșat nimic. Cum aș fi putut când fusese pângărită numai și numai pentru că avea acea rară calitate, acea virtute, încrederea ei pură și inocentă, pe care i-o admirasem într-atât și care mă atrăsese la ea dintotdeauna.

Să fie încrederea inocentă la baza tuturor crimelor?

Și, cum acea ultimă virtute în care crezusem era acum învăluită în suspiciune, nu mai pricepeam nimic în juru-mi și nu-mi mai găseam salvarea decât în alcool. Beam *shōchū* cu dimineața-n cap. Fața mi se înăsprise, de nu mă mai cunoșteai, începură să-mi cadă dinții, iar desenele mele nu mai erau decât pornografie de joasă calitate. Ba, ca să fiu sincer, începusem să copiez stampe erotice *shunga* și să le vând. Îmi trebuiau banii pentru *shōchū*. De câte ori mă uitam la Yoshiko cum tremura toată și nu era în stare să mi se uite-n ochi, nu puteam să nu-mi aduc aminte cât de mult se încrezuse ea în mine odată și nu-mi puteam stăpâni îndoiala că poate negustorul ăla nu fusese până la urmă singurul. Să fi fost și cu Horiki? Sau poate cu un altul, un necunoscut. Îndoiala îmi năștea îndoială, dar nu aveam curaj s-o întreb direct. Așa că mă îmbătam rău cu *shōchū* și, chinuit de teroare și anxietate, încercam timid să o confrunt, bombardând-o cu întrebări de toată rușinea. Torturat interior între bucurie și mâhnire la răspunsurile ei, continuam s-o fac pe clovnul la suprafață, pentru ca mai apoi să o supun unor gesturi și mângâieri amoroase diabolice, pentru a mă prăbuși în cele din urmă mort de beat.

Către sfârșitul acelui an, am venit acasă târziu într-o noapte, beat făcut praf. Voiam un pahar de apă cu zahăr și, cum Yoshiko dormea, m-am dus singur în bucătărie să caut zaharnița. Când am deschis-o, nu am găsit înăuntru decât o cutiuță subțire și neagră. Am luat-o în mână fără să mă gândesc prea mult, dar am înlemnit când am văzut ce scria pe etichetă. Cineva se străduise să scrijelească cu unghia ce scrisese acolo, dar rămăsese cam jumătate, partea scrisă în alfabet occidental. DIAL.

Dial. Beam atât de mult *shōchū* pe vremea aia încât n-aveam nevoie de somnifere, dar, cum insomnia era una dintre afecțiunile mele cronice, știam mai toate medicamentele din domeniu. Și-n cutia aia era îndeajuns pentru o doză fatală. Cutia avea sigiliul intact, dar încercase să șteargă scrisul cu unghia și o ascunsese în zaharniță cu gândul să știe de unde s-o ia când o avea nevoie de ea. Cum nu știa să citească literele, sărăcuța de ea nu ștersese decât jumătate din etichetă gândind că era suficient. (Ești absolut nevinovată.)

Cu grijă să nu fac zgomot, mi-am umplut un pahar cu apă și, rupând sigiliul cutiei, mi-am turnat tot conținutul în gură și-am dat pe gât cu calm apa. Am stins apoi lumină și m-am dus tiptil în pat.

Am dormit mort vreme de trei zile și trei nopți. Doctorul a înregistrat-o ca pe o supradoză accidentală, pentru a nu fi nevoie să raporteze incidentul la poliție. Se pare că, după ce-am deschis ochii, primul lucru pe care l-am îngăimat a fost că mă duc acasă. Nu-mi e clar ce-am vrut să spun cu „acasă", dar mi s-a spus că am izbucnit în lacrimi după ce-am spus-o.

Încet, încet, s-a ridicat ceața și, când mi-am recăpătat cunoștința, l-am zărit pe Plătică care-mi stătea lângă pernă cu o mutră cât se poate de acră.

— Data trecută tot la sfârșit de an l-a apucat, să știți! Atunci îl apucă, când suntem cu toții ocupați până peste cap. Dac-o ține tot așa, eu nu știu cât o să mai suport!

Cea căreia îi vorbea Plătică se dovedi a fi madama de la barul din Kyōbashi.

— Madam, am exclamat eu.

— Da, eu. Ce e? Ți-ai revenit?

Își aplecă fața zâmbitoare peste mine acoperindu-mă. Începură să-mi curgă lacrimi șiroaie pe obraji.

— Divorțați-mă de Yoshiko! Cuvintele mi-au ieșit din gură mai înainte să-mi dau seama ce spuneam.

Madama lăsă să-i scape un suspin ușor pe când se îndrepta de spate.

Și-atunci am mai spus ceva atât de absurd, atât de comic și atât de prostesc, încât nu putea fi descris în cuvinte.

— Eu... eu vreau să mă duc într-un loc făr' de femei.

Plătică reacționă pe loc, cu un hohot puternic de râs. Madama începu și ea să chicotească, iar eu m-am trezit rânjind amar, șiroaiele de lacrimi necontenind să-mi curgă pe obraji.

— Așa, așa! Cel mai bine-i așa! m-a aprobat Plătică, înecându-se de râs și continuând printre hohote seci: Acolo ar fi bine să te duci: într-un loc făr' de muieri! Tu, cum dai de muieri, ești gata! Ei, dar într-un loc fără femei... altă viață!

Un loc fără femei. Dorința aceea idioată, lipsită de orice sens, avea să-mi fie îndeplinită mai târziu în cea mai cumplită manieră posibilă.

Yoshiko reușise cumva să se convingă pe sine că luasem somniferele în locul ei și devenise încă și mai timidă în interacțiunile cu mine, neschițând nici măcar un zâmbet la ce-i spuneam și nescoțând nici ea vreo vorbă în prezența mea. Îmi era imposibil să stau închis în cămăruța noastră de apartament, așa că plecam de nebun tot timpul, ca să-mi înec amarul în alcool ieftin. Mă ascuțisem teribil după incidentul cu Dial, iar mâinile și picioarele mi-erau ca de plumb, motiv pentru care nu mai eram în stare să mă țin de desenele mele. Plătică veni să mă viziteze în convalescența mea și îmi dădu niște bani („un mic cadou de la mine", spusese, de parcă ar fi scos el din buzunar ceva, când banii erau de fapt, din câte-mi dau seama, de la frații mei. Dar, față de vremea când fugisem de la el, eram acum capabil să văd exact ce teatru juca Plătică – chiar dacă nu cu claritate totală –, așa că, atunci când el făcea pe generosul, intram și eu în horă și, prefăcându-mă că n-am nici o idee de prefăcătoria lui, bolboroseam cuvenitele vorbe de mulțumire. Cu toate astea, mărturisesc că mă simțeam ciudat și câteodată mi se părea că pricep, iar alte dăți nu reușeam în ruptul capului să-mi dau seama de ce se deda Plătică la astfel de decepții întortocheate cu mine). Am decis pe loc să folosesc banii primiți pentru o călătorie solo la băile termale din sudul Peninsulei Izu. S-a dovedit însă că nu eram pregătit pentru o astfel de călătorie relaxantă și că nu aveam starea mentală potrivită pentru a contempla peisajul montan, mai ales când gândul mă purta imediat la Yoshiko și mă lăsam cuprins de gânduri negre. Așa că în loc să mă înfofolesc în chimonoul căptușit[1] de la han și în loc să mă bucur de băi, n-am făcut decât să mă ascund în dughene mizerabile și să mă-mbăiez în *shōchū* într-atâta măsură, că până m-am întors la Tōkyō eram încă și mai bolnav decât când plecasem.

Ninsese mult în seara în care am ajuns la Tōkyō. Mergeam legănat, mort de beat, pe aleile lăturalnice din Ginza, cântând încetișor „Sute de leghe-s până-n țară, sute de leghe-s până-n țară..."[2] o dată, și înc-o

1. *Dotera*, în original.

2. „*Koko wa o-kuni wo nanbyaku ri*", primul vers dintr-un faimos cântec de război, *Senyū* (*Camarazi de arme*), compus

dată la infinit, lovind cu bombeul pantofilor zăpada adunată pe caldarâm. Brusc, am vomitat! Era prima dată când vomitam sânge. Făcusem un mare steag al Soarelui-Răsare în neaua curată. Am stat acolo pe vine, tot luând în pumni zăpadă și spălându-mă pe față. Plângeam amarnic.

Undeee duuuce calea-asta-ngustăăăăă?
Undeee duuuce calea-asta-ngustăăăăă?[1]

Am auzit ca prin vis, plutind prin întuneric, vocea stinsă a unei fetițe cântând acest cântecel pentru copii. Era atât de-ncet, încât inițial am crezut că nu era decât imaginația mea. Nefericire. Tot soiul de oameni nefericiți umplu lumea și nu e nici o exagerare să spui că lumea e plină de oameni nefericiți. Nefericirea lor însă era una pe care o puteau imputa cu ușurință „societății", iară „societatea" la rându-i le recunoștea pe dată imputarea și o înțelegea. Nefericirea mea, pe de altă parte, era în întregime produsă de propriul meu sentiment de

---

în perioada Războiului ruso-japonez (1904–1905). Interesant este că acest îndrăgit șlagăr fusese interzis de către autoritățile militare în timpul Războiului din Pacific (1941–1945), dar rămăsese la fel de popular în rândul soldaților de rând.

1. „*Koko wa doko no hosomichi ja*", vers din *Tōryanse* (*Treceți, vă rog!*) un cântec pentru copii compus în perioada Edo (1603–1868) de către un autor necunoscut și rearanjat muzical la începutul secolului XX. Cântecul este straniu, cu versuri care, deși invită trecătorii să meargă mai departe, îi și avertizează că s-ar putea să se întâlnească cu spirite dușmănoase pe drum și să nu se mai întoarcă vreodată (unul dintre versurile finale este „*Yuki wa yoiyoi, kaeri wa kowai*" („La ducere e bine-n cale/ Dar la-ntors e numa' jale").

vină, așa că nu aveam către cine să o direcționez. Până și-o obiecție minoră avea să-mi aducă nu numai disprețul lui Plătică, ci pe cel al întregii societăți. Eram eu, cum se spune, „o persoană egoistă“, sau eram complet opus, o persoană extrem de timidă? Nu aveam nici cea mai mică idee. Tot ce știam era că nu eram decât o masă de vini și păcate, capabil numai de a-mi face viața din ce în ce mai nenorocită și lipsit complet de orișice idee cum m-aș putea opri din această cădere nefastă.

M-am ridicat în picioare, și primul gând a fost să găsesc niște medicamente, așa că m-am îndreptat către cea mai apropiată farmacie. Privirea mea o întâlni pe cea a femeii din magazin, și în acel moment ochii i se măriră de parcă ar fi fost învăluiți de o străfulgerare de lumină și rămase complet imobilă. Nu, nu era silă sau frică în ochii aceia, ci mai degrabă o adâncă dorință de a fi salvată. Era, așadar, și ea, tot o nefericită. Nu aveam nici cea mai mică îndoială, pentru că toți cei care suferă de nefericire o simt în alții. Și doar ce-mi trecuse gândul ăsta prin cap, că o și văzui cum face un salt ușor, sprijinindu-se într-o cârjă. M-am stăpânit cu greu să nu mă reped s-o ajut, în timp ce lacrimi mari îmi curgeau pe obraji, uitându-mă la ea. Ochii ei mari s-au umplut și ei de lacrimi.

Fără vreo vorbă, m-am întors pe călcâie și-am pornit împiedicat către apartament, unde am rugat-o pe Yoshiko să-mi dea un pahar cu apă cu sare, după care m-am dus la culcare în tăcere. De dimineață m-am prefăcut a fi răcit și-am rămas în pat toată ziua, pentru a nu mă scula decât spre seară, când n-am mai putut suporta neliniștea la gândul sângelui pe care-l vomitasem. M-am dus înapoi la farmacie, de data asta cu un zâmbet pe față, și i-am mărturisit femeii de acolo ce mi se întâmplase, pentru a o ruga să-mi dea un sfat.

— Trebe să te lași de băut. Mi-a vorbit de parcă eram rude.

— Mi-e că-s deja alcoolic. Uite, și-acu aș bea.

— N-ai voie. Bărbată-miu a făcut TBC și, sub pretextul că alcoolul elimină bacteriile, s-a pus pe băut cu stacana de până la urmă s-a eliminat pe el.

— Nu pot să mă las din cauza anxietății. Mi-e frică, sincer! N-am cum să mă las.

— Îți dau eu niște medicamente. Numai lasă-te de băut.

Femeia (o văduvă, al cărei fiu era student la Medicină prin Chiba sau pe vreundeva și care, de cum intrase la facultate, fusese diagnosticat cu aceeași boală care-i ucisese tatăl și era acum în spital, și care-l avea acasă pe socru-său paralizat la pat, și al cărei picior nu mai funcționase cum trebuie încă de la cinci ani, de când avusese poliomielită) a început să țopăie de colo-colo cu cârja ba la câte un raft, ba la câte un sertar, adunând medicamente pentru mine.

„Asta, pentru reîmprospătarea sângelui.

Astea-s injecții cu vitamine. Uite aici și-o seringă.

Astea-s suplimente de calciu. Și niște diastaze ca să nu-ți distrugi stomacul.

Și-asta pentru una. Și-asta pentru alta...“ mi-a tot explicat cu dragoste vreo cinci, șase medicamente, dar în cele din urmă până și dragostea acestei femei nefericite se dovedea a fi prea mult pentru mine. La final, îmi spuse ea, împachetând încă o cutiuță, „asta e pentru când chiar nu mai poți și vrei să bei un pahar“.

Era morfină injectabilă.

Îmi spuse că nu avea să-mi facă mai mult rău decât alcoolul, iar eu am crezut-o. Mai mult, eram în punctul în care ajunsese să-mi fie scârbă de murdăria felului în care beam și pentru prima dată în viață începusem să fiu cuprins de un sentiment de bucurie la gândul că aveam să scap în fine de Satana alcoolului. Așa că, fără să stau pe gânduri, mi-am injectat morfina în braț. Neliniștea, irascibilitatea și timiditatea mi se disipară pe loc și m-am simțit vorbăreț, bucuros. Până și teama cu privire la sănătatea mea șubredă dispăruse complet. M-am reapucat cu pasiune de desenat și îmi veneau idei atât de ciudate și de haioase, de izbucneam eu singur în râs în timp ce le desenam.

Inițial am vrut să-mi fac o injecție pe zi, dar mai apoi mi-am făcut două și, când am ajuns la patru pe zi, nu mai puteam lucra deloc fără injecții.

— Gata, trebe să te oprești! Dacă devii dependent... atunci pân-aici ți-a fost!

Când am auzit-o pe femeia de la farmacie spunând vorbele astea, m-am gândit că trebuie să fi fost deja dependent. (Sunt o persoană extrem de susceptibilă să urmez sugestiile altora, pentru că mă convinsesem pe mine însumi că eram obligat să nu îi dezamăgesc pe ceilalți. Dacă, de exemplu, îmi dădea cineva bani și-mi spunea „Să nu cheltuiești banii ăștia, dar cum tu ești tu, o să-i cheltuiești oricum“, mi se părea că aveam obligația să-i cheltuiesc, pentru că era de datoria mea să nu dezamăgesc persoana respectivă, așa că făceam tot ce-mi stătea-n putință să cheltuiesc și ultima centimă din suma respectivă, deși ideea de dependență în sine îmi provoca și mai multă anxietate, ceea ce mă făcea cu atât mai mult să vreau morfină.)

— Înc-o cutie! Hai, te rog eu mult, numai una. Îți plătesc tot ce-ți datorez la sfârșitul lunii, promit.

— Nu-mi pasă mie de bani acu', plătește când oi vrea. Dar mi-e teamă de poliție.

Ah, părea că eram condamnat pentru totdeauna să nu fiu decât o umbră de om, înconjurat de-o aură întunecată, dubioasă.

— Te descurci tu cu ei! Te conjur! Hai, să-ți dau un pup?

Femeia a roșit toată, iar eu profitai imediat:

— Uite, fără injecțiile alea nu sunt în stare să lucrez deloc. E ca un întăritor pentru mine.

— Păi atunci, hai să-ți fac o injecție cu hormoni.

— Haide, nu face mișto de mine! Dacă nu beau, atunci am nevoie de injecții. Altfel n-am cum lucra fără nici una.

— Dar n-ai voie să bei!

— Păi vezi? N-am pus picătură-n gură de când am început cu injecțiile, și mulțumită ție mă simt cu mult mai bine. N-am de gând să-mi petrec restul zilelor desenând benzi desenate și porcărioare, sper că-ți dai seama! O să mă las de băut complet, mă fac bine, muncesc din greu și am să devin un pictor de seamă, ai să vezi! Ăsta-i un moment crucial în viața mea. Hai, te rog eu mult, mult de tot. Uite, îți dau un pup, bine?

Femeia a izbucnit în râs:

— Ești incorigibil! Dacă devii dependent, eu nu te cunosc, să știi!

Șontâcăi pe podea cu cârja și luă medicamentul de pe raft.

— Da' nu-ți dau toată cutia, că tu o iei pe loc. Îți dau jumate.

— Zgârie-brânză! Bine, tot mai bine decât nimic.

Mi-am injectat o fiolă de cum am ajuns acasă.

— Nu doare? m-a întrebat Yoshiko timidă.

— Păi cum să nu? Dar ce pot să fac? N-am încotro, dacă vreau să termin tot ce am de făcut, de-mi place sau nu. Nu vezi că sunt mult mai bine în ultima vreme? Gata, acum am de lucru. Lucru, lucru, lucru, am mai spus cu voioșie.

Odată m-am dus la farmacie în miez de noapte și-am bătut cu pumnul în ușă. Femeia a apărut cu cârja ei, în cămașă de noapte, iar eu am strâns-o-n brațe și-am sărutat-o, prefăcându-mă că plâng în hohote.

Mi-a-nmânat o cutie fără să scoată o vorbă.

Până să-mi dau eu seama că drogul era la fel de rău – ba nu, chiar mai rău – decât *shōchū* eram complet dependent, iar eu atinsesem culmea degradării. Începusem din nou să fac copii după stampe erotice pentru a-mi procura morfină și eram prins într-o relație amoroasă cât se poate de oribilă cu femeia de la farmacie.

„Vreau să mor, acum mai mult decât oricând, vreau să mor. Nu mai e cale de-ntors, nu mai pot să fac nimic. Nimic nu mă mai poate ajuta și nu mai pot decât să continui să adaug strat după strat de rușine. N-am eu ce căuta să visez la plimbări cu bicicleta și la cascade în pădure. Eu nu-s făcut decât să pun crime care mai de care mai împuțite, mai nenorocite una peste alta și să sufăr de anxietăți din ce în ce mai puternice. Vreau să mor, trebuie să mor. Viața însăși este esența crimei.“ Consumat de astfel de gânduri, băteam zi de zi disperat drumul dintre apartament și farmacie.

Cu cât desenam mai mult, cu atât aveam mai multă nevoie de drog, și în scurtă vreme acumulasem o datorie uriașă. Ori de câte ori mă vedea, ochii femeii de la farmacie se umpleau de lacrimi, în timp ce mie îmi curgeau șiroaie pe obraji.

Iad.

Ca ultimă soluție de a scăpa din acel iad și convins că, dacă eșuam nu mai aveam altceva de făcut decât să-mi pun lațul de gât, i-am scris o scrisoare lungă tatei la țară, în care i-am mărturisit totul (mai puțin despre femei; n-am avut puterea să-i scriu despre asta), de parcă de asta ar fi depins însăși existența lui Dumnezeu.

Rezultatul a fost însă chiar mai teribil decât îmi imaginasem, pentru că zilele trecură una după alta fără a primi vreun răspuns, ceea ce m-a umplut și mai tare de anxietate și m-a făcut să-mi injectez și mai mult din drog.

Și tocmai când îmi spusesem că în seara aceea aveam să-mi injectez zece fiole, și apoi aveam să mă arunc în râu, m-am trezit cu Plătică la ușă, care venise de parcă era posedat de vreo intuiție diabolică și care-l mai târâse după el și pe Horiki.

— Carevasăzică tușești sânge?

Horiki ședea așezat cu picioarele încrucișate în fața mea cu un zâmbet blajin și bun așternut pe față, pe care nu-l mai văzusem la el niciodată până atunci. M-a învăluit un sentiment copleşitor de gratitudine, iar zâmbetul lui m-a umplut de asemenea bucurie, încât am fost nevoit să mă întorc cu spatele, ca să nu-mi vadă lacrimile şiroindu-mi pe obraji. Nu fusese nevoie decât de acel zâmbet blând pentru a mă distruge complet, pentru a mă simţi îngropat de viu.

M-au urcat într-o maşină. „Nu contează decât s-ajungem la spital. Mai apoi o s-avem noi grijă de toate cele", l-am mai auzit pe Plătică şoptindu-mi cu căldură (atât de blânde erau şi vorbele lui, de le-aş fi putut descrie drept pline de compasiune), iar voinţa şi judecata mea se disipară şi urmai cu sfinţenie tot ce mi se spunea, transformat brusc în esenţa însăşi a slăbiciunii. Yoshiko s-a urcat şi ea în maşină şi am pornit cu toţii, aruncaţi de colo-colo în cabină, pe un drum de ţară care părea să nu se mai termine. Ajunseserăm în cele din urmă, pe când cerul începuse deja să se-nvăluie în întuneric, la intrarea unui spital mare, undeva în mijlocul unei păduri.

Un sanatoriu, mi-a trecut prin cap.

Un doctor tânăr m-a examinat cu grijă, cu o politeţe stranie.

— Cred că cel mai bine ar fi să vă odihniţi aici cu noi o vreme, a spus cu un zâmbet aproape timid.

Plătică, Horiki şi Yoshiko aveau să se întoarcă acasă fără mine. Pe când se întorcea să plece, Yoshiko mi-a dat o bocceluţă cu nişte haine de schimb şi o seringă cu ultimele fiole de morfină. Se pare că ea chiar mă crezuse când spusesem că nu era decât un întăritor.

— Nu, mersi. Nu-mi mai trebuie.

A fost cu adevărat un lucru remarcabil. Trebuie să fi fost, fără exagerare, prima dată în viață când refuzam ceva ce mi se oferea. Nefericirea mea era nefericirea celui care nu poate să spună nu niciodată. Mă temeam cumplit că, de-aș fi refuzat ceva, o ruptură enormă, de nereparat, se va deschide între mine și persoana cealaltă și nu se va mai închide niciodată. Și totuși atunci, deși pe jumătate nebun de dorința pentru acele droguri, le-am refuzat pe loc, fără nici o ezitare. Poate că mă mișcase cumva acea „ignoranță divină“ a lui Yoshiko. Se prea poate ca dependența mea să se fi spulberat în acel moment.

Doctorul cel tânăr cu zâmbet timid m-a condus mai apoi într-o aripă a spitalului și-am auzit o ușă închizându-se cu putere în urmă-i. Eram într-un spital de nebuni.

Îmi dorisem să mă duc într-un loc fără femei, iar acea remarcă idioată pe care o făcusem după incidentul cu Dial mi se împlinise acum în cea mai stranie manieră cu putință. Eram în aripa spitalului de nebuni dedicată exclusiv bărbaților, unde tot personalul medical era format din bărbați. Nici urmă de femeie aici.

Nu mai eram un criminal, eram nebun. Dar nu, nu sufeream în nici un fel de vreo afecțiune mintală. Nu o luasem razna nici măcar o clipă. Pe de altă parte, exact asta ar spune un nebun. În fond, dacă ești pus într-un astfel de spital, atunci trebuie că ești plecat cu sorcova, iar dacă nu, atunci trebuie că ești normal.

Doamne, Dumnezeule, e oare o crimă să nu opui rezistență?

Zâmbetul acela neobișnuit de frumos al lui Horiki mă emoționase până la lacrimi și-am uitat de orice fel de judecată și de rezistență, m-am lăsat urcat în mașină, adus aici, și-acum devenisem nebun. Și dacă ies de-aici, tot nebun, ba nu, infirm o să-mi scrie pe frunte.

Decădere. Umană.

Încetasem complet și ireparabil să mai fiu o ființă umană.

Când venisem la sanatoriu era începutul verii, iar printre barele de la fereastra mea se vedeau florile roșii de nufăr plutind în iazul din grădina spitalului. Trei luni mai târziu, când începuseră să înflorească fluturașii[1], apăru pe nepusă masă frate-meu cel mare însoțit de Plătică, să mă ia acasă. Frate-meu îmi spuse pe tonul lui obișnuit, bățos și reținut, că tata se stinsese de ulcer la sfârșitul lunii precedente, că lui nu-i păsa de tot ce făcusem eu în trecut, că nu voia să-mi fac griji din cauza banilor și că nu se aștepta la nimic de la mine, dar, în schimb, trebuia să las totul în urmă, să plec din Tōkyō de îndată și să mă întorc la țară ca să mă fac bine și, deși știa el că mai aveam treburi de rezolvat în Tōkyō, Shibuta se ocupase cam de toate, și eu n-aveam motive de îngrijorare.

Munții și râurile de-acasă mi se perindară pe dată în fața ochilor. Am dat din cap a aprobare.

Un infirm, fără doar și poate.

Vestea că tata nu mai era printre noi m-a prăbușit irevocabil. Tata nu mai era, ființa lui, pe care o admiram

---

1. *Cosmos bipinnatus*, fluturași, mărărițe, sau japoneze.

atât de mult și care mă înfricoșa în egală măsură, nu mai era, iar eu îmi dădeam seama că vasul însuși al suferinței mele se uscase complet. Mi-a trecut prin minte că fusese poate vina tatei că acel vas al suferinței mă apăsase atât de tare. Mi-am pierdut orice dorință de-a face ceva. Mi-am pierdut până și capacitatea de-a suferi.

Frate-meu s-a ținut de cuvânt fără greș. Mi-a cumpărat o casă la periferia unui sătuc ce se afla cam la patru, cinci ore de mers cu trenul la sud de orașul meu natal, într-o zonă de litoral cu ape termale, care rămâne tot timpul neobișnuit de caldă pentru zona de nord-est a Japoniei. Casa avea cinci camere, dar pereții-i stăteau să cadă, iar stâlpii interiori erau atât de mâncați de carii, încât nu mai putea fi reparată. Mi-a angajat până și-o slujnică, o femeie cam la șaizeci de ani, urâtă și cu păr roșiatic.

Au trecut trei ani de-atunci, și de-a lungul lor bătrâna slujnică, Tetsu, m-a abuzat în feluri care de care mai ciudate. Câteodată ne certăm de parc-am fi soț și soție. Boala mea de plămâni e când mai bine, când mai rău, iar eu ba slăbesc, ba mă-ngraș, și din când în când tușesc cu sânge. Chiar ieri am trimis-o pe Tetsu la farmacia din sat să-mi ia niște somnifere Calmotin, din cele pe care le iau tot timpul și, fără să-mi pese cine știe ce că parcă nu era aceeași cutie ca de obicei, am luat zece pastile, cum fac tot timpul. Numai că, de data asta, nici vorbă să adorm. Și tocmai când mă tot miram eu de ce, m-a luat o durere cumplită de stomac, de-am fost nevoit să fug în grabă mare la veceu. Aveam o diaree teribilă și m-am mai dus de vreo trei ori la veceu toată noaptea. De-abia atunci m-am uitat la cutia de medicamente cu atenție și mi-am dat seama că-n loc de somnifere îmi adusese Ciocotin, un laxativ.

Și, cum stau întins pe pat, cu o sticlă de apă caldă pe burtă, mă tot gândesc dacă să mă iau sau nu de Tetsu:

— Uită-te și tu, păi ăsta nu-i Calmotin, e Ciocotin...

N-am fost în stare să-mi continui gândul, că m-a apucat râsul. Ce cuvânt comic mai e și „infirm", dacă stai și te gândești. „Și cum a vrut el să doarmă, luă un laxativ... și-unul care se mai cheamă și Ciocotin![1]"

Acum nu mai simt nici fericire, nici nefericire.

Toate trec...

Ăsta-i singurul *adevăr* pe care l-am întâlnit în iadul ăsta nenorocit[2] pe care-l numim lumea „oamenilor".

Toate trec...

Fac douăzeci și șapte de ani anul ăsta. Am albit aproape de tot, și majoritatea celor din jur cred că am peste patruzeci de ani.

---

1. Joc de cuvinte comic, greu de tradus. Dazai contrastează numele somniferului Calmotin cu cel al laxativului Henomotin, care include cuvântul *he* (gaz intestinal), redat aici cu „Ciocotin".

2. *Abikyōkan*, cuvânt din patru caractere chinezești care desemnează două dintre iadurile buddhiste; „infern absolut", „iadul cel mai adânc".

Epilog

Nu l-am întâlnit personal pe nebunul care-a scris caietele astea. O știu însă întrucâtva pe madama de la dugheana de bar din Kyōbashi. E-o femeie micuță, cu un aer bolnăvicios, ochi înguști, ridicați cumva în sus și un nas proeminent. O anume asprime îți creează mai degrabă impresia unui tânăr chipeș decât a unei femei frumoase. Tōkyō din cele trei caiete pare a fi în preajma anilor 1930–1932, dar, cum nu am avut ocazia de-a mă abate cu amicii decât de vreo două, trei ori prin dugheana din Kyōbashi ca să bem câte-un *highball* decât prin 1935, cam pe când începuseră „militarii" să defileze ziua-n amiaza mare pe străzi, n-am avut niciodată ocazia de a-l întâlni pe autorul acelor rânduri.

S-a întâmplat însă că în februarie anul ăsta m-am dus să vizitez un amic care fusese evacuat în timpul războiului din Tōkyō în Funabashi, în estul prefecturii Chiba. Ne știam bine din timpul facultății, iar acum avea o poziție de lector la o universitate de fete de acolo, iar eu îl căutam ca să m-ajute cu unele treburi legate de măritișul unei rude. Și, dacă tot eram acolo, m-am gândit să le duc alor mei acasă niște fructe de mare proaspete, așa că am luat-o la pas prin oraș cu un rucsac atârnat pe umeri.

Funabashi e-o localitate măricică, pe malul unei mări nămoloase. Locuința amicului cu pricina era într-o zonă rezidențială nouă și nici măcar oamenii locului nu erau în stare să mă îndrume cum se cuvine către adresa pe care le-o arătam. Începuse să mi se facă frig, iar rucsacul se făcea din ce în ce mai greu și începuse să-mi taie în umeri, așa că am hotărât să deschid ușa unei cafenele din care se auzea muzica de *tiqin*[1] la un gramofon.

Femeia dinăuntru mi se păru vag familiară și, când am întrebat-o, s-a dovedit că era madama de la dugheana de bar din Kyōbashi, pe care o cunoscusem acum vreo zece ani. Se pare că mă recunoscuse și ea, așa că ne salutarăm râzând cu surprindere oarecum prefăcută și, fără să ne mai complicăm cu discuțiile obișnuite ale acelor zile despre raidurile aeriene, începurăm să ne complimentăm unul pe celălalt:

— Ian' te uită la tine: ești neschimbată!

— Haida, de! Sunt o babă și-mi trosnesc toate-ncheieturile! Tu, pe de altă parte, pari tânăr și ferice!

— Hai, lasă, lasă! Am și eu trei copii deja! De-aia am și venit azi: să iau câte ceva de mâncare.

Și-o ținurăm așa ceva vreme, schimbând politețurile obișnuite pentru doi amici care nu se văzuseră de-o perioadă de timp. Și tocmai vorbeam de cunoștințe comune și despre ce se mai petrecuse cu ele, pentru ca

---

1. Instrument muzical chinezesc cu două sau patru corzi, la care se cântă de obicei cu un arcuș.

la un moment dat să se facă brusc serioasă și să mă-ntrebe dacă îl știam cumva pe Yōzō. I-am spus că nu, și se duse undeva în spate pentru a reveni cu trei caiete și cu trei fotografii pe care mi le înmână.

— Ia vezi, poate că le folosești în vreun roman de-al tău, mi-a spus.

În mod normal nu pot în ruptul capului să scriu cu materiale pe care mi le bagă altcineva pe gât și tocmai mă pregăteam să-i dau înapoi caietele când mi-au căzut ochii pe fotografii (descriu acele poze stranii în prolog) și am fost captivat. Așa că am luat caietele și i-am promis că trec din nou pe la ea mai înainte de a pleca spre casă. Am întrebat-o și pe madamă dacă nu cumva îl știa pe amicul lector la universitatea de fete care locuia la adresa cutare și cutare și se dovedi că îl cunoștea, fiind și ea tot nouă în oraș și locuind în aceeași zonă. Amicul locuia chiar pe strada aceea, ba chiar se și oprea pe-acolo din când în când.

În seara aia, m-am întins la băut cu prietenul meu și m-a invitat să rămân la el peste noapte. N-am închis un ochi însă, absorbit de lectura caietelor.

Chiar dacă descriau evenimente care-avuseseră loc acum mai mult timp, eram sigur că cititorii zilelor noastre le vor găsi cât se poate de interesante. Și, mai degrabă decât să le pocesc eu încercând să le rescriu, m-am gândit că ar fi mult mai bine să găsesc vreo revistă dornică să le publice exact în forma în care se aflau.

N-am fost în stare să găsesc fructe de mare proaspete să le duc copiilor acasă, așa că m-am mulțumit cu unele uscate. Mi-am aruncat rucsacul pe spate și m-am oprit din nou la cafenea.

— Mulțumesc mult pentru ieri... Apropo... și intrai direct în subiect: Aș putea să împrumut caietele astea pentru o vreme?

— Sigur că da. Te rog.

— O mai fi-n viață? Cel care le-a scris?

— Păi n-am nici cea mai mică idee. Să fie vreo zece ani de-atunci, m-am trezit cu caietele și cu fotografiile astea livrate la barul din Kyōbashi. Bănuiesc că fuseseră trimise de Yōzō, dar nu aveau nici numele și nici adresa adresantului pe ele. Mare mirare cum de nu s-au pierdut cu toate raidurile aeriene... Nu le-am citit nici eu decât acum câteva zile...

— Ai plâns?

— Nu, n-am plâns... Păcat... Mare păcat când ajunge omul în așa hal...

— Sunt zece ani de-atunci... S-a dus, cel mai probabil. Cred că de-aia ți-a trimis pachetul, ca să-ți mulțumească pentru tot ce-ai făcut pentru el. Chiar dac-a mai și exagerat pe ici, pe colo, ai avut și tu de suferit din cauza lui. Dacă tot ce scrie aici e adevărat, și eu i-aș fi fost prieten, bănuiesc că și eu l-aș fi dus la azilul de nebuni.

— Nu-i decât vina lui taică-su, spuse ea c-un aer pierdut. Yōzō pe care-l știam noi era inimos, un suflet cald... Numai de n-ar fi băut... ba nu, chiar și când bea... era un sfânt, un om bun.

AMINTIRI

Capitolul 1

Ședeam la amurg în fața porții împreună cu mătușă-mea, care purta o scurtă căptușită ce-o făcea să pară că poart-un copilaș în spate. Drumul din fața casei se scufunda încet în întuneric, iar tușa-mi spunea șoptit... „Măria sa... s-a retras... un zeu încarnat..." Plin de uimire, repetam și eu... „un zeu... încarnat...". Și-apoi trebuie să fi spus ceva nepotrivit, pentru că tușa m-a corectat pe loc: „Să nu mai spui așa ceva! Se spune s-a retras..." Știam eu bine unde se retrăsese împăratul, dar tot întrebasem. Mi-amintesc și-acum ce-a mai râs când m-a auzit.

Împăratul Meiji[1] se aflase deja pe tron patruzeci și doi de ani când mă născusem eu. Aveam trei ani când a murit. Trebuie să fi fost cam tot atunci când m-a luat tușa în vizită la niște rude care locuiau într-un sat la

1. Primul împărat al Japoniei moderne, „restaurat" pe tron prin căderea regimului shogunal în 1868. Va domni până la moarte, în 1912. (N.B.: Autorul acestei povestiri, Dazai, se naște în 1909.)

vreo opt kilometri de noi. N-am să uit niciodată cascada pe care am văzut-o atunci, în munții de lângă satul lor. Văd și-acum acea cascadă lată, a cărei apă se spărgea peste bolovanii acoperiți de mușchi de-un verde crud. Nu-l cunoșteam pe bărbatul pe-ai cărui umeri eram cocoțat ca să văd mai bine. Când mi-a arătat icoanele pictate cu rugăciuni din interiorul altarului de sub cascadă, m-a cuprins un sentiment de singurătate și-am început să plâng în hohote. Și, printre hohote, am început s-o strig pe tușa.

Ceva mai departe, într-o adâncitură-n munte, tușa și toate rudele așternuseră niște rogojini pe pământ. Cu tot zgomotul pe care-l făceau, tanti mă auzi și sări să-mi vină-n ajutor pe dată, dar se pare că se-mpiedicase de una dintre rogojini și căzuse cât era de mare, ceea ce-i făcuse pe ceilalți să se ia de ea, strigându-i că se pilise deja. Eu însă m-am simțit tare rușinat văzând cele întâmplate și am început să urlu și mai abitir din toți rărunchii. Tot așa, într-o noapte am visat că tușă-mea plecase și mă părăsise. Și, cum stătea ea așa în prag, se părea că ocupa toată lățimea ușii cu sânii ei mari, care, din nu știu ce pricină, erau roșii. Părea transpirată toată. „Nu te mai suport“, mi-a spus ea printre dinți, ceea ce m-a făcut să mă reped în brațele ei și să-mi apăs fața cu putere de pieptul ei și s-o implor să nu plece. „Te rog din tot sufletul, nu pleca!“, o imploram, lacrimile șiroindu-mi pe față. De-abia atunci m-a trezit chiar tușa, scuturându-mă bine din vis. Am rămas acolo și-am ținut-o în brațe, plângând în continuare vreme îndelungată, deși eram de-acum treaz de-a binelea. N-am mai spus nimănui despre acel vis, nici chiar ei.

Am multe amintiri despre tanti din copilăria mea fragedă. Nu-mi amintesc însă mai nimic despre alții, deși la noi în casă locuiau multe persoane pe lângă mama și tata. Locuiau cu noi străbunica și bunica, trei frați mai mari și patru surori mai mari, plus frate-meu mai mic. Tot la noi stăteau și mătușa și cele patru fete ale ei. În afară de ea însă, chiar nu-mi păsa de nici unii, cel puțin când aveam eu cam patru, cinci ani.

Trebuie să fi avut vreo cinci, șase meri mari și-nalți în grădina din spatele casei. Îmi aduc aminte de-o zi înnorată în care niște fetișcane se tot cățărau în pomii ăia. Tot acolo în grădină mai era și-un răzor cu crizanteme și parcă mi-amintesc de-un grup de fete pierdute-n admirație cu ochii la florile alea. Ploua, și ele erau sub umbrele. Trebuie să fi fost surori sau poate verișoare de-ale mele.

De pe la cinci, șase ani, încep să-mi aduc aminte mai totul cu claritate. Cam pe-atunci una dintre slujnice, pe nume Take, m-a învățat să citesc, pentru că-și dorea tare mult să citim împreună. Așa că ne petreceam timpul împreuna citind. Eram un copil bolnăvicios, așa că citeam adesea în pat. Iar când terminam toate cărțile pe care le-aveam la-ndemână, Take se ducea și-mprumuta un braț de la școala de duminică sau mai știu eu de pe unde. Mă obișnuisem să citesc în gând și treceam de la o carte la alta fără să obosesc prea tare. Tot Take m-a-nvățat și despre moralitate. Ne duceam adeseori la un templu, și acolo îmi arăta imaginile iadului buddhist și-mi explica despre pedepsele din icoanele pictate. Cei care cauzaseră focuri erau condamnați să care coșuri în flăcări în spate, iar cei care-și înșelaseră soțiile se zvârcoleau în strânsoarea unui șarpe verde cu două capete. Mai erau acolo și lacul de sânge și muntele cu țepe, dar și groapa fără fund[1], din care se vedea ridicându-se un fum alb, toate pline cu păcătoși slabi și palizi care urlau de durere din gurile de-abia întredeschise. „Și numai o minciună de-ai să spui, și-acolo ajungi și tu, un păcătos în iad, iar diavolii or să-ți smulgă limba din gură“, îmi spunea Take, făcându-mă să țip înfricoșat.

Cimitirul templului se-afla în spatele casei pe-un deal, iar de-a lungul tufelor de *yamabuki*[2] se afla o veritabilă pădure de stâlpi comemorativi *sotoba*[3]. Pe lângă rugăciunile obișnuite, pe fiecare dintre stâlpi se mai afla și câte-o roată neagră, metalică, ca de mașinărie, care mie-mi părea cam de mărimea unei luni pline. Take mi-a explicat

---

1. Regiuni are iadului buddhist. „Groapa fără fund“ este *mugen naraku*, nivelul cel mai de jos al iadului buddhist *Naraka*, acolo unde renasc cei care au comis cele mai mari păcate în viață.

2. *Yamabuki* (*Kerria japonica*), specie de trandafir nativă Chinei, Japoniei și Coreei. A nu se confunda cu trandafirul japonez (*Hibiscus rosa-sinensis*).

3. Stâlpi comemorativi așezați lângă mormânt în anumite tradiții buddhiste din Japonia, pe care se înscrie numele postum al celui decedat (fie în sanscrită, fie în japoneză, fie în ambele), precum și, în unele tradiții, rugăciuni. Sunt numiți *sotoba* (sau *sotōba*, sau pe scurt *tōba*), transliterarea japoneză a cuvântului sanscrit *stūpa*.

că, dacă o învârteai tare de tot și o lăsai să meargă pân' la capăt și se oprea brusc, fără s-o pornească singură în direcția opusă, atunci aveai fără îndoială să mergi în rai după ce mureai. Dar, dacă roata o pornea și înapoi, atunci era clar că iadul te mânca. Take îi dădea roții o mișcare lină, care ajungea în cele din urmă la un stop complet. Când încercam eu roata, o mai lua și-n direcția opusă. Mi-amintesc că odată, într-o toamnă, m-am dus singur la templu, ca să-mi încerc norocul, dar toate roțile păreau că se înțeleseseră și o luau înapoi, indiferent de cum le învârteam. Obosit și furios, am încercat să-mi păstrez cumpătul și am continuat să tot învârt ba una, ba alta până când, la căderea serii, m-am lăsat păgubaș și-am plecat disperat din cimitir.

Părinții mei trebuie să fi locuit în Tōkyō în vremea aceea, pentru că tușa mă luă cu ea în vizită la ei. Mi s-a spus c-am stat acolo o perioadă bună, dar eu nu-mi amintesc cine știe ce. Mi-aduc aminte de-o bătrână care tot veneau pe la noi. Nu-mi plăcea deloc baba aia și urlam din toții rărunchii de câte ori venea în vizită. Odată mi-a adus o jucărie, un camion roșu de poștă, dar și ăla m-a plictisit teribil.

Am început apoi școala primară în sat și mi-am făcut alte amintiri. Take a dispărut pe neașteptate. Am înțeles că se măritase pe undeva într-un sat de pescari. Plecase fără o vorbă, probabil de teamă c-aveam să mă țin după ea dacă-mi spunea. Cred că n-a venit să ne viziteze cam până prin anul următor, la Festivalul *O-bon*[1]. Mi s-a

1. Festivalul blajinilor, sărbătorit fie în iulie, fie în august, în funcție de regiune. Strămoșii (cei decedați) sunt așteptați de către familie și comunitate, ocazie cu care au loc diverse

părut că se purta rece cu mine, iar apoi m-a întrebat despre notele de la școală, dar nu i-am răspuns, deși cred că îi spusese deja altcineva ce făceam. Fără să mă laude în vreun fel, nu mi-a mai spus decât să nu-mi iau nasu' la purtare.[1]

Cam tot atunci s-a făcut că și tușa trebui să plece. Neavând nici un fiu care să poarte mai departe numele familiei, se hotărâse ca fiica ei cea mai mare să se mărite cu un dentist pe care aveau să îl adopte în familie. Cea de-a doua fiică s-a măritat și ea și a plecat de la noi, iar cea de-a treia a murit. Așa că tușa o luă cu ea pe cea de-a patra fată, dimpreună cu cea mai mare și cu bărbată-său, și hotărî să se mute într-un oraș departe, unde avea să stabilească o nouă ramură a familiei. Iarnă fiind, tușa avea să mă ia și pe mine cu ea, iar în ziua plecării m-am cuibărit într-un colț al saniei lângă ea. Atunci a apărut și frate-meu mai mare și s-a luat de mine, tot spunându-mi „miresel" și dându-mi câteva palme zdravene la fund. L-am lăsat și eu în boii lui și m-am făcut că plouă, deși și eu crezusem ca și el că tușa mă adoptase și pe mine, nu numai pe dentist. Dar, de cum a-nceput școala, am fost trimis înapoi în satul nostru.

La puțină vreme după ce-am început școala, am încetat a mai fi copil. În spatele șopronului nostru era un câmp cu tot feluri de ierburi și buruieni, și într-o frumoasă zi de vară acolo m-a învățat ceva minunat

---

ritualuri, prin care cei plecați sunt întâmpinați înapoi în comunitate, și mai apoi conduși din nou către locul de odihnă.

1. *Yudan taiteki* (aproximativ: „Neatenția-i un mare dușman"), în original.

dădaca fratelui meu mai mic. Eu să fi avut pe atunci cam opt ani, iar fata nu mai mult de paisprezece, cincisprezece. „Du-te tu și adună niște strefoi (cum i se spune trifoiului pe la noi) și-ai grijă să fie numai d-ăl cu patru foi", i-a spus ea lui frate-meu, făcându-i vânt de pe lângă noi. Apoi m-a luat în brațe și-am început să ne rostogolim împreună în iarba din spatele șopronului. Așa am început să ne jucăm unul cu celălalt, pe furiș, ba prin vreo magazie, ba prin vreo debara. Numai frate-meu ne tot stătea-n cale. Ba chiar odată, când ne închiseserăm amândoi într-o debara, a început să orăcăie în așa hal, că i-a atras atenția fratelui meu mai mare, care-a venit în grabă mare și, auzind de ce urla mezinul, ne-a găsit pe noi doi închiși înăuntru. Dădaca însă nu s-a fâstâcit deloc și i-a explicat dezinvolt că pierduse ea o monedă în debara, iar eu o ajutam s-o caute.

Începusem și eu să mint în dreapta și-n stânga. Odată, trebuie să fi fost prin clasa a doua sau a treia, de *Hina-matsuri*[1], i-am spus învățătorului că era mare nevoie de mine acasă, ca să ajut cu aranjarea păpușilor pentru festival și l-am rugat să mă învoiască, să plec mai devreme de la școală. Ajuns acasă, le-am spus celor de acolo că ni se dăduse drumul acasă pentru că era vremea culesului de piersici. În ciuda faptului că nu era chiar deloc nevoie de ajutorul meu, am scos totuși păpușile din cutiile lor.

---

1. „Festivalul păpușilor" (numit și „ziua fetelor") se sărbătorește în fiecare an pe 3 martie. În casă, decorațiile reprezintă un stativ piramidal pe care sunt așezate păpuși îmbrăcate în straie de nobili de la curte, având la vârful piramidei cuplul împăratului și împărătesei.

Îmi plăceau la nebunie ouăle de păsărele. Sub acoperișul șopronului erau tot timpul o grămadă de ouă de vrabie. Cele de graur sau de corb însă erau de negăsit acolo, iar mie alea-mi plăceau la nebunie, pentru că cele de corb erau de un verde strălucitor, iar cele de graur aveau tot felul de pete ciudate pe ele, așa că le ceream colegilor de la școală să facem schimb. Eu le dădeam câte cinci, ba chiar și zece cărți din casă. Ouăle le înveleam frumos în vată și le așezam într-un sertar din birou, care se umpluse în cele din urmă. Frate-meu mai mare s-a prins că ceva nu era în regulă și m-a rugat pe nepusă masă într-o seară să-i împrumut două cărți de-ale mele, o antologie de basme occidentale și încă una pe care nu mi-o mai amintesc acum. Nu-i păsa lui de cărți, dar mi le ceruse numai așa, de-al naibii, și îl uram din cauza asta. Cărțile nu le mai aveam, pentru că le dădusem deja altora în schimbul ouălor. Dar, dacă-i spuneam lui așa ceva, atunci m-ar fi pus să mă duc să le iau înapoi. Așa că i-am spus că le-aveam pe-acolo, pe undeva, și că mă duc să le caut. Am luat o lampă și-am început să le caut, mai întâi prin camera mea, iar mai apoi în tot restul casei. Frate-meu m-a urmat pas cu pas râzând de mama focului și tot spunând: „D-apăi, nu-s nici aici, nu-s, nu?“ Dar eu o țineam pe-a mea, „Ba da, îs!“ M-am cățărat până și pe dulapul din bucătărie, chipurile tot căutându-le, până când s-a dat frate-meu bătut și mi-a spus s-o las baltă.

Compunerile pe care le făceam pentru școală erau niște aberații complete. Făceam tot ce-mi stătea-n putință să mă descriu pe mine însumi ca pe un copil model, crezând că numai așa voi fi admirat de cei din jur. Mai și plagiam din când în când. Un eseu pe care profesorul meu îl considera o capodoperă, *Umbra fratelui meu mai mic*, îl copiasem cuvânt cu cuvânt după un text selectat pentru un premiu într-o revistă pentru tineret. Profesorul mă puse să scriu pe curat eseul și să îl trimit la un concurs. Mi-a mers până când un coleg mare iubitor de citit și-a dat seama ce făcusem. M-am rugat atunci din toată inima să moară colegul. Cam tot în vremea aia am scris și *O seară de toamnă*, și ea lăudată de toți profesorii mei și a cărei premisă era o durere de cap făcută, chipurile, de la prea mult studiu. Am purces apoi să descriu cum m-am dus afară pe prispă pentru a mă uita la grădină. Acolo m-am lăsat învăluit de frumusețea peisajului liniștit, cu luna strălucind frumos deasupra-mi și cu peștișorii de aur și crapii care înotau în iazul din grădină. Nu m-am trezit din acea reverie decât când am auzit deodată un hohot de râs venind dintr-o cameră a casei, unde se aflau mama mea și niște musafiri. De cum am revenit la realitate, mi se dusese și durerea de cap ca prin farmec... așa-mi încheiasem povestirea. Nu era, desigur, nici un un grăunte de adevăr acolo, iar descrierea peisajului din grădină o șutisem din caietul de compuneri al soră-mii. Ca să nu mai vorbim de faptul că nu-mi amintesc să fi studiat vreodată într-atât, încât să mă apuce durerea de cap. Uram școala din tot sufletul și nu deschisesem vreun manual niciodată în viață. Nu-mi plăcea decât să citesc, și atâta vreme cât citeam din vreo carte, toți cei din familie erau convinși că studiam.

Ori de câte ori însă încercam să spun adevărul, lucrurile luau o-ntorsătură urâtă. Ca de exemplu atunci când m-am plâns în scris că mama și tatăl meu nu mă iubeau și m-am trezit chemat de urgență în biroul consilierului religios al școlii. Mi se dădu drept pedeapsă să scriu o compunere pe tema „Ce-aș face dac-ar izbucni un război“, iar eu am scris despre cât de înfricoșător ar fi un război, chiar mai înfricoșător decât toate cutremurele, fulgerele, incendiile sau chiar decât tata[1], după care-am scris că aș fugi în munți și că l-aș lua și pe consilierul școlar cu mine, că doar e și el om, ca și mine, și trebuie să-i fie și lui o teamă de moarte, exact cum mi-ar fi și mie. De data asta am fost chemat și de director, și de consilierul școlar-adjunct, care m-au luat la-ntrebări ca să afle de ce scrisesem eu așa ceva. La care eu le-am răspuns că o făcusem așa, ca poantă, pur și simplu, de-amuzament. Adjunctul își notă-n carnețelul lui: „curiozitate“. După care ne lansarăm, eu și el, într-o discuție. M-a întrebat dacă chiar credeam că toți oamenii erau absolut la fel, din moment ce scrisesem că și profesorul era tot om ca și mine. Am ezitat un moment, dar apoi i-am răspuns că da, așa credeam, deși cuvintele-mi ieșeau greu din gură. Păi atunci, continuă consilierul, dacă el era egal cu directorul, de ce n-aveau același salariu? M-am gândit din nou preț de-un moment și i-am spus că trebuie să fie din cauză că munca lor era diferită. Cu fața delimitată de ramele metalice ale ochelarilor, consilierul s-a grăbit să consemneze răspunsul meu în carnețel. Și-apoi, acest om pe care îl

1. *Jishin kaminari kaji oyaji* („cutremur, fulger, incendiu și mai ales tata“), proverb japonez exprimând cele mai mari frici din viața unui om.

admiram de multă vreme m-a mai întrebat dacă eu și taică-meu eram absolut la fel. De data asta, m-am fâstâcit și n-am mai știut ce să răspund.

Tata era extraordinar de ocupat și nu era mai deloc acasă. Iar când era, nu se preocupa cine știe ce de copii. Mi-amintesc că o dată îmi dorisem mult de tot un stilou ca al lui, dar îmi era teamă să-l rog, așa că, după ce m-am gândit îndelung cum să abordez problema, m-am rezumat la a mă preface că vorbeam în somn. Stilou... un stilou... am tot îngăimat într-o seară, prefăcându-mă că dorm. Tata era în camera de-alături cu un oaspete, iar eu speram că mă va auzi. Nici vorbă însă. Cuvintele mele nu i-au ajuns nici la urechi, și nici la suflet. Altă dată mă jucam cu fratele mai mic în șopron, unde se-aflau stivuiți până la acoperiș sacii de orez ai familiei, când tata apăru în cadrul ușii și-ncepu să țipe la noi: „Afară cu voi! Ieșiți afar' de-aici, măgarilor!" Cu soarele bătându-i din spate, umbra tatei învăluise întreaga încăpere în întuneric. Chiar și-acum, când îmi amintesc acel episod și de frica de care-am fost cuprins atunci, îmi dau seama că mă ia cu durere de burtă.

Nici cu mama nu eram mai apropiat. Am fost lăsat mai întâi în grija unei dădace, și mai apoi a tușii. Până prin clasa a doua, a treia, n-am apucat de fapt s-o cunosc pe mama. Într-o seară, pe când dormea în salteaua de lângă mine, mama a băgat de seamă că pătura mea se mișca de colo-colo și m-a luat la-ntrebări. Eu nu făceam decât ce mă-nvățaseră doi servitori, dar întrebarea mamei m-a luat prin surprindere. I-am răspuns că mă durea șoldul și că mi-l masam. „Ei, da' nu trebe să-l masezi chiar așa de tare", mi-a răspuns ea de bună-credință, cu o voce pe jumătate adormită. Am continuat să-mi masez șoldul în tăcere. Am grămezi de astfel de amintiri teribile cu mama. Altă dată, am scos costumul cel bun al lui frate-meu din debara, mi l-am pus pe mine și, plimbându-mă agale printre răzoarele cu flori din grădina din spatele casei, m-am apucat să-ngân un cântec funerar, ba chiar să și vărs ceva lacrimi, de parcă eram chiar la o înmormântare. Mai apoi, mi-a trecut prin minte că, dacă tot eram înțolit așa, să m-amuz puțin pe seama studentului pe care-l țineam în gazdă contra treburilor pe care le făcea pentru noi și-am rugat-o pe una dintre slujnice să-l cheme-n grădină. Studentul însă n-a venit, cu toate că l-am așteptat acolo o bucată bună de vreme. În cele din urmă, am început să-mi trag vârful pantofului de-a lungul gardului din bambus până când, enervat la culme să tot aștept, mi-am îndesat mâinile strânse-n pumni în buzunarele hainei și-am scos un urlet de frustrare. Așa m-a găsit mama care, după ce m-a făcut să-mi scot costumul după mine, mi-a tras câteva palme bune la fund, deși nu-mi prea e clar nici până-n ziua de azi de ce-o fi făcut-o. Un sentiment teribil de rușine însă îmi persistă și astăzi când îmi aduc aminte de acel moment.

De mic mi-a plăcut să mă îmbrac frumos. Nici nu mă uitam la cămășile fără nasturi la manșetă. Și nici nu se discuta să nu fie albe și din flanel. La fel și bluzele pe care le purtam pe dedesubt. Întotdeauna le scoteam să se vadă puțin, vreun centimetru, doi, de sub gulerul cămășii. În ziua festivalului lunii pline, toți ceilalți elevi se îmbrăcau la școală în chimonouri ușoare de vară. Numai eu îmi puneam pe mine un chimonou flanelat cu dungi late maron. Ajuns la școală, mergeam pe coridoare cu pași mărunți, ca o domnișoară, asigurându-mă însă că nu mă vedea nimeni care să-și dea seama cât de filfizon eram. Oricum, toți cei din jur spuneau că eram cel mai urât dintre toți frații mei. Dacă mai aflau și cât de pretențios eram cu hainele, s-ar fi prăpădit de râs pe seama mea. Așa că mă făceam că nu-mi pasă câtuși de puțin de cum arăt și cel puțin nu-i făceam să se intereseze de mine, dându-le tuturor impresia că eram plicticos și necioplit. La masă cu toți frații stăteam împreună pe podea, iar când erau acolo și bunica, și mama nu se putea să nu remarce ba una, ba cealaltă cât de urât eram.

Eu însă eram cât se poate de încrezător în propria mea înfățișare și mă duceam în camerele slujnicelor ca să le-ntreb direct cine credeau că era cel mai chipeș băiat din familie. Ele-mi răspundeau de obicei că fratele meu cel mai mare era, dar că eu, Jicha[1], cum îmi spuneau ele, eram al doilea. Nu-mi convenea deloc că eram numai al doilea și mă făceam roșu tot la față de enervare. Adevărul e că-mi doream din tot sufletul să-mi spună că eram mai chipeș decât frate-meu cel mare.

---

1. Numele real al scriitorului este Shūji, iar Jicha este un alint compus din cel de al doilea caracter al numelui, *ji*, și o pronunție dialectală a cuvântului *chan*, un onorific folosit pentru copii. Astfel de elemente autobiografice contribuie la confuzia specifică genului *shishōsetsu*, prin care autorul este identificat în mod automat de cititori ca fiind și personajul principal al textului literar.

Bunicii nu-i displăcea numai felul cum arătam, ci și faptul că nu eram grațios sau elegant pe cât și-ar fi dorit ea. La masă îmi atrăgea atenția de fiecare dată asupra felului în care țineam bețișoarele, iar modul în care mă înclinam când salutam pe cineva o făcea să-mi spună că-mi bombam fundul într-o manieră indecentă. Mă forța să stau drepți în fața ei și să fac plecăciune după plecăciune. Indiferent de cât îmi dădeam silința, nu-mi amintesc să mă fi lăudat vreodată.

Bunica mă mai supăra și din alte cauze. Odată, când a venit trupa de teatru Saburō de la Tōkyō la noi în sat la inaugurarea noii săli de teatru, mi-am făcut un obicei din a mă duce la toate spectacolele fără greș. Sala fusese construită de părintele meu, așa că primeam locuri excelente pe gratis. În fiecare zi, de cum veneam de la școală, mă schimbam repede într-un chimonou confortabil și o rupeam la fugă către sala de spectacole cu un creion legat cu-o sfoară de brâu cu care să-mi iau notițe. Așa am învățat pentru prima dată-n viață despre teatrul *kabuki*. Mă uitam la spectacole și plângeam de mama focului, chiar și când mă uitam la piesele comice *kyōgen* din timpul interludiului. Îmi plăcuse dintotdeauna să joc teatru și, chiar și mai înainte de sosirea acelei trupe, obișnuiam să adun slugile din casă și să depăn la basme sau să le arăt imagini sau filme proiectate pe perete. După plecarea trupei din Tōkyō, i-am cooptat pe frate-meu mai mic și pe niște verișori să facem și noi un spectacol al nostru. Am ales trei piese *kyōgen* pentru programul nostru, *Yamanaka*

Shikanosuke[1], *Casa cu porumbei*[2] și un dans hazliu intitulat *Kappore*. Prima se petrecea într-o ceainărie de pe malul unui râu și Shikanosuke se trezea că își găsește un nou servitor numit Ayunosuke Hayakawa. Textul l-am preluat dintr-o revistă pentru copii și m-am străduit din răsputeri să îl facă să sune în ritmul tradițional de *kabuki* cu secvențe alternante de cinci-șapte silabe: „Shikanosuke-mi zice / și eu sunt acela..." și tot așa. Din romanul *Casa cu porumbei*, pe care-l citisem și răscitisem fără să reușesc vreodată să nu plâng amarnic, am ales o secvență cât se poate de lacrimogenă și-am făcut o piesă în două acte. Și, cum trupa Saburō își încheia toate spectacolele cu întreaga distribuție dansând *Kappore*, am hotărât că așa trebuia să fac și eu. Am făcut repetiții vreo cinci-șase zile, și apoi am programat primul spectacol într-o seară. Am aranjat o scenă pe veranda mare din fața bibliotecii și am pus o cortină în față. Era încă ziua-n amiaza mare când a trecut bunică-mea pe-acolo și n-a văzut sârma pe care o întinsesem pentru cortină. S-a agățat rău în ea cu bărbia. „Fire-ați ai dracu' să fiți de paiațe[3], cu prostiile

1. Shikanosuke (Yukimori) Yamanaka (1545–1578) a fost un personaj istoric, samurai al clanului Amako.

2. *Hato no ie*, roman scris de Kōroku Satō (1874–1949), un scriitor din zona natală a lui Dazai, orașul Hirosaki, din prefectura Aomori. Romanul a fost serializat între noiembrie 1914 și mai 1915 în cotidianul național *Yomiuri shinbun*.

3. *Kawara kojiki* (lit. „pomanagii de râu"), în original, este o expresie care amintește de primele spectacole de *kabuki* care au avut loc în 1603 în albia uscată a râului Kamo din Kyōto.

voastre cu tot! Mai că era să mă omorâți cu tâmpeniile voastre! Ia, să terminați pe loc, că vă ia mama naibii!" Chiar și-așa, tot am reușit să adun vreo zece slugi să fie publicul spectacolului nostru de seară. Dar, pe când jucam rolul principal din *Yamanaka Shikanosuke* și pe cel al băiatului din *Casa cu porumbei*, ba chiar și când dansam în *Kappore*, nu reușeam deloc să-mi șterg din minte cuvintele grele ale bunică-mii. Mă simțeam singur și fără pasiune. Am mai jucat și alte piese, cum ar fi *Hoțul de vaci*, *Farfuria spartă*, *Shuntoku maru*, dar niciodată nimic pe placul bunicii.

Așa se făcea că n-o aveam cine știe ce la inimă pe bunica, deși îi eram tare recunoscător în nopțile în care nu puteam să dorm. Suferisem de insomnie încă de prin clasa a treia sau a patra și, deși era trecut de mult de miezul nopții, zăceam adesea treaz în pat, uitându-mă pe pereți. Urlam de mama focului în inima nopții, și toți din casă făceau pe dracu'-n patru să mă liniștească: mă puneau ba să ling zahăr înainte de culcare, ba să număr bătăile ceasornicului. Am încercat să stau și cu picioarele într-un lighean cu apă sau să-mi pun sub pernă frunze din copacul somnului, dar nimic nu părea să aibă vreun efect. Pachet de nervi, mă zvârcoleam în pat cu mintea tulburată ba de-un gând, ba de altul, ceea ce făcea să-mi fie și mai greu să adorm. Iară când m-am jucat pe furiș cu lornionul tatei și i-am crăpat lentilele, n-am avut somn nopți la rând. Cu o altă ocazie, mă aflam la magazinul de galanterie de la

---

Actorii erau femei și erau conduși de Okuni, o *miko* (vestală) de la marele altar shintō din Izumo.

două case mai jos de noi, mă uitam la pozele dintr-o revistă de dame când am văzut o acuarelă cu o sirenă galbenă pe care mi-am dorit-o pe loc cu ardoare. Așa că m-am hotărât s-o fur și-am început să rup pagina încetișor, ca să nu fiu prins. Tânărul patron al magazinului m-a văzut însă și-a început să strige la mine Osako, Osako!, numele după care mă strigau în copilărie unii dintre vecini. Am azvârlit pe loc revista pe podea și-am zbughit-o acasă. Și prostiile astea mă țineau treaz noaptea. Alte dăți stăteam întins în pat și nu mă puteam liniști la gândul că se putea să izbucnească un incendiu. Dar, dacă ardea casa, îmi trecea mie prin cap, și nu mai era chip s-adorm. Într-o altă seară mă duceam la baie înainte de culcare. Pe partea cealaltă a coridorului era o cameră de birou mititică, scufundată-n întuneric. Studentul nostru din gazdă se uita la un film proiectat pe unul dintre pereți. Imaginea nu era mai mare decât o cutie de chibrituri, dar am deslușit un urs polar pe punctul de a sări în mare de pe o bucată de gheață. M-am simțit învăluit de ceva nespus de trist cu gândul la studentul acela. Întors în pat, m-am gândit vreme îndelungată la scena din film, dar și la viața studentului, inima zbătându-mi-se cu putere în piept. Dar dacă lua foc filmul? Tulburat de astfel de gânduri, n-am putut să mai adorm până în zori. În astfel de nopți îi eram recunoscător bunicii.

În fiecare seară, cam pe la opt, una dintre slujnice venea la mine în cameră și se lungea în pat lângă mine până adormeam. Mi-era milă de ea să stea acolo cine știe cât, așa că stăteam nemișcat o vreme, cu ochii-nchiși.

De-ndată ce pleca, începeam să mă rog să pot adormi. Mă foiam în așternuturi până pe la zece, și-apoi începeam să scâncesc și mă ridicam din pat. Era o oră la care tot restul familiei se culcase și numai bunica se mai vânzolea de colo-colo. Stătea în bucătărie, lângă focul cel mare, instalată la bârfe cu paznicul de noapte. Mă așezam și eu între ei în pijamalele mele flanelate și-ascultam abătut la cele ce le spuneau ei, ba de unul, ba de altul din sat. Într-o noapte de toamnă târziu, pe când mă aplecam s-aud mai bine la ce șopoteau cei doi, am auzit din depărtare răsunând bătăi de tobe: mai erau și alții treji, sărbătorind festivalul alungării insectelor[1], mi-a trecut prin minte și m-am simțit brusc mai liniștit că nu eram singurele ființe umane încă treze în noapte.

Alte amintiri mă cuprind. Tot cam pe-atunci fratele meu cel mai mare era student la o universitate din Tōkyō și, de câte ori venea acasă în vacanța de vară, ne aducea vești despre ultima modă în muzică sau literatură. Studia teatru și chiar și publicase o piesă într-un act într-o revistă provincială. Îi spusese *Încăierarea* și mai toți tinerii din zona noastră o discutau aprins. L-am ascultat citindu-ne-o împreună cu frații și surorile imediat după ce o terminase de scris. Toți ceilalți s-au plâns pe dată că nu pricepuseră nimic, eu însă înțelesesem absolut totul, până la ultima replică de dinainte de căderea cortinei, „Ah, neagră mai e noaptea!“ Nu eram însă de acord cu titlul și m-am gândit că, mai

1. *Mushi okuri matsuri*, sărbătoare anuală în zonele agricole, în care țăranii se folosesc de clopote și tobe pentru a alunga insectele dăunătoare recoltei de orez.

degrabă decât *Încăierarea*, piesa trebuia să se numească *Ciulinii* și mi-am și scris părerea cu litere minuscule într-un colț al primei pagini din manuscris. Se pare însă că frate-meu n-a văzut-o, pentru că a publicat piesa tot cu titlul inițial.

Aveam acasă o grămadă de discuri de fonograf. De fiece dată când avea câte-o petrecere, părintele meu invita gheișe la noi, care veneau dintr-un oraș de la ceva distanță. Îmi amintesc că încă de pe la cinci, șase ani mă tot luau în brațe. Îmi plăcea să le privesc cum dansau și cântau piese precum *De atât-amar de vreme* sau *Vasul cu portocale din Provincia Ki*. Dintre discurile lui frate-meu le preferam pe cele cu muzică japoneză celor cu muzică vestică. Într-o seară, pe când nu puteam adormi, am auzit o melodie venind din camera lui. M-am ridicat de pe pernă și am ascultat ca în transă o bucată de vreme. A doua zi dimineața devreme m-am dus în camera lui și i-am ascultat toate discurile la fonograful din cameră până când am găsit în fine și melodia care mă încântase într-atât în seara precedentă. Era balada *Ranchō*[1].

Față de fratele cel mai mare, îl preferasem întotdeauna pe cel de-al doilea, care se întorsese acasă după ce terminase o școală de afaceri la Tōkyō și lucra acum

1. *Ranchō* este o faimoasă baladă *jōruri* în stilul *shinnai* al lui Wakasanojō Tsuruga (1712–1786) din Perioada Edo (1603–1868), o *sewamono* (dramă domestică) despre un soț care se-ndrăgostește de o prostituată și despre soția lui, care încearcă să o convingă pe amanta soțului să îl părăsească pe acesta, pentru a-l forța să se întoarcă la ea.

la banca familiei. Ca și mine, și el era tratat rău de către cei din casă. Mama și tata aveau obiceiul să spună că era cel mai rău din familie (după mine, desigur), așa că îmi închipuiam că și la el tot felul în care arăta trebuia să fie de vină. De altfel, îmi și spunea câteodată că îi e foarte bine așa cum este, dar cât ar fi avut el de câștigat numai de s-ar fi născut chipeș... După care se-ntorcea către mine și mă-ntreba pe jumătate-n glumă, pe jumătate-n serios: „N-am dreptate, Ji?" Eu însă n-aveam nici un motiv să-l consider lipsit de calități și mi se părea unul dintre cei mai inteligenți dintre toți membrii familiei noastre. În fiecare seară se lua de băut și-apoi se certa vârtos cu bunica, ceea ce mă făcea să o urăsc în secret.

Cu cel de-al treilea frate, cel care era imediat înaintea mea, mă ciondăneam tot timpul. Îmi știa toate secretele, iar asta nu-mi plăcea deloc. Semăna bine cu fratele cel mai mic, și se bucura de laudele tuturor pentru cât de frumos era. Așa se făcea că eu eram, practic, strâns ca-ntr-o menghină și de sus, și de jos, de nu mai puteam să suport. De-abia când a plecat și fratele ăsta la școală la Tōkyō am simțit și eu că pot să răsuflu mai ușurat. Fratele mai mic era mezinul familiei. Avea o privire blândă, ceea ce îl făcea extrem de drag și mamei, și tatei. Eu unul nu mai puteam de gelozie, așa că îi mai plesneam câte una din când în când, ceea ce-o făcea pe mama să mă certe, iar pe mine să nu pot s-o sufăr. Să fi avut poate zece, unșpe ani când avu loc incidentul cu păduchii. M-am trezit că mă năpădiseră din toate părțile și eram plin de ei, de parc-aveam semințe de susan pe la toate cusăturile chiloților, maieului și cămășii. Prâslea s-a trezit să rânjească la mine, așa că i-am tras o scatoalcă, de l-am pus la pământ. Numai că dup-aia avea tot felul de umflături pe cap, de mă cuprinsese îngrijorarea, așa că am luat și eu o alifie pe care scria „A nu se ingera“ și i-am pus-o din belșug pe cucuie.

Surorile mele mă adorau pur și simplu. Cea mai mare s-a prăpădit teribil de devreme, iar cea de-a doua a plecat de-acasă după ce s-a măritat. Iar celelalte două surori au plecat și ele la școală, fiecare într-alt oraș. De cum li se termina vacanța, plecau amândouă din sat până la cea mai apropiată gară, la vreo doisprezece kilometri depărtare. Iar dacă vara puteau să se ducă cu trăsura noastră, toamna, când bătea grindina sau primăvara, când încă nu se topise toată zăpada, trebuiau să meargă pe jos. Iarna ar fi putut să se ducă cu sania, dar așa se făcea că amândurora li se făcea rău de la sanie, așa că tot pe jos se duceau și-atunci. De fiecare dată când trebuiau să vină acasă pentru vacanța de iarnă, mă duceam până la marginea satului, acolo unde erau stivuite trunchiurile de copaci, ca să le-aștept. Drumul rămânea luminat de zăpadă chiar și după ce se lăsa seara, iar, când le zăream lămpile apărând din pădurea de la marginea satului vecin, începeam să sar în sus și lăsam să-mi scape strigăte de bucurie în noapte.

Școala la care mergea sora cea mare era într-un orășel, așa că suvenirurile pe care ni le aducea ea nu se puteau compara cu cele aduse de sora mai mică. Ba chiar odată a scos din coș, roșie toată la față de rușine, vreo cinci, șase pachețele de artificii pe care mi le-a dat pe post de suvenir. Mi s-a strâns inima pentru ea, mai ales că și ea era considerată de întreaga familie ca nefiind prea arătoasă.

Până să plece la școală, fusese nevoită să stea în aceeași cameră cu străbunica, iar eu nu reușisem încă să-mi scot din cap că nu era fiica bătrânei. Străbunica se prăpădise cam pe când începusem eu școala. Apucasem să-i văd trupul neînsuflețit îmbrăcat în chimonoul alb tradițional pe când o puneau în sicriu și m-am temut o bucată bună de vreme c-aveam să fiu bântuit de imaginea ei.

Mi-am terminat școala la vreme, dar nu aveam o sănătate care să-mi permită să urmez liceul în alt oraș, așa că ai mei hotărâră să mă trimită un an la un liceu pregătitor, ca să vadă dacă mă mai întremez. Dacă mă mai întăream, atunci tata mi-a spus c-avea să mă dea la liceu undeva aici la noi în provincie, deși toți frații mei făcuseră liceul la Tōkyō. Sănătatea mea nu-mi permitea o asemenea aventură, se pare. Oricum, nu-mi păsa cine știe ce de liceu. M-a impresionat însă compasiunea tuturor profesorilor mei de la școala generală care au avut grijă să menționeze în comentariile lor constituția mea fragilă.

Liceul pregătitor ținea de prefectură și fusese construit de cinci sau șase sate, care își uniseră forțele pentru a-l ridica într-o pădurice de brazi la vreo doi kilometri de casa noastră. Se adunaseră acolo mulți studenți foarte buni de la școlile generale din zonă, așa că mie îmi revenea sarcina de a menține onoarea școlii de la care veneam. Trebuia să mă străduiesc să fiu cel mai bun, deși lipseam mult din cauza stării sănătății mele. Pe de altă parte însă, nu mi-am dat silința nici acolo, așa cum nu o făcusem nici mai înainte. Nu visam decât să mă duc la liceu, așa că școala aia mi se părea murdară și lipsită de interes. Nu făceam decât să desenez un serial de benzi desenate pe care, de cum venea pauza, îl descriam colegilor de clasă, uneori interpretând și unele dintre personaje. Umplusem patru, cinci caiete cu desenele mele. Cu pumnu-n falcă și cotul înfipt strașnic în bancă, mă uitam pe fereastră ore-ntregi. Stăteam chiar lângă un geam unde o muscă fusese strivită pe sticlă. În funcție de cum te uitai la ea, musca aia nu înceta să mă minuneze, părându-mi când un fazan falnic, când un porumbel amărât. Câteodată mai și chiuleam cu vreo câțiva alți amici din clasă și o luam cu toții agale către mlaștina ce se-ntindea la marginea pâlcului de brazi. Stăteam acolo pe malul apei și bârfeam despre fetele din clasă sau ne ridicam chimonourile pân' la brâu, ca să ne comparăm tuleiele.

Școala era mixtă, dar eu unul mă țineam departe de fete. Mă excitau ceva de speriat, așa că făceam tot ce îmi stătea-n putință să mă controlez în preajma lor. Vreo două, trei fete păreau să mă placă, dar m-am prefăcut că nu-mi dau seama și le-am ignorat ca un laș. Pe vremea aia mă duceam la tata în bibliotecă și mă uitam îndelung la un nud pe care-l descoperisem între paginile cu reproduceri ale unui album de la expoziția imperială de artă. Stăteam acolo până începeau să-mi ardă obrajii. Tot pe-atunci îmi puneam iepurașii în cușcă și inima bătea să-mi sară din piept când masculul se cățăra pe femelă și-și arcuia spatele. Încercam în felul ăsta să-mi controlez propriile impulsuri. Adevărul este că eram cât se poate de prud și nu spusesem nimănui despre cum mă masam singur. Am citit odată într-o carte că era un obicei extrem de dăunător și-am hotărât să mă las, dar n-a fost chip. Mergeam pe jos până la școală și-napoi în fiecare zi, așa că începusem să fiu mai puternic, să mă-ntremez. Dar apoi au început să-mi iasă coșuri pe frunte și m-am umplut de ele de parcă erau boabe de mei. Mi-era o rușine cumplită de mine însumi și încercam să le tot dau cu o alifie roșie.

Acela a fost anul în care s-a-nsurat frate-meu mai mare. În seara nunții, eu și cu fratele cel mic ne-am dus tiptil, tiptil până la camera miresei și ne-am uitat înăuntru. Tocmai o coafau și era cu spatele la ușă. N-am reușit să văd decât o bucățică din figura ei palidă în oglindă, după care am rupt-o la fugă cu mezinul după mine. Ei, ce să-ți spun? Nici măcar nu-i cine știe ce, m-am revoltat eu, făcând pe atoateștiutorul. Reacționam, de fapt, rușinat de coșurile de pe frunte și de alifia roșie care le-acoperea.

De cum a venit iarna, a trebuit să mă pun cu burta pe carte pentru examenul de admitere la liceu. M-am uitat la reclamele pentru manuale din reviste și-am comandat diverse lucrări de referință de la Tōkyō. De cum au venit, le-am așezat frumos pe rafturi, dar nu mi-am bătut capul să le citesc. Liceul la care voiam eu să mă duc, în orașul cel mai mare din toată regiunea, avea să atragă de două sau trei ori mai mulți candidați decât putea să accepte. Din când în când, gândul la examen mă paraliza și eram copleșit de frică: trebuia să studiez sau aveam să pic. Și m-apucam cu elan cam vreo săptămână, după care simțeam că mi-am refăcut încrederea în mine însumi. Când studiam așa, stăteam treaz până pe la miezul nopții și mă trezeam apoi dis-de-dimineață, la patru. Țineam lângă mine o slujnică, Tami, care menținea focul în sobă și-mi făcea ceai. Tot ea mă trezea negreșit la patru dimineața, indiferent de cât de târziu stătuse cu mine în seara de dinainte. Iar când petreceam ore întregi adâncit în vreo problemă de aritmetică cu vreun șoarece și câți pui avea să facă, Tami era și ea acolo, citind în liniște vreun roman. La un moment dat însă, m-am trezit că Tami fusese înlocuită cu o altă slujnică mai în vârstă și corpolentă. Am aflat mai apoi că maică-mea hotărâse acea schimbare și n-am putut decât să-i arunc o privire enervată, dându-mi seama ce-o mânase pe ea în acea decizie.

În primăvara următoare, pe când zăpada era încă mare, părintele meu a început să tușească cu sânge într-un spital din Tōkyō și muri. Ziarul local a publicat un necrolog într-o ediție specială, ceea ce mă afectă emoțional mult mai mult decât decesul în sine. Apăru și numele meu în ziar, în lista de urmași din familie. Pe tata l-au adus acasă într-un coșciug impunător cățărat pe o sanie. M-am dus însoțit de o mulțime de oameni să-ntâmpin carul funebru aproape de satul vecin. O procesiune de sănii a pornit-o apoi către satul nostru. Lumina lunii reflectată pe coviltirul săniilor crea o imagine încântătoare.

A doua zi ne-am adunat toți cei din familie în camera cu altarul buddhist unde fusese depus sicriul pentru priveghi. Când a fost deschis capacul coșciugului, toți cei de față au izbucnit în lacrimi. Tata părea să doarmă, nasul lui proeminent părând foarte drept și palid. Cum toți cei de față plângeau, am vărsat și eu câteva lacrimi.

Toată luna următoare, casa a fost un haos total, de parcă ar fi avut loc un incendiu. Iar eu uitasem complet de studiile mele. Și, când a sosit în fine și momentul să dau examenul, n-am fost în stare decât de niște răspunsuri la-ntâmplare. Examinatorul știa bine situația familiei însă, așa că am fost clasificat al treilea din grupul meu. Cam pe atunci am început și eu să suspectez că mă lăsa memoria. Am simțit că nu aveam cum să trec un examen în viitor, dacă nu mă pregăteam serios.

Capitolul 2

Deși n-aveam note prea mari, am luat examenul de admitere la liceu în primăvara aceea. Liceul era într-un orășel de coastă și am fost nevoit să-mi părăsesc satul natal. Mă-mbrăcasem frumos pentru drum, cu pantaloni *hakama* noi, șosete negre și ghete, iar în locul păturii pe care-o purtasem pân-atunci pe post de pelerină mi-am pus un mantou de lână pe care l-am lăsat în mod voit deschis la nasture, în maniera unui dandy. Și așa am ajuns la destinație, un magazin de haine cu o perdea *noren* zdrențuită la ușă, pe care îl țineau niște rude îndepărtate cărora aveam să le devin în timp extrem de îndatorat.

Unii oameni se agită pe loc din orice, iar eu sunt unul dintre aceia. Licean fiind acum, îmi puneam șapca de elev și pantalonii *hakama*, chiar și de mă duceam numai la baia publică. Iar de mă zăream în vreuna dintre vitrinele de-a lungul străzii, dădeam din cap cu satisfacție și zâmbeam.

Școala nu mă interesa prea mult, și asta nu pentru că nu era un loc plăcut. Clădirea era așezată la marginea orașului și avea un parc în spate care se întindea până la Strâmtoarea Tsugaru, văruită fiind cu alb pe-afară și-având holuri largi și clase cu tavan înalt înăuntru. În timpul orelor, se-auzeau și susurul valurilor și foșnetul brazilor. Profesorii însă mă luară de la bun început la ochi.

Chiar din ziua ceremoniei de începere a anului școlar, profesorul de educație fizică se luă de mine, mă făcu impertinent, ba chiar mă lovi. M-a durut cumplit atitudinea lui, pentru că tot el era acela care fusese atât de cumsecade cu mine în timpul examenului oral de admitere. Știa bine că murise tata de curând și că nu aveam cum să fiu pregătit pentru examen. Mai apoi începură să mă lovească și alți profesori, invocând care mai de care diverse motive. Ba căscam, ba mă hlizeam în timpul orei, și tot așa. Felul meu de-a căsca fără să mă abțin se pare că devenise subiect de conversație în cancelarie. Pe mine unul mă amuza gândul la ce fel de tâmpenii discutau ei acolo.

Într-o zi m-am trezit că un alt elev de la mine din sat m-a chemat să vorbească cu mine lângă o dună de nisip din curtea școlii. Respectivul a simțit nevoie să mă prevină c-aveam să pic, dacă profii continuau să se ia de mine în felul ăla. „Și să știi că-i vina ta, că prea ești impertinent", mai adăugă colegul. Am rămas mască. După ore, m-am grăbit spre casă, mergând pe malul mării. Oftam din toți rărunchii, lăsând valurile să-mi mângâie pantofii. Mi-am șters sudoarea de pe frunte cu mâneca uniformei. Prin fața ochilor îmi trecu, apărută de nici unde, o enormă pânză gri de la vreo ambarcațiune.

Eram o petală de floare tremurând la cea mai mică adiere de vânt, gata să cad în orice moment. Până și cea mai ușoară insultă mă făceam să mă gândesc la moarte. Eram convins în adâncul sufletului meu că nu va trece mult până când aveam să devin o persoană importantă, și asta mă făcea să mă țin cu dinții de onoarea mea și nu puteam permite nimănui, nici măcar unui adult, să mă batjocorească. Din pricina asta, ar fi fost un dezastru dacă picam cursurile la liceu. Din acel moment am început să fiu extrem de încordat în timpul orelor, încercând din răsputeri să demonstrez că eram atent. La fiecare lecție mă purtam de parcă eram într-o încăpere cu o mie de dușmani invizibili. N-aveam voie să las garda jos. În fiecare dimineață, înainte de-a pleca la școală, întorceam câte o carte de joc, încercând să-mi deslușesc norocul acelei zile. O inimă roșie era norocoasă, un romb, promițător, o treflă nu era de bine, iar o inimă neagră era dezastru complet. Dimineață de dimineață în acea vreme, tot trăgeam inimă neagră din pachet.

Se-apropiau tezele, așa că m-am străduit să memorez cuvânt cu cuvânt manualele de științele naturii, istorie, geografie și etică. Eram pretențios, așa că pentru mine tezele erau o chestiune de viață și de moarte. Din păcate, metoda mea se dovedi greșită. M-am găsit incapabil de a mă adapta întrebărilor din examen și, în timp ce am răspuns perfect la unele întrebări, la altele m-am împiedicat în cuvinte și propoziții, încercând să le adaptez și-am sfârșit prin a umple pagina de răspunsuri cu aberații.

Cum, necum, am reușit să termin acel semestru cu note care m-au plasat al treilea din clasă. Până și la purtare am luat zece. Cu carnetul de note într-o mână și cu pantofii în cealaltă, am rupt-o la fugă către plajă. După frica de moarte c-aveam să pic, mă simțeam acum în al nouălea cer.

Și-uite așa, m-am pregătit să mă duc acasă în prima mea vacanță de licean. Frate-meu mai mic și toți prietenii lui aveau s-audă acum despre scurta mea experiență în termeni entuziaști. Am îndesat tot ce-aveam în cufărul meu de călătorie, adăugând acolo până și pernele de șezut pe jos. Aruncat de colo-colo în poștalion, am ajuns în fine la ieșirea din satul vecin cu al nostru. Verdele plin al lanurilor de orez se întindea cât vedeai cu ochii ca un ocean, și acoperișul familiar al casei noastre, cu țiglele-i roșii, se ridica în depărtare. Mă uitam spre casă de parc-aș fi fost plecat cel puțin vreo zece ani.

Nu cred să fi fost mai euforic decât în acea lună de vacanță. Atâtea povești i-am spus lui frate-meu despre liceu, de parc-ar fi fost ceva la care chiar merita să visezi cu ochii deschiși. În poveștile mele, până și orășelul de pe coastă se transformase într-un loc de basm.

Mi-am petrecut vacanța bătând câmpiile și văile râurilor, desenând peisaje și căutând insecte. Mi se ceruse de la școală ca temă să pictez cinci acuarele și să colecționez zece insecte rare. Cu frate-meu mezin după mine, îmi petreceam zilele cu plasa de insecte pe umăr, în timp ce el îmi căra geanta de entomolog, cu penseta și borcanul de formol. Mă țineam după lăcuste și fluturi albi cât era ziua de lungă, iar seara făceam câte-un foc sănătos în parc și ușuiam insectele cu plasa sau cu vreo mătură. Fratele imediat mai mare ca mine era la secția de sculptură a unei școli de artă și făcea un bust al surorii mele, care tocmai terminase școala de fete. Pe când el se juca cu lutul sub castanul din curte, m-așezam și eu lângă și îi schițam portretul de mai multe ori în șir. Pătrunsă de rolul ei de model, soră-mea stătea acolo cât se poate de serioasă, dar eu și fratele meu nu făceam decât să ne tot împungem unul pe altul și să ne-amuzăm de lucrul celuilalt. Sora era mult mai impresionată de schițele mele, dar frate-meu mă lua peste picior. Din punctul lui de vedere, cât ești tânăr, toată lumea te considera plin de talent. Pe aceleași criterii, se lua și de scrisul meu, pe care-l numea școlăresc. Ca să nu mă las mai prejos, râdeam și eu mai abitir de ce făcea el.

Într-o seară m-am pomenit cu fratele ăsta mai mare că vine unde dormeam și-mi șoptește: „Ji, ți-am găsit un gândac super!“ și se lăsă pe vine lângă mine întinzându-mi pe sub plasa de țânțari un șervețel în care era învelit ceva. În momentul în care am auzit foșnitul insectei din șervețel, am înțeles pe loc ce-nsemna o legătură de sânge. M-am apucat să desfac hârtia repede, dar frate-meu sa repezit cu respirația tăiată: „Îți scapă, mă, îți scapă!“ Nu era decât o rădașcă obișnuită, dar am pus-o frumos în colecția mea de zece insecte rare, etichetată după tipic: Ord. Coleoptera, Fam. Lucanidae.

Când s-a sfârșit vacanța, m-a luat depresia. M-am întors singur în camera mea de la etajul magazinului de haine, mi-am deschis cufărul și-aproape c-am izbucnit în lacrimi. Ori de câte ori mă simțeam așa, îmi găseam refugiu în câte-o librărie. Exact așa am făcut și-atunci. Simpla vedere a cărților aranjate pe rafturi era o bucurie în sine și mă ajuta să mă simt mai bine ca prin minune. Librăria unde mă dusesem acum avea într-un colț vreo câteva volume pe care nu-mi permiteam să le cumpăr, deși îmi doream nespus. Mă mulțumeam din când în când să-mi pierd vremea înăuntru și să mă mai uit la ele. Încercam să par nonșalant, dar genunchii-mi tremurau puternic. Sigur că nu mă duceam la librării numai ca să mă uit în cărțile de anatomie, ci pentru că orice carte îmi ofeream bucurie și alinare pe vremea aceea.

Lecțiile însă erau din ce în ce mai plictisitoare. Nimic nu mi se părea mai oribil pe lume decât să colorez lanțurile muntoase, porturile și fluviile în interiorul unei hărți trasate. Eram obsedat de ideea de a fi precis în ceea ce făceam, așa că un astfel de proiect îmi lua și trei, patru ore. La istorie sau la alte ore, profesorii insistau să luăm notițe, pentru a nu uita punctele esențiale din materie. Ceea ce predau ei era numai o versiune puțin diferită de ceea ce scria în manuale, așa că majoritatea elevilor preferau să copieze propoziții întregi din carte. Pe mine unul mă interesau notele, așa că petreceam ore întregi în fiecare zi la astfel de sarcini. De-ndată ce veni toamna, începură și tot felul de activități sportive pentru liceele din oraș. La noi la țară n-avusesem ocazia să joc baseball, așa că nu știam de termeni precum *full base*[1], *attack short*[2], sau *center*[3] decât din cărți. A durat ceva, dar am învățat până la urmă cum să mă uit la meciuri, deși n-am reușit vreodată să mă entuziasmez în vreun fel de ele. Ori de câte ori liceul meu participa la vreun meci nu numai de baseball, dar și de tenis sau judo, mi se impunea să participa la galerie, ceea ce mă făcea să urăsc liceul și mai abitir. Șeful galeriei noastre avea obiceiul să arate dinadins ca naiba, murdar și neîngrijit, pentru a ne incita pe noi, cei din galerie. La repetiții, se urca pe-o movilă în curtea școlii și, c-un evantai cu Soarele-Răsare într-o mână, ne ținea câte-un discurs de îmbărbătare. Elevii din galerie reacționau la vederea lui cu bucurie și începeau să scandeze: „Je-go-su'! Je-go-su'! Je-go-su'!" În timpul meciurilor, șeful ăsta sărea de pe scaun la

1. Scris cu caracterele *manrei* în original, însoțite de transcrierea citirii drept *full base*, probabil echivalentul termenului din baseball, *bases loaded*, care înseamnă că toate bazele echipei la bătaie sunt pline.

2. Scris în *katakana* drept *atakku shooto*, *attack short*, probabil echivalentul poziției defensive de *deep short*, plasată între bazele a doua și a treia.

3. Scris cu caracterele *chūken* în original, însoțite de transcrierea citirii drept *sentaa*, probabil echivalentul locației *center field* din terenul de baseball.

fiecare pauză sau întrerupere în joc și începea să-și agite evantaiul: *Ooru stando appu!!*[1], urla la noi. Iar noi ne ridicam cu toții și începeam să ne fluturăm stegulețele noastre mov, scandând lozinci precum „Bum, bum, bum/ Inamicu' ne e bun/ Bum, bum, bum/ Dară noi suntem un..." și altele la fel de jenante. Eu unul, de cum prindeam o portiță de scăpare, dispăream de la galerie și o zbugheam acasă.

Nu se poate spune că nu făceam nici un fel de sport. Aveam o tentă negricioasă pe față, pe care o puneam pe seama masajului. Când însă unii vorbeau despre figura mea, mă fâstâceam tot, convins că își dăduseră seama de rușinosul meu viciu. Asta m-a făcut în cele din urmă să decid că trebuia să-mi schimb cumva culoarea pielii și așa m-am apucat de sport.

Culoarea pielii mă îngrijorase de altfel de-o bună bucată de vreme. Cam când eram prin clasa a patra sau a cincea de școală generală, fratele meu mai mare începuse să vorbească despre *democrație* și despre idealurile ei. Mai apoi am început să o aud pe mama plângându-se de democrație și despre cum trebuia să plătească impozite mai mari, și toată recolta familiei se ducea la guvern din cauza democrației. Cel puțin așa le spunea ea unor oaspeți care veniseră la noi odată. Așa că eram cât se poate de contrariat de astfel de informații contradictorii, deși am continuat să încerc să fiu democratic cu servitorii. Vara, mă alăturam lor la tăiatul ierbii, iar iarna la deszăpezirea acoperișului. Asta

1. „*All stand up*", în engleză, transcris în pronunție japoneză în original.

până când mi-am dat seama că ajutorul meu nu era deloc binevenit. Ba chiar unele dintre slugi trebuiau să refacă partea de pășune pe care o tăiasem eu. Adevărul este că nu încercam decât să-mi îmbunătățesc culoarea pielii cu niște muncă grea, dar nici așa nu am fost în stare să văd vreo schimbare.

Așadar, în timpul liceului, m-am apucat de sport. Pe drumul spre casă de la școală îmi făcusem un obicei din a intra în ocean ca să înot. Îmi plăcea să-not fluture, cu picioarele depărtate ca o broască. Îmi țineam capul deasupra valurilor și observam diverse lucruri în jur: umbrele delicate ale valurilor pe suprafața apei, frunzele de pe mal, norii călători. Cu fața scoasă din apă, mi se părea că eram mai aproape de soare și mă bronzam mai repede.

În spatele casei unde locuiam se afla un cimitir. Acolo îmi făcusem o pistă de alergare de o sută de metri și m-am apucat serios de sprint. Cimitirul era înconjurat de un rând des de plopi, așa că, după ce alergam, puteam să stau acolo cât doream să citesc inscripțiile de pe stâlpii funerari. Mi-amintesc până-n ziua de azi unele dintre ele, care chiar erau de neuitat: „Luna ce străluce pân' la fundul apei" sau „Trei tărâmuri, un singur țel". Într-o astfel de zi, am deslușit pe o piatră de mormânt, înnegrită de vreme și acoperită cu totul de mușchi, un nume: „Decedatul Jakushō Seiryō", fără îndoială numele buddhist postum al celui îngropat acolo. Numele îmi evocă cumva solitudinea și liniștea eternă a acelui mormânt. Descoperea m-a tulburat întrucâtva și am simțit nevoia să scriu câteva versuri pe hârtia pe care-o găsisem împăturită în forma unei frunze de lotus pe acel mormânt. Încercând să evoc un anume poet francez, am scris: Cu viermii mă găsesc acu-n acest mormânt... Am scris cuvintele cu delicatețe de parc-ar fi fost așternute pe hârtie de o fantomă. A doua zi m-am dus ca de obicei să alerg în cimitir, dar mai înainte m-am oprit pe la acel mormânt. Cuvintele scrijelite pe bucata de hârtie fuseseră spălate de ploaia din dimineața aceea, așa că nici o rudă a celui decedat nu apucase să se supere la citirea lor. Frunzele de lotus din hârtie erau și ele ferfenițite de ploaie.

Chiar și-așa, cu minimum de efort, am început să fiu din ce în ce mai bun la alergat, iar mușchii de la picioare mi se făcură din ce în ce mai puternici. Numai culoarea feței nu mi se schimbă deloc. Chiar și de sub bronzul pe care-l căpătasem, parcă tot negricios eram. O situație extrem de neplăcută.

Eram fascinat de propria mea față. Când oboseam să citesc, luam o oglinjoară și mă holbam la mine însumi. Zâmbeam, mă-ncruntam, priveam meditativ în depărtare cu obrazul sprijinit în palmă, încercam tot felul de expresii faciale, fără să mă plictisesc vreun moment. Stăpânisem deja câteva figuri care eram sigur că aveau să-i facă să râdă pe cei din jur. Îmi încrețeam nasul, strângeam din gură, îmi închideam ochii pe jumătate, sau făceam o figură ca de ursuleț, una pe care o foloseam când voiam să mă arat confuz sau nemulțumit.

Cam prin vremea asta, sora mai mare se afla la spitalul orășenesc din cauza unei boli. De cum făceam figura mea de pui de urs, se rostogolea în pat de râs, ținându-se de burtă. O slujnică de vârsta a doua venise cu ea la spital să o ajute și să-i țină de urât, dar tot urât îi era acolo singură. Vizitele mele erau o portiță de scăpare. Când o vizitam, făceam în așa fel să îmi audă pașii măsurați de departe, ca să știe din timp că veneam în vizită, așa că până când ajungeam la salonul ei era deja extrem de încântată. De trecea o săptămână întreagă fără să ajung la ea, soră-mea o trimitea pe slujnică să mă aducă negreșit. Slujnica apărea la ușa mea și-mi spunea pe-un tot sumbru: „Dacă nu vii imediat, o să-i crească temperatura și-atunci o să fie și mai rău."

Făcusem de-acum paișpe, cinșpe ani, și venele de pe dosul mâinii începuseră să fie din ce în ce mai vizibile. Ceva straniu și miraculos se petrecea cu mine. Mă-ndrăgostisem vag de-un coleg, un tip micuț și negricios. Mergeam acasă împreună în fiecare zi și ne făceam roșii ca racii când ni se atingeau degetele din greșeală. Odată, pe când ne îndreptam spre casă pe drumul din spatele școlii, amicul meu a văzut o șopârliță înotând într-un canal în care creșteau pătrunjel japonez și răcovină. Fără să scoată o vorbă, o prinse în mână și mi-o dădu mie. Nu puteam să sufăr șopârlele, dar m-am prefăcut că sunt extrem de bucuros de dar și am împachetat creatura în batistă. De cum am ajuns acasă, i-am dat drumul în iazul din grădină, unde înotă de colo-colo, legănând din cap. Am căutat-o și-a doua zi, dar n-am mai văzut-o.

Eram extrem de plin de mine pe-atunci și nu m-am gândit nici o clipită să-i împărtășesc amicului sentimentele pe care le-aveam pentru el. De altfel, nu-i vorbeam aproape deloc. Era încă și mai rău cu o fătucă subțiratică care locuia-n vecini de mine. Era și ea elevă la liceul meu și o știam chiar bine, dar, chiar și când o vedeam pe stradă, mă uitam într-o direcție diferită, plin de dispreț.

Într-o noapte în toamna aceea, s-a produs un incendiu în apropiere de casa noastră. Am privit cu alții limbile de foc străpungând întunericul dinspre altarul shintō din cartier, scântei de toate culorile răspândindu-se în aer. Un pâlc de cedri se zărea deasupra flăcărilor, și din el țâșniră deodată în aer miriade de păsărele ca niște frunze fluturând spre tării. Știam bine că fata din vecini era și ea în fața porții vecine, în niște pijamale albe, și se uita la mine. Am continuat să mă uit la foc, numai cu o latură a feței către ea. Mi-a închipuit că, în jocul focului, profilul trebuie să fi arătat splendid. Așa mi-era firea și n-aveam cum să inițiez eu nimic singur, nici cu colegul de clasă, și nici cu fata din vecini. Eram îndrăzneț nevoie mare, dar numai când eram singur. În fața oglinzii închideam un ochi și rânjeam la propria mea reflecție, ori tăiam în banca de la școală o gură subțiratică și îmi lipeam buzele de ea. Am colorat-o mai apoi cu cerneală roșie și s-a făcut urâtă și-ntunecată, așa că am luat iar briceagul și am tăiat-o cu totul.

Trecusem în anul trei de liceu. Într-o dimineață de primăvară, în drum spre școală, m-am oprit pe un pod și m-am sprijinit de balustrada vopsită roșu purpuriu. Un râu lat cam de mărimea râului Sumida din Tōkyō curgea pe sub mine și m-am lăsat cuprins de-o reverie cum nu mai fusesem niciodată până atunci. Mi se păru că cineva se afla în spatele meu și că eu schimbam tot felul de poziții. Le comentam pe fiecare dintre ele, indiferent de cât de mică era schimbarea între una și cealaltă, de parcă n-aș fi fost în propria mea ființă, ci lângă mine. Făceam comentarii de genul: „Acum pare nedumerit și își privește cu atenție palmele“ sau „Acum mormăie ceva și se scarpină după ureche“. În mintea mea, acest obicei de a mă separa de mine însumi mă făcuse incapabil de a mai fi spontan, la fel ca o persoană mai puțin conștientă de sine însăși. Când mi-am revenit din reverie, m-am scuturat șocat de propria mea singurătate. Și-apoi, încă sub influența ei, am început să mă gândesc la trecutul și la viitorul meu. Mi-am continuat drumul pe pod, cu mintea inundată acum de amintiri, numai sunetul pantofilor pe scândura de lemn întrerupându-mă. M-am lăsat din nou cuprins de visătorie. Și-apoi, un oftat adânc mi-a scăpat din piept. Aveam eu oare vreo șansă de-a deveni cineva?

De-atunci am început să-mi fie teribil de frică. N-aveam nici o șansă de-a mă declara satisfăcut de nimic, și mă zvârcoleam de durere. Strat după strat de măști, zece, ba chiar și douăzeci, se lipiseră de mine, încât nu mai știam cu adevărat cât de tristă era una față de cealaltă. În cele din urmă, am găsit o cale de scăpare din enorma mea dilemă: aveam să devin scriitor. Toți cei mulți care se găseau pe ei înșiși în astfel de agitații interioare greu de înțeles aveau să-mi fie camarazi.

Începuse și frate-meu mai mic liceul deja, și stăteam acum împreună. M-am sfătuit cu el și cu alți vreo cinci, șase amici și am pornit o mică revistă literară. O tiparniță destul de mare își avea sediul chiar pe strada noastră și n-am avut nici un fel de problemă în a aranja ca revista noastră să fie tipărită acolo. Ba chiar, la rugămintea mea, au folosit și o litografie frumoasă pentru frontispiciu și pagina întâi. După ce-am terminat primul număr, le-am dat tuturor colegilor de la școală câte-un exemplar. Aveam să public câte ceva de-atunci înainte în fiecare număr lunar al revistei. La început scriam povestiri filozofice pe teme etice. M-am dovedit destul de capabil să scriu câteva rânduri în stilul eseului fragmentar *zuihitsu*. Ne-am ținut de revista noastră vreme de-un an, dar apoi am dat de belea cu frate-meu cel mai mare.

Neliniștit cu privire la această manie a scrisului, frate-meu mi-a trimis o lungă scrisoare de acasă. Chimia se bazează pe ecuații, iar geometria pe teoreme, îmi scria el. Nu există nimic asemănător în literatură care să te ajute în a rezolva problemele puse de ea. Prin urmare, înțelegerea adevărată a literaturii nu poate să se producă decât la vârsta și în condițiile potrivite, mai scrisese el într-o manieră formală și cancelărească. Nu puteam decât să fiu de acord cu el. În fapt, mă descrisese perfect ca om. I-am răspuns pe dată că mă consideram extraordinar de norocos să am un frate mai mare atât de minunat așa cum era el. Scrisoarea lui era corectă din toate punctele de vedere. Îmi permiteam însă să îi indic faptul că interesul meu pentru literatură nu îmi influența în nici un fel notele, ba dimpotrivă, lucram și mai abitir. I-am dat de înțeles că îmi dădeam seama exact pe ce picior eram și-am mai pus și câteva sentimente exagerate ici și colo.

Îmi spuneam că, orice-ar fi, trebuia să fac tot posibilul să nu mă pierd în gloată. Acest simplu gând mă făcea să trag tare de mine și să studiez intens, fiind din acel al treilea an de liceu tot timpul cel mai bun din clasă. Asta era totuși o mare realizare pentru unul ca mine, care nu-și dorea decât să nu fie văzut ca un deșeu uman. Iar pe colegii de clasă, în loc să-i conving să mă lase-n pace, i-am adus la punctul în care mă admirau cu sinceritate, inclusiv pe campionul de judo căruia i se spunea Caracatița. În semn de complet control, mă întrebam din când în când cu voce tare dacă o caracatiță ar putea intra în coșul de hârtie din colțul clasei. Caracatiță se repezea să-și bage capul în coș, de unde emitea un hohot de râs ciudat, o hăhăială care reverbera în toată încăperea. La fel stăteau lucrurile și cu grupul de feți-frumoși din clasă: îmi erau complet devotați. Chiar și când făceam câte-o chestie absurdă, ca atunci când am tăiat triunghiuri, hexagoane și floricele de hârtie și mi le-am lipit pe sfârcuri, nimeni n-a făcut nici o glumă.

Stresul cel mai mare mi-l provocau coșurile, mai ales că se tot răspândeau. Primul lucru pe care-l făceam dimineață de dimineață era să-mi dau cu mâna pe față ca să mă asigur cum era situația. Îmi cumpărasem tot felul de alifii și unguente, dar nimic nu părea să aibă efect. De cum aflam de unul nou, mi-l notam pe o bucată de hârtie și mă repezeam la farmacie. Dintr-ăsta aveți? îi întrebam vârându-le peticul de hârtie sub nas. În felul ăsta speram să li se pară farmaciștilor că nu căutam alifia respectivă pentru mine, ci pentru altcineva. Gândul că toate coșurile alea era un semn clar pentru oricine că eram într-o stare perpetuă de excitare sexuală mă făcea să intru-n pământ de rușine. Aș fi preferat din toată inima să mor decât să am acnee. Trebuie să fi fost cam în vremea aceea când fața mea deveni subiect de discuție pentru toată familia. Sora mea cea mai mare, care se mutase cu totul în casa familiei soțului după măritiș, se pare că spusese după ce mă revăzuse că nu-și putea imagina vreo femeie care să-și dorească să vină în casa noastră ca mireasa mea. Când am auzit așa ceva, am început să mă dau și cu mai mult unguent.

Până și frate-meu mai mic era îngrijorat de coșurile de pe fața mea. De nenumărate ori se ducea chiar el să-mi cumpere alifii. Nu mă avusesem bine niciodată cu frate-meu mezin, iar când dăduse examenul de admitere la liceu, mă rugasem din toată inima să pice. De-abia după ce am început să locuim împreună am reușit în cele din urmă să îi apreciez felul calm de a fi. Ca om matur, avea să devină o persoană tăcută și timidă. Din când în când, încerca și el să mai scrie câte ceva pentru revistă, dar nu-i ieșea mai niciodată. Nici notele lui nu erau prea bune, mai ales prin comparație cu ale mele, și știu că asta îl supăra mult. Iar când încercam să fiu înțelegător, se descuraja și mai abitir. Părul îi creștea natural într-un V pe frunte, o caracteristică pe care o detesta, considerând-o efeminată. Era convins că fruntea lui îngustă îl făcea să fie prostănac. Pe vremea aia, dacă mă asociam cu cineva, sfârșeam fie prin a-i spune totul despre mine, fie prin a-i ascunde totul. Dar, ca să fiu sincer, singura persoană pe lume căreia chiar îi spuneam totul era fratele meu mezin. Iar el făcea la fel.

Într-o noapte întunecată de toamnă timpurie, ne-am dus împreună la cheiul din port. O briză bătea dinspre strâmtoare, iar noi vorbeam despre ața roșie despre care ne spusese odată profesorul de limba japoneză. „De când v-ați născut", ne povestise profesorul, „voi, toți băieții din clasă, aveți un fir de ață roșie, pe care nimeni nu poate s-o vadă, legat de degetul mare de la piciorul drept." Celălalt capăt al aței era legat de degetul mare de la piciorușul unei fete. Era o ață lungă, lungă, care nu se rupea niciodată, indiferent de cât de departe se aflau băiatul și fata. Și nici nu se-nnoda, chiar și dacă cei doi treceau unul pe lângă altul pe stradă. Ața aceea, ne mai spusese el, însemna că cei doi erau ursiți să fie împreună și să se căsătorească. De cum auzise povestea aceea, fugisem acasă extrem de încântat, să i-o spun și lui frate-meu. Despre ața roșie vorbeam și-n seara aceea pe chei, ascultând valurile cum se spărgeau de mal și strigătele pescărușilor. „Ce-o fi făcând viitoarea ta nevastă", l-am întrebat eu. Mezinul s-a prins cu mâinile de balustrada de la chei și-o scutură cu putere de câteva ori. Apoi spuse oarecum stânjenit: „Se plimbă-ntr-o grădină." Da, o tânără fată cu niște saboți de lemn plimbându-se într-o grădină cu un evantai în mână, privind la niște flori de ciuboțica-cucului... Iată o imagine care părea să fie absolut potrivită pentru el. Când îmi veni și mie rândul, m-am uitat în depărtare la marea întunecată și n-am spus decât: „A mea are un *obi* roșu." După care am tăcut mâlc. Un bac care traversa strâmtoarea păru să alunece pe apă la orizont, cu toate luminile de la geamuri aprinse, de parcă era un han enorm plutitor.

Nu-i spusesem însă chiar totul lui frate-meu. Când mă dusesem acasă în vacanță în vara precedentă, găsisem o nouă slujnică care fusese angajată la noi. Purta un *obi* roșu peste *yukata* și mă ajutase destul de neîndemânatic să mă dezbrac de cămașă și pantaloni. O chema Miyo.

Când mă duceam la culcare, îmi aprindeam o țigară și mă gândeam la varii formule cu care să-ncep o povestire. La un moment dat, Miyo trebuie să-și fi dat seama de acest obicei, pentru că m-am trezit că într-o seară, după ce-mi făcuse patul, îmi așezase o scrumieră lângă pernă. Când a venit a doua zi de dimineață să facă curat în cameră, i-am spus că fumam pe furiș și să nu mai pună scrumiera în cameră. „Bine-atunci", îmi replicase ea, cu o mină posacă. Tot în vara aceea, venise la noi în sat o trupă de *naniwa-bushi* și li se dăduse voie tuturor servitorilor să se ducă la spectacol. „Duceți-vă și voi", am fost îndemnați și eu și frate-meu, însă eram la vârsta la care nu puteam decât să ne simțim superiori unor astfel de distracții provinciale. Hotărârăm să ne ducem în lanurile de orez și să prindem licurici. Ne-am dus până departe, aproape de pădurea satului vecin, dar era atâta ceață, că nu prinserăm decât vreo douăzeci în borcanul nostru. Apărură și slugile de la spectacol, și-am rugat-o pe Miyo să-mi așeze plasa de țânțari. Intrarăm cu frate-meu sub ea, stinserăm lumina și le-am dat drumul licuricilor să zboare înăuntru. Pe când pluteau în sus și-n jos, Miyo rămase în afara plasei, privindu-i.

Întins pe saltea lângă frate-meu, eram mai atent la figura ștearsă a lui Miyo decât la luminițele gângăniilor. „A fost bun spectacolul?“ am întrebat oarecum stângaci. Nu mai vorbisem până atunci cu nici una dintre slugi decât despre treburile din casă. „Nu“, răspunse ea încet. M-a pufnit râsul. Frate-meu însă rămase tăcut și-și flutură evantaiul la unul dintre licuricii care se prinsese în plasă. Fără să-mi dau seama de ce, m-am simțit brusc foarte nelalocul meu.

De-atunci încolo am devenit foarte conștient de prezența lui Miyo, și gândul mă purta imediat la ea de fiecare dată când se vorbea despre ața roșie.

Capitolul 3

Trecusem în anul patru de liceu și vreo doi colegi veneau la mine în vizită cam în fiecare zi. Le serveam vin și calamar uscat și le povesteam tot felul de prostii. O dată le-am spus despre o carte care de-abia fusese publicată, în care se vorbea despre cum să aprinzi cărbunele. Altă dată le-am arătat exemplarul meu din romanul *Mașinăria sălbatică*, scris de un autor foarte la modă pe atunci și pe care pusesem eu ulei de mașină, pretinzând apoi că așa îmi fusese vândută și, să mă mir la maniera de prezentare ciudată a volumului. Dintr-o altă carte, *Iubitul meu amic*, tăiasem pasaje întregi și mă-nțelesesem cu tiparnița să introducă altele scrise de mine și care erau complet scandaloase, pentru a le putea spune apoi că țineau în mână un volum rarisim.

Miyo mi se ștergea încet, dar sigur din minte. Asta ca să nu mai vorbesc despre sentimentul ciudat de vină care mă încerca la gândul a două persoane din aceeași casă îndrăgostindu-se unul de celălalt. Și, cum de obicei nu aveam nimic bun de spus despre fete în general, de cum mă purta gândul la Miyo, mă enervam pe mine însumi, așa că nu le-am spus nimic amicilor despre ea, iar fraților mei nici nu se punea problema să le spun.

Cam pe-atunci am apucat să citesc și un bine-cunoscut roman al unui mare scriitor rus, care mă puse pe gânduri. Era vorba despre o femeie care ajunge la-nchisoare și a cărei cădere începe când este violată de nepotul stăpânei ei, un student la universitate și persoană de viță nobilă.[1] Nu mai știu exact toată povestea acum, dar îmi amintesc că îmi pusesem un semn cu o frunză uscată la pagina unde se sărută cei doi pentru întâia oară la umbra unui liliac în floare. Din punctul meu de vedere, literatura mare nu este despre alți oameni, ci despre tine însuți, iar eu mă vedeam pe mine și pe Miyo în acel cuplu. De-aș fi avut mai mult curaj, m-aș fi comportat și eu ca acel student, dar ideea în sine mă arunca într-o disperare profundă. Timid și provincial, dusesem o viață absolut anostă, căreia i-aș fi preferat fără doar și poate una de martir glorios.

Într-o seară înainte de culcare, am sfârșit prin a-i spune fratelui meu mic gândurile astea. Intenționasem să fiu cât se poate de serios, dar am reușit cumva să mă comport ca și cum nu mi-ar fi păsat: m-am scărpinat

1. Este vorba, desigur, despre romanul *Învierea* (1899) al lui Lev Tolstoi.

pe spate, mi-am frecat mâinile și-am vorbit tot timpul complet neelegant. Ce să mai, am prezentat întreaga poveste într-un fel mizerabil. Frate-meu mă ascultă întins în pat, din când în când umezindu-și buza inferioară cu limba, fără însă să se-ntoarcă către mine. „Te-nsori cu ea?“, m-a întrebat în cele din urmă, de parcă i s-ar fi părut o întrebare extrem de greu de pus. M-a luat prin surprindere, deși nu mi-e prea clar de ce. „Naiba știe dacă-i posibil așa ceva?“, am dat din umeri, încercând să par descumpănit. Frate-meu însă era convins că nu se putea pune problema unei astfel de uniuni, iar judecată lui mi se păru mai matură decât a mea. Pe de altă parte, cuvintele lui mă făcuseră să-mi dau seama de propriile-mi sentimente. Mă simțeam ofensat, furios. M-am așezat lângă el pe pat și i-am spus cu o voce joasă: „De-aia și am de gând să continui să mă lupt pentru ea.“ „Mezinul s-a-ntors pe-o parte sub plapuma lui din stambă colorată, de parcă s-ar fi pregătit să-mi răspundă. Se uită apoi la mine pieziș și schiță un zâmbet. M-a pufnit și pe mine râsul și i-am zis: „Dacă tot știi acuma…“ și i-am întins mâna. Și-a scos-o și el pe-a lui de sub plapumă și i-am strâns degetele fără vlagă, scuturându-le de câteva ori.

Cu amicii mei n-a fost chiar așa de complicat. S-au prefăcut ei o bucată de vreme că se chinuie să găsească o soluție pentru mine, dar o făceau așa, mai mult de pamplezir, pentru că în cele din urmă aveai să-mi accepte planul, iar eu o știam bine. Exact așa s-a și-ntâmplat.

În timpul vacanței de vară a acelui an patru de liceu, i-am târât pe doi dintre ei cu mine acasă, insistând să ne pregătim de examenul de admitere împreună. Sigur că scopul era să mă dau mare cu Miyo, dar nu le-am spus și lor. Pe de altă parte, m-am rugat la toți sfinții ca nici unul din ei să nu li se pară alor mei ca fiind cineva cu care nu aveam voie să mă asociez. Toți amicii fraților mei mai mari erau din familii respectabile din zona noastră și erau tot timpul îmbrăcați la patru ace. Camarazii mei n-aveau decât doi nasturi la sacou.

Pe vremea aia, aveam în spatele casei, chiar lângă clădirea pe care o țineam goală, un coteț mare de găini. Mai era și-o magazie în care-și ținea grădinarul sculele și uneltele, și-am fi putut fără probleme să studiem acolo nederanjați de nimeni în fiecare dimineață. Pe-afară magazia era vopsită-n verde și alb, iar înăuntru era curat, cu o podea de lemn cam de șase metri pătrați, o masă nouă cu scaune și altă mobilă lăcuită frumos. Încăperea avea două uși mari, una care dădea spre nord, alta spre est și o fereastră spre sud. Ori de câte ori deschidea cineva ferestrele și ușile, vântul ne flutura pe dată paginile cărților. Pe-afară se zbenguia în iarba deasă un cârd de pui gălbiori.

Toți trei așteptam cu nerăbdare ora prânzului, încercând să ghicim care dintre slujnice avea să ne cheme la masă. Când nu era Miyo, făceam un tărăboi imens, bătând cu pumnii în masă și țâțâind din gură. Când însă venea chiar ea, se lăsa o tăcere adâncă, ruptă de hohote de râs imediat ce ieșea din magazie. Într-o bună dimineață, frate-meu mai mic ni se alătură ca să studieze cu noi. De-ndată ce se apropie ora prânzului, noi cei trei ne începurăm jocul obișnuit, încercând să ghicim cine avea să vină. Frate-meu însă nu intră în joc și se retrase către fereastră, unde își repeta cuvintele din vocabularul la limba engleză, mergând cu pași egali de sus în jos și-napoi. Noi ceilalți făcurăm tot felul de poante și giumbușlucuri: aruncarăm cu cărțile unul în altul, băturăm din picioare. Agitat cum eram, m-am luat de frate-meu, dornic să-l atrag și pe el în nebunia noastră. „Mamă, da' ce tăcut mai ești azi! Ce te-a apucat, mă, faci pe nebunu'?" m-am luat eu de el. După care, mușcându-mi buza, m-am holbat la el enervat. Brusc, frate-meu urlă la mine: „Nu, nu fac!", și făcu un gest larg cu brațul, mai multe foi cu cuvinte zburându-i din mână. La fel de brusc, am luat și eu o hotărâre: din acel moment, aveam să renunț la Miyo. Și imediat dup-aia mă tăvăleam pe jos de râs, de parcă nu s-ar fi întâmplat nimic.

Cea care a apărut în ziua aceea să ne anunțe prânzul nu era Miyo, din fericire. Încolonați unul în spatele celuilalt, am pornit spre casă pe cărarea din câmpul de soia. Numai eu, rămas puțin în spatele celorlalți, șopocăiam cu mine însumi cu veselie, în timp ce rupeam frunză după frunză din plantele de soia.

Nu mi-am imaginat nici un moment că eu aveam să devin victima acelei decizii. Nu eram decât dezgustat profund și nimic mai mult. Florile mele de liliac alb fuseseră murdărite cu noroi. Iar dezgustul meu nu putea să fie mai adânc, având în vedere că acela care-și bătuse joc de mine era sânge din sângele meu.

Câteva zile dup-aceea, m-am tot gândit la tot felul de lucruri. Poate că era chiar Miyo cea care se plimbase în grădină... frate-meu păruse aproape rușinat când dăduserăm mâna... în fine, se distraseră amândoi pe seama mea? Nimic nu mi se părea mai umilitor.

O vreme, ghinioanele s-au ținut lanț. O dată, stăteam la masa de prânz împreună cu frate-meu și cu cei doi amici, iar Miyo ne servea. Când se ivea ocazia, avea grijă să ne facă vânt cu un evantai rotund, pe care era pictată o maimuță roșie. O urmăream cu atenție ca să văd cui îi făcea vânt mai mult dintre toți cei așezați la masă. Când mi-am dat seama că acela era mezinul, nu m-am putu stăpâni și mi-am trântit furculița cu zgomot pe farfurie.

A început să mi se pară că toți cei din jur se aliaseră pentru a-mi face rău și mi se părea că și amicii mei luau parte benevol la acest tratament. N-aveam nimic altceva de făcut decât s-o dau uitării pe Miyo, îmi tot spuneam.

La două, trei zile după cele petrecute la masă, am pornit către magazie într-o dimineață, uitând complet să ascund pachetul cu cele cinci, șase țigări rămase pe care-l țineam sub pernă. Când mi-am dat seama ce făcusem, am pornit repejor înapoi spre casă, numai ca să văd că mi se făcuse curat deja în cameră și că țigările nu mai erau acolo. Dădusem de belea, ce să mai... Am chemat-o pe loc pe Miyo și-am boscorodit-o cu reproș: „Unde-s țigările? A aflat și-altcineva?“ Slujnica s-a uitat la mine și a dat din cap. Apoi s-a înălțat pe vârfurile picioarelor și a întins mâna deasupra ramei peretelui din spate, de unde scoase pachetul verde cu desenul celor doi lilieci aurii.

Asta m-a făcut să-mi recapăt curajul și mi-a întărit hotărârea pe care o luasem deja în sinea mea. Îmi părea însă rău de rolul jucat de frate-meu în toată povestea. Mă simțeam prost în preajma lui și încetasem să mă mai agit cu privire la Miyo și când erau de față cei doi colegi. De-acum încolo nu aveam să mai încerc în nici un fel să o atrag eu pe Miyo. Ba dimpotrivă, aveam s-o las pe ea să facă următoarea mișcare. Din partea mea, îi puteam crea nenumărate ocazii pentru a o face. De exemplu, o tot chemam la mine în cameră și o puneam să facă tot felul de treburi inutile, iar de câte ori intra în cameră la mine, adoptam o poziție voit relaxată și nepăsătoare. Ca să mă fac și mai atractiv, aveam grijă mare de fața mea. Coșurile îmi dispăruseră deja, dar continuam să-mi fac toate tratamentele de mai înainte. Printre ustensilele pe care le foloseam în acest scop, se afla și o frumoasă pudrieră din argint al cărei capac era acoperit în întregime cu un basorelief sculptat ca o liană lungă și încolăcită. Din când în când îmi făceam câte-o mască în care puneam trup și suflet.

De-acum încolo, totul depindea de Miyo, numai că nu se ivise încă momentul potrivit. Îmi căutam tot felul de scuze pentru a pleca din magazie din când în când și a mă întoarce acasă, pentru a o privi cum făcea tot felul de treburi. De cum o zăream cu mătura în mână, nu puteam decât să-mi mușc buza și să plec.

Vacanța de vară se încheiase, așa că eram nevoit să plec cu frate-meu și cu amicii. De-aș fi putut cel puțin să-i las o mică amintire lui Miyo, ceva prin care să-și amintească de mine până la vacanța viitoare! N-am găsit însă nimic potrivit.

Când a venit ziua să plecăm, ne-am îngrămădit cu toții claie peste grămadă în trăsura familiei, cu acoperișul ei cel negru. Miyo se afla la ușa principală a casei împreună cu ceilalți servitori și membri din familie, pentru a ne ura drum bun. Își ținea ochii-n pământ fără să se uite nici la mine, nici la frate-meu. Șnurul verzui cu care-și lega de obicei mânecile chimonoului era dezlegat și îl tot juca în degete ca pe un șir de mătănii, în timp ce trăsura se îndepărta de casă. Am plecat cu inima grea, plin de regrete.

A venit apoi toamna, și eu și frate-meu am plecat într-o excursie la o stațiune de băi termale pe coastă, cam la treizeci de minute cu trenul de orășelul în care mergeam la școală. Sora noastră cea mai mică era bolnavă și venise și ea acolo la băi. Am locuit acolo o vreme, într-o casă închiriată de mama, și m-am concentrat asupra examenului de admitere la facultate. N-aveam încotro și nu puteam să mă mai lepăd acum de reputația mea de student fruntaș, așa că trebuia să termin liceul cu brio și să intru la facultate. Ajunsesem să urăsc școala și mai abitir ca mai înainte, dar o forță necunoscută mă împingea să studiez frenetic. Seara stăteam acolo, cu mama și soră-mea, la casa închiriată, iar ziua mă duceam la școală și-napoi. În fiecare duminică, îmi veneau prietenii în vizită în stațiune. Miyo nu mai era decât o amintire îndepărtată. Ne duceam la câte-un picnic pe mal, unde găseam câte-un bolovan mai plat pe care să ne așezăm cu oala de *nikunabe*[1] și cu vinul. Frate-meu avea o voce extraordinară și știa o sumedenie de cântece noi, pe care le repeta cu noi, ca

1. Carne de vită fiartă superficial în apă clocotită cu legume și verdețuri. I se mai spune și *shabushabu*.

să cântăm împreună. Când oboseam, ne întindeam cu toții pe pietre și trăgeam câte-un pui de somn. Până când ne trezeam venea deja fluxul, iară bolovanul pe care ne aflam era înconjurat de apă. Preț de-o clipă, până ne dezmeticeam, părea că încă mai visam.

Nu puteam lăsa o zi să treacă fără a-mi vedea amicii ori mă cuprindea depresia. Într-una din zilele acelei toamne, când afară bătea un vânt aspru, un profesor m-a pălmuit absolut arbitrar și pe-o parte, și pe cealaltă a feței pentru nu mai știu ce faptă cavalerească făcusem. Colegii mei s-au făcut cu toții foc și pară pentru acea pedeapsă nedreaptă. Toți elevii din anul patru s-au adunat după ore în laboratorul de științe naturale și au discutat cum să facă pentru ca acel profesor să fie concediat. Unii dintre ei chiar strigau: Grevă, Grevă! Eu însă eram cât se poate de supărat de acea întorsătură a lucrurilor. „Nici să nu vă treacă prin cap să faceți grevă din cauza mea“, i-am rugat. „N-am nimic împotriva profului, chiar nu contează ce s-a-ntâmplat! Absolut deloc!“ Și m-am dus de la unul la altul ca să-i conving să renunțe la idee. Ei însă s-au luat apoi de mine și-mi spuseră că eram un laș, un egoist. Mi s-a tăiat respirația și am ieșit cât am putut de repede din laborator, plecând pe loc spre casa închiriată. De cum am ajuns, m-am dus direct la băile termale și m-am băgat în apă. Dintr-un colț al grădinii, două, trei frunze rămase încă pe crengile bătute de furtunile de toamnă ale unui bananier *bashō* aruncau o umbră verzuie asupra apei. M-am așezat pe marginea căzii și-am căzut într-o reverie adâncă, de parcă eram pe jumătate mort.

Când mă găseam bântuit de-o amintire rușinoasă, încercam să scap de ea izolându-mă de alții și murmurându-mi mie însumi: „Lasă... Hai, lasă..." M-am văzut mergând de la un elev la celălalt bolborosind: „Nu-i nimic... Nu contează..." Am luat apă din baie și mi-am pus pe spate lăsând-o să mi se scurgă pe spinare. Și-am continuat să murmur: „Lasă... Hai, lasă..."

A doua zi profesorul cu pricina și-a cerut scuze în fața întregii clase. Greva nu a mai avut loc, iar mai apoi lucrurile s-au liniștit între mine și ceilalți elevi. Acea întâmplare însă avea să mă urmărească pentru tot restul vieții. Am început din nou să mă gândesc din ce în ce mai mult la Miyo. Fără ea, n-aș fi avut cum să rezist.

Se încheiase și tratamentul soră-mii și avea să plece cu mama sâmbăta următoare. Am decis să mă duc el sub pretextul că voiam din tot dinadinsul să mă asigur că ajung acasă cu bine. N-am mai spus nimănui, nici prietenilor și nici măcar lui frate-meu că mă duceam până acasă. Mi-am imaginat că avea să afle oricum și fără să-i spun eu.

Am plecat de la stațiune cu toții, mama, sora și fratele, care ne-a însoțit până la orășelul cu liceul. Ne-am oprit și le-am dat binețe cum se cuvine rudelor cu magazinul de haine, care ne ajutau enorm pe mine și pe frate-meu, și apoi am pornit-o către gară, ca să luăm trenul spre casă. Chiar pe când trenul trăgea greoi de la peron, frate-meu se ridică pe vârfuri și-și lipi fruntea palidă cu părul lui în V de fereastra mea. „Nu te lăsa!", îmi spuse. „Nici să nu te gândești", i-am replicat cu veselie. Eram într-o formă de zile mari.

Cu toate astea, pe măsură ce timpul trecea și ne apropiam de casă în trăsura familiei, începusem să fiu din ce în ce mai nervos. Soarele coborâse în spatele muntelui, și cerul și dealurile din jur erau cufundate într-un întuneric gros. Foșnetul lanurilor de orez în crivățul tomnatic mi-a provocat brusc un sentiment de teroare. Cu ochii lipiți de fereastră, m-am lăsat învăluit de întunericul de afară, retrăgându-mă brusc numai când treceam pe lângă câte-un pâlc de stuf chinezesc[1] a cărui albeață mă surprindea prin întuneric.

Absolut toți ai casei se adunaseră sub lumina palidă din holul de la intrare pentru a ne întâmpina. De cum se opri trăsură, Miyo ieși afară repede, cu umerii adunați de frig.

Seara târziu, întins în pat în camera mea de la etaj, m-am lăsat purtat de gânduri deprimante. Nu reușeam să scap de ideea de mediocritate. Să fi fost, oare, un complet idiot în toată povestea asta? În fond, oricine se poate-ndrăgosti până la urechi de-o femeie. Și totuși, lucrurile nu erau chiar atât de simple în cazul meu. Nu știam cum să definesc ce eram eu într-un singur cuvânt. Nu avea de-a face în nici un fel cu ceva vulgar însă. Și prin vulgar înțelegeam ceva comun, de rând, obișnuit. Pe de altă parte, nu cumva orice alt bărbat îndrăgostit la nebunie ar spune exact același lucru despre

---

1. *Miscanthus sinensis Zebrinus*, iarbă japoneză de pampas, stuf chinezesc, sau iarba zebrei, este o plantă sălbatică (folosită și ca plantă ornamentală), cu frunze lungi și înguste, care cresc într-un mănunchi și a căror culoare este verde strălucitor cu dungi orizontale albe sau galbene.

el însuși? Dar, în cazul meu, mi-am spus, rămânând consecvent pe când mă înecam cu fumul de țigară, în cazul meu era o întreagă filozofie la mijloc.

În timpul nopții m-am tot gândit la ce scandal o să fie în familie cu privire la planul meu de a mă căsători cu Miyo, până când am ajuns la punctul în care m-am simțit plin de un curaj neobișnuit. N-aveam de gând să fac nimic mediocru. Cel puțin de asta eram convins. În plus, aveam să fac ceva măreț în viață. Tot gândind în felul acesta, m-am trezit că sunt cuprins de un sentiment de singurătate, fără măcar să îmi dau seama de ce. N-am fost în stare să adorm, așa că mi-am masat-o puțin. Fără însă să mă gândesc la Miyo. N-aveam de gând să o murdăresc și pe ea.

M-am trezit devreme a doua zi, sub un cer minunat de toamnă. M-am dus de îndată să adun niște struguri din grădină și am chemat-o pe Miyo să mă-nsoțească cu un coș mare de bambus. Am instruit-o ce și cum, încercând să par cât mai nonșalant, pentru a nu o face suspicioasă. Vița se-afla în partea de sud-est a câmpului din fața casei, acoperind o suprafață de vreo treizeci de metri pătrați. Pe măsură ce se coceau strugurii, grădinarii așezau un gard de trestie în jurul întregii suprafețe. Am deschis o portiță la un colț al gardului și-am intrat în împrejmuire. Câteva albine bâzâiau în aerul cald din jurul nostru. Lumina soarelui pătrundea filtrată prin trestiile din gard și printre frunzele viței, făcând ca Miyo să pară acoperită de o lumină verde palidă. Pe drumul către viță, pusesem la cale plan după plan, cu un zâmbet ticălos așternut pe față. Era însă atât de straniu să fiu numai cu ea, încât mă cuprinse enervarea. După ce-am intrat în împrejmuire, am lăsat portița deschisă dinadins.

Eram destul de înalt și nu aveam nevoie de vreun taburet ca să ajung la struguri. M-am apucat să tai ciorchinii unul câte unul cu foarfeca de grădinărit și să i-i dau lui Miyo. Fata-i ștergea repejor de rouă cu șorțul și îi așeza în coșul de sub ea. Nu scoase nici o vorbă vreme îndelungată. Începusem să mă simt iritat de întreaga situație, când Miyo își retrase brusc mâna în care încercam să-i dau un ciorchine. Enervat, am împins către ea strugurii și-am ridicat vocea: „Ce naiba faci?" și am țâțâit a dezaprobare.

Miyo a scos un icnet și și-a prins încheietura mâinii drepte cu cea stângă. „Te-a-nțepat?" am întrebat. „Da, îmi răspunse ea", cu ochii închiși pe jumătate, de parcă nu s-ar fi putut uita la ceva. „Proasto!", am certat-o eu. Mi-a zâmbit, dar n-a spus nimic. Nu mai puteam rămâne acolo. „Mă duc să-ți aduc niște alifie", i-am spus, și-am pornit-o grăbit spre portiță. După ce ne-am întors în casă, am căutat niște amoniac în dulapul de medicamente. De cum am zărit sticluța movalie, am luat-o și am pus-o cu forța în mână. Nu aveam de gând să îi îngrijesc eu înțepătura.

Un autobuz cu un acoperiș de culoarea cenușii începuse să facă ruta între satul nostru și un orășel din apropiere. M-am urcat în el în dup-amiaza aceea și-am plecat, azvârlit de colo-colo în vehicul. Toți cei din familie mă rugaseră să iau trăsura familiei, dar culoarea ei neagră strălucitoare și blazonul familiei păreau prea aristocratice pentru mine. În brațe cu coșul de struguri pe care îi culesesem cu Miyo, priveam plin de melancolie frunzele moarte care acopereau drumul de țară. Făcusem tot ce-mi stătuse în putință să creez o mică amintire și mă simțeam calm. Miyo era a mea acum. Mă puteam relaxa.

Vacanța de iarnă a fost ultima ca licean. Pe măsură ce se apropia ziua plecării acasă, eu și frate-meu ne simțeam din ce în ce mai înstrăinați.

Ajunși acasă, ne-am dus la soba din bucătărie și ne-am așezat. Stăteam pe podea, unul în fața celuilalt, cu picioarele încrucișate. Ne uitam în jur neliniștiți, și privirile ni s-au încrucișat de câteva ori. Miyo nu părea să fie pe nicăieri. După cină, fratele imediat mai mare decât mine ne-a invitat în camera lui. Ne-am așezat cu toții în jurul mesei cu *kotatsu*[1] ca să jucăm cărți, dar cărțile mi se păreau goale. În timpul conversației, am găsit un moment în care să-ntreb dacă nu cumva lipsea una dintre slujnice. M-am prefăcut absolut dezinteresat, ascunzându-mi însă fața în spatele celor cinci, șase cărți pe care le țineam în mână, ca și cum aș fi fost complet absorbit de joc. Norocul meu era că era și frate-meu mai mic de față, altfel i-aș fi dezvăluit totul fratelui mai mare chiar acolo, pe loc.

Fratele mai mare își înclină capul într-o parte și-n alta, părând să se hotărască ce carte să joace. Mai apoi bombăni: „A, Miyo? S-a-ncontrat cu bunica și-a plecat

---

1. Groapă în pâmânt în interiorul locuințelor tradiționale peste care se așeza o masă joasă, unde se puneau cărbuni pentru a menține căldura sub masă.

acasă. O javră-ncăpățânată!“ și puse jos o carte. Am pus și eu una, urmat de frate-meu, în completă tăcere.

La vreo patru, cinci zile după aceea, m-am dus la magazia grădinarului de lângă coteţul de pui. Tânărul grădinar, un tip căruia îi plăcea la nebunie să citească romane, îmi povesti ce se întâmplase de fapt. Miyo fusese pângărită de unul dintre servitori. Nu se întâmplase decât o singură dată, dar, când a ajuns vestea la urechile tuturor celorlalte slujnice, Miyo nu mai putuse să rămână la noi. Servitorul cu pricina nu era la prima abatere de acel fel, așa că fusese și el dat afară. Grădinarul însă nu s-a putut abține să nu-mi spună toată povestea încheind cu lauda servitorului în cauză cum că Miyo nu șoptise decât după ce se terminase totul: „Oprește-te, oprește-te!“

După Anul Nou, vacanța de iarnă se apropia și ea de sfârșit, așa că ne-am dus cu fratele mai mic în biblioteca familiei ca să ne uităm pe la colecțiile de cărți și la stampele de acolo. Cu zăpada fulguind deasupra lucarnei, m-am uitat peste tot cu interes. De când se prăpădise tata, fratele cel mai mare făcuse tot felul de schimbări în casă, în calitatea lui de nou cap al familiei. De fiecare dată când veneam acasă era ceva nou, de la cărțile din bibliotecă până la felul în care erau aranjate camerele. Am desfăcut o stampă la care trebuie să se fi uitat și el de curând, flori galbene de *yamabuki* plutind pe apă. Frate-meu mai mic a adus și el o cutie mare cu poze și începuse să le răsfoiască cu repeziciune, suflându-și în pumni ca să se încălzească.

La un moment dat s-a oprit și mi-a arătat una ce părea înrămată de curând. Miyo trebuie să fi fost în vizită la tușa împreuna cu mama, și toate trei făcuseră o fotografie. Mama stătea singură pe o canapea joasă, în timp ce Miyo și tușa, care erau cam de aceeași înălțime, se aflau în spatele canapelei. În spatele lor se-ntindea o grădină plină, plină cu trandafiri în floare. Am stat acolo cu frate-meu un moment, uitându-ne amândoi la poză. Eu unul mă împăcasem deja cu el, cel puțin în adâncul inimii. Ezitasem însă să-i spun de cealaltă istorie cu Miyo, așa că nu o știa. Eram capabil acum să mă uit la acea fotografie cu liniște în suflet. Miyo trebuie să se fi mișcat puțin, pentru că linia capului și a umerilor îi era puțin neclară. Tușa, cu mâinile adunate în fața *obi*-ului, avea ochii pe jumătate închiși. Parcă și seamănă una cu cealaltă, m-am gândit.

ELEVA

E-un sentiment interesant să te trezești de dimineață. E cam ca atunci când ne jucam de-a v-ați ascunselea eu și Deko-chan, eu nemișcat și ghemuit într-un dulap pe-ntuneric, până când Deko-chan deschidea ușa brusc și lăsa să intre lumina soarelui înăuntru, după care țipa „Te-am prins!“ și se făcea o lumină orbitoare. Urmau apoi acea privire și-o pauză stânjenitoare, inima sărindu-mi din piept. Îmi aranjam chimonoul și ieșeam din dulap, puțin rușinat mai întâi, iar apoi furios că am fost dibuit... cam tot așa e și când te trezești de dimineață. Sau, nu, nu e chiar așa, e ceva diferit, parcă mai rău, mai greu de suportat. E ca și atunci când deschizi o cutie, și înăuntru ei este alta, mai mică, și-apoi deschizi și cutia mai mică, și înăuntru e încă o alta, și mai mică, și o deschizi și pe aceea, și înăuntru e încă una și mai mică, și o deschizi și pe ea, și e încă una, și tot așa până când deschizi șapte sau opt cutii și ajungi în fine la una mică, mică de tot, cam de mărimea unui zar, și-ți ții respirația, și-o deschizi și pe aceea, și te uiți înăuntru și... nu e nimic, e goală. Cam așa e și sentimentul dimineții. Unii vorbesc despre trezire bruscă, cu ochii larg deschiși, dar nu poate fi decât o minciună sfruntată. E mai degrabă ca stratul de deasupra al unui lichid, extrem de tulbure, care începe foarte, foarte încet să se limpezească pe măsură ce particulele de amidon sau ce-o fi acolo încep să se așeze pe fund, și-atunci de-abia deschizi ochii și ești deja extenuat.

Diminețile sunt, nu știu cum să spun, albicioase. Toate sentimentele astea triste, multe, multe de tot, te înconjoară și îți plutesc în suflet, și e pur și simplu de nesuportat. Urăsc diminețile, le urăsc. Dimineața sunt cea mai urâtă. Picioarele-mi sunt obosite și incapabile de mișcare, și nu vreau să fac nimic. Poate că nu dorm bine. Se spune că dimineața este momentul cel mai sănătos al zilei, dar și aceea e tot o minciună. Diminețile sunt gri, întotdeauna absolut la fel. Este timpul cel mai gol, cel mai lipsit de sens. Pesimismul mă doboară în fiecare dimineață, pe când sunt încă întins în pat. E teribil. Tot felul de regrete cumplite, adunate într-un ghemotoc oribil în mijlocul pieptului, iar eu nu pot să fac nimic altceva decât să zac acolo, zvârcolindu-mă în pat.

Dimineața-i rea.

— Tata, am spus încet și, simțindu-mă pe loc cumva ridicolă, dar și bucuroasă, și m-am sculat repejor să-mi împăturesc *futon*-ul.

Când l-am ridicat de pe podea, m-am trezit că spun „Opașica!", ceea ce m-a mirat nespus. Nu mă gândisem la mine însămi până atunci ca la cineva care spune un cuvânt atât de țărănesc ca „opașica". „Opașica" spun babele, ce prostie. Nu-mi puteam imagina ce mă făcuse să spun așa ceva. Complet absurd! Ca și cum înăuntrul meu se afla o femeie bătrână – ce oroare! Trebuie să am grijă de-acum încolo. Era exact ca atunci când ești complet dezgustată de cineva care merge într-un mod complet vulgar, numai ca să-ți dai seama deodată că și tu mergi exact la fel. Totalmente deprimant!

Dimineața n-am nici un strop de încredere-n mine însămi. M-așez în fața oglinzii în cămașa de noapte și când mă uit la mine fără ochelari, am o figură neclară, calmă, blândă. Cel mai mult îmi urăsc ochelarii, dar trebuie să recunosc că au un avantaj de care cei care nu poartă ochelari nu își dau seama. Îmi place să mi-i scot de pe nas și să mă uit în depărate. E un sentiment minunat când totul e învăluit în ceață, de parcă m-aș afla într-un vis sau de parcă m-aș uita într-un caleidoscop. Nu văd atunci nimic urât, numai contururi ale lucrurilor mari și numai culorile puternice și lumina din jurul lor. Îmi place să mă uit și la oameni fără ochelari. Par cu toții ca și cum ar zâmbi cu bunătate, cu bucurie. Și nici nu-mi trece prin cap să mă cert cu careva sau să-i bârfesc când n-am ochelarii pe nas. Stau pur și simplu c-o privire goală pe față. Sunt convinsă că cei din jur își spun că-s absolut ridicolă când stau așa aiurea, dar pe mine una mă face să mă simt mai puțin complicată, mai sigură și nu-mi doresc decât să mă las în grija celor din jur, să le permit să aibă grijă de mine, ca și cum m-aș fi transformat și eu într-o persoană extrem de blândă, de bună la suflet.

Cu toate astea, tot urăsc să port ochelari. De cum mi-i pun, mi se pare că fața mea nu mai e reală și toate acele lucruri pe care le revelează o față, romantism, farmec, intensitate, vulnerabilitate, naivitate, tristețe, toate sunt eliminate de ochelari. Ca să nu mai discut despre așa-numitul vorbit cu ochii, care devine absolut imposibil, pentru că este atât de caraghios.

Ochelarii-s demoni.

Poate tocmai datorită faptului că mă gândesc tot timpul cât de mult îmi urăsc ochelarii, mi se pare că o pereche de ochi frumoși este una dintre trăsăturile cele mai bune ale unei persoane. Chiar dacă cineva nu are nas sau nu i se vede gura, chiar nu contează dacă are genul de ochi care să te facă să crezi că trebuie să duci o viață mai nobilă. Ochii mei sunt mari, dar cam atât. Dacă stau și mă uit la ochii mei, mă ia cu depresie. Până și maică-mea îmi spune că am ochi făr' de strălucire. Cred că la asta se referă expresia aia, „ochi stinși". Ai mei nu-mi amintesc decât de cărbuni. Uită-te și tu, sunt cumpliți! De câte ori mă uit în oglindă, îmi doresc din tot sufletul să fi avut și eu niște ochi luminoși. Ochi adânci precum un iaz verde în mijlocul unei câmpii verzi, care să reflecte norii călători cânt te uiți la cer, care să reflecte până și umbrele păsărilor din tării. Nu vreau să cunosc decât oameni cu ochi frumoși.

De azi este luna mai și parcă mă simt cumva plutind. Sunt bucuroasă pentru că se apropie în fine vara. De cum intru în grădină văd florile de pe plantele de căpșun. Mi se pare neverosimil că tata nu mai e. Mori și nu mai ești aici... ce concept dificil de priceput. Oricum aș da-o, parcă nu-mi vine să cred. Mi se face brusc dor de sora mea mai mare și de alții de care m-am despărțit pentru totdeauna, dar și de cei pe care nu i-am mai văzut de mult. Diminețile au darul ăsta de a aduce trecutul înapoi, și cu el pe toți cei pe care i-am cunoscut odată într-un fel care-i la fel de teribil de real, și de aproape, și de nenorocit cum e mirosul de murături[1]. E mult prea mult pentru mine și nu-l pot suporta.

Japii și Kaa (îi spun Kaa pentru că e un cățeluș amărât[2]) îmi ies în întâmpinare, alergând împreună. Stau amândoi în fața mea și îl mângâi pe Japii și numai pe el cu mare grijă. Blana lui albă strălucește frumos în lumina soarelui. Kaa e murdar de nu se poate. Îmi dau seama că, în timp ce îl mângâi pe Japii, Kaa stă acolo părând că e gata să izbucnească în lacrimi. Și nu uitasem nici că-i șchiop. E-așa de trist Kaa, nu pot să-l sufăr! Sunt rea cu el tocmai pentru că nu pot să sufăr cât e de jalnic. Kaa arată ca un câine vagabond și cine știe când o să-l ia hingherii. Cu piciorul ăla al lui, nici n-are cum să fugă prea repede. Du-te naibii de-aici, Kaa, și fugi dracului în munți! Oricum n-o să te iubească nimeni niciodată! Sau, și mai bine, mori naibii odată!

Și cu oamenii tot așa mă purtam, la fel de urât cum mă purtam cu Kaa. Mă animă enorm gândul de-a le face probleme oamenilor. Sunt o fată groaznică! M-așez pe marginea verandei, mângâindu-l pe Japii pe cap și mă uit la verdele pătrunzător al frunzelor din grădină... Mă simt atât de nefericită și simt că nu vreau decât să mă trântesc pe jos.

Aș vrea să pot să plâng. Poate dacă-mi țin răsuflarea și-mi forțez ochii până mi se umplu de vase de sânge,

---

1. *Takuwan*, în original, ridiche *daikon* murată.
2. De la cuvântul *kawaisō*, „sărac“, „amărât“, „vai de el“.

o să reușesc și să plâng puțin. Încerc din răsputeri, dar nu se-ntâmplă nimic. Poate că sunt deja o femeie căreia i-au secat lacrimile.

Mă las păgubașă și intru în casă ca să-mi fac curat în cameră. Mătur podeaua și mă trezesc cântând *Străina O-Kichi*[1]. Mă opresc și mă uit în jur ca și cum m-aș asigura că nu e nimeni în preajmă să m-audă. Caraghioșenie mare, eu, care ar trebuie să mă-nnebunesc după Mozart și Bach, mă trezesc cântând fără să-mi dau seama un astfel de cântec. Îmi ridic *futon*-ul și spun „opașica!“, cânt despre O-kichi în timp ce fac curățenie... cred că pân-aici mi-a fost. O iau razna, oare?

---

1. *Tōjin O-Kichi*, cântec inspirat de povestea gheișei Kichi Saitō (1841–1890), una dintre eroinele perioadei moderne timpurii a Japoniei. Numită O-Kichi, frumoasa gheișă i-a plăcut mult primului consul american la Shimoda, Townsend Harris (1804–1878) și i s-a ordonat ca atare de către autoritățile shogunale să îi devină concubină. După ce consulatul a fost desființat, O-Kichi a încercat să se întoarcă la o viață normală, dar a fost urmărită tot timpul de oprobiul societății japoneze. A sfârșit prin a se sinucide în 1890. Viața ei a inspirat romanul *Tōjin O-Kichi* (*Străina O-Kichi*, 1928) al scriitorului Gisaburō Jūichiya (1897–1937), care a fost transpus pe marele ecran în 1930 de celebrul regizor Kenji Mizoguchi (1898–1956), un film din care însă nu s-au păstrat decât patru minute. Numeroase alte producții cinematografice, cântece, piese de teatru inspirate de viața tragică a gheișei O-Kichi au urmat. În limba engleză, a apărut, în 2004, biografia *Butterfly in the Wind: The Life of „Tojin“ Okichi, Concubine against Her Will of the First American Consul in Japan* (*Un fluture în vânt: Viața lui „Tojin“ Okichi, Concubină fără de voie a primului consul american în Japonia*, 2004), scrisă de Rei Kimura.

Naiba știe ce porcării mai spun în somn? Pe de-o parte, mă îngrijorează teribil ce se-ntâmplă cu mine. Pe de alta, mi se pare comic de-a dreptul. Mă opresc din măturat și râd de mine însămi.

Îmi pun furoul pe care l-am terminat de cusut aseară. Am pus pe sân o mică broderie cu un trandafir alb. Nu se vede când îmi pun o cămașă sau altceva pe mine, așa că nimeni nu va ști că e acolo. În felul ăsta le sunt superioară tuturor celor din jur.

Mama-i ocupată să aranjeze măritișul cuiva și a plecat de-acasă dis-de-dimineață. Așa-i mama, tot timpul preocupată de a face servicii altora și a fost așa de când mă știu, așa că sunt obișnuită, dar tot mă uimește cât de mult este tot timpul în mișcare. Nu poți decât s-o admiri. Tata era tot timpul cufundat în studiile lui, iar mama era nevoită să se ocupe singură de toate treburile casei pentru amândoi. Tatei nu-i plăcea cine știe ce să fie cu alți oameni, dar mama este expertă în a aduna oameni de treabă într-un loc. Erau personalități foarte diferite mama și tata, dar se respectau enorm unul pe celălalt. Mda, acuma o să spui că erau un cuplu absolut făr' de păcat, minunat și la locul lui! Ha, ce obrăznicătură mai ești!

Aștept să mi se încălzească supa de *miso* și m-așez pe pragul ușii de la bucătărie, uitându-mă fără scop la pâlcul de copaci din spatele casei. Brusc, mă lovește un sentiment că odată, demult de tot și la fel cândva în viitor, am stat și voi sta, exact așa, în pragul bucătăriei, în aceeași poziție ca și acum și m-am gândit, mă voi gândi la exact aceleași lucruri, uitându-mă la exact aceiași copaci. E-un sentiment straniu, acela că trecutul, prezentul și viitorul sunt toate aici, acum, în acest moment. De exemplu, stau în camera mea, vorbind cu cineva. Ochii îmi rătăcesc către un colț al mesei și se opresc acolo. Numai gura continuă să mi se miște și sunt cuprinsă de iluzia ciudată că la un moment dat în trecut m-am aflat în exact aceeași situație, vorbind despre același lucru și uitându-mă la exact același colț de masă și că la un alt moment în viitor exact aceeași experiență se va întâmpla din nou. Sau mă plimb pe-o cărăruie undeva la țară și sunt deodată convinsă că am mai fost acolo în trecut. Trec pe lângă o plantă de soia și rup o frunză și, cum altfel, am senzația că am mai rupt exact aceeași frunză cândva la un anumit moment dat în trecut. Și sunt convinsă că în viitor am să mă găsesc mergând pe aceeași cărare din nou, și din nou, și am să rup frunza aia. Sau mi se mai întâmplă și ceva de genul: sunt în cadă și mă uit la propriile mâini și, când fac acest lucru, sunt brusc convinsă că într-o bună zi, mulți ani mai târziu, aveam să fiu din nou în cadă și-aveam să-mi amintesc acest moment, uitându-mă în treacăt la mâinile mele, și am să-mi amintesc senzația pe care o aveam acum. Un gând deprimant totuși. Sau altă data: umpleam într-o seară o pungă cu orez și-am simțit deodată ceva – nu i-aș spune chiar inspirație, dar pe aproape – cum mi-a fulgerat prin trup, ceva ce aș vrea să numesc „coada filozofiei". Oricum, indiferent de ce a fost, m-a lăsat simțindu-mă de parcă fiece colțișor din suflet, din minte îmi devenise transparent și aș fi putut acum, nu știu cum să spun, să mă strecor cumva prin viață cu calm, fără să spun un cuvânt, fără să scot vreun sunet, ca un jeleu de *tokoroten* stors încet, încet din tub, moale și modelabil ca o plastilină, ca și cum aș fi putut să plutesc pur și simplu prin viață pentru totdeauna, printre valuri cu ușurință, cu eleganță. Sigur că nu era deloc vorba despre filozofie. Premoniția unei vieți prin care te strecori în tăcere, ca o pisică pândindu-și prada... nu era absolut nimic de admirat, nimic decent acolo. Ba, dimpotrivă, era oribil. De te lăsai posedat de astfel de sentimente prea multă vreme, te trezeai că te posedă vreo zeitate. Christos. Dar... o femeie Christos părea o idee respingătoare.

Poate că ceea ce se întâmplă, de fapt, este că, având atâta timp la dispoziție și practic nici un fel de probleme în viață, nu am cum să procesez cum se cuvine toate aceste impresii pe care le primesc de la sutele și miile de lucruri pe care le văd și pe care le aud zi de zi, iar aceste impresii revin mai târziu ca niște stafii ca să mă bântuie.

Mănânc singură în sufragerie. Primul castravete de anul ăsta. Vara vine din verdele castraveților. Verdele castraveților de mai te lasă cu un sentiment de gol în trup, o tristețe deranjantă, care te-nțeapă, te gâdilă și, cum mănânc acolo singură în sufragerie, mă cuprinde o dorință arzătoare să plec într-o călătorie. Să mă urc într-un tren. Citesc ziarul. O fotografie a prim-ministrului Konoe[1]. O fi un om de treabă domnul Konoe?

1. Prințul Fumimaro Konoe (1891–1945), prim-ministru al Japoniei din iunie 1937 până în ianuarie 1939, și apoi din iulie 1940 până în octombrie 1941. Konoe a jucat un rol decisiv

Mie una nu-mi prea place figura lui. Nu-mi place fruntea aia. În ziar îmi plac întotdeauna reclamele la cărți. O sută, două de yeni pe cuvânt, sau pe rând, sau mai știu eu, dar se vede cu ochiul liber că cei care le scriu se străduiesc din răsputeri. Sunt toate niște nestemate literare, produse cu greu de niște oameni care transpiră și se screm din răsputeri să găsească cuvântul cel mai bun, fraza cea mai potrivită. Nu cred că există pe lume lucrări în proză care să fie la fel de scumpe. E o plăcere să le citești, din nu știu ce pricină. Foarte agreabil.

Termin de mâncat, încui casa și plec spre școală. Știu că n-o să plouă azi, dar nu mai pot de bucurie să iau cu mine umbrela pe care-am primit-o de la mama ieri. Fusese a ei când era tânără. Sunt extrem de mândră c-am găsit asemenea comoară. Aș fi în stare să mă plimb pe străzile Parisului cu umbrela asta. Pun pariu pe orice că, până se termină războiul, umbrele ca asta, romantice, de modă veche, or să fie din nou la mare căutare. Cred ca s-ar potrivi de minune cu o pălărie gen bonetă. O rochie lungă, roz, desfăcută la gât, mănuși lungi de mătase neagră dantelată și niște violete frumoase pe o pălărie cu boruri largi. Și prânzul într-un restaurant parizian, când frunzele copacilor sunt verde închis. Iar eu stau cu obrazul sprijinit în palmă, privind melancolic fluxul de oameni de-afară, când mă bate cineva pe umăr. Și-apoi se-aude brusc muzica:

în cel de-Al Doilea Război Mondial, rămânând un apropiat consilier al împăratului Hirohito de-a lungul războiului. Avea să se sinucidă în decembrie 1945, după înfrângerea și capitularea necondiționată a Japoniei.

Valsul trandafirului. Haha, ce glumă proastă! Și toate numai de la o umbrelă ciudată cu mâner lung și subțire. Iar eu, vai de mine... fetița cu chibrituri. Nu-i nimic, mă răzbun pe buruienile-astea!

Smulgerea buruienilor din fața casei de fiecare dată când plec de-acasă este modalitatea mea de-a-i face un serviciu mamei. Poate că azi se va-ntâmpla ceva bun. De ce oare, mă-ntreb adesea, unele buruieni chiar vrei să le smulgi, iar altele parcă tot vrei să le lași în pace? Sunt la fel de buruieni cu toatele și arată exact la fel, deci cum pot fi atât de diferite? Buruieni care ți se par atrăgătoare, și altele care nu... buruieni de treabă și buruieni ale naibii... cum de-or fi toate atât de diferite? Lipsit complet de logică, evident. Așa stau lucrurile cu tot ceea ce-i place sau displace unei femei.

După vreo zece minute de muncă, mă grăbesc către gară. Pe drum, prin mijlocul câmpului de orez, mă gândesc cât de mult mi-ar plăcea să mă opresc și să desenez. O iau apoi pe-o cărăruie în păduricea de lângă templu, o scurtătură pe care-am descoperit-o eu. Când mă uit pe jos, zăresc ici și colo mănunchiuri de orz, nălțuțe de câțiva centimetri. Privind acele frunze verde crud, mă trece gândul că trebuie să fi trecut iarăși pe-aici soldații. Anul trecut venise un regiment de soldați cu caii și se odihniseră o vreme în păduricea asta, și-am observat când am trecut pe-acolo după ceva vreme că orzul căzut din gălețile cailor încolțise, ca și acum. N-aveau însă cum să crească mai mult de-atât. Nici anul ăsta nu se punea problema în locul ăsta atât de întunecat, unde nu avea cum să le ajungă soarele.

Firele acelea mici, subțiratice aveau să moară, sărmanele, fără să se facă vreodată mai mari de-atât.

După ce ies din pădurea de lângă templu, în apropiere de gară acum, mă găsesc mergând în spatele câtorva muncitori. Ca de obicei, le ies din gură tot felul de vorbe teribile, pe care mi-ar fi imposibil să le repet vreodată. Nu știu ce să fac. Aș vrea să trec de ei și să-i las în urmă. Dar voi fi nevoită să-mi fac drum printre ei. Mi-e teamă să fac așa ceva, și mi-e și mai teamă să mă opresc pur și simplu și să-i las să se îndepărteze. Ar fi nepoliticos și s-ar supăra, probabil. Mă ia cu călduri și transpirație, și vreau să plâng. Sunt însă atât de rușinată de reacția mea, încât nu fac decât să schițez un zâmbet în direcția lor și continui să merg încet în spatele lor. Nu se mai întâmplă nimic altceva, dar nu pot să scap de sentimentul de enervare ce mă-ncercase nici după ce mă urc în tren. Nu pot decât să sper că voi fi puternică și elegantă cât de curând, ca să nu mă mai supere astfel de întâmplări.

Chiar lângă ușa trenului e-un scaun gol și-mi pun lucrurile acolo cât îmi aranjez puțin pliurile la fustă. Mă pregătesc să m-așez, dar un bărbat cu ochelari îmi împinge lucrurile la o parte și se-așază el.

— Nu vă supărați, dar eu am ocupat scaunul ăsta prima, spun.

Bărbatul însă rânjește superior și se-apucă să citească ziarul de parcă nici nu m-ar fi auzit. Greu de zis însă cine e mai nepoliticos. Poate că eu sunt.

N-am ce face și-mi pun umbrela și celelalte lucruri în plasa de bagaje și mă agăț de cureaua de mână. Scot o revistă și încep s-o răsfoiesc cu o mână, cum fac de obicei, în timp ce un gând comic îmi trece prin minte.

Dacă n-aş putea să citesc, aşa lipsită cum sunt de experienţe personale după care să mă ghidez, cred c-aş sta într-un colţ şi-aş plânge. Aşa de dependentă sunt de cărţi şi de reviste. Când citesc o carte mă îngrop complet în ea, mă bazez pe ea, mă adaptez la realităţile ei şi încerc să le aplic în propria mea viaţă. După care încep să citesc o altă carte şi, până să-mi dau seama ce se petrece cu mine, mă schimb complet. Îndemânarea, şiretenia de care trebuie să dai dovadă pentru a fura ideile altcuiva şi a ţi le însuşi este un talent al meu unic, special. Mi-e silă de această înşelătorie, de-această prefăcătorie pe care o am. Poate, dac-aş face greşeală după greşeală, m-aş expune în fiecare zi unei noi umilinţe, poate aş câştiga cât de cât ceva substanţă. Dar şi-atunci, cel mai probabil mi-aş găsi cine ştie ce scuză pentru toate acele erori, şi aş justifica printr-o teorie pe care aş inventa-o pe loc şi în care m-aş regăsi, pentru a-mi juca fără nici un fel de remuşcări rolul de ratat disperat. (Fraza asta ultimă de-aici am preluat-o dintr-o carte.)

Ca să fiu sinceră, nu ştiu cine sunt cu adevărat. Ce m-aş face fără cărţi de citit şi fără modele pe care să le imit? N-aş fi capabilă de nimic şi m-aş retrage într-un colţ, plângând şi suflându-mi nasul în disperare. Oricum aş da-o, nu există vreo speranţă pentru mine cum îmi las gândurile să cutreiere fără scop în fiecare zi în tren. Nu rămân decât cu un sentiment călâi şi bolnăvicios, unul pe care nu-l pot suferi. Trebuie neapărat să fac ceva, într-un fel sau altul, dar ce poţi să faci pentru a ajunge la o anume claritate cu privire la cine eşti cu adevărat? Am încercat să mă angrenez serios în autocritică, dar fără nici un fel de rezultat concret. De-ndată ce identific ceva neplăcut, un punct slab la mine însămi, imediat mă retrag în indulgență copilărească și mă consolez spunându-mi că doar trebuie să văd pădurea nu numai copacii, așa că până la urmă toată autocritica nu mai are nici un efect. Ajung să cred că tot mai bine e nici să nu mă gândesc la astfel de lucruri.

În revista pe care-o citesc acum e un articol intitulat „Puncte slabe ale tinerelor femei" și tot felul de oameni își scriu acolo părerea. Unele parcă vorbesc direct despre mine. Mă rușinez la acest gând. E haios însă cum persoana care scrie este oglindită în ceea ce scrie. O persoană pe care am considerat-o idioată dintotdeauna va scrie ceva care sună complet idiot, pe când o persoană care pare inteligentă și pusă la punct, cel puțin din fotografia din revistă, scrie ceva inteligent. Citesc și chicotesc pe ici, pe colo la cele din articol. Liderul religios ales pentru anchetă pornește de la bun început să scrie despre credință, pe când cel din educație îi dă întruna cu obligația morală și cu exprimarea gratitudinii. Un politician bagă-n față un poem clasic, iar un prozator scrie complet afectat, cu cuvinte mari și fandosite. Totalmente plin de sine.

Ceea ce scriu însă cu toții este fără doar și poate adevărat. Spun că n-avem individualitate. Și nici profunzime. Aspirațiile și ambițiile noastre sunt departe de ceea ce ar trebui să fie. Cu alte cuvinte, n-avem idealuri. Și n-avem nici inițiativa necesară pentru a ne aplica nouă înșine o critică constructivă. Suntem lipsite de introspecție. Nu avem cunoaștere de sine, respect de sine sau stimă pentru noi înșine. Ne purtăm curajos din când în când, dar capacitatea noastră de a ne asuma responsabilitatea tuturor ramificațiilor propriilor noastre acțiuni este cel puțin chestionabilă. Ne pricepem de minune să ne adaptăm la felul de viață din jur, dar nu aveam nici un pic de afecțiune reală și adecvată noi însene sau atașament pentru viața pe care o ducem. N-avem smerenie. Ne lipsește originalitatea. Nu facem decât să-i imităm pe ceilalți. Ne lipsește sentimentul de „dragoste", unul cât se poate de natural pentru ființele omenești. Pretindem că suntem elegante, dar nu aveam nici un fel de rafinament sau de grație. Și opiniile continuă cam tot așa... Multe dintre ele mi se potrivesc ca o mănușă și n-am cum să dezic nimic din cele spuse de toți acești indivizi.

Pe de altă parte, mi se pare că toți cei care au scris acolo au făcut-o mai mult de dragul de-a scrie ceva decât din dorința de a exprima ceva serios. Au folosit adjective precum „adevărat" și „real" și „înnăscut", dar nu și-au bătut capul să ne și spună ce este aceea dragoste „adevărată" sau „reală" cunoaștere de sine, sau cel puțin nu într-un fel în care chiar să rămâi cu ceva din cele spuse de ei. Sau poate că ei știu deja. Și de-i așa, oh, cât de recunoscătoare le-aș fi de-ar fi ceva mai concreți în exemplele lor, de ne-ar arăta cu degetul încotro să apucăm și nouă, celorlalți, care nu avem habar. Pentru că, vezi tu, noi, tinerele femei din ziua de azi, nu mai avem nici cea mai mică idee cum să ne exprimăm dragostea și-am face exact cum ne-ar spune domniile lor, așa, cu voce autoritară: Fă așa, sau Fă pe dincolo decât să ne spună numai: Asta nu-i bine, Aia nu-i bine. Nu cumva nici ei nu au prea mare încredere în propriile lor opinii? Poate că în alte situații exprimă cu totul și cu totul alte păreri. Ne ceartă pe noi că n-avem aspirațiile potrivite sau ambițiile necesare, dar, dacă chiar ne-am lansa în căutarea acelor idealuri adecvate, cât de mult s-ar angaja și ei să ne sprijine, să ne ghideze?

Sigur că știm deja, chiar dacă nu foarte clar, că trebuie să ne orientăm către Bine, că trebuie să aspirăm la Frumusețe. Suntem conștiente că trebuie să fim din ce în ce mai bune. Și vrem, desigur, să trăim bine. Așadar, se poate spune că avem, de fapt, aspirații și ambiții adecvate. Și suntem și foarte doritoare să îmbrățișăm convingeri solide, de neclintit. Imaginează-ți însă efortul enorm pe care-ar trebui să-l depunem pentru a împlini toate aceste deziderate dintr-un rol deja desemnat, cum ar fi, de exemplu, cel de fiică. Mama, tatăl, frații și surorile au cu toții propriul lor fel de a gândi, pe care trebuie să-l iei în considerare fără greș. (Chiar și de le spunem că sunt de modă veche, până la urmă nu suntem serioși. Și nu ne gândim vreodată cu ușurință la cei ce-au venit înaintea noastră: colegi mai mari, oameni în vârstă, cei așezați, cu familii. Ba dimpotrivă, îi privim cu respect.) Cu toții avem rude care ne sunt parte integrantă din viață, avem cunoștințe și prieteni. Și-apoi mai e și „lumea" în general, care ne poartă în fluxul ei cu o forță copleșitoare. Iar, dacă te uiți cu atenție la toate astea și te gândești la toate aceste forțe care ne dăltuiesc viața, atunci dezvoltarea propriei individualități parcă nu mai pare să aibă chiar atât de multă importanță. Parcă-ți vine chiar să-ți spui că e mai cuminte să nu scoți capul prea mult, ci să continui cu el plecat pe drumul bătătorit înaintea-ți de oamenii cei mai obișnuiți.

Educația celor mulți mi se pare ceva teribil de crud. Pe măsură ce mă maturizez, încep să-mi dau seama că etica pe care o învățăm la școală este complet diferită de regulile realității. Ține-te cu tărie de etica de la școală și-ai să te trezești că nu știi nimic despre viața reală. O să ți se spună că ești un ciudat și n-ai nici o șansă să te realizezi în viață. Ai să rămâi pe veci un sărăntoc. Uite, eu mă tot întreb dacă chiar o fi existând vreo persoană pe lumea asta care chiar să nu mintă niciodată. Și dacă există, atunci e cel mai probabil un ratat perpetuu. Între rudele mele se află un tip care se comportă impecabil tot timpul, un om cu credințe puternice și care își urmărește întotdeauna idealurile. Dacă există pe lume vreo persoană care chiar să-și trăiască viața în adevăr, atunci sunt convinsă că trebuie să fie această rudă a mea. Toate celelalte rude ale mele însă nu fac decât să-l vorbească de rău. Îl tratează ca pe-un fraier. Îmi dau seama că nu-l pot considera altceva decât un eșec, pentru că toți ceilalți îl tratează așa și nici n-am de gând să mă pun mamei și celorlalți de-a curmezișul și să-l apăr. Mi-e frică. Când era mai mică, și felul în care simțeam despre ceva anume era complet opus față de toată lumea, îi spuneam pe șleau mamei. O întrebam pe loc „Da' de ce-i așa?", iar ea se supăra foc pe mine și mă lua la rost, „Obrăznicătură mică, ce copil rău ești!", cuprinsă parcă de-o nespusă tristețe. L-am pus și pe tata să-mi răspundă odată. El însă numai mi-a zâmbit și n-a zis nimic, deși se pare că i-ar fi spus mamei mai târziu că eram un copil „scăpat din mână".

Pe măsură ce mă făcusem mai mare, am devenit din ce în ce mai timidă când venea vorba despre astfel de lucruri. Nu mai sunt în stare nici măcar să-mi cos o rochie acum fără să mă gândesc la părerile și la așteptările tuturor celor din jur. Adevărul este că sunt foarte mândră de individualitatea mea și sper, în secret, că voi rămâne la fel pentru totdeauna, dar nu-mi vine deloc să-mi arat public mândria. Vreau din toată inima să fiu o fată cuminte. Când sunt cu alții devin cât se poate de serviabilă. Dau din gură despre câte-n lună și în stele despre lucruri de care nu-mi pasă câtuși de puțin și care n-au nimic de-a face cu felul în care mă simt. Știu instinctiv că este în avantajul meu să fac așa. Dar îmi displace profund. Îmi doresc ca etica să se schimbe cât mai repede. Poate că atunci n-aș mai fi nici eu atât de lașă, de meschină și nu m-aș mai prelinge prin viață zi după zi, făcând tot felul de chestii pe care nu vreau să le fac numai pentru că cei din jur se așteaptă să le fac.

A, uite-un scaun liber! Îmi adun repejor umbrela și lucrurile din plasa de bagaje și mă așez între doi oameni. În dreapta stă un elev de gimnaziu, iar în stânga o femeie cu un chimonou cu o deschizătură din aia pe spate în care se pune un copilaș. Nu-i tânără, dar e machiată puternic și este coafată într-un stil modern. Are o figură frumoasă, dar brăzdată de riduri înnegrite care o fac să arate teribil, de-mi vine s-o iau la palme. Lucrurile la care te gândești când stai jos sunt complet diferite de cele care-ți trec prin cap când ești în picioare. Când stai jos, toate gândurile-ți sunt lașe, nesigure. Pe scaunele din fața mea stau vreo patru, cinci oameni de afaceri, toți cam de-aceeași vârstă, cu figuri tâmpe. Sunt cumpliți cu toții, cu niște ochi neinteresanți, lăptoși. Sunt complet lipsiți de spirit. Ar fi de-ajuns să-i zâmbesc unuia dintre ei și n-ar mai fi nevoie de nimic altceva: s-ar agăța de mine și m-ar lua cu el. N-aș avea încotro și-aș fi nevoită să mă mărit cu el. De-atât e nevoie, un simplu zâmbet, pentru a hotărî destinul unei femei. E oribil! Ți-e și frică să te gândești la așa ceva. Trebuie să am mare grijă.

În mod clar îmi trec tot felul de gânduri ciudate prin cap în dimineața asta. Acum două sau trei zile, chipul grădinarului care are grijă de grădina noastră mi-a luat ochii și m-a urmărit o vreme. N-aveai cum să-l confunzi cu nimeni altcineva decât cu un grădinar, și totuși fața lui nu era cea a unui grădinar. Părea să aibă figura unui filozof sau cam așa ceva. Are o față negricioasă, care-i accentuează tensiunea trăsăturilor. Ochi de om bun, dar sprâncenele sunt dese și intense. Nasul cârn i se potrivește perfect cu pielea întunecată. Pare un om cu o voință puternică. Mai are și niște buze excelente. Urechile-i sunt cam urâte, iar mâinile sunt fără îndoială mâinile unui grădinar, dar fața... fața aceea adumbrită de o pălărie neagră de fetru, trasă jos pe ochi... ce păcat să irosești o asemenea față pe-un grădinar. Cred c-am întrebat-o pe mama de trei, patru ori dacă credea că omul ăla fusese grădinar toată viața până când a-nceput să țipe la mine.

Pânza asta *furoshiki*[1] în care mi-am împachetat lucrurile azi este cea pe care mi-a dat-o mama în ziua în

1. Bucăți pătrate de material cu diverse modele și culori, făcute tradițional fie din bumbac, fie din mătase și folosite pentru a împacheta și transporta diverse lucruri. Cele patru

care a venit grădinarul la noi prima dată. Avea o grămadă de treabă în ziua aia și făceam curat și reparam pe ici, pe colo, trebuia să vină și un meșter de *tatami* și cineva care să repare prin bucătărie, iar mama-și făcea curățenie în dulapul de haine și a dat peste bucata asta de *furoshiki* și mi-a dat-o mie. E-o bucată de material așa de frumoasă, așa de elegantă, încât mi-e și milă s-o leg așa într-o bocceluță. Stau cu ea în poală și mă tot uit la ea. O mângâi. Mi-aș dori ca toți cei din tren să o vadă și s-o admire, dar n-o bagă nimeni de seamă. Dacă s-ar uita cineva chiar și-n treacăt la bucata asta de *furoshiki*, jur că aș accepta pe loc să mă mărit cu el.

Instinct, iată un cuvânt care mă face să plâng de câte ori dau de el. Când dau de ceva care mă face să mă gândesc la enormitatea instinctului, la puterea enormă pe care o exercită asupra noastră, una pe care nu o putem controla în nici un fel, mi se pare că-mi pierd mințile. Instinctul nu este ceva pe care să îl poți afirma sau nega. E acest ceva enorm care te acoperă din cap până-n picioare și te poartă cu el oriunde poftește. Și poate că, în timp ce ești purtată așa de colo-colo te simți satisfăcut, dar acea satisfacție este însoțită de un alt sentiment, o tristețe adâncă pe care ți-o provoacă felul în care ești controlată. De ce oare nu putem trece prin viață satisfăcuți fiind numai și numai de noi înșine, iubindu-ne numai pe noi înșine? Ce jalnic să vezi cum instinctul îți înghite lacom toate sentimentele, toate gândurile pe care le ai în viață, de parcă n-ar conta

colțuri se leagă într-un nod, semănând cu o boccea. De obicei, japonezii își transportă cutia cu mâncarea de prânz în ele.

câtuși de puțin. Ori de câte ori reușesc să uit de mine însămi, să mă pierd în ceva, chiar și dacă numai puțin, nu-mi pot stăpâni mai apoi un sentiment de deprimare. Faptul că, indiferent de cine sunt la un anumit moment dat, instinctul este și el prezent mă face să vreau să plâng. Vreau să-i chem pe mama, pe tata. Pe de altă parte, poate că realitatea se află tocmai în acele lucruri care nu îmi plac la mine. Și mai trist…

Am ajuns deja în gara Ochanomizu. De-ndată ce mă găsesc pe peron uit tot ce mă gândeam mai devreme. Nu vreau decât să mă-ntorc la acel gând, la ce aveam în cap acum un minut, dar nu mai pot. S-a dus. Câteodată, când mi se mai întâmplă astfel de situații, mi se pare că tocmai mă gândeam la ceva foarte important, relevant, sau la ceva dureros de jenant, dar, de-ndată ce gândul se disipează, parcă nu m-aș fi gândit la nimic. Clipa asta pe care-o numim acum… tare ciudată mai e. Acum, acum, acum… vrei să o prinzi între degete, dar până să fii în stare de așa ceva, s-a și dus, și un alt „acum", unul nou, a și venit. Tropăi pe scările podului suspendat și-mi zic: „Ei, și ce? Proastă mai sunt! Poate că sunt prea fericită!"

Doamna profesor Kosugi e-așa de frumoasă în dimineața asta. E la fel de frumoasă ca pânza mea de *furoshiki*. Nuanța aia de albastru i se potrivește de minune. Iar garoafa purpurie din piept îți sare imediat în ochi. Numai de n-ar fi așa de plină de ea, mi-ar plăcea și mai mult. Prea se crede, și asta o face să pară nenaturală, forțată. Bănuiesc că o obosește și pe ea să pozeze așa, tot timpul. În plus, mai are și o personalitate dificilă. Nu e o persoană agreabilă. Se străduie să pară plină de bună dispoziție, dar este din fire posomorâtă. Indiferent însă, e o femeie foarte atractivă. Păcat de ea că nu-i decât o profă oarecare. Pe vremuri era foarte iubită de elevi, dar nu mai e chiar așa. Mie una însă continuă să-mi placă de ea mult. Îmi pare ca o fecioară care trăiește într-un străvechi castel, undeva în creierul munților sau pe malul unui lac. Poate că exagerez însă cu laudele mele. O fi oare așa de solemnă când vorbește în orice împrejurare? Sau poate că nu-i chiar așa de deșteaptă... Deprimant... Îi tot dă-nainte cu patriotismul, de parcă chiar avem nevoie să ne explice ea ce și cum. De parcă nu e ceva evident, natural... Cum să nu-ți iubești locul în care te-ai născut? Super obositor! Îmi pun obrazul în palmă și mă uit absent pe fereastră. Vântul bate tare azi. De-aia sunt norii atât de frumoși. Într-un colț al grădinii înfloresc patru tufișuri de trandafiri. Unul galben, două albe și unul roz. Și cum visez așa la cai verzi pe pereți, îmi trece prin minte că un lucru cel puțin trebuie remarcat despre oameni. Ei sunt, până la urmă, cei care au descoperit frumusețea florilor și tot ei sunt cei care iubesc florile.

La prânz spunem povești cu fantome. „Ușa ce nu se deschide“ a lui Yasubee[1], o istorie din *Cele șapte minuni de la Liceul Nr. 1*[2], ne-a făcut pe toate să țipăm de frică. E-o poveste interesantă, psihologică, nu una dintr-alea care-ți fac inima să stea-n loc cu sperieturi ieftine. Ne-agităm într-atât, încât ni se face foame din nou, deși

1. *Yasubee neechan*, în original, referință probabil la una dintre fetele mai mari de la școală.

2. *Ichikō nana fushigi*, în original, referință neclară.

de-abia am mâncat. Madam Anpan[1] ne ostoiește cu niște caramele și revenim la fantome. Tuturor par să le placă astfel de povești. Bănuiesc că e și ăsta un fel de-a-ți provoca emoție. Cineva o spune pe cea despre Fusanosuke Kuhara[2]. Nu-i cu fantome, dar e-așa de comică!

După masă avem artă și ne ducem toate în curtea școlii ca să desenăm. Nu știu de ce, dar dom' profesor Itō tot timpul se ia de mine. Azi îmi spune că vrea să-i fiu model pentru desenul lui. Umbrela aia veche cu care-am venit azi la școală a fost admirată de toată lumea și care mai de care a lăudat-o că, până la urmă, dom' Itō m-a pus să stau cu ea lângă tufele de trandafiri din colțul grădinii. Zice c-o să mă deseneze așa și o să trimită desenul la o expoziție. Îi fac pe plac, dar numai jumătate de oră. Nu mă dau niciodată în lături de la a ajuta pe cineva, dar statul față-n față cu domnul Itō mă obosește enorm. E-așa de plicticos cu felul în care vorbește, plin de logică și poate că acum este complet concentrat asupra mea, nu vorbește decât despre mine. Mă enervează la culme. N-am nici un chef să-i răspund. Și nici nu se exprimă ca lumea. Are un râs ciudat, iar felul în care se fâstâcește tot și se rușinează, de parcă n-ar fi ditamai proful și se codește să-ți spună ce-are de spus, îmi face rău, pur și simplu. Acum îmi spune: „Mi-amintești de sora mea mai mică, care-a murit." Nu

---

1. *Anpan fujin*, în original, probabil poreclă dată uneia dintre membrele personalului administrativ al școlii. *Anpan* este un desert foarte popular în Japonia, o chiflă umplută cu pastă de fasole dulce.

2. Om de afaceri, antreprenor și om politic japonez, fondator al corporației Nissan (1869–1965).

pot să-l sufăr. Sunt convinsă că-i o persoană de treabă, dar mi se pare prea-i afectat când vorbește.

Ian' te uită cine vorbește! De parcă, dacă-i vorba de afectare, nu sunt și eu la fel de rea ca dom' Itō! Ba încă îmi folosesc afectarea cu scop. Sunt o prefăcută și jumătate! Aș putea să spun chiar acum, pe loc: „Sunt un monstru mincinos și prefăcut, care pozează în fața altora, și apoi lasă acele poze să-i dicteze întregul comportament." Dar, la ce mi-ar folosi? Stau acolo, în fața profesorului de desen, și mă rog în sinea mea: „Fii mai naturală, fii mai onestă!"

„Și mai lasă-le naibii de cărți, că de-aia n-ai nimic altceva decât idei în cap și te porți cu toată lumea în felul ăsta arogant, atotștiutor și fără de-nțeles! Ești de plâns, sincer, pur și simplu de plâns! Nu faci decât să te plângi tot timpul că n-ai nici un țel în viață, că ce bine-ar fi dac-ai fi mai pozitivă și cum se face că ai o personalitate așa de inconsistentă, dar asta nu-i decât sentimentalism ieftin. Te răsfeți, nimic altceva. Ca să nu mai vorbim de câtă importanță îți dai!"

Păi cu un astfel de model ca mine, un model cu o inimă impură, desenul lui dom' Itō n-are nici o șansă să fie acceptat la expoziție. N-am cum să arăt frumos. Știu că nu-i frumos să gândesc așa, dar nu mă pot abține să-mi spun că Itō ăsta e un mare prostănac. Nici prin cap nu-i trece că am un trandafir brodat pe sân.

Nu știu din ce pricină, cum stau așa nemișcată, mă apucă brusc o dorință orbească, arzătoare de bani. Nu vreau însă decât vreo zece yeni. Cel mai mult și cel mai mult îmi doresc acum să citesc volumul *Madame Curie*. Și mă gândesc că-mi doresc și ca mama să trăiască o viață lungă și bună. Incredibil cât de greu este să fii model pentru proful de desen. Sunt extenuată.

După ore, eu și Kinko, fata unui preot buddhist, o ștergem la Hollywood să ne coafăm. Când sunt gata, nu e chiar ce-mi dorisem, și mă posomorăsc. Nu-mi stă bine deloc și mă simt mizerabil. E deprimant, ce să mai... Încep să mă simt ca o băboanță grețoasă pentru că m-am dus așa, pe șest, să mă coafez. Chiar îmi pare rău acum. Ce părere proastă mai avem despre noi înșene dacă ne coborâm până la a veni într-un loc ca ăsta. Fata preotului însă e bucuroasă nevoie mare. Începe să debiteze tâmpenii de genul:

— Mai că m-aș duce la un *omiai*[1] aranjată așa! Și până să mai zic eu ceva, pare că chiar are impresia că va fi prezentată unui potențial soț și mă-ntreabă cât se poate de serios:

— Ce culoare de flori crezi că s-ar potrivi cu coafura mea? sau

— Ce fel de *obi* să-mi pun oare cu chimonoul de nuntă?

E simpatică în simplitatea ei, care nu-i permite să se gândească la nimic altceva.

Râd și o întreb ce fel de bărbat și-ar dori pentru un *omiai*.

— Păi, ban la ban trage și păduche la păduche, îmi răspunde ea pe un tot solemn.

Mă ia prin surprindere cu vorbele ei și o întreb și eu ce vrea să zică. Kinko mă surprinde și mai abitir

1. Întâlnire aranjată între doi potențiali parteneri interesați de căsătorie.

când îmi spune că nu e partener mai bun pentru fiica unui preot decât tot un preot, ca să nu mai vorbim că nu va trebui să-și facă griji ce pune pe masă. E ca și cum Kinko n-ar avea nici un fel de personalitate proprie, ceea ce o face cu atât mai feminină. Nu suntem chiar așa de apropiate, dar, cum stăm împreună la școală, le spune tuturor că sunt prietena ei cea mai bună. E-o fată tare drăguță. Îmi pune pe bancă câte-o scrisorică în fiecare zi și mă ajută în alte feluri tot timpul, motiv pentru care îi sunt recunoscătoare, dar astăzi parcă e-așa de veselă și zglobie, de nu pot decât să fiu enervată de prezența ei.

Ne despărțim și mă urc în autobuz. Sunt așa de, nu-mi dau seama nici eu, de melancolică. În autobuz, dau de-o femeie teribilă. E-mbrăcată într-un chimonou jegos la guler, iar părul roșiatic îi este răvășit și nepieptănat, prins cu un singur pieptene. Când te uiți la figura ei aprigă, aproape stacojie, nu prea-ți dai seama dacă e bărbat sau femeie. În plus, ah, ce scârbos, mai e și gravidă! Din când în când afișează pe față câte-un rânjet cumplit. O cloșcă proastă! Dar ce, eu parcă-s mai presus, cu dusul meu furiș să mă coafez la Hollywood?

Mi-aduc aminte de femeia lângă care-am stat în tren azi-dimineață, cea c-o tonă de machiaj pe față. Ah, ce murdar, ce murdar! Femeile sunt oribile! Tot femeie sunt și eu, și știu prea bine ce creaturi jegoase suntem toate și mi-e așa de silă, de-mi vine să scrâșnesc din dinți. Putoarea aia care-ți pătrunde-n toți porii când pui mâna pe peștișorii aurii și de care nu scapi oricât te-ai spăla e cea pe care o am parcă tot timpul pe mine. Și când mă gândesc că trebuie să stau toată ziua cu mirosul ăla pe mine, mirosul ăla de femeie, îmi mai trece și altceva prin cap, care mă face să-mi spun că ar fi mai bine să mor acum, cât sunt încă tânără. Încep să-mi doresc să mă-mbolnăvesc. Poate, dacă fac vreo boală serioasă și transpir râuri de sudoare până nu mai rămâne din mine decât pielea și osul, atunci mă voi și purifica. Sau poate că e imposibil să te purifici cu adevărat atâta vreme cât trăiești și respiri. Mă-ntreb dacă nu cumva încep să înțeleg religia.

Respir ușurată când mă dau jos din autobuz. Nu știu de ce, dar vehiculele nu sunt prietene cu mine. Aerul dinăuntru e-atât de bolnăvicios, de nu pot să-l sufăr. Mă simt mai bine cu pământ sub picioare. Parcă mă și plac pe mine însămi mai mult când am pământ sub picioare. Aoleu, ce-mprăștiată mai sunt, totalmente cu capul în nori[1]! *Fugi acasă, fugi acasă!/ ce să vezi pe drum spre casă?/ vezi și tu că-i ceapa deasă/ fugi acasă, fugi acasă!* mă trezesc cântând încetișor. „Ian' te uită, ce veselie te-a mai apucat“, îmi spun, și mă enervez pe mine însămi și urăsc felul în care tot cresc – dar numai fizic – și mă-nalț ca o prăjină. Vreau și eu să fiu o fată de treabă, o fată bună.

Așa-s de obișnuită să merg pe drumul ăsta către casă, că nu mă mai bucur de liniștea din jur. Nu e nici țipenie în jur, numai copacii, drumul și câmpurile. Poate că azi am să mă prefac că vin aici pentru prima dată. Sunt, ia să vedem, fata unui meșter de *geta* din Kanda și e prima dată în viața mea când mă aflu aici, la țară. Cum mi s-ar părea atunci acest peisaj? Ce idee minunată! Și ce idee

1. *Gokuraku tonbo* (lit. „libelulă în paradis“), în original.

tâmpită! Arborez o mină solemnă și mă holbez de jur împrejur, exagerând dinadins. Merg pe-o cărare îngustă, mărginită de copaci, și exclam surprinsă la vederea crengilor cu frunzele lor de-un verde crud. Când trec podul din pământ, mă opresc să mă uit la pârâu o vreme, privindu-mi și reflecția din apă și lătrând ca un cățel, iar când mă uit la câmpuri în depărtare, îmi îngustez ochii ca și cum aș fi pătrunsă de moment, oftez și murmur: „Vai, ce frumusețe!" Mă opresc să-mi trag sufletul la templu. Pădurea din jur însă este întunecată, așa că mă ridic repejor și mă îndrept cu umerii strânși, ca și cum aș fi teribil de speriată, pentru ca apoi să mă prefac surprinsă de cât de lumină se face de-ndată ce-am ieșit dintre arbori. Mă străduiesc din răsputeri să mă fac că totul în jurul meu este nou, nemaivăzut, construiesc toată această complicată pantomimă până când sfârșesc prin a mă simți insuportabil de singură. Impulsul acela de energie mă părăsește și el brusc, și mă las să cad pe iarba dintr-o poieniță pe marginea drumului, învăluită din nou de o sfâșietoare seriozitate. Gândul mă poartă serios, deliberat, la mine însămi, la cum sunt eu în ultima vreme. Unde-am greșit? De ce sunt atât de zbuciumată? Parcă trăiesc tot timpul cu o frică de ceva. Nu cu multă vreme în urmă, cineva mi-a spus: „Te faci pe zi ce trece din ce în ce mai banală."

Așa o fi. Sunt mai rău ca mai înainte, asta e clar. Am devenit insipidă. Nu se poate, așa nu se mai poate. Sunt atât de slabă, atât de slabă! Brusc, îmi vine să urlu. Ete, na, de parcă dacă țip din toți rărunchii o să fiu mai puternică. Nu, trebuie să fac ceva. Poate că-s-ndrăgostită. Mă culc pe iarba din poiană.

— Tata! încep să strig. Tata, tata, tata! Cerul la asfințit e-atât de frumos. Lumina amurgului e roz în ceața de seară, de parcă soarele s-ar fi topit în nori și s-ar fi scurs apoi roz peste cer. Pâcla aceea roz tremură și plutește printre copaci, se scurge peste drum, mângâind iarba din poiană și înfășurându-se blând în jurul meu. Firele de păr îmi strălucesc sub atingerea ei. Ce frumos e cerul! Mă simt ca și cum aș vrea să mă-nclin în fața lui, să m-arunc în genunchi în fața a ceva pentru întâia oară în viață. În acest moment, cred în Dumnezeu. Ce culoare o fi asta, culoarea cerului de-acum? Trandafiri. Foc. Curcubeie. Aripi de înger. Catedrale. Nu, nimic nu este pe-aproape. E mult mai sfântă, mai divină.

„Vreau să iubesc pe toată lumea." Acest gând mă izbește cu atâta putere, încât simt c-am să plâng. De unde stau întinsă pe iarbă văd culoarea cerului cum se schimbă încet. Se face gradual mai albastră. Rămân acolo, nemișcată, nedorind decât să pot să-mi azvârl hainele de pe mine. N-am mai văzut pân-atunci frunzele și iarba părând atât de diafane și de frumoase. Întind mâna și ating firele de iarbă.

Vreau să duc o viață nobilă, frumoasă.

Când ajung acasă, mama s-a întors deja și are pe cineva în vizită. Îi aud râsul în hohote, ca de obicei. Când nu suntem decât noi două acasă, mama nu râde nici odată, indiferent de cât de mare zâmbet ar arbora pe față. Când însă are musafiri, râde tare de tot, chiar dacă nu zâmbește niciodată. Dau bună seara și mă duc imediat în spate la fântână, unde mă spăl pe mâini, și apoi îmi scot ciorapii de nailon și mă spăl pe picioare. Pe când mă spăl, apare de undeva negustorul de pește și-și cere scuze de întârziere și ne este așa de îndatorat că-i suntem clienți și vă mulțumesc, vă mulțumesc mult și lasă pe ghizdul fântânii un pește mare. Nu știu ce fel de pește o fi, dar, dacă mă iau după solzișorii ăia mici, cred că e de prin Hokkaidō. Și după ce pun peștele pe-o farfurie și mă spăl din nou pe mâini, mirosul îmi amintește de acum două veri, când ne-am dus în vizită la soră-mea care locuiește în Hokkaidō. Stă în Tomakomai, lângă ocean și aerul e îmbibat de miros de pește. Și mi-o aduc aminte stând singură în bucătăria aia mare a ei într-o seară, pregătind cu dibăcie un pește pentru cină cu mâinile ei albe, ca de doamnă. Și mi s-a făcut pe loc un dor nebun de ea, o dorință nebună să aibă grijă de mine, să mă dădăcească, dar știam că îl avea deja pe Toshi și nu mai era a mea. Și, când mi-am dat seama de acest lucru, m-a trecut un fior rece prin tot trupul. Știam că nu mă puteam duce pur și simplu s-o cuprind în brațe și să-i învălui umerii subțiratici cu corpul meu și s-o îmbrățișez, și m-a cuprins un sentiment de singurătate, de-aș fi putut să mor chiar acolo, în colțul ăla de bucătărie luminat prost, privindu-i acele degete incredibil de frumoase muncind la peștele ăla. Mi-e dor de trecut așa de mult, e ceva de speriat. Relațiile de sânge sunt ceva misterios. Cu alți oameni, cu cât sunt mai departe de tine, cu atât e parcă mai ușor să nu mai ai simțăminte pentru ei și să îi uiți, dar rudele de sânge îți lipsesc din ce în ce mai mult și îți amintești constant toate lucrurile frumoase despre ele.

Fructele sălcioarei[1] de lângă fântână sunt de un roșu pal acum. Or să fie bune de mâncat cam în două

1. *Gumi* (*Elaeagnus*).

săptămâni. A fost comic anul trecut. Într-o seară tot culegeam la ele și le mâncam, iar Japii stătea lângă mine, uitându-se la mine până când mi s-a făcut milă de el și i-am dat și lui una. Să vezi și să nu crezi: a mâncat-o! I-am mai dat vreo două și le-am mâncat și pe-alea. Mă amuzam teribil uitându-mă la el cum le mânca, așa că m-am apucat să scutur tot pomul și cădeau bobițele, iar Japii le halea pe nerăsuflate. Câine prost! Cine și-ar fi-nchipuit un câine care să mănânce fructe de sălcioară? Și uite-așa, eu stăteam pe vârfurile picioarelor culegând și mâncând, iar Japii stătea pe jos mâncând și el. Tot gândindu-mă la anul trecut, mi-a venit să mă uit după Japii.

— Japii! am strigat.

A apărut țanțoș de undeva din fața casei. Mi se păru deodată așa de scump, c-am strâns din dinți. L-am apucat de coadă, iar el m-a prins ușor cu dinții de mână. Ochii mi s-au umplut de lacrimi și l-am pleznit peste cap. Lui nu-i pasă însă și se-apucă să bea cu nesaț apă din fântână.

Mă duc în camera mea. Becul electric învăluie camera într-o lumină caldă. E liniște. Tata nu mai e. Fără tata parcă e tot timpul o gaură mare undeva în casă. Îmi vine să mă cutremur. Mă schimb în ceva de casă și, după ce depun un sărut drăgăstos pe trandafirul de pe furoul meu, mă așez în fața oglinzii. Chiar atunci îi aud pe mama și pe musafirii ei din sufragerie râzând zgomotos și-asta, din nu știu ce pricină, îmi dă o durere de stomac și mă enervează la culme. Când suntem numai noi două, nu e nici o problemă, dar când are companie, mama pare deodată foarte distantă, rece și nefamiliară, și-atunci mi se face cel mai dor de tata.

Mă uit în oglindă și sunt surprinsă de cât de vioaie par. Fața asta mi-e străină. Nu are nimic în comun cu sentimentele care mă încearcă, cu tristețea, cu durerea mea. Parcă are o viață a ei, separată de mine. Nu mi-am pus ruj pe obraji azi, dar sunt rozalii, iar buzele-mi mici sunt roșu aprins. Sunt adorabilă. Îmi scot ochelarii și schițez un zâmbet. Am ochi frumoși. Limpezi ca un cer albastru. Poate că e pentru că m-am uitat la acel cer la asfințit atâta amar de vreme. Bună treabă!

Mă duc în bucătărie în al nouălea cer, dar, pe când spăl orezul, încep să mă-ntristez din nou. Mi-e dor tare de casa noastră din Koganei. Mi-e așa de dor de ea, de-mi pare că mă arde la suflet. Acolo era tata, în căsuța noastră veche. Și era și soră-mea. Și mama era mai tânără pe-atunci. Veneam de la școală, și mama și soră-mea ședeau în bucătărie sau în sufragerie trăncănind vesele ba de una, ba de alta. Îmi făceau o gustare și se-ntreceau una pe alta care să aibă grijă de mine. Câteodată mă-ncontram cu soră-mea, și mama mă certa, iar eu fugeam afară, mă urcam pe bicicletă și mă duceam departe, departe. Mă-ntorceam până seara însă și stăteam cu toții la cină. Ce vremuri fericite! Nu-mi treceam zilele gândindu-mă neîncetat la mine și nu mă simțeam așa de aiurea și de stângace tot timpul. N-aveam decât să-i las pe toți să aibă grijă de mine. Ce bine-mi mai era! Și nici nu trebuia să mă străduiesc prea tare. Fără griji, fără singurătate, fără durere. Tata era un părinte minunat. Sora mea era blândă și calmă și mă țineam tot timpul după ea. Pe măsură ce creșteam însă și descopeream tot felul de lucruri dezgustătoare despre mine însămi, lucrurile bune din viața mea începură să se spulbere și mă lăsară goală, neprotejată și urâtă, o, atât de urâtă. Nici să vreau n-aș mai putea să permit cuiva să aibă grijă de mine ca de-un prunc. Nu pot decât să m-adâncesc în gânduri și să simt din ce în ce mai multă durere. Soră-mea s-a măritat și-a plecat. Tata s-a dus. N-am mai rămas decât eu și mama. Cred că și mama se simte teribil de singură. Nu de mult mi-a și spus: „Nu mai am eu nici o bucurie-n viață. Până și tu, care crești mare, ca să fiu sinceră, nu-mi aduci mare bucurie. Iartă-mă, rogu-te! Cred că-i mai bine pentru mine să nu mai fiu fericită, mai ales acum, că taică-tău nu mai e." Zice că, de-o bâzâie țânțarii, se gândește la tata, de descoase vreo haină, se gândește la tata, de-și taie unghiile, se gândește la tata și, mai ales de bea o ceașcă de ceai delicios, se gândește la tata. Oricât încerc eu să o consolez, să vorbesc cu ea, nu-i același lucru, pentru că nu sunt tata. Dragostea dintre bărbat și femeie trebuie să fie cea mai puternică legătură din lume, mai puternică și mai prețioasă chiar și decât dragostea din rudele de sânge.

Mă-nroșesc toată la asemenea gânduri îndrăznețe și-mi dau cu mâna udă prin păr. Spăl orezul, îl amestec în oală cu mâna, și mă gândesc la mama ca la cea mai dulce, cea mai adorabilă persoană din lume și simt în adâncul inimii cât de important este să am grijă de ea. Mai întâi și mai întâi de toate, trebuie să scap rapid de buclele astea pe care mi le-am pus în păr și-apoi să-l las să crească lung. Mamei nu i-a plăcut niciodată când mă tund scurt și cred că o să-i facă plăcere dacă-mi las părul să crească lung, lung de tot și mi-l pieptăn frumos. Pe de altă parte, mi se pare absurd să merg așa departe numai de dragul maică-mii. Mi se pare cam pervers. Până la urmă, toată anxietatea asta care mă tortureazǎ constant este în mare parte datorată ei. Sigur că vreau să fiu o fiică bună, genul de fată pe care și l-ar dori ea, dar chiar nu-mi place ideea de-a-ncerca să-i fac pe plac chiar așa de ciudat. Ideal ar fi dacă, fără să fac sau să spun nimic, m-ar înțelege și ar avea încredere în mine. Oricât de încăpățânată aș fi, nu am de gând să mă fac de râs în fața oamenilor, și oricât de greu mi-ar fi, oricât de singură aș fi, tot aș avea grijă să nu fac nici o greșeală majoră. O iubesc pe mama. O iubesc și îmi place viața noastră din casa asta, așa că, dacă ar avea încredere în mine și nu s-ar mai îngrijora de nimic, dacă s-ar liniști și-ar fi ceva mai nepăsătoare cu privire la una și la alta, totul ar fi perfect. Sunt convinsă că aș face-o să fie mândră de mine. Aș munci până la epuizare pentru ea. Chiar și-acum asta este cea mai mare bucurie a mea în viață, asta vreau să fac cu viața mea. Numai că mama n-are nici un pic de încredere în mine și mă tratează în continuare ca pe un copil. Îi place la nebunie când spun câte ceva pueril. Acum câtăva vreme, am luat ukulele și-am început să zdrăngănesc, prostindu-mă nevoie mare, iar mama, în al nouălea cer, s-a prefăcut că nu vede ce fac și-mi spuse: „Ce-i aia? Ce se-aude? Parc-aud stropi de ploaie“, încercând să se prefacă ca și cum chiar aș fi cântat la ukulele. M-am simțit atât de prost, c-am vrut să plâng. „Mama, sunt om mare acum. Știu deja totul despre lume, despre oameni. Nu te sfii să vorbești cu mine despre orice. Chiar și despre cheltuielile casei, de exemplu. Numai de mi-ai spune pe șleau: «Uite, așa și așa stau lucrurile, și trebuie să contribui și tu», nici nu m-aș mai gândi să-mi iau pantofi noi sau alte fleacuri. Aș fi o fiică economicoasă, frugală. Ăsta-i adevărul adevărat." În schimb... Ha, mă pufnește râsul amintindu-mi de cântecul „În schimb...". Și-așa-mi dau seama că sunt cu mâinile în oala cu orez, visând cai verzi pe pereți ca o proastă.

Ei, nu, așa nu se mai poate! Trebuie să pregătesc cina pentru musafiri. Dar ce să fac, oare, cu peștele ăla mare? Cel mai bine îl tai în trei bucăți și-l marinez în *miso* și n-are cum să nu fie bun. Când vine vorba de gătit, trebuie să te bazezi pe intuiție. Mai avem și câțiva castraveți și o să-i pun și pe ei într-o marinadă din *mirin*, sos de soia și oțet. Mai fac și omleta mea rulată de care sunt foarte mândră. Și pe-urmă, încă un fel. Aha! O să fac un fel de aperitive rococo! Ceva ce-am inventat chiar eu, dacă vreți să mă credeți! Pe fiecare farfurie pun câte puțină șuncă, ou, pătrunjel verde, foi de varză, spanac, și orice altceva mai avem resturi de mâncare, un întreg spectru de culori, așezate frumos și ornate. E ușor de făcut, economicos și, chiar de nu-i chiar delicios, cel puțin creează o atmosferă festivă, de extravaganță pe masă și face să pară că ai pregătit un adevărat festin. La umbra unui munte de omletă crește viguros un mănunchi de pătrunjel din care se ițește un recif de coral roșu din șuncă, toate așezate pe un pătul din frunze de varză aranjate pe platou în forma unui bujor galben sau a unui evantai din pene. Spanacul poate fi și el fie o poiană de un verde intens sau poate chiar un val de maree. Pui două sau trei astfel de platouri pe masă, și brusc oaspeților li se pare că se află în Franța secolului XVII. Ei, nici chiar așa, dar cum n-am nici cel mai mic talent de a face ceva delicios, cel puțin pot să servesc ceva atât de plăcut ochiului, încât cei de la masă sunt convinși să creadă că e delicios. Când vine vorba de mâncat, se mănâncă cu ochii, nu cu gura, nu? Atâta vreme cât arată bine, poate să nu aibă gust chiar așa de bun. Dar, atenție mare, la prepararea acestui gen de aperitive rococo ai nevoie de un ochi artistic. Dacă nu ești cu mult mai sensibil la combinațiile de culori decât o persoană oarecare, se prea poate să dai greș în mod mizerabil. Ai nevoie cel puțin de la fel de mult simț artistic ca subsemnata. Când am căutat „rococo“ în dicționar acum ceva vreme, am găsit definiția „stil ornamental, cu emfază pe floral și estetic, dar lipsit de substanță“, ceea ce m-a făcut să râd. Nici că se putea mai perfect de-atât! Cum se putea să aibă ceva frumos și „substanță“? Frumusețea pură este întotdeauna lipsită de semnificație sau moralitate. E evident. De-aia sunt și o așa de mare admiratoare a stilului rococo.

Ca de obicei când gătesc, pe când gust dintr-una sau alta, sunt copleșită de un sentiment oribil de nimicnicie. Mă simt obosită moartă și deprimată. Ca și cum toată munca pe care o depun ajunge la un punct de saturație. Ajung și eu la punctul în care nu-mi mai pasă de nimic. În cele din urmă, o las baltă și arunc totul pe platou cum îmi vine la mână, fără să-mi mai pese de cum arată sau ce gust are și le-o pun în față musafirilor cu o mină țâfnoasă.

Oaspeții de azi ai mamei sunt total deprimanți. Domnul și doamna Imaida din Ōmori și Yoshio, care face șapte ani. Domnul Imaida se-apropie de patruzeci de ani, dar are genul de piele albă, albă, de puștan, care-l face să pară absolut scârbos. Și de ce o fi fumând țigări Shikishima? Țigările, dacă nu-s fără filtru, parcă sunt obscene. Țigările adevărate sunt numai fără filtru. De cum vezi un fumător de Shikishima parcă-ți vine imediat să-ți pui întrebări cu privire la caracterul lui. Domnul Imaida își dă capul pe spate și proiectează fumul către plafon, spunând: „Aha, da, înțeleg..." Predă la o școală serală. Nevastă-sa e-o tipă micuță, timidă, și c-un aer vulgar. Orice prostioară o face să se-ndoaie de râs și să se-nconvoaie de spate, gata să se prăvălească pe *tatami*. Ce-o fi așa de comic? Mai rău e că are impresia că e de bun gust să reacționeze în felul ăla și să cadă pe jos de râs. Stau și eu și mă-ntreb dacă oameni ca Imaida nu sunt cumva categoria cea mai vrednică de dispreț din societatea de azi. Clasa cea mai sordidă. Cum le spune? *Petit bourgeois?* Mici funcționari? Până și băietanul ăla e precoce într-un fel aparte, straniu. N-are nimic natural, spontan în el.

Chiar dacă gândesc așa, țin totul pentru mine și mă-nclin cu respect în fața oaspeților și râd și eu, și trăncănesc, și remarc cât de drăguț mai e Yoshio, și-l mângâi pe cap, păcălindu-i pe toți cu prefăcătoria și minciunile mele. Îi face asta pe cei ca Imaida mai autentici decât mine? Toată lumea îmi laudă talentul de bucătar în timp ce se-nfruptă din aperitivele rococo, și asta mă face să mă simt atât de mizerabil și de furioasă că vreau să plâng, dar mă forțez să mă arăt mulțumită și mă apuc și eu să mănânc cot la cot cu ei. Doamna Imaida însă nu mai pridideşte cu laudele ei idioate și ajung la punctul în care îmi repugnă așa de mult, că nu mai rezist și îmi spun pân-aici, gata cu minciunile:

— Da' de unde?! Mâncarea asta nu e câtuși de puțin delicioasă. Nu-i decât ce-am primit pe cartelă, dar n-am avut altceva ce să servesc.

N-am vrut decât să spun adevărul, dar domnul și doamna Imaida continuă să râdă cu poftă, de parcă mai au puțin și exclamă: „Bravo, mâncare pe cartelă! Bravo ție!" Mă exasperează prostia lor, de-mi vine să dau cu bețișoarele și cu castronul de pământ și să urlu din toți rărunchii. Mă abțin însă și mă forțez din nou să schițez un rânjet. De-abia atunci intervine și mama:

— Copila asta mi-e deja de-un ajutor enorm prin casă.

Știe bine că mă simt cumplit și totuși alege să se alăture celor doi Imaida spunând ceva stupid și-apoi chicotește aiurea. Hai, mă, mamă, chiar nu-i nevoie să te străduiești așa ca să nu-i ofensezi cumva pe unii ca Imaida. Dar mama nu-i mama când avem musafiri. Se transformă în muierea asta slabă, fără principii. Numai pentru că tata nu mai e, asta nu-nseamnă că trebuie să te comporți cu atâta servilism, mamă! Mă simt atât de prost că nici nu mai pot vorbi. Plecați odată! Plecați dracului acasă! Tatăl meu este un om mare, un om gentil, un om cu un caracter nobil și înalt. Dacă vă închipuiți că vă puteți bate joc de noi acum, că s-a prăpădit, poate-i mai bine să plecați naibii acasă. Asta aș vrea să-i spun lui Imaida. Dar sunt prea lașă ca să fac așa ceva și mă mărginesc să-i tai o felie de șuncă lui Yoshio și să o servesc pe doamna Imaida cu niște murături.

De cum terminăm cu cina, mă retrag în bucătărie și mă apuc să fac curățenie. Nu vreau decât să fiu singură. Nu-i vorba aici că sunt încrezută, dar nici nu văd de ce-ar trebui să mă forțez să vorbesc și să râd cu oamenii ăștia. Nu simt nici un pic de obligație de-a fi politicoasă sau mai degrabă prefăcută cu oamenii de genul lor. Mi-a ajuns până peste cap. Nu mai vreau nimic. M-am străduit cât am putut. Chiar și mama a părut mulțumită, nu-i așa, de felul în care m-am comportat, reținută, prietenoasă și politicoasă. Poate că nici nu trebuie să faci mai mult de-atât. Ca să fiu sinceră, nu știu prea bine ce-i mai bine: să faci o distincție clară între eu social și cel real și să te achiți de toate în mod metodic și cu voie bună, sau să refuzi să te pierzi pe tine însăți, chiar dacă ceilalți te ridiculizează, și să nu ascunzi cine ești cu adevărat. Sunt geloasă pe toți cei care au șansa de a-și petrece întreaga viață împreună cu cei care sunt la fel de slabi, și de blânzi, și de calzi ca și ei. Iar dacă se poate să-ți petreci viața fără să te lupți cu nici un fel de greutăți, cu atât mai bine. Nu văd nici un sens în a căuta greutățile cu lumânarea.

Sigur că nu încape îndoială că e un lucru bun să faci favoruri altora, chiar dacă înseamnă să-ți înăbuși propriile sentimente, dar, de-aș fi obligată ca de acum încolo să mă forțez zi de zi să fac frumos la persoane precum Imaida și să răspund la tot ce spun ele, cred c-aș lua-o razna. Uite, eu una sunt convinsă că n-aș rezista la-nchisoare. Poate că-i caraghios, dar e adevărat. Dar, ce spun eu închisoare? N-aș fi-n stare să fiu nici măcar servitoarea cuiva. Sau nevasta cuiva. Sau, stai, poate că totuși a fi soție e cumva diferit. Odată ce te-ai decis să-ți dedici tot restul vieții unei anumite persoane, poate că, indiferent de cât de mult ai avea de tras și de suferit, tot ți s-ar părea că o astfel de viață merita trăită, tot ți-ai menține speranța. Până la urmă e un lucru natural. Chiar și eu aș putea să fiu o soție de toată stima. Aș trebălui ca o albină de dimineața până seara. Aș spăla la rufe – nu e pe lume nimic mai neplăcut decât rufele murdare când se-adună grămadă. Mă apucă nervii rău de tot când se-ntâmplă așa ceva, și sunt gata să mă ia istericalele. Dacă nu spăl pe loc, simt c-am să mor. De-ndată ce-am spălat și ultimul articol de îmbrăcăminte și l-am pus la uscat, de-abia atunci simt că, și de-ar fi să mor chiar în acel moment, cel puțin m-aș odihni în pace.

Familia Imaida pleacă. Mama se duce cu ei pretinzând că au nu știu ce treabă împreună. Așa-i mama. Iar pe cei doi Imaida și felul lor de-a se folosi de mama în felul ăsta – nu-i pentru prima oară – nu pot să-i sufăr pentru tupeul de care dau dovadă și n-aș vrea decât să le pot spune pe șleau ce-mi stă pe suflet. Îi conduc pe toți până la poartă și rămân acolo, privind la strada cufundată-n lumina amurgului. Îmi vine să plâng.

Găsesc ediția de seară a ziarului și două scrisori. Una e pentru mama, dar nu e decât un anunț publicitar de la magazinul Matsuzaka-ya pentru reduceri la articolele de vară. Cealaltă e pentru mine, de la vărul Junji. E-o notă scurtă: „Voi fi transferat la regimentul din Maebashi. Transmite-i salutări mamei tale." Știu că viața cazonă nu are nimic de invidiat, chiar și pentru ofițeri, dar, ca să fiu sinceră, sunt geloasă pe militari pentru disciplina care li se impune, pentru rutina zilnică în care nu se pierde nici măcar o secundă. Totul trebuie făcut după reguli, așa că, dintr-un anumit punct de vedere, trebuie să te simți eliberat. Eu una nu vreau să fac absolut nimic ce nu sunt obligată să fac. Și, cu toate astea, aș putea să fac tot felul de lucruri rele, teribile chiar. Numai să vreau să le fac. Dacă vreau să studiez însă, am tot timpul din lume la dispoziție ca să o fac. Dacă vreau să fie egoistă, atunci mi-aș putea satisface cele mai extravagante dorințe. Ce mult m-ar ajuta însă cu starea mea mentală să știu că cineva mi-ar impune limite asupra a ceea ce pot să fac. Aș fi extrem de recunoscătoare pentru astfel de restricții. Citisem undeva, într-o revistă cred, că pe front soldații nu râvnesc decât la un singur lucru: o noapte-ntreagă de somn bun. Sigur că îi înțeleg, dar asta nu mă oprește să nu fiu teribil de geloasă pe ei. E-atât de frumos să te gândești numai la puritatea, la simplitatea unei vieți în care să nu-ți dorești decât să dormi, departe de acest cerc vicios de reflecții complicate, de acest val de gânduri lipsite de sens. De-aș avea ocazia să văd ce înseamnă viața cazonă măcar o dată în viață și să trec printr-un stagiu de pregătire militară severă, poate că aș deveni și eu mai directă, mai hotărâtă și mai atractivă. Sigur că sunt destui oameni care nu au nevoie să treacă printr-o experiență militară pentru a fi puri și inocenți, cum este cazul fratelui mai mic al lui Junji, Shin, dar nu e și cazul meu. Eu sunt o fată rea, cu multe, multe defecte. Shin e de-aceeași vârstă cu mine, dar este un băiat așa de bun, pâinea lui Dumnezeu, de nici nu-ți dai seama cum de e chiar așa. Este ruda mea preferată, ba poate chiar persoana mea preferată în lume. Shin e nevăzător. Cum o fi, oare, să-ți pierzi vederea la o vârstă atât de fragedă? Cum este să fii singur în camera ta, într-o noapte ca asta? Noi toți ceilalți ne consolăm citind ceva sau uitându-ne pe geam când ne simțim rău, dar Shin nu poate.

El n-are ce face. Nu poate decât să strângă din dinți și să îndure. Shin a-nvățat întotdeauna mai bine ca oricine altcineva și era bun la tenis, la înot. Nici nu-mi pot imagina cât de greu îi este, cât de trist trebuie să fie acum. M-am gândit la Shin chiar aseară și, după ce m-am băgat în pat, am încercat să stau întinsă acolo, trează, dar cu ochii închiși vreme de cinci minute. Chiar și-n pat, și chiar și numai timp de cinci minute mi s-a părut extrem de lung și oprimant, de parcă aveam o greutate enormă pe piept. Shin nu vede însă nimic, dimineața, prânz sau seara, zi după zi, lună după lună. Și de s-ar plânge măcar din când în când, sau și-ar pierde cumpătul, sau ar spune ceva egoist, sinceră să fiu, cred că m-ar face pe mine să mă simt mai bine pentru el, dar Shin nu face niciodată așa ceva. Nu l-am auzit niciodată plângându-se sau spunând ceva urât despre altcineva. Vorbește așa de vesel și cu atâta inocență și detașare imprimate pe față. Te emoționează profund.

În timp ce mă gândesc la toate astea, trebăluiesc prin casă: șterg podeaua în camera de zi și aprind focul pentru baie. Cât aștept să se-nfierbânte apa, îmi fac temele la lumina cărbunilor, așezată pe cutia de mandarine. Am terminat, și apa tot nu e caldă, așa că încep să citesc din nou *O poveste stranie de la est de râu*[1]. Nu

1. *Bokutō kidan*, renumită povestire a scriitorului Kafū Nagai (1879–1959), publicată în 1937. Face parte dintre povestirile lui Nagai despre Tōkyō, un gen de proză pe care avea să-l adopte și Dazai (așa cum se vede și în acest volum). În această povestire, Nagai descrie episoade din viața prostituatelor din cartierul Tamanoi, de unde și ironia lui Dazai (exprimată prin personajul de aici) cu privire la atitudinea moralizatoare a lui Nagai.

e nimic vulgar sau odios în povestire în sine. Dar poziția morală a autorului își face loc pe ici, pe colo și face ca textul să pară, nu știu cum să zic, învechit și nedemn de încredere. Ei, în fond, e un om bătrân, ce poți să te-aștepți de la el? Scriitorii străini, pe de altă parte, chiar și după ce-mbătrânesc, par să-și iubească personajele chiar și mai abitir într-un fel mai îndrăzneț, mai indulgent, ceea ce îi face să nu pară afectați când scriu – complet opus față de cei japonezi. Cu toate astea, cred că avem de-a face aici cu o scriere dintre cele valoroase ale literaturii japoneze. O resemnare tăcută, proaspătă și oarecum onestă accentuează povestirea. E poate cea mai delicată scriere a lui Kafū[1] și-mi place mult. Dă dovadă de un extraordinar de puternic simț al responsabilității. În multe dintre lucrările lui, pare atât de preocupat de moralitatea japoneză, încât sfârșește prin a o deifica, devenind astfel un rebel aproape nenatural, flamboiant[2]. Prefăcându-se a fi rău, așa cum fac adesea cei care iubesc adânc și cărora le pasă, își afișează această mască stridentă de demon, sub care nu reușește să-și ascundă adevăratele intenții. Din păcate, îi face scrisul mai slab. Nu este cazul și în

1. Scriitorii japonezi sunt adeseori cunoscuți după numele mic.

2. Dazai se referă aici, cel mai probabil, la refuzul lui Nagai de a colabora cu autoritățile dictaturii militare japoneze, motiv pentru care a fost adeseori acuzat de a nu fi un bun patriot, și o bună perioadă de vreme i s-a interzis să publice, mai ales după începerea Războiului din Pacific, în 1941. Povestirea *Eleva* fiind scrisă în 1939, Dazai nu avea acces decât la elementele incipiente ale rezistenței tăcute a lui Nagai.

O poveste stranie..., care este pătrunsă de o forță singulară, imutabilă. Îmi place mult de tot.

E gata și apa. Aprind lumina în baie, îmi scot chimonoul, deschid larg geamul și intru tăcută în cadă. De-afară se văd frunzele copacului de *viburnum* dulce[1], fiece frunză strălucind puternic în lumina electrică. Stelele sclipesc pe cer. Indiferent de câte ori mă uit la ele, nu fac decât să sclipească. Și, cum stau acolo întinsă în cadă, sunt vag conștientă de albeața corpului meu. Fac tot posibilul să nu mă uit la mine, dar e acolo, în câmpul meu vizual, și încep să mă gândesc cum albeața aceea parcă nu mai e la fel cu cea de când eram mică. Ce gând teribil! E-aproape contrariant cum îmi crește trupul de unul singur, complet independent de ce simt. Greu de suportat! Mă-ntristează felul în care devin adult și nu pot face nimic. Chiar nu e nimic de făcut în afară de a mă resemna și de a observa cum se petrece această schimbare dincolo de controlul meu? Ce n-aș da să am pentru totdeauna un trup de fetiță, de păpușă. Încep să stropesc cu apa din cadă, ca un copil, dar și asta mă face să mă simt tot mai deprimată. Mă-ncearcă gândul că nu am practic nici un motiv serios să trăiesc și mă doare mult.

De dincolo de grădină, din poiană, se-aude vocea unui băiețel strigându-și sora mai mare: *Onee-chan, onee-chan!*, cu o voce pe jumătate plângând. Nu mă strigă pe mine, dar mă cuprinde invidia că nu sunt eu sora lui, că ea cel puțin are un frate mezin, care are nevoie de ea și care plânge după ea. De-aș avea și eu un

---

1. *Sangoju* (*Viburnum odoratissimum*).

frățior care să mă adore și să aibă nevoie de mine așa, aș avea parcă și eu un motiv să trec prin zile fără acest sentiment idiot de confuzie perpetuă. Aș simți că am un motiv pentru care să trăiesc și i-aș dedica întreaga viață. Jur că aș fi capabilă să îndur orice obstacol pentru fratele meu. Mă torturează gândurile astea și nu pot să nu mă gândesc în adâncul sufletului meu ce copil nenorocos și nefericit sunt.

Nu reușesc să-mi scot imaginea stelelor din cap în seara asta, așa că după baie ies afară în grădină. Pare că plouă stele. Se-apropie vara. Se aud de ici, de colo broaștele. Câmpul de orz foșnește în vânt. Mă uit în sus, și stelele sunt acolo, strălucitoare, miriade de stele. Mi-aduc aminte de anul trecut... a, ba nu, trebuie să fi fost acum doi ani... Am vrut neapărat să mă duc la plimbare, și tata, deși bolnav, a venit cu mine. Tata meu, tânăr până la capăt. Mă-nvăța ceva în germană, o zicală, ceva de genul „tu până faci o sută, eu până fac 99“, îmi povestea despre stele, compunea poezele, sprijinit de baston și scuipa, tot scuipa, clipind de parcă era surprins, așa cum făcea el, dar mergea alături de mine... Tata, blândul, bunul meu tată. Mi-l amintesc așa de bine cum mă uit tăcută la stele. Au trecut de-atunci unul, doi ani, iar eu m-am transformat încet, încet într-o fată obraznică, o fată rea, cu tot felul de secrete pe care nu le pot spune nimănui.

Mă-ntorc la mine în cameră și mă așez la birou cu fața în palmă și cu ochii pironiți pe crinul din fața mea. Miroase așa de frumos! Cu mirosul acela divin plutind în aer, nici nu se pune problema de gânduri sau de sentimente urâte, chiar și cum stau așa, singură și plictisită.

Am cumpărat crinul ieri seară pe drumul înapoi spre casă după o plimbare până la gară și parcă de-atunci camera mea este complet diferită. De cum deschizi ușa ca să intri, te învăluie acel parfum, așa de proaspăt, de parcă te simți imediat mai bine. Și, cum stau așa cu ochii la crin, mă lovește, aproape ca o senzație fizică, ce va să zică că regele Solomon, „în toată slava lui", nu era la fel de măreț ca aceste flori[1]. Mi-amintesc de vara trecută în munții din Yamagata, unde am văzut atât de mulți crini înfloriți pe o stâncă, atât de mulți de nu mi-a venit să cred. Am rămas fermecată. Știam însă că nu voi putea să mă cațăr pe-acea culme și erau undeva cam la jumătatea stâncii, așa că m-am resemnat numai să mă uit la ei. Era acolo un bărbat, un miner, care se afla și el prin preajmă și, fără să scoată o vorbă, începu să se cațăre pe stâncă și, până să-mi dau se seama ce și cum, el se și întorsese cu un mănunchi superb de crini, așa de mulți, că nici nu-i putea ține cu ambele mâini. Fără să schițeze nici măcar un zâmbet, mi i-a dat mine pe toți. Erau așa de mulți! Cred că nimeni n-a mai avut atât de multe flori în mână, nici măcar după un spectacol la teatru sau la o nuntă. Atunci am amețit pentru prima dată de la flori. M-am străduit să țin în mâini acel buchet gigantic de flori și nu mai vedeam nimic în fața ochilor. Oare ce-o mai fi făcând acum minerul acela serios și de treabă? S-a pus pe sine în primejdie ca să culeagă niște flori pentru mine,

1. Trimitere la Evanghelia după Luca, 12:27: „Uitați-vă cu băgare de seamă cum cresc crinii: ei nu torc, nici nu țes, totuși vă spun că nici Solomon, în toată slava lui, n-a fost îmbrăcat ca unul din ei." (Biblia, traducerea Dumitru Cornilescu, 1924)

atât și nimic mai mult, dar acum, ori de câte ori văd un crin, o să-mi aduc aminte de el.

Deschid sertarul de la birou și răscolesc prin el, căutând ceva. Uite, evantaiul meu de vara trecută. Imaginea unei femei din Perioada Genroku[1], așezată cam șleampăt, și lângă ea două plante verzi de merișor. Vara trecută se ridică ca un fum din evantai. Viața în Yamagata, trenul, *yukata*, pepenii, râurile, cicadele, clopoțeii de vânt. Mă cuprinde dorința de-a lua evantaiul și de-a mă urca în tren. Ce sentiment frumos îți dă deschiderea unui evantai. Partițiile se deschid, pac, pac, pac, și evantaiul e deodată lipsit de greutate, de parcă plutește. Mă joc cu al meu, îl învârt între degete, când apare și mama acasă. Pare în toane bune.

— Vai, ce-am obosit, bombăne ea, dar nu pare chiar așa de supărată.

N-ai ce-i face! Mamei îi place la nebunie să se ocupe de aceste aranjamente.

— Oricum, n-ai ce să faci, e treabă complicată, mai spune despre treburile ei cu Imaida în timp ce se dezbracă și intră și ea în baie.

După ce-am făcut baie, stăm amândouă la o ceașcă de ceai, iar mama începe să zâmbească la mine cam ciudat. Și ce crezi că-mi spune?

— Parcă spuneai acu' ceva vreme că mori să vezi și tu filmul *Maryša*[2], nu? Ei, dacă tot vrei să-l vezi, îți dau

---

1. 1688–1704, epoca de aur a culturii Perioadei Edo (1603–1868).

2. Film cehoslovac din 1935, al regizorului Josef Rovenský (1894–1937). Dazai dă titlul cu care a fost probabil prezentat în cinematografele japoneze, *Hadashi no shōjo* (*Fata desculță*).

voie, dar cu o condiție: să-mi faci și mie un masaj în seara asta. O să te bucuri și mai și de el, dacă trebuie să muncești puțin.

Vai, ce mă bucur! Ardeam să văd *Maryša*, dar cum recent nu făcusem nimic productiv, ezitam să o rog pe mama să mă lase să mă duc. În mod clar, mama își dăduse seama de dilema mea și îmi dăduse acum o sarcină, ca să nu mă simt vinovată dacă mă duc la film. Sunt așa de bucuroasă și o iubesc pe mama atât de mult în acest moment, încât nu-mi pot stăpâni un zâmbet larg.

Nici nu mai știu când a fost ultima oară când am petrecut ceva timp cu mama seara. E-așa de ocupată tot timpul cu ale ei. Și se chinuie și ea, fără îndoială, să nu fie folosită de care mai de care. Îi fac un masaj pe umeri și-mi dau seama cât de obosită e. Parcă masând-o îi preiau toată extenuarea în propriul meu corp. Trebuie să am grijă mare de ea. Mi-e rușine de cum m-am simțit față de ea mai devreme, când îi aveam pe Imaida la noi în vizită. Îmi mișc buzele în tăcere: „Iartă-mă!" Sunt atât de preocupată de mine însămi și mă gândesc numai la mine, dar îmi pot permite să o fac în primul rând pentru că am completă încredere în ea și depind enorm de mama și de dragostea ei. Când mă port așa, închid ochii la durerea și îngrijorarea pe care i le provoc mamei. E-așa de vulnerabilă și ea de când s-a dus tata. Iar eu o tot bat la cap, mă tot plâng de cât de greu îmi e, dar, dacă încearcă și ea să se bazeze pe mine cât de cât, mă simt dezgustată de parcă mi-ar arăta o parte jegoasă, respingătoare a ei. Sunt totuși o mare egoistă. Suntem amândouă, în fond, niște femei slabe. Vreau ca de acum încolo să fiu mulțumită cu viața mea împreună cu mama.

Vreau să știu întotdeauna cum se simte, să vorbesc cu ea despre trecut, despre tata, și să pun deoparte o zi, chiar și dacă-i numai o zi, în care să mă concentrez numai asupra ei. Și vreau să simt că am o viață admirabilă, care merită trăită. Adevărul e că sunt îngrijorată pentru mama și-mi spun că vreau să fiu o fiică bună, dar tot ce fac, toate cuvintele, toate acțiunile mele sunt cele ale unui copil egoist. Și nu mai e nimic în mine din puritatea copilăriei. Numai murdărie și rușine. Mă doare tare, sunt îngrijorată, sunt singură, sunt tristă – și tot așa... Nu pot spune nici unul dintre aceste lucruri direct fără să simt că mor. Sunt absolut conștientă de această inabilitate și totuși nu sunt în stare deloc să scot nici un cuvânt, nici un substantiv sau adjectiv care măcar să se apropie câtuși de puțin de aceste sentimente. Mă pierd toată și-mi pierd cumpătul de parcă... de parcă... nici nu știu. Se tot spun lucruri care mai de care mai teribile despre femeile de altădată... ba că erau sclave, persoane de nimic fără picătură de respect pentru ele însele, marionete în mâna altora și așa mai departe... dar, față de una ca mine, erau pline de feminitate în cel mai bun sens al cuvântului, erau bune la suflet și pline de înțelepciunea necesară pentru a fi în stare să fie supuse fără a-și pierde vitalitatea și știau bine de tot ce va să zică frumusețea sacrificiului de sine și bucuria de a-i sluji pe alții fără să se aștepte la vreo răsplată.

— A, ce bună maseuză mai ești! îmi spune mama, luându-mă peste picior ca de obicei. Un adevărat geniu!

— Păi, dacă pun suflet în ce fac! Dar știi tu că mai am și alte talente. M-aș simți teribil de prost dacă n-aș avea decât talent de maseuză. Am talente chiar mai mari de cât masajul.

Vorbele-mi ieșiseră parcă direct din inimă și mă reînvigorează. N-am mai fost în stare să spun pe șleau ce am pe suflet atât de natural de vreo doi, trei ani.

Îi sunt recunoscătoare mamei pentru multe lucruri în seara asta și, după ce termin să-i fac masaj, îi citesc puțin și din *Cuore, inimă de copil*[1], pe post de bonus. Pare mulțumită că citesc asemenea cărți. Acum câteva zile citeam *Belle de jour* a lui Kessel[2] și mi-a smuls-o din mână. Se-ntunecase toată la față când văzuse coperta și, deși mi-a-napoiat volumul imediat fără să spună nimic, mi-am pierdut interesul de a citi mai departe. Mama nu citise cu siguranță *Belle de jour*, dar intuise imediat ce fel de roman era. Citesc din *Cuore* și vocea-mi sună din când în când îngrozitor de tare și de absurd, făcându-mă să mă simt ridicolă, rușinată. E-atât de liniște în jur, încât stupiditatea romanului devine și mai evidentă. *Cuore* e la fel de emoționantă acum ca și pe vremea când eram mică. Mă face să mă simt de parcă am redevenit și eu pură, inocentă. S-o citești cu voce tare însă e așa de diferit decât când o citești numai pentru tine, încât sunt completamente șocată. Când citesc însă părțile despre Enrico și Garrone, ochii mamei se umplu de lacrimi și își lasă capul în pământ. Mama, ca și mama lui Enrico, este o mamă minunată și frumoasă.

---

1. Roman italian pentru copii, publicat în 1886 și scris de prozatorul Edmondo de Amicis (1846–1908).

2. Roman franțuzesc apărut în 1928 și scris de prozatorul Joseph Kessel (1898–1979).

Mama se duce prima la culcare. Trebuie să fie teribil de obosită, tot pe drumuri de azi-dimineață. Îi aștern *futon*-ul, îi netezesc colțurile și îl umflu puțin cu mâinile. Mama închide ochii imediat ce se-ntinde în pat.

Eu mă duc la baie să spăl rufele. În ultima vreme m-am obișnuit să spăl rufele aproape de miezul nopții. Parcă e păcat să-ți irosești timpul spălând rufe în timpul zilei, dar poate că gândesc eu anapoda. La fereastră se vede luna. Frec la rufe ghemuită pe vine și-i zâmbesc lunii. Lunii însă nu-i pasă de mine. Brusc sunt cuprinsă de o senzație stranie că, în exact același moment, undeva în lume, o fătucă săracă și singuratică spală și ea rufe exact ca mine și tocmai i-a zâmbit și ea lunii. Sunt convinsă că fata aceea există, un sufletel sărac spălând rufe lângă ușa din dos a unei case din creierul munților, departe, departe de mine. Iar altă fată, de aceeași vârstă ca și mine, e singură în holul unui bloc de apartamente de pe-o stradă lăturalnică din Paris, spălându-și și ea rufele și și ea tocmai a zâmbit la lună... în mintea mea nu încape nici umbră de îndoială. E ca și cum aș vedea-o printr-un telescop și parcă și culorile-i sunt clare și aprinse.

Nu știe nimeni cât suferim. Când o să creștem mari poate că o să ne aducem aminte de această suferință, de acest sentiment nenorocit, ca de ceva prostesc și ridicol, dar ce ne facem pân-atunci? Cum trecem de perioada asta lungă, plină de ură, până când ajungem adulți? Nimănui nu-i pasă să ne-nvețe despre așa ceva. Poate că-i ca o boală prin care trebuie să treci, ca pojarul sau ceva de genul ăla. Numai că unii oameni mor de pojar, iar alții își pierd vederea din cauza lui. Nu cred că putem s-așteptăm pur și simplu să ne treacă. Devenim așa de deprimați și de furioși în fiecare zi, încât unii dintre noi sfârșesc prin a face un pas greșit și cad oribil, rănindu-se irevocabil, ruinându-și viața pentru totdeauna. Iar alții își pun pur și simplu capăt zilelor. Iar când se-ajunge până acolo, indiferent de ce spun unii și alții, „Vai, ce păcat! Numai de-ar mai fi avut răbdare să trăiască încă puțin, ar fi înțeles totul. De-ndată ce s-ar mai fi maturizat, ar fi ajuns să înțeleagă rostul vieții în mod natural", adevărul e că, din punctul de vedere al acelei fete, ea a suferit, și-a suferit și de-abia a reușit să se mențină pe linia de plutire atât cât a fost capabilă, tot sperând să audă o vorbă de-ncurajare de la acele persoane, dar neprimind decât platitudini lipsite de sens și evazive care, deși aveau scopul de a o îmbuna și alina, nu făceau decât să îngroașe cantitatea de neglijență malignă. Nu, nimeni nu e lipsit de viziune a viitorului, nimeni nu trăiește exclusiv în prezent, dar să-i arăți cuiva un munte departe, departe în zare și să-i spui ca totul va fi limpede de-ndată ce ajungi acolo departe și că priveliștea de-acolo este superbă... Sigur că îl credem pe cel ce ne spune așa ceva, nu ne îndoim nici un moment de vorbele lui. Dar ce ne facem cu durerea asta îngrozitoare din noi de acum? Prefă-te că nu-i acolo. Nu trebui decât să-ți spui că nu trebui să mai reziști decât încă puțin și că, odată ajunsă în vârful muntelui, o să dispară și durerea... Ei bine, cineva greșește pe undeva. Cel mai probabil, tu.

Termin cu rufele, fac curat în baie și, de cum deschid ușa camerei mele, mă-ntâmpină acel miros de crin. Mă liniștesc brusc și mă simt reîmprospătată. Mă simt de parcă inima îmi e transparentă până în mijloc. Sunt parcă într-o stare pe care ai putea-o numi nihilism sublim. Mă schimb fără zgomot în cămașa de noapte când mama, care are ochii închiși și pe care o credeam adormită, mă sperie începând brusc să vorbească. Așa mă sperie ea din când în când.

— Ziceai că vrei niște încălțări de vară. M-am uitat azi în Shibuya. Scumpi mai sunt și pantofii în ziua de azi.

— Nu-i nimic. Nu-mi mai trebuie chiar așa de mult.

— Da'-ți trebuie, nu?

— Îhî.

Mâine va fi o altă zi ca și azi. Fericirea nu vine niciodată. Asta știu acum. Dar, când ești pe punctul de-a adormi, e probabil mai bine să crezi că va veni, va veni cu siguranță mâine. Mă prăbușesc dinadins pe *futon* ca să fac zgomot. A, ce bine e! Așternuturile-s reci și mă simt așa de bine și proaspătă, că mă ia pe loc somnul. „Fericirea vine întotdeauna cu-o zi mai târziu", îmi amintesc ca prin vis. Tot aștepți, și-aștepți până când într-o bună zi te saturi de așteptat, și-ți iei lumea-n cap, și pleci pentru ca a doua zi după ce-ai plecat să auzi și vestea minunată că fericirea a venit și te-a căutat acolo de unde ai plecat. Dar e prea târziu... Fericirea...

Îl aud pe Kaa în grădină. Lipa, lipa, lipa, lipa... Un sunet specific al lui, pentru că are piciorul din dreapta față mai scurt decât cel din stânga și mai e și crăcănat, așa că sunetul pe care-l face când aleargă e trist și cumva singuratic. Ce-o fi făcând pe-acolo, oare, lipăind prin grădina la ora asta? Săracu' Kaa! Am fost așa de rea cu el de dimineață. O să am mare grijă de el mâine.

Am un obicei absurd: dacă nu-mi acopăr fața cu ambele mâini, nu pot s-adorm. Mi-acopăr fața și stau nemișcată.

Adormitul e-o senzație ciudată. Parcă ceva foarte greu, ca plumbul, îți trage de cap, ca un crap sau un țipar care trage de linia de pescuit în jos. Începi s-ațipești, și-apoi linia se lasă și ești complet treaz. Apoi te trage din nou și iar ațipești. Apoi iar se lasă. Și tot așa de vreo trei, patru ori, până când o tragere puternică te ia cu ea jos, tot mai jos, unde te ține până dimineață.

Noapte bună. Sunt Cenușăreasa fără prinț. Nu știți unde sunt în Tōkyō, nu? N-o să ne mai întâlnim niciodată.

O SUTĂ DE VEDERI
ALE MUNTELUI FUJI

Cei doi versanți ai Muntelui Fuji din stampa lui Hiroshige[1] converg la un unghi de optzeci și cinci de grade, cei din stampa lui Bunchō[2] la cam optzeci și patru de grade, dar, dacă măsori același unghi pe baza hărților topografice ale armatei, ai să găsești că unghiul format de versanții răsăriteni și apuseni este de o sută douăzeci și patru de grade, iar cel format de versanții septentrional și meridional este de o sută șaptesprezece grade. Și asta nu este numai în cazul lui Hiroshige sau al lui Bunchō, pentru că mai toate stampele cu Fuji reprezintă înclinarea versanților cu un unghi ascuțit, iar vârful zvelt, semeț, delicat. Ba unele dintre versiunile lui Hokusai par să se asemene cu Turnul Eiffel, ascuțit

1. Hiroshige Utagawa (1797–1858), renumit pictor japonez de *ukiyo-e* (stampe ale lumii plutitoare). Seria *Fuji sanjū-rokkei* (*Treizeci și șase de vederi ale Muntelui Fuji*) a fost realizată de Hiroshige în 1852. (N.B.: A nu se confunda cu mult mai cunoscuta serie cu același nume a lui Hokusai Katsushika (1760–1849), realizată între 1830–1832, ori cu seria care dă numele povestirii lui Dazai, *Fugaku hyakkei*, *O sută de vederi ale Muntelui Fuji*, realizată între anii 1834–1835).

2. Bunchō Tani (1763–1840).

la aproape treizeci de grade. Adevăratul Fuji însă este în mod clar obtuz, cu versanți lungi și domoli, pentru că de unde și până unde să poată un unghi de o sută douăzeci și patru de grade est-vest și de o sută șaptesprezece grade nord-sud să formeze culmi abrupte. De-aș veni, de exemplu, din India, și aș fi deodată răpit de-un vultur și purtat prin aer pe plaja Numazu, am mari îndoieli c-aș fi prea impresionat de muntele cu pricina. Pentru străini, „Fujiyama“ din Japonia este „o minune“, pentru că au auzit atât de multe despre el, încât ard de dorință să-l vadă și ei, dar oare cât de măreț i s-ar părea el cuiva care n-a auzit de el niciodată-n viață și al cărui suflet este pur și neexpus la astfel de prejudecăți? Cred că acea persoană ar fi șocată de cât de amărât este Fuji, cel puțin prin comparație cu alți munți. În fond, e un munte scund. Sau cel puțin scurt în relație cu cât de lată îi e baza. Orice munte serios cu o bază de mărimea lui Fuji ar trebui să fie cel puțin încă o dată și jumătate mai înalt.

O singură dată mi s-a părut Fuji cu adevărat înalt, și anume când l-am văzut dinspre Trecătoarea Jukkoku. Chiar o experiență bună! Mai întâi n-am reușit să văd vârful pentru că era înnorat, dar am calculat eu după gradul de înclinarea a pantei de mai jos pe care o vedeam cam unde ar fi trebuit să se afle vârful și mi-am găsit un loc printre nori, de unde mi-am imaginat că am să-l văd perfect, numai ca să-mi dau seama de cum s-a limpezit că mă înșelasem complet. Vârful albăstriu se-afla cam de două ori mai sus decât crezusem eu. Mai degrabă decât surprins am fost amuzat de întâmplare și m-a pufnit râsul. De data asta, Fuji chiar mi-o făcuse.

Așa se-ntâmplă când te găsești pus în fața unei realități de necontestat, ai tendința mai întâi de toate să te umfle un râs prostesc. Parcă nimic nu mai are sens. E ca și cum te-ar pufni râsul (da, știu e hazliu să spun așa ceva) când îți desfaci legătura de la *obi*. Așadar, pentru toți bărbații care citesc acum, de-o vedeți pe iubita dumneavoastră izbucnind în râs de-ndată ce vă vede, vă felicit. Să nu care cumva să vă luați de ea, pentru că nu înseamnă decât că este copleșită de sentimentul de încredere absolută pe care îl simte față de dumneavoastră.

Fuji văzut de la fereastra unui apartament din Tōkyō este o priveliște dureroasă. Iarna se vede foarte bine. Triunghiul ăla micuț de la orizont, ăla e Fuji. E nimic, o bomboană de Crăciun. Mai mult decât atât, pare înclinat către stânga, ca o navă de război scufundându-se încet, dar sigur, începând de la pupa. Acum trei ierni, o anume persoană m-a luat prin surprindere cu o confesiune șocantă. Nu mi-a venit să cred. Am stat treaz toată noaptea într-o cameră din apartamentul meu, dând pe gât dușcă după dușcă de sake. Am băut toată noaptea, n-am pus geană pe geană. În zori, m-am dus să mă ușurez, și prin plasa metalică care acoperea ferestruica pătrată din toaletă se vedea Fuji. Micuț, de-un alb pur, aplecat un pic spre stânga. Acel Fuji n-am să-l uit niciodată. Pe asfaltul străzii de sub fereastră, trecut în viteză un vânzător de pește pe bicicletă. L-am auzit mormăind pentru sine: „Măi, da' ce clar se vede Fuji azi... Al naibii de frig..." Am stat acolo în cămăruța aceea întunecată, zgâriind cu unghiile plasa de la fereastră și plângând cu disperare. O experiență pe care sper din toată inima să nu o mai am vreodată.

Pe la începutul toamnei în 1938, m-am simțit gata de un nou început, așa că mi-am făcut o valiză, numai una, și-am pornit-o în călătorie.

Kōshū... Munții din această regiune au culmi ceva mai domoale, parcă de-o ciudată moliciune, care îți dau impresia că nu duc nicăieri. Un anume Usui Kojima[1] în lucrarea sa *Tratat despre peisajul japonez* scria că „cinicii cei mai incorigibili se retrag din lume în acești munți". Munții din Kōshū vor deveni astfel probabil cei mai răi dintre toți munții. Din orașul Kōfu am luat un autobuz ca vai de el preț de vreo oră până la Trecătoarea Misaka.

Trecătoarea Misaka: o mie trei sute de metri deasupra nivelului mării. Tenka chaya e o ceainărie așezată în vârful trecătorii unde venise la începutul verii domnul Masuji Ibuse[2], pentru a scrie acolo netulburat de nimeni. Știam acest lucru și îmi doream să stau și eu acolo o vreme. Dacă nu îl supăra pe domnul Ibuse, aveam de gând să închiriez camera de lângă a lui.

Domnul Ibuse nu avu nimic împotriva să mă alătur domniei sale. Și de-atunci, zi de zi, că voiam sau că nu voiam, vedeam Muntele Fuji. Trecătoarea este așezată strategic între drumul de la Kamakura la Kōfu și drumul

---

1. Usui Kojima (1873–1948), scriitor, drumeț montan și colecționar de artă japonez. Lucrarea menționată de Dazai este *Nihon sansuiron*, publicată în 1905.

2. Masuji Ibuse (1898–1993), renumit scriitor modern japonez, cel mai bine cunoscut pentru controversatul său roman *Kuroi ame* (*Ploaia neagră*, 1965), care i-a adus nu numai faimă, dar și acuze de plagiat.

Tōkaidō, fiind astfel considerată un punct de observație excelent pentru a admira versantul nordic ale muntelui. Fusese dintotdeauna prezentat drept unul dintre cele trei cele mai frumoase vederi ale lui Fuji. Mie însă nu-mi prea plăcea priveliștea sau, mai degrabă, o disprețuiam. Mi se părea prea perfectă. Fuji, fix în mijlocul peisajului cu Lacul Kawaguchi și apele lui dedesubt, întinzându-se ca o platformă alburie și rece, iar de-o parte și de alta lui Fuji, alți munți aranjați frumos în jurul lacului. Privindu-l, mă simțeam cumva confuz, sau aproape rușinat.

La vreo două, trei zile după ce-am ajuns și eu, domnul Ibuse s-a hotărât să-și ofere o pauză de la scris și ne-am gândit, fiind o dup-amiază superbă, să urcăm împreună până la vârful Trecătoarei Mitsu. Trecătoarea se află la o mie șapte sute de metri deasupra nivelului mării, așadar ceva mai sus decât Trecătoarea Misaka. Versantul era extrem de abrupt și-am fost nevoiți să ne cățărăm pe brânci până sus, ceea ce ne luă cam o oră. În patru labe, pe cărarea îngustă, m-am târât prin ierburi producând, sunt convins, un spectacol de toată jena. Domnul Ibuse, pe de altă parte, era echipat perfect pentru excursie și se mișca cu agilitate. Eu însă nu aveam nici un fel de haine potrivite pentru drumeții montane. Îmi pusesem un chimonou căptușit *dotera* de la han, numai că, fiind prea scurt, îmi lăsa dezgolite picioarele păroase câțiva centimetri. Mai împrumutasem și niște încălțări *tabi* cu tălpi din cauciuc, dar, una peste alta, eram cel mai probabil o apariție jalnică. Mă legasem eu la brâu vârtos cu un *obi* și mă echipasem și c-o pălărie veche de paie pe care-o găsisem atârnată prin han, dar toate astea nu făcuseră decât să arăt și mai caraghios. Până și domnul Ibuse, care nu era genul care comentează despre înfățișarea altora, păru cumva trist să mă vadă așa. „Stai liniștit, ce nevoie are-un bărbat să se preocupe prea mult de cum arată", îmi șopti el, încercând parcă să mă consoleze cu compasiune. Am ajuns în cele din urmă la vârf. De-ndată însă se lăsă și o ceață deasă peste noi, așa că nu am văzut absolut nimic, chiar și de pe platforma de observație de la marginea coastei. Învăluit în ceața deasă, domnul Ibuse s-a așezat pe un bolovan, pufăind domol dintr-o țigară. Lăsă să-i scape un vânt. Părea complet dat peste cap. Pe platforma de observație se aflau trei ceainării. Am ales una dintre ele, mai modestă, ținută de un cuplu în vârstă, și-am băut o ceașcă de ceai. Bătrânei îi păru rău de noi și ne spuse ce păcat era că se lăsase ceața asta și că se va ridica la fel de repede cum se lăsase și că de obicei Fuji se vede așa de bine chiar de aici, de unde stăteam. Aduse apoi o fotografie de pe undeva, făcută chiar din interiorul ceainăriei, și o duse până la marginea coastei, ținând-o sus de tot cu ambele mâini, tot explicându-ne din răsputeri că uite, chiar așa se vede Fuji, chiar așa de mare și de limpede. Ne sorbirăm ceaiul aspru și admirarăm fotografia râzând. Da, superbă vedere a muntelui. Am sfârșit prin a nu regreta ceața de nepătruns.

Domnul Ibuse a plecat parcă la două zile după aceea, și m-am dus cu el până la Kōfu. Domnul Ibuse avea de gând să mă prezinte acolo unei domnișoare pe care considera el că ar fi bine să o iau de soție. El se îmbrăcase în hainele lui obișnuite de drumeție, iar eu îmi pusesem un chimonou și o jachetă subțire de vară, legată cu un *obi* îngust. Ne-am dus împreună la casa femeii, care se afla în afara orașului. O explozie de trandafiri umplea grădina. Mama fetei ne conduse în sufragerie, unde ne-am prezentat și am schimbat politețurile obișnuite, după care apăru și tânăra. Nu m-am uitat la fața ei. Domnul Ibuse și mama erau acum în mijlocul unei conversații dezlânate, când bărbatul se opri cu ochii pe peretele din spatele meu și murmură: „O, Fuji!" M-am întors să mă uit și eu la acel perete. O fotografie aeriană a enormului crater din vârful muntelui era înrămată și atârnată acolo. Craterul părea un nufăr alb, de o puritate nemaiîntâlnită. M-am uitat îndelung la poză, și-apoi m-am întors încet la poziția mea de dinainte, uitându-mă în treacăt la fată. Atât mi-a fost. M-am hotărât atunci și acolo că, indiferent de cât de dificil avea să fie, voiam să mă-nsor cu fata aia. O vedere a lui Fuji pentru care eram foarte recunoscător.

Domnul Ibuse s-a întors la Tōkyō în aceeași zi, iar eu m-am dus înapoi la Trecătoarea Misaka. Am stat acolo, la etajul hanului, toată luna septembrie, octombrie și primele cincisprezece zile din noiembrie, scriind din greu și încercând să mă împac cum puteam mai bine cu această „una dintre cele trei mai frumoase vederi ale Muntelui Fuji".

Într-o zi am avut ocazia să mă amuz pe cinste. Un amic al meu, membru al curentului literar romantic și lector la o universitate, se opri în timpul unei drumeții pe la ceainăria unde stăteam și ne-am dus amândoi pe un hol de la etajul clădirii, ca să facem poante pe seama priveliștii din fața noastră, cu țigările înfipte între buze.

— Vulgar, absolut vulgar! Ce să-ți spun?! Stimabilul Munte Fuji!!

— Mie-mi spui! Mi-e și jenă să mă uit la el!

— Stai așa! Ce-i ăla, un călugăr? îmi arătă amicul cu bărbia.

Un bărbat mărunt, la vreo cincizeci de ani, îmbrăcat într-o gioarsă de robă neagră și târând după el un toiag lung, urca agale către trecătoare, întorcându-se din când în când ca să se uite la Fuji.

— Parc-ar fi din pictura *Călugărul Saigyō admirând Muntele Fuji*[1]! E imagine leită! am răspuns eu. Călugărul mi se păru brusc o imagine desprinsă din trecut. Cine știe, poate că-i și el un sfânt...

---

1. *Fujimi Saigyō*, imagine iconică evocând personalitatea călugărului buddhist Saigyō (1118–1190), faimos poet al Perioadei Heian târzii și Kamakura timpurie și bine-cunoscut ca pelerin religios. Imaginea lui Saigyō contemplând Muntele Fuji a fost lansată de propriul său poem *tanka* din antologia imperială *Shinkokinshū* (*Nouă antologie de poeme vechi și noi*, cca 1205)*: Kaze ni nabiku/ Fuji no keburi no/ sora ni kiete/ yukue mo shiranu/ waga omohi kana* („Spulberat de vânt/ fumul lui Fuji/ se stinge în tării,/ ducându-se cine știe unde/ o, aceste gânduri ale mele"), preluată apoi în cultura japoneză în compoziții de poezie legată *renga*, numeroase piese de teatru *nō* și *kabuki*, în stampe și alte lucrări artistice. Celebrul poet de *haiku* Matsuo Bashō (1644–1694) se va numi pe sine un „al doilea Saigyō" și va efectua lungi călătorii prin Japonia, una dintre ele reflectată în capodopera travelogului *Oku no hosomichi* (*Cărarea îngustă către nord*, 1694).

— Haida-de, lasă prostiile!, mi-o tăie amicul cu răceală. E-un cerșetor amărât.

— Ba nu! Eu simt că e ceva special la acest om. Uită-te și tu cum merge, câtă demnitate! Știi că preotul Nōin[1], se spune, a scris poeme chiar de aici, din această trecătoare, preamărind prezența muntelui...

— Alo, ia uită-te acolo! Care demnitate? mă-ntrerupse amicul, tăvălindu-se de râs.

Hachi, câinele proprietăresei lătra furios la „preotul Nōin", iar acesta era cuprins complet de panică, creând o scenă de tot râsu'-plânsul.

— Ai dreptate, am replicat și eu dezamăgit.

Panica cerșetorului se transformase în completă nebunie, omul sărind dintr-o parte în alta ca să scape de câine, aruncându-și toiagul și, în cele din urmă rupând-o la fugă. Da, așa era... ce demnitate? Preotul nostru era la fel de vulgar ca și imaginea kitsch a lui Fuji, și chiar și-acum, când mă gândesc la acel episod, nu pot decât să-l găsesc de un ridicol fără limite.

Un tânăr tare de treabă la vreo douăzeci și cinci de ani pe nume Nitta, care lucra la oficiul poștal din Yoshida, un orășel din acelea lungi și înguste la poala muntelui sub trecătoare a venit să mă viziteze într-o bună zi. Văzuse el pare-se că mă aflam acolo după o scrisoare adresată mie și așa se hotărâse să vină să mă cunoască. Stătuserăm ceva de vorbă și ne obișnuiseră unul cu celălalt, când tânărul îmi zâmbi și îmi povesti

1. Nōin hōshi, sau Tachibana no Nagayasu (988–1051?), este un poet de poezie clasică *waka*, considerat unul dintre cele 36 de genii poetice ale perioadei clasice târzii.

cum că planul fusese să vină însoțit de încă vreo doi, trei prieteni, dar până la urmă n-au mai vrut să vină cu el, pentru că citiseră ei într-o carte de-a maestrului Haruo Satō[1] ce decadent și corupt era domnul Dazai, așa că n-a putut să-i mai convingă să vină cu el. Ei, de-ar fi știut el ce om serios și bine-manierat eram... Dar, data viitoare o să vină și cu ei cu siguranță. Numai dacă eram eu de acord, desigur.

— Bine-nțeles că-s de acord, m-am forțat eu să zâmbesc. Dar, ca să pricep și eu exact cum stau lucrurile, tu ți-ai luat inima în dinți și ai venit acum așa în locul celorlalți, ca într-o misiune de recunoaștere, nu-i așa?

— Da, o companie c-un singur om, într-o misiune sinucigașă, îmi replică Nitta cu absolută candoare. Aseară am citit încă o dată piesa lui Haruo Satō despre dumneavoastră și m-am resemnat cu gândul că cine știe ce se poate întâmpla dacă vin.

Mă uitam la Fuji pe fereastră. Stăteam acolo tăcut și impasibil. Fenomenal, m-am gândit.

— Nu-i rău deloc! Trebuie să recunosc că până la urmă Fuji își merită renumele. Știe ce face! Îmi trecu atunci prin cap că n-aveam nici o șansă să mă compar cu Fuji. Eram rușinat de propria mea slăbiciune, de incapacitatea de a iubi sau urî constant. Fuji era impresionant. Fuji știa ce face.

— Știe ce face? Nitta îmi găsi cuvintele a fi stranii. Mi-a aruncat o privire isteață, zâmbind.

---

1. 1892–1964, poet, scriitor și critic literar, renumit mai ales pentru romanele sale *Supein inu no ie* (*Casa câinelui spaniol*, 1914) și *Den'en no yūutsu* (*Melancolie la țară*, 1919)

Nitta a tot venit să mă viziteze după aceea. Mai aducea ba pe unul, ba pe altul cu el. Toți tipi tăcuți. Îmi spuneau „maestre“ și eu îi lăsam fără să-i contrazic, deși n-am absolut nimic cu care să mă laud. Nici un fel de educație. Nici vorbă de talent. Am un trup dărâmat complet, și-un suflet pe măsură de sărac. Singurul lucru care-mi permitea să îi las pe acești tineri să-mi spună „maestru“ era faptul că trecusem prin suferință, îndeajuns de multă suferință. Atât aveam la viața mea, singurul strop de mândrie pe care mi-l îngăduiam. Și era unul la care n-aveam să renunț cu ușurință. Mulți m-au etichetat drept răsfățat, egoist și m-au azvârlit din viețile lor, dar câți dintre ei știau oare cât suferisem pe dinăuntru?

Nitta și încă un tânăr, Tanabe, care scria binișor poezie *tanka*, erau mari cititori ai prozei domnului Ibuse și probabil că pentru asta m-am simțit cu ei cel mai bine și m-am apropiat de ei. Cu ei m-am și dus la Yoshida o dată. Era o localitate îngrozitor de lungă și îngustă, iar sentimentul că muntele te domina complet era predominant. Desprins de soare și de vânt de către Fuji, era-ntunecat și friguros și nu foarte diferit de tulpina întortocheată și subțire a unei plante în constantă căutare de lumină. Pâraie repezi curgeau de-a lungul străduțelor. Se pare că asta este o caracteristică a acestor orașe așezate la poalele munților. La fel stau lucrurile și în Mishima, cu pâraie curgând pe peste tot, locuitorii fiind convinși că apa venea de la zăpezile care se topeau pe Fuji. Canalele din Yoshida sunt de și mai mică adâncime și mai înguste decât cele din Mishima, iar apa e mult mai murdară. Mă uitam la ele odată și am spus:

— Într-o povestire a lui Maupassant e vorba de-o fecioară care trece un râu înot în fiecare noapte, ca să se-ntâlnească cu iubitul ei, un tânăr aristocrat. Ceea ce mă tot întreb eu este ce face oare cu hainele? Că doar nu se duce la întâlnirea cu aristocratul în pielea goală?

— Sigur că nu. Cei doi tineri s-au gândit preț de câteva momente. Poate că are cu ea un costum de baie...

— Crezi că își punea toate hainele într-o boccea și înota cu ele legate pe cap?

Cei doi izbucniră-n râs.

— Sau poate că înota îmbrăcată și se ducea la întâlniri udă toată și stăteau împreună lângă o sobă până se usca femeia. Dar în cazul ăsta ce făcea la întoarcere? S-ar fi udat din nou. Mi-e milă de ea. De ce n-o fi înotând tânărul aristocrat până la ea? Un bărbat poate să înoate într-o pereche de izmene fără să arate chiar așa de caraghios. Sau poate că tânărul ăsta de bani gata înota ca un bolovan...

— Nu, interveni Nitta pe un ton serios, eu cred că pur și simplu ea era mai îndrăgostită de el decât era el de ea.

— Cred c-ai dreptate. Fetele din literatura străină sunt simpatice și foarte îndrăznețe. Dacă sunt îndrăgostite de cineva, atunci să știi că o să treacă și-un râu înot, ca să se întâlnească cu persoana iubită. N-ai să vezi așa ceva în Japonia. Ia gândește-te la... Cum se numea piesa aia în care o prințesă și iubitul ei sunt de-o parte și de alta a unui râu și se tot plâng unul celuilalt? Păi nu-ți vine să-i spui pe șleau prințesei: Mai termină odată cu smiorcăielile și treci râul înot! Ca să nu mai vorbim de faptul că în scenă apare ca un pârâiaș amărât. Îl treci din câteva brațe! Ce-ți plângi atâta de milă! Complet absurd! Nici nu ai cum s-o compătimești! Cel puțin în cazul lui Asagao, râul Ōi este enorm, și ea e oarbă... Acolo da, mai treacă, meargă să ți se facă milă. Și chiar și ea, de-și punea mintea la lucru, ar fi putut să treacă pe partea cealaltă. Stai acolo agățată de crengi pe mal și-ți smulgi părul din cap și blestemi cerurile! La ce bun? A, dar stați așa! Avem și noi totuși o fecioară cu curaj în Japonia. Știți la cine mă refer?

— La cine? săriră cei doi tineri, brusc animați.

— Tânăra prințesă Kiyo! N-a trecut ea râul Hidaka, ca să se ducă după călugărul Anchin, iubirea vieții ei[1]? Ei, da, aia femeie! Și din câte-am citit eu, n-avea decât paisprezece ani.

Ne-am continuat plimbarea tot flecărind așa pân-am ajuns la un vechi han în afara orașului, pe care îl ținea o cunoștință de-a lui Tanabe. Ne-am oprit să bem acolo, iar Fuji a fost excelent în seara aceea. Pe la zece, cei doi tineri au pornit-o spre casele lor, iar eu am rămas singur la han. Nevrând să mă culc, am ieșit afară în chimonoul căptușit *dotera.* Luna strălucea cu putere deasupra, învăluind peisajul nocturn într-o lumină vie. Ce spectacol minunat: sub razele ei, Fuji părea transparent, cu reflecții albăstrii. Să fi fost eu fermecat de vreo vulpe din pădure?

---

1. *Setsuwa* (poveste) din folclorul japonez în care Kiyohime se transformă în șarpe pentru a trece râul care o separă de iubitul ei, Anchin (*Anchin to Kiyohime*), atestată inițial în colecții din secolele 11–12, mai ales în *Konjaku monogatarishū* (cca 1120), de unde va fi preluată în secolele următoare.

Muntele, albastru ca un curent rapid de apă. Străluciri fosforescente. Fire de iarbă. Scântei, Licurici. Plante montane. Mergeam drept prin noapte, dar parcă nu mai aveam picioare. Nu-mi auzeam decât sunetul încălțărilor, clar și distinct, dar care parcă venea de la picioare care nu-mi aparțineau, care erau independente de mine. M-am întors încet ca să mă uit la Fuji. Părea o flacără cu reflecții albastre plutind pe cer. Am oftat. M-am simțit deodată la fel cu mari figuri ale istoriei: un mare patriot gata să se jertfească pentru cauza restaurării împăratului pe tron, sau Kurama Tengu[1]... Am adoptat o poză războinică, cu mâinile încrucișate pe piept, și mi-a continuat drumul așa. În mintea mea, eram extrem de impresionant. Am mers o bucată bună de drum. La un moment dat, mi-am dat seama că-mi pierdusem portofelul. Greu probabil de toate cele douăzeci de monede de cincizeci de *sen* din argint, îmi căzuse din pliurile chimonoului. Nu-mi păsă însă cine știe ce. Ei, și ce dacă nu mai aveam nici un șfanț? Mare lucru! Aveam să mă-ntorc pe dată la Trecătoarea Misaka. Mi-am continuat drumul. Îmi veni apoi ideea să mă întorc totuși pe același drum și să văd dacă nu cumva îl găsesc. Asta am și făcut, relaxat, cu mâinile tot încrucișate pe piept. Fuji. Luna prin noapte. Patriotul. Un portofel pierdut. Toate împreună ar fi o povestire bună... Mi-am găsit portofelul. Strălucea acolo în mijlocul drumului, cum altfel? L-am ridicat și m-am întors la hanul unde aveam să-mi petrec noaptea.

Fuji mă vrăjise, mă transformase într-un idiot, o marionetă fără voință proprie. Și-acum, când mă gândesc

1. Personaj folcloric, un fel de spirit malefic.

la acel moment nocturn, parcă am un gust ciudat în gură... și un sentiment de oboseală intensă.

Am stat peste noapte în Yoshida și m-am întors a doua zi înapoi la Trecătoarea Misaka. Proprietăreasa ceainăriei mă întâmpină cu zâmbete pline de subînțeles. Fiica ei de cincisprezece ani se purtă foarte rece cu mine.

Pentru a le liniști și a le face să înțeleagă, fără a părea că asta îmi doream, că nu făcusem nimic nelalocul lui, m-am apucat să le povestesc de bunăvoie, cu lux de amănunte ce făcusem în ajun, deși ele nu mă întrebaseră absolut nimic. Le-am spus și numele hanului unde-mi petrecusem noaptea și ce gust avea sake-ul din Yoshida și despre Fuji sub lumina lunii, despre portofelul pierdut... N-am omis nimic. Cea tânără și-a recăpătat vioiciunea la auzul poveștilor mele.

— Treziți-vă, domnule, ia să vedeți! m-a trezit fătuca aceea într-o bună dimineață cu un țipăt ascuțit de afară și m-am sculat cam enervat și am ieșit pe hol să văd despre ce era vorba.

Era așa de entuziasmată, de i se îmbujoraseră obrajii. Fără o vorbă îmi arătă cerul cu degetul. M-am uitat și eu. Aha, zăpadă! Ninsese peste Fuji. Vârful strălucea într-un alb orbitor. Mda, nici Fuji de la Trecătoarea Misaka nu era chiar de dat la o parte...

— Frumos, ce să zic... am încercat eu să par laudativ.

— E minunat, nu-i așa? nu se lăsă fata. Se lăsă pe vine și mai spuse: Tot vi se pare că Fuji la Misaka nu e demn de admirație?

Se pare că îi umflasem capul acestei fătuci de-atâtea ori cu cât de mare clișeu era imaginea Muntelui Fuji la Misaka, încât pusese totul la suflet mult mai mult decât îmi dădusem eu seama.

— Trebuie să recunoști că Fuji e de nici o culoare când nu-i acoperit de nea, i-am răspuns, reluându-mi tonul profesoral.

Îmbrăcat cu chimonoul *dotera* de la han, am plecat la o plimbare pe lângă munte și-am adunat semințe de ciuboțica-cucului, pe care le-am adus înapoi la ceainărie și le-am răspândit în curtea din spate.

— Fii atentă la mine aicea, i-am spus fetei. Astea sunt florile mele și-am să vin negreșit la anu' să le văd din nou, așa că să nu care cumva să te-apuci s-arunci apa murdară de la rufe sau mai știu eu ce pe ele. Ai priceput?

Fata dădu din cap a încuviințare.

Alesesem această floare, și nu alta pentru că un anume incident mă convinsese că Fuji se potrivea de minune cu ciuboțica-cucului. Ceainăria de la Trecătoarea Misaka este oarecum izolată, și poșta nu prea ajunge până acolo. Îți ia cam juma' de oră într-o rată amărâtă, care te dă cu capul de toți pereții, ca să ajungi la baza trecătorii și în Kawaguchi, un cătun amărât – dacă-l poți numi chiar și cătun – de pe malul Lacului Kawaguchi. Acolo, la oficiul poștal din cătun, îmi țineau poșta și o dată la trei zile mă duceam eu să mi-o ridic. Făceam tot posibilul să mă duc în zilele cu vreme bună. Însoțitoarele-controloare de pe aceste autobuze care fac ruta până acolo de obicei nu oferă cine știe ce informații despre peisajul prin care treceau. Poate doar din când în când, te trezești cu ele că bolborosesc aproape de neauzit câte ceva teribil de prozaic precum: „Trecem pe lângă Muntele

Mitsutoge. Acela este Lacul Kawaguchi. Este populat de păstrăvi de apă dulce."

Într-o zi, după ce îmi ridicasem poșta, eram în autobuz pe drumul de întoarcere spre trecătoare și ședeam lângă o femeie la vreo șaizeci de ani, care purta un palton maro peste chimonou. Avea o figură plăcută și palidă și semăna binișor cu mama. Deodată, controloarea spuse tare, de parcă și-ar fi dat seama de ceva important: „Doamnelor și domnilor, ia uite ce bine se vede Fuji astăzi!", fără însă a ne da senzația nici că ne informează de ceva anume, nici că se mira ea însăși de fenomenul anunțat. Cu toate astea, toți pasagerii, tineri angajați de firme cu rucsacuri în spate, femei îmbrăcate în mătase de parcă erau gheișe, cu părul coafat tradițional și acoperindu-și gura cu batiste, vrând să pară elegante, se întoarseră ca la comandă în scaune ca să se uite pe geam la acea imagine banală a muntelui-triunghi, de parcă nu l-ar mai fi văzut niciodată, și începură să-i dea cu Aaa și Ooo, ca o adunătură de idioți, umplând mașina cu zumzetul unei agitații nefirești. Numai persoana în vârstă de lângă mine părea să ascundă o neliniște adâncă în suflet și nu se mișcă câtuși de puțin pentru a se uita la Fuji. Rămase cu ochii pironiți pe stânca care mărginea drumul pe partea cealaltă. Am simțit imediat o plăcere enormă și o dorință arzătoare de a-i arăta că și eu, la fel ca ea, în felul meu rafinat și nihilist, eram total dezinteresat de un munte oarecare ca Fuji și, chiar dacă ea nu mi-a cerut-o în nici un fel, o înțelegeam bine și îi împărtășeam suferința și durerea. Sperând parcă să primesc de la bătrâna doamnă un semn de afecțiune maternă și de aprobare, m-am mutat mai aproape de ea pe banchetă în tăcere și m-am uitat și eu absent la stânca de afară împreună cu ea.

Probabil că a simțit și ea o oarecare afinitate cu mine.

— A, ciubotica-cucului! a spus la un moment dat pe un ton absent și mi-a arătat cu degetul pe marginea drumului.

Autobuzul a trecut repede pe lângă acel loc, dar mie mi-a rămas întipărită în minte imaginea unei singure flori aurii. Și ce floare frumoasă era! Înfruntând curajos semeția celor 3778 de metri ai Muntelui Fuji, fără să fie intimidată nici un pic, dreaptă și eroică, o plantă cu puteri „supraomenești", floarea aceea era superbă. Muntele Fuji se potrivește bine cu ciubotica-cucului.

Era trecut acum de jumătatea lui octombrie, și lucrul meu progresa anevoios. Eram copleșit de prea multă singurătate. Amurgul aducea cu el nori brodați purpuriu, de parcă erau burți de gâște sălbatice, iar eu stăteam în holul de la etajul hanului, fumând țigară de la țigară și făcând tot posibilul să nu mă uit la Fuji. Îmi țineam ochii ațintiți pe frunzele căzute din pădure, punctate cu roșu, ca niște stropi de sânge. Am strigat-o pe proprietăreasă, care mătura frunzele moarte din fața ceainăriei.

— O s-avem vreme bună mâine, tanti!

M-am surprins singur cu tonul ascuțit al propriei mele voci, care sunase aproape ca un strigăt de bucurie. Femeia se opri din măturat și-și sprijini mâinile pe mătură vreme de-o clipă, uitându-se la mine cu o sprânceană ridicată, părând contrariată.

— Ceva planuri speciale mâine?

Mă prinsese cu ocaua mică.

— Nu, nimic.

Femeia pufni în râs.

— Te-a luat plictisul, nu-i așa? Du-te și tu și fă o drumeție pe munte.

— Ete, na! Te urci pe munte ca să ai de unde să te dai jos. N-are nici un rost. Și pe oricare dintre ei te urci aici, tot aia vezi: prăpădenia asta de Fuji! M-apucă disperarea numai gândindu-mă la așa ceva.

Mda, straniu lucru să spui... Proprietăreasa dădu din cap într-un mod ambiguu și reîncepu să măture frunzele.

Înainte să mă culc, trăgeam perdelele din cameră și mă uitam la Fuji prin sticlă. În nopțile luminate de lună, era de un alb palid-albăstriu, înțepenit acolo ca un spirit al apelor, o naiadă. Oftam. Vai, se vede Fuji! Ce enorme sunt stelele! O s-avem vreme bună mâine... Atât și nimic mai mult erau singurele mele momente de bucurie că trăiesc. Trăgeam la loc perdelele și mă băgam în pat să reflectez... Da, o să fie vreme bună mâine... Și ce-i cu asta? Cu ce mă ajută pe mine? Gândul mi se părea atât de absurd, încât mă trezeam chicotind amar.

Mă tortura... munca mea mă tortura... Nu, nu atât actul de a pune stiloul pe hârtie și a scrie, pentru că scrisul în sine este o mare plăcere, cât constanta agonie asupra felului în care vedeam lumea, realitatea înconjurătoare, poziția mea asupra a ceea ce se numește arta și literatura de mâine, căutarea interminabilă după ceva nou... toate astea mă chinuiau constant și mă făceau să mă zvârcolesc de durere.

Capacitatea de a lua ceva simplu și natural, și, prin extensie, succint și clar, de a-l cuprinde și ține strâns, pentru a-l transfera mai apoi pe hârtie, iată tot ceea ce conta pentru mine și ceea ce mă făcea să văd și Muntele Fuji într-o altă lumină. Forma aceea geometrică era, sau așa gândeam eu, o manifestare a unei frumuseți aparte, una pe care o priveam ca pe o „expresie elementară". Așa mă găseam aproape de a ajunge la o înțelegere a lui Fuji, pentru ca mai apoi să-mi spun că nu era posibil, că trebuia să fie ceva mai mult în simplitatea aceea conică, ceva care îmi scăpa, și, dacă acest Fuji era demn de laudă, atunci la fel trebuie să fie și în cazul statuetelor *Hotei sama*, cu acel Buddha burtos care se hlizește prostește, statuete pe care le găsesc de un prost gust desăvârșit și cu siguranță nu ceva ce aș numi artistic. Așa stăteau lucrurile și cu imaginea lui Fuji... era cumva greșită, nepotrivită, sau așa mi se părea, ceea ce mă făcea să o iau iarăși de la capăt cu firul acestor gânduri.

Îmi petreceam diminețile și serile cu ochii pironiți la Fuji, zi după nenorocită zi. Pe la sfârșitul lui octombrie, își făcu apariția la hanul din Misaka în cinci mașini un grup de prostituate din Yoshida, în ceea ce era probabil singura lor zi liberă din an. Le-am privit de la fereastra de la etaj. Într-un curcubeu de culori, fetele coborâră din mașini de parcă erau porumbei voiajori eliberați din colivii și, neștiind exact încotro să apuce, se adunară împreună, fâțâindu-se și împungându-se una pe alta tăcute, până când timiditatea lor nepotrivită începu să se spulbere și o porniră una după alta în diverse direcții. Unele se duseră să aleagă șovăitor din cărțile poștale afișate în fața ceainăriei, altele se uitau pur și simplu la Fuji. O scenă tristă, dar de la care nu-ți puteai dezlipi ochii. Și chiar dacă mie, figura solitară de la geamul de la etaj, îmi părea rău de fetele astea într-atât, încât aș și fi dispus să mor pentru ele, tot nu le puteam oferi nimic pentru a le face fericite. Nu puteam decât să le privesc neajutorat. Așadar, cei ce suferă să sufere! Cei ce cad să cadă! Ce-mi păsa mie că așa era lumea? M-am forțat să mă arat indiferent uitându-mă la ele, cu toate că era destul de dureros.

Hai să-l rugăm pe Fuji! îmi veni brusc ideea. „Alo, ai tu grijă de fetele-astea!", mi-am spus în gând și m-am întors către munte, care stătea acolo înalt și impasibil în crivățul iernatic, părând un moș bătrân înfofolit într-un *dotera*, cu brațele încrucișate pe piept dominând împrejurimile. M-am simțit mult mai liniștit și le-am lăsat în pace pe curtezanele ieftine, pornind însoțit de băiețelul de șase ani de la ceainărie și de câinele lui Hachi către un tunel care se afla pe drum mai în jos. Lângă intrarea în tunel se afla o prostituată slabă, la vreo treizeci de ani, care culegea singură un buchet de niște flori sălbatice, care numai frumoase nu erau. Femeia nici măcar nu se uită în direcția noastră când trecurăm pe lângă ea, continuându-și complet pierdută în gânduri culesul de flori. „ Ai grijă și de asta, te rog eu! m-am rugat din nou, aruncând o privire în urmă către Fuji și mărind pasul cu băiețelul de mână. Mi-am spus din nou că nu aveam nimic de-a face cu ele, și-am intrat hotărât în tunel, la fel de hotărât ca apa rece ca gheața care mi se scurse pe obraji și pe ceafă din acoperișul tunelului.

Cam pe-atunci planurile mele de căsătorie s-au lovit de un impediment serios. Mi se transmisese în termeni lipsiți de echivoc că familia mea nu avea nici cea mai mică intenție de a mă sprijini în vreun fel. Aveam de gând să-mi întrețin familia din câștigul din scris după ce mă însuram, dar îmi permisesem să cred că, cel puțin pentru nuntă, voi primi de la ai mei măcar vreo sută de yeni. După ce schimbarăm două, trei scrisori însă, era cât se poate de clar că nu aveam să primesc nimic de la ei, și mă cuprinsese disperarea, neștiind exact ce aveam să mă fac. N-am avut altceva de făcut decât să mă împac cu gândul că familia fetei avea să anuleze nunta în noile condiții date, așa că am decis să le prezint întreaga situație direct și am coborât de pe munte, pentru a le face o vizită la casa din Kōfu. M-am întâlnit cu tânăra mireasă și cu mama ei, la ele în sufragerie, și le-am povestit toată tărășenia. Cum, necum, păream, oricât de ciudat era, că recit o poezie învățată pe dinafară. În cele din urmă am reușit să le prezint întreaga situație așa cum era, într-o manieră directă și cinstită.

Calmă, tânăra m-a întrebat:

— Carevasăzică, ai tăi se opun acestei căsătorii? și-și aplecă puțin capul într-o parte.

— A, nu, nu se opun, i-am răspuns, sprijinindu-mă ușurel cu mâna dreaptă de masă. E mai mult ceva de genul: N-ai decât să te descurci singur.

— Păi atunci nu-i nici o problemă, îmi zâmbi mama cu eleganță. După cum vezi, nici noi nu suntem bogați.

O nuntă extravagantă ne-ar face să ne simțim prost. Atâta vreme cât tu o placi și o să tragi tare pentru ea, atunci nu mai e nevoie de nimic altceva.

N-am fost în stare nici măcar să mă înclin politicos și-am rămas o vreme tăcut, privind afară la grădina lor. Ochii mă ardeau rău. Mi-am spus atunci că aveam să fiu un ginere devotat și respectuos.

La plecare, tânăra m-a condus până la stația de autobuz. Pe drum am întrebat-o, răsfățându-mă:

— Ei, ce zici? Să mai extindem puțin logodna?

— Nuuu, răspunse ea pe loc, râzând. Mi-a ajuns.

— Nu vrei să mă-ntrebi nimic? am mai spus eu prostește.

— Ba da.

Eram decis să răspund la orice aveam să fiu întrebat cu onestitate.

— A nins deja pe Fuji?

Am rămas mască.

— Da, a nins. Pe vârf... vorbele mi se stinseră când m-am uitat și-am zărit muntele în fața noastră. Mă cuprinse un sentiment ciudat. Ce naiba, faci mișto de mine? Fuji se vede perfect și din Kōfu! vorbeam brusc ca un apucat. Ce-ntrebare stupidă! Chiar mă iei de prost?

Fata se uită în pământ și începu să chicotească.

— Păi stai la Trecătoarea Misaka. Am zis că nu se face să nu te-ntreb despre Fuji.

„Ciudată creatură!" mi-am zis.

Când am ajuns înapoi la han, aveam umerii țepeni, de nu mai puteam respira.

— Mare noroc mai ai, cucoană, i-am spus proprietăresei. Misaka e-un loc de minune, pân' la urmă. Parcă vin acasă când mă-ntorc aici.

După cină, proprietăreasa și fiică-sa mi-au făcut masaj la umeri. Pumnii femeii erau puternici și mă masau tare, dar cei ai fetei erau prea moi ca să aibă vreun efect. „Mai tare, mai tare", îi tot spuneam, până când a luat o bucată de lemn de lângă vatră și-a început să mă lovească cu ea peste umeri. Numai așa au reușit să-mi mai înmoaie din tensiunea pe care o acumulasem în umeri și-n spate în timpul călătoriei mele la Kōfu.

În următoarele două, trei zile nu m-am putut concentra la scris deloc, și nici n-aveam chef, ca să fiu sincer. Am stat la birou și-am mâzgălit câte puțin pe ici, pe colo, am fumat șapte, opt pachete de țigări Liliacul auriu și-am pierdut vremea. Din când în când mai cântam tolănit pe podea *La ce-i bun un diamant/ de-i lăsat neșlefuit...*[1] De scris însă, n-am scris nici măcar o pagină din romanul la care lucram.

— Nu faceți prea bine de când v-ați dus la Kōfu, nu-i așa, domnule?

Stăteam la birou într-o dimineață cu bărbia sprijinită în palmă și cu ochii închiși, gândindu-mă la tot felul de chestiuni, când o auzii pe fătuca de cincisprezece ani a proprietăresei care mătura holișorul din spatele meu spunându-mi aceste vorbe cu o undă de regret sincer și un strop de amărăciune în voce.

Fără măcar să mă-ntorc la ea, i-am răspuns:

---

1. *Kongōseki mo migakazuba...* primul vers dintr-un cântec popular.

— Așa crezi? Nu fac prea bine?

— Nu, nu faceți, mai spuse ea, ștergând acum podeaua. De vreo două, trei zile nu lucrați deloc. În fiecare dimineață, adun toate paginile pe care le-ați scris și le-ați lăsat azvârlite pe peste tot și vi le pun în ordine. Îmi place mult să o fac și mă bucur când văd că ați scris mult. Am venit și-aseară ca să văd ce mai faceți și, ce să văd?, erați în pat deja cu pătura trasă peste cap.

I-am fost recunoscător pentru acele vorbe. Poate că exagerez întrucâtva, dar, din punctul meu de vedere, grija ei pentru mine era cea mai pură formă de sprijin și încurajare pentru unul ca mine, care se străduiește din răsputeri să continue să trăiască. Nu aștepta nimic de la mine. În momentul acela mi se păru chiar frumoasă.

Pe la fine de brumar, frunzele toamnei se făcuseră deja negre și urâte, și o furtună venită peste noapte spulberă totul în cale, nelăsând în urmă decât pădurea iernatică, goală și neagră. Nu mai erau nici turiști acum. Se domolise ritmul la han, și proprietăreasa își mai permitea acum să plece la cumpărături la poala muntelui, prin Funazu sau Yoshida, împreună cu băiețelul de șase ani. Rămâneam doar eu cu fiica, singuri vreme de-o zi întreagă de liniște în ceainăria goală. Într-una dintre acele zile, n-am mai suportat plictiseala de-a sta singur cuc la etajul hanului și am ieșit la o plimbare prin împrejurimi. Tânăra era afară, în curtea din spate, spălând rufe. M-am dus direct la ea și, c-un zâmbet cât casa, i-am declarat cu voce puternică:

— Mamă, ce mai plictiseală!

Fata își lăsă capul în jos și, când mă uitai mai bine la ea, aproape că m-am speriat. Plângea cu sughițuri, complet îngrozită. „Bravos“, mi-am zis în sinea mea, și, cu o figură mohorâtă, am făcut stânga-mprejur și-am luat-o tropăind nervos pe-o cărăruie îngustă scufundată-n frunze. Mă simțeam mizerabil.

De-atunci încolo, am avut grijă cum mă purtam când eram numai eu cu ea, rămânând de obicei în camera mea de la etaj. Dacă își făcea apariția vreun alt client la ceainărie, de-abia atunci o luam și eu în jos pe scări, parțial animat de gândul de-a avea grijă de fătucă în timp ce stăteam într-un colț și beam o ceașcă, două de ceai. Într-o zi a apărut într-un automobil o mireasă însoțită de doi bărbați mai în vârstă, îmbrăcați și ei în haine de ceremonie. S-au dat jos cu gândul probabil să ia o mică pauză. Fata proprietăresei era singură în ceainărie, așa că m-am dus și eu jos, m-am așezat într-un colț și mi-am aprins o țigară. Mireasa era îmbrăcată cu tot tipicul: chimonou lung cu un desen superb pe poale, *obi* din brocart auriu și acoperământ de cap tradițional *tsunokakushi*. Pierdută la prezența unor astfel de oaspeți neobișnuiți, fata le turnă ceai, și-apoi se retrase tăcută în colțul unde mă aflam și eu, încercând parcă să se ascundă după mine, dar rămânând cu ochii lipiți de mireasă. O zi unică în viața acelei femei! Era în mod clar o femeie dintr-un sat de pe partea cealaltă a muntelui, pe drum spre nunta cu cineva de prin Funazu sau Yoshida, și care hotărâse să se oprească câteva minute în trecătoare ca să admire priveliștea Muntelui Fuji. „Ce poveste romantică“, mi-am spus, gândindu-mă însă că este și senzuală pe undeva. După ceva vreme, mireasa se ridică și ieși din ceainărie tăcută, pentru a se duce la marginea coastei și a admira priveliștea. Stătu acolo cu picioarele încrucișate într-o poziție oarecum riscantă. „Ce sigură-i pe ea", m-am gândit eu cu admirație. Mireasa însă mai aruncă o privire în sus către vârful muntelui, după care lăsă să-i scape un căscat mare.

— Vai de mine! o auzii din spatele meu pe fata proprietăresei, care și ea părea șocată de manierele miresei.

Cei trei mai stătură puțin, după care se urcară din nou în mașină și plecară, urmați imediat de bârfele noastre, ale celor rămași în ceainărie.

— Mda, e obișnuită cucoana cu nunțile! Păi ce, asta-i la a doua, ba nu, la a treia nuntă deja. Mirele o așteaptă la poala muntelui, iar ea de-aia nu mai poate, și se oprește ca să se uite puțin la Fuji. Nu cred eu că o femeie la primul măritiș s-ar purta în felul ăsta!

— Și ce-a căscat! se băgă în vorbă repede și fătuca. Mai avea puțin și ne-nghițea pe toți cu guroiul ăla al ei! Nu i-ar fi rușine așa puțin! Să nu care cumva să vă-nsurați vreodată cu una ca ea, domnule!

Nu tocmai potrivit pentru cineva de vârsta mea, dar m-am făcut roșu tot la vorbele ei. Planurile pentru nunta mea avansau bine, mulțumită mai ales unui mentor al meu, care se ocupa de toate amănuntele. Ceremonia, respectabilă, dar micuță, numai cu vreo două, trei familii de amici apropiați, avea să se țină la el acasă, iar eu eram atât de inspirat și de încurajat de sprijinul și afecțiunea tuturor, de parcă eram un copil.

Cu venirea lui noiembrie, frigul de la Misaka nu mai era suportabil. Proprietăreasa instală o sobă la parter în ceainărie.

— Cred că-ți îngheață mădularele ca lumea acolo, la etaj. De ce nu vii mata jos aici, ca să lucrezi lângă sobă? îmi sugeră proprietăreasa, dar nu eram în stare în ruptul capului să scriu știind că alții se uită la mine și a trebuit să refuz politicos. Femeia continuă însă să fie îngrijorată din pricina mea și se duse în Yoshida ca să cumpere o masă cu *kotatsu* pentru camera mea. Cuibărit sub păturica mesei, ca să-mi țin picioarele la căldură, mă simțeam recunoscător din toată inima pentru bunătatea acestor oameni.

Uitându-mă însă la Fuji, care era acum acoperit deja două treimi cu zăpadă, și la copacii dezgoliți din munții de jur împrejur, am început să-mi dau seama că nu prea mai avea rost să îndur frigul teribil de la Misaka și am decis să o pornesc către zone mai calde. În ajunul plecării, ședeam pe-un scaun în ceainărie, înfofolit cu două chimonouri căptușite *dotera* pe mine și sorbind dintr-o ceașcă de ceai ieftin, când două tinere cu alură intelectuală, îmbrăcate în paltoane moderne – dactilografe, mi-am imaginat –, apărură la han pe jos, venind din direcția tunelului. Tot hlizindu-se ba de una, ba de alta, s-au oprit brusc ca electrocutate când au zărit brusc Fuji. Apoi au șopotit ele o vreme una cu cealaltă, până când una din ele, o femeie cu pielea albă și cu ochelari, s-a apropiat de mine și m-a rugat zâmbind:

— Nu vă supărați, ne faceți și nouă o poză, vă rog?

M-am fâstâcit pe moment. Nu mă pricep deloc la mașinării și nu m-a interesat niciodată fotografia. Ca să nu mai vorbim că trebuie să fi arătat ca un cerșetor cu cele două *dotera* pe mine, iar, când m-au văzut, până și gazdele de la han îmi spuseseră că arăt ca un veritabil haiduc de munte. Așadar, cererea celor două tinere elegante de la Tōkyō (mi-am imaginat), de a face ceva atât de modern, mă aruncă brusc într-o minipanică. M-am redresat însă cu repeziciune când mi-a trecut prin cap că, până și așa de prost îmbrăcat cum eram, trebuie să fi fost clar oricui se uita la mine că aveam o anume sensibilitate și sofisticare, care ar indica că am îndeajuns de multă dexteritate pentru a manipula butonul unui aparat de fotografiat, un gând ce mă făcu imediat să mă ridic cu o nonșalanță prefăcută și să preiau instrumentul de la femeie. Am întrebat dezinteresat cum se folosește și m-am uitat în obiectiv, tremurând tot pe interior. În mijlocul obiectivului se afla Fuji, mare și impozant, iar jos, în prim-plan, două flori de mac... așa păreau fetele în paltoanele lor roșii. Își puseseră mâinile una în jurul celeilalte și priveau la aparat cu figuri sobre și solemne. Mie mi se păreau extrem de comice, iar mâinile-mi tremurau vârtos. Abținându-mă să nu râd, m-am uitat prin obiectiv, iar cei doi maci se făcură și mai rigizi. Nu reușeam deloc să mențin o poziție stabilă și am sfârșit prin a le elimina complet pe cele două fete din imagine, permițându-i numai Muntelui Fuji să umple întreaga poză. Mersi, Fuji! Pa și la revedere! Clic!

— Gata!

— Mulțumim mult! mi-au spus la unison. Ce surpriză or să aibă când ajung acasă și developează filmul. Fuji și nimic altceva în toată poza și nici urmă de ele.

A doua zi am coborât muntele de la Trecătoarea Misaka. Am rămas peste noapte la un han amărât din Kōfu, iar a doua zi dimineața m-a găsit sprijinit de o balustradă părăginită din hol, cu ochii tot la Fuji, din care însă nu se mai vedea acum decât cam o treime din spatele munților din jur. Semăna c-o plantă de merișor.

OPT SCENE DIN TŌKYŌ

Dedicată celor ce suferă

Un cătun de munte în sudul Peninsulei Izu, în care nu sunt decât izvoare cu ape termale. Nu-s mai mult de treizeci de case. Te-aștepți ca-ntr-un astfel de loc cazarea să coste mai nimic, și pentru asta am și ales să vin aici. Am ajuns pe 3 iulie 1940. Nu eram chiar strâns la pungă în vremea aceea, așa că puteam respira cât de cât ușurat. Asta nu-nseamnă că viitorul era cumva luminos. M-aș putea trezi în orice moment că nu mai sunt capabil să scriu. Două luni fără să scriu nimic sunt de-ajuns să mă întoarcă exact unde mai fusesem și mai înainte: făr' un șfanț în buzunar. Așa că abilitatea mea de a respira ușurat era cât se poate de limitată și de jalnică, dar era totuși ceva ce nu avusesem în mai bine de zece ani.

M-am mutat la Tōkyō în primăvara lui 1930. Nu mult după aceea, am început să trăiesc cu o femeie pe nume H. Primeam o stipendie lunară generoasă de la fratele cel mai mare, dar, deși atât eu, cât și H. ne îndemnam unul pe celălalt să nu ne dedăm extravaganțelor, tot sfârșeam prin a amaneta ba una, ba alta până se termina luna, atât de nesăbuiți eram. N-aveam să mă despart de H. decât după vreo șase ani. N-am rămas decât cu un *futon*, un birou, o veioză, o pelerină de paie și niște datorii înfricoșătoare. Doi ani mai târziu, beneficiind de intervenția unui mentor al meu, am hotărât să intru într-o căsătorie aranjată. Alți doi ani au trecut și de-abia acum, pentru întâia oară, aveam și eu parte de un pic de relaș. Publicasem până acum cam zece volume din scrierile mele și trăiam cu impresia că, dacă m-aș ține cum trebuie de scris și aș trimite texte spre publicare, cu invitație sau fără, aș putea să vând poate și două piese din trei. Asta avea să-mi fie de-acum încolo slujba, una reală, de om mare, fără nici un fel de romantisme ieftine. De scris încă nu voiam să scriu decât ceea ce voiam să scriu.

Oricât de ridicolă și de nesigură era această așa-zisă relaxare, mă bucuram nespus că aveam parte de ea. Puteam să scriu cel puțin o lună orice-mi doream fără să-mi fac griji din pricina banilor. Realitatea norocului care căzuse pe mine era însă greu de acceptat, iar amestecul de exaltare și anxietate pe care mi-l provoca nu făcea decât să mă prevină să mă concentrez la scris, spre disperarea mea.

„Opt scene din Tōkyō." De când îmi tot doream să scriu povestirea asta, cu răbdare și fără să precupețesc vreun efort, una în care să-mi descriu cei zece ani petrecuți în Tōkyō. Împlinesc treizeci și doi de ani anul ăsta, și după tradiția japoneză sunt acum un bărbat la limita maturității. Îmi consult propria-mi carne, pasiunile și mă găsesc, din păcate, incapabil de a le nega. Mă-mpac cu ideea că nu mai sunt un om tânăr. Sunt acum un bărbat grav și solemn la treizeci și de ani. Am să scriu „Opt scene din Tōkyō" ca pe un rămas-bun al tinereții mele, fără să-ncerc să mulțumesc pe nimeni.

S-a făcut din ce în ce mai vulgar, nu-i așa? aud din când în când astfel de critici stupide și, de câte ori le aud, inima îmi răspunde cu vehemență: Am fost vulgar de la bun început! Cum de nu v-ați dat seama? N-ați priceput nimic. Pe când mă pregăteam să-mi fac din literatură propriul meu destin, toți idioții au căzut de acord că aveam să fiu pradă ușoară. Eu însă zâmbeam în sinea mea. Tinerețea eternă ține de tărâmul actoriei. Nu are ce căuta în lumea literelor.

„Opt scene din Tōkyō." Acum era, mi-am spus, timpul să scriu acest text. N-aveam nici un contract presant. Aveam vreo sută de yeni în buzunar. N-aveam însă timp de prostii, de învârtit nervos prin cameră și de oftaturi contorsionate de admirație sau neliniște. Trebuia să mă mișc în mod constant.

Mi-am cumpărat o hartă mare a orașului Tōkyō și m-am urcat în trenul de Maibara de la Gara Tōkyō. Nu, nu era o călătorie de plăcere. Mă apucam de sculptarea unui monument de o importanță crucială într-o viață de om. Sau cel puțin așa-mi spuneam. La Atami am schimbat trenul cu unul către Itō, iar la Itō m-am urcat într-un autobuz către Shimoda și, după un drum zdruncinat către sud de-a lungul coastei răsăritene a Peninsulei Izu, am ajuns în fine la un cătun amărât de vreo treizeci de case. N-avea cum să mă coste mai mult de vreo trei yeni pe noapte să stau într-un han aici. Nu erau oricum decât patru, toate în condiții teribile. Am ales să stau la Hanul F, crezând că poate va fi ceva mai bun decât celelalte. O slujnică lipsită de maniere și răutăcioasă m-a condus la etaj și, când am văzut camera, am simțit, în ciuda vârstei pe care-o aveam, că mă pufnește plânsul. Mi-am amintit de camera de la pensiunea din Ogikubo, unde locuisem acum vreo trei ani. Era pensiunea cea mai nenorocită dintr-un cartier mizerabil, dar camera de șase tatami în care mă aflam acum era și mai prăpădită și mai mizerabilă.

— Asta-i singura cameră liberă?

— Da, toate celelalte sunt ocupate. Dar camera asta e răcoroasă.

— Aha...

Nu încăpea nici urmă de-ndoială că eram luat de prost. Poate că era din cauza hainelor de pe mine.

— Costă patru yeni sau trei cincizeci, în funcție de servicii. Prânzul e separat. Ce ziceți?

— Da, sigur, de trei cincizeci, vă rog! O să vă spun eu când vreau prânzul. Am ceva de studiat și intenționez să stau vreo zece zile.

— Așteapt-o țâră, da? Femeia dispăru până jos și se-ntoarse apoi ca să-mi spună: Ei, dacă stai așa de mult, trebuie să plătești în avans.

— Aha. Păi, și cât să vă dau acum?

— Păi... zise ea nesigură... cât crezi și tu...

— Cincizeci de yeni e bine?

— Îhî.

Am pus bancnotele pe birou, exasperat.

— Bine, uite-aici, ia-i pe toți. Sunt nouăzeci de yeni aici. O să-mi iau țigări din ce mai am prin buzunare. „De ce-oi fi venit eu tocmai aici", m-am întrebat în sinea mea.

— Da, mersi frumos.

Femeia strânse toate bancnotele și plecă.

„N-ai voie să te superi", mi-am spus. „Ai mult de lucru." Mi-am mai spus că modul în care fusesem primit era exact ce merita unul ca mine și am scotocit în cufărul de călătorie după o pensulă, cerneală și hârtie.

Aici ajunsesem să-mi petrec prima mea perioadă de relaxare în zece ani. Nemernicia asta era și ea predestinată, mi-am reamintit cu solemnitate și m-am așternut pe lucru.

Nu, asta nu era o călătorie de plăcere. Aveam în fața mea o sarcină importantă. În seara aceea, la lumina unui bec chior, am despăturit harta Tōkyōului și-am întins-o pe masă.

Câți ani trecuseră, oare, de când nu mai despăturisem așa o hartă a orașului Tōkyō? Acum zece ani, când am început să locuiesc acolo, mi-era rușine până și să cumpăr o hartă de felul ăsta, ca să nu cumva să par vreun țărănoi prost și mi-a trebuit ceva vreme până să mă hotărăsc să-mi iau una pe care-am cerut-o la magazin pe-un ton voit bădărănesc. Cu harta îndesată-n buzunar am pornit la trap înapoi spre pensiune. Și-atunci, ca și acum, m-am închis în cameră și am desfăcut tăcut harta aia. Roșu, verde, galben... ca o frumoasă pictură. M-am uitat la ea cu răsuflarea oprită. Râul Sumida. Asakusa. Ushigome. Akasaka. Toate, acolo. Și puteam acum să ajung la oricare dintre ele fără vreun efort mare, oricând îmi doream. M-am simțit de parcă aveam în mână cheia unui tărâm miraculos.

Cu conturul acela al metropolei, ca o frunză de dud mâncată parțial de viermi de mătase, întins în față, nu-mi veneau în minte decât imaginile oamenilor de acolo și a felului lor de-a fi. În câmpia asta lipsită de farmec și de personalitate se adunaseră oameni din toată Japonia, dornici să se-mpingă, să se-nghiontească și să transpire, să se lupte pentr-un centimetru de teren, să ducă vieți cu bucurii și-amărăciuni, să se uite unii la alții cu ochi geloși, ostili, femeile strigând la bărbați, bărbații bătând pasul de colo-colo ca niște cocoși. Brusc, de neunde și fără vreo legătură ce ceva, îmi veniră-n minte cuvintele astea duioase din povestirea *Pădurea ascunsă*[1]: „Ce-i dragostea? Un vis frumos în care te comporți cât mai mizerabil cu putință." Cuvinte care, desigur, n-au nimic de-a face cu Tōkyō.

Totsuka. Acolo am stat mai întâi în Tōkyō. Fratele meu cel mai mic închiriase acolo o casă și studia sculptura. Eu absolvisem liceul din Hirosaki în 1930 și eram înscris la cursurile secției de franceză de la Universitatea Imperială din Tōkyō. Nu știam boabă de franceză, dar îmi doream enorm să ascult prelegeri în franceză și îi purtam o admirația adâncă profesorului Tatsuno Yutaka[2]. Am închiriat și eu o cameră într-o pensiune de-abia construită, la trei străzi de unde stătea frate-meu. Fără să vorbim unul cu celălalt, ne înțeleseserăm tacit că, frați sau nu, ar fi fost mult prea mari șanse de neplăceri dacă locuiam sub același acoperiș, așa că ne-am decis să nu stăm împreună, dar să nu fim nici la distanță unul de altul. La numai trei luni după ce mă mutasem acolo,

1. *Umoregi* (*Pădurea ascunsă*), povestire a scriitoarei Ichiyō Higuchi (1872–1896), apărută în 1892.

2. Yutaka Tatsuno (1888–1964), expert în literatură și cultură franceză și eseist.

frate-meu s-a-mbolnăvit și-a murit. N-avea decât douăzeci și șapte de ani. Eu însă am rămas la aceeași pensiune și după ce s-a dus el. Din al doilea semestru la universitate nu prea mai dădeam pe la cursuri. Mă angajasem să sprijin, deși cu mare indiferență, acea mișcare politică din umbră de care are oroare întreaga lume. Disprețuiam profund, dar o suportam, propaganda sforăitoare care joacă un rol atât de mare în mișcare. Eram în acea vreme, nimic mai mult ori mai puțin decât un politician[1].

În toamna acelui an a venit de la țară, la rugămintea mea, și H., ca să stea cu mine. Ne cunoscuserăm în toamna primului meu an de liceu în Hirosaki și am rămas împreună de-a lungul celor trei ani cât am fost la liceu acolo. H. era o tânără gheișă plină de inocență. I-am închiriat și ei o cameră deasupra atelierului unui tâmplar în Higashi Komagata, în cartierul Honjo. Până atunci nu avuseserăm relații carnale. Fratele meu cel mai mare a venit atunci la Tōkyō ca să discute cu mine problemele pe care le punea prezența acelei femei în viața mea. Am stat amândoi de vorbă în camera mea cu lumină chioară din Totsuka, ca doi frați al căror tată se prăpădise deja de șapte ani. Frate-meu nu se putu abține să nu verse lacrimi văzând felul diabolic în care i se transformase frățiorul mai mic. M-a convins să îl las pe el să aibă grijă de H. cu condiția ca la un moment

1. Referință la o perioadă reală din viața scriitorului Dazai, în care a făcut parte din mișcarea comunistă japoneză aflată în ilegalitate. În bună manieră a categoriei literare japoneze *shishōsetsu* Dazai amestecă și aici în mod voit elemente (semi-) autobiografice cu altele pur ficționale.

să ni se permită să ne căsătorim. Mai teribilă decât suferința fratelui arogant care o lăsase să plece era cea a fratelui mai mare care trebuia să o ia cu el. Asta se și întâmplă a doua zi când cei doi plecară înapoi acasă, la țară.

În tot acest timp, H. s-a purtat de parcă tot ceea ce se întâmpla nu avea nimic de-a face cu ea. N-am primit decât o scrisoare prin care mă informa pe un ton oficial și bolovănos că ajunsese cu bine. Aia a fost ultima corespondență de la ea. Mi se părea incredibil de liniștită, iar lucrul ăsta mă enerva profund. Carevasăzică, eu mă lupt pentru ea din răsputeri până la punctul în care o fac pe biata maică-mea să creadă că trece prin ororile cele mai cumplite ale iadului, iar ea e totalmente relaxată și de un aplomb prostesc! Absolut josnic! Și eu, care credeam că trebuia să-mi scrie cel puțin o dată pe zi! Dar uite că nu mă iubește într-atâta! Lui H. însă nu îi plăcea să scrie scrisori. Iar eu renunțasem să le mai aștept. De dimineață până seara, mă fâțâiam de colo-colo prin oraș cu treburi pentru mișcare și nu refuzam nici o sarcină care mi se trasa. Când mi-am dat și eu seama încet, încet de propriile mele limitări cu privire la mișcare, sentimentul de disperare cu care trăiam mi s-a dublat.

O damă de la un bar din Ginza s-a îndrăgostit de mine. E o perioadă în viața oricărui bărbat când cei din jur îl găsesc chipeș. E o perioadă spurcată, scârboasă. Am convins-o să se-arunce cu mine în ocean la Kamakura. Când te simți învins, e cam timpul să-ți pui singur capăt zilelor. Munca pe care o făceam pentru acea mișcare blestemată începuse să mă copleșească. Din teama de-a fi numit laș, acceptasem mai mult lucru decât puteam duce. Iar H. se gândea și ea numai la propria ei fericire. Nu ești tu singura muiere de pe lume, H.! Asta-i pedeapsa mea pentru că n-ai fost capabilă să-mi înțelegi suferința. O meriți pe deplin.

Lipsa unei legături cu familia mea mă eroda cel mai cumplit. Cauza directă a încercării de a mă sinucide a fost faptul că relația mea cu H. îi făcuse și pe mama, și pe frate-meu, și pe mătușă-mea să fie dezgustați de mine. Am mai scris și cu alte ocazii despre femeia care a murit atunci. Va rămâne pentru totdeauna o pată neagră în viața mea. Am fost arestat și dus într-o celulă de închisoare. Investigația a condus la concluzia că nu era cazul unei acuzări. Toate astea se petreceau pe la finele lui 1930. Ai mei s-au purtat cumsecade cu ruda care nici să moară nu reușise ca lumea. Fratele cel mare i-a plătit taxa de răscumpărare din casa de gheișe a lui H., iar în februarie în anul următor a fost trimisă la mine. Frate-meu se ținea întotdeauna cu sfințenie de cuvânt. H. a sosit la Tōkyō părând să n-aibă nici cea mai mică grijă pe lume. Am închiriat o casă în Gotanda, pe lângă zona fostei proprietăți Shimazu, cu treizeci de yeni pe lună. H. s-a apucat de lucru cu abnegație. Aveam douăzeci și trei de ani, iar ea, douăzeci.

Gotanda, perioada mea de idioțenie. N-aveam nici urmă de voință. Nu aveam nici cea mai mică dorință de a-mi relua viața. Îi amuzam pe amicii care veneau din când în când în vizită. Atât și nimic mai mult. Nu-mi eram deloc rușine că aveam acum cazier, ba cred că, dimpotrivă, eram chiar mândru de el. Eram de o imbecilitate infamă. Pe la școală n-ajungeam decât din

Paște-n Crăciun. Mi-era silă de orice formă de osteneală, așa că stăteam ziua-ntreagă și mă uitam dezinteresat la fața lui H. Eram un dobitoc. Nu făceam absolut nimic. M-am băgat din nou în mișcare și mi-am reluat activitățile, dar nu mai aveam nici strop de pasiune acum. Un nihilist trândav: asta eram eu în prima mea casă din Tōkyō.

În vara aceea ne-am mutat în zona Dōbōchō din cartierul Kanda. Și-apoi, în toamnă, în zona Izumichō, tot în Kanda. Și iarăși, primăvara devreme în Kashiwagi, în cartierul Yodobashi. Nu s-a petrecut nimic demn de menționat. O vreme m-am apucat să scriu haiku sub pseudonimul Shurindō, de parcă eram un moș. Am fost arestat de două ori și dus la închisoare din cauza activităților mele pentru mișcare. De fiecare dată când mi s-a dat drumul, am urmat sfatul amicilor mei și m-am mutat. Nu simțeam nici entuziasm și nici aversiune pentru ceea ce făceam. Eram atât de letargic, încât făceam exact ce credeau cei din jur că e cel mai bine. Împreună cu H. ne petreceam zilele în indolență searbădă, ca două animale într-o peșteră. H. era într-o formă de zile mari. De două, trei ori pe zi se lua de mine rău de tot, mă făcea cu ou și cu oțet, după care își uita supărarea complet și se-apuca să-nvețe engleză. Engleza fusese ideea mea și-i făcusem chiar și-un program de studiu, dar nu părea să facă cine știe ce progres. N-a mers decât cam până la silabisirea unor cuvinte, după care s-a oprit. Nici în japoneză nu era ea-n stare să scrie cine știe ce. Pur și simplu nu-i plăcea ei. Eu eram cel care trebuia să-i scrie ciorne după ciorne când voia să scrie-o scrisoare. Ei însă îi plăcea să se poarte ca o soră mai mare cu mine. Nu se agita prea mult nici măcar când poliția mă lua pe sus și erau zile în care părea chiar entuziasmată de ceea ce considera ea a fi eroismul acelei idologii infame. Dōbōchō, Izumichō, Kashiwagi... Aveam douăzeci și patru de ani.

Primăvara târziu m-am văzut nevoit să mă mut din nou imediat după ce mă mutasem în Kashiwagi. Mi-am luat tălpășița chiar când poliția era pe punctul de a mă găjbi. De data asta, lucrurile erau ceva mai complicate. A trebuit să inventez o poveste ca să-l conving pe frate-meu să-mi trimită stipendia pe două luni și am pus banii către cheltuielile de mutare. Mi-am împărțit toate cele de prin casă și le-am lăsat pe la diverși prieteni, după care mi-am găsit o cameră de vreo opt *tatami* deasupra magazinului unui negustor de lemn în Hacchōbori, în cartierul Nihonbashi și m-am mutat numai cu ce-aveam pe mine. Am adoptat un alias, Ochiai Kazuo, de origine din Hokkaidō. Eram, cum altfel, cât se poate de amărât și-aveam mare grijă cu fiecare bănuț, încercând în același timp să-mi stăpânesc anxietatea cu adagiul nesăbuit că totul va fi bine în cele din urmă, cu toate că mă simțeam completamente nepregătit pentru ce avea să aducă ziua de mâine. Nu puteam să fac nimic. Din când în când mă mai duceam pe la cursuri și zăceam cu orele pe iarba din fața clădirilor din campus. Într-una din zile, un student la economie care terminase și el tot la Liceul Hirosaki mi-a spus ceva care m-a dezgustat pe loc. Ascultându-l, era ca și cum aș fi fost forțat să beau apă fiartă. Imposibil, nu se poate așa ceva! Îmi era silă și de consăteanul meu care se hotărâse să-mi spună așa ceva. Singurul lucru pe care-l puteam face era să o întreb direct pe H. Am pornit-o în mare grabă înapoi spre Hacchōbori, în camera noastră de deasupra magazinului de lemn, dar n-am știut cum să aduc vorba despre acel subiect. Era o dup-amiază de vară timpurie. Soarele se revărsa prin ferestrele de la apus, și în cameră era o căldură sufocantă. Am trimis-o pe H. să ia o sticlă de bere Oraga. Pe vremea aia, o sticlă de Oraga era douăzeci și cinci de sen. Am dat sticla pe gât și am mai cerut una, dar H. s-a răstit la mine. Faptul că s-a luat de mine mi-a dat imediat curaj și am reușit să-i relatez pe un ton cât mai calm și relaxat cu putință ce aflasem mai devreme de la studentul la economie. H. n-a replicat decât că toată povestea părea „cusută cu ață albă“[1], folosind o expresie dialectală de la noi de la țară, după care și-a înălțat o sprânceană de parcă s-ar fi supărat. Atât. S-a dus apoi tăcută să coasă. Nu era nici urmă de ezitare sau ambiguitate în reacția ei. Am crezut-o.

Din păcate, în seara aia am citit o carte nepotrivită deloc cu situația noastră. *Confesiunile* lui Rousseau. Când am ajuns la partea în care Rousseau e-n agonie cu privire la trecutul nevesti-sii, n-am mai rezistat nici eu. O umbră de îndoială la cele spuse de H. mi s-a strecurat în suflet. Am luat-o iar la întrebări, și de-abia atunci a recunoscut totul. Tot ce-mi spusese studentul la economie era adevărat. Ba, mai mult, era chiar mai rău decât ce-mi spusese el și m-a cuprins teama că, dacă continuu

1. În original *hankaku kusai*, însemnând aproximativ „care pute a (fruct) necopt“.

să sap, n-am să dau de capătul acelei afaceri sordide. I-am spus c-auzisem de-ajuns.

Știu, când e vorba de astfel de incidente, nu am nici un drept să arat pe nimeni cu degetul. În fond, ce era toată povestea din Kamakura? Și totuși, mi-am simțit sângele clocotindu-mi în vine. O protejasem și avusesem grijă de H. până atunci ca de cea mai prețioasă comoară a mea, singurul motiv de mândrie, singura mea bucurie. Trăisem pentru ea. Credeam cu tărie că o salvasem din casa de gheișe mai înainte de a fi fost pângărită. Acceptasem cu galanterie ce-mi spusese chiar ea și mă lăudasem în dreapta și-n stânga la toți amicii că, iată, reușise să se păstreze castă până când ne-am unit noi doi, tocmai pentru că era o femeie atât de aprigă și plină de dârzenie. N-am cuvinte să descriu cum mă vedeam acum pe mine însumi. Papagal de mare clasă nu e de-ajuns. Micuțul dobitoc! N-aveam nici idee ce fel de creatură era femeia. N-o uram pe H. pentru că mă înșelase. Ascultându-i confesiunea, trebuie să recunosc că mi-a fost chiar milă de ea și mi-a venit s-o mângâi cu drag pe spate. Așa păcat era, mare păcat! Mă simțeam oribil. Îmi părea că întreaga mea viață fusese spulberată în fărâme. Am simțit că n-aveam putere să merg înainte. M-am predat la poliție.

Am trecut cu bine de investigația poliției și m-am găsit curând liber din nou pe străzile orașului. N-aveam unde să mă duc decât la camera lui H. și n-am ezitat nici un moment. A fost o reunire de toată jena. Ne-am zâmbit plini de speranță și ne-am ținut unul altuia mâinile. Ne-am mutat din Hacchōbori în Shirogane sankōchō, în districtul Shiba. Am închiriat o garsonieră lipită de o casă mare și goală. Frate-meu a continuat să-mi trimită bani fără să mai facă vreun comentariu, deși era absolut dezgustat de mine. H. era însă în toane bune, de parcă nimic rău nu se-ntâmplase. Iar eu mă trezeam treptat din toropeala mea de idioțenie. Mi-am compus testamentul și o scrisoare de suicid. O sută de pagini bătute pe muchie pe care le-am intitulat *Amintiri*. *Amintiri* este acum considerată a fi prima mea lucrare literară. Am avut de gând să pun pe hârtie, fără vreun fel de brizbrizuri, toate lucrurile rele pe care le săvârșisem începând din copilărie. Asta se petrecea în toamna celui de-al douăzeci și patrulea an al meu de viață. Stăteam în camera noastră cu privirea pierdută asupra grădinii abandonate și copleșite de buruieni, fără a fi capabil să râd sau chiar să zâmbesc. Intenționam, din nou, să mă omor. Numiți-o cum vreți. Fandoseală... Eram plin de mine și priveam viața ca pe-o piesă de teatru. Nu mai eram de folos nimănui. Până și H., singura pe care putusem să o numesc a mea, purta acum urmele altor mâini. N-aveam absolut nimic pentru care să mai trăiesc. M-am decis așadar, ca una dintre paiațe, ca unul dintre cei damnați, să joc cu stoicism până la capăt rolul pe care mi-l dăduse soarta, acela trist și servil al eternului perdant.

Viața însă, așa cum aveam să văd, nu este teatru. Nimeni nu știe cu exactitate ce are să se întâmple în actul doi. Personajul condamnat de la bun început rămâne câteodată până la ultima cortină. Îmi scrisesem deja scrisorica mea de adio, testamentul copilăriei și adolescenței – acea poveste la persoana întâi a unui băietan plin de ură –, dar acel testament, în loc să mă elibereze, deveni o elucubrantă obsesie care-mi aruncă o rază de lumină slabă în întunericul gol al vieții. Nu puteam să mor încă. *Amintirile* nu erau de-ajuns. Dezvăluisem deja atât de mult, încât acum ardeam să dau cărțile pe față despre întreaga mea viață de până atunci și să mărturisesc totul. Nu puteam însă să-i dau de capăt deloc. Am scris mai întâi despre incidentul de la Kamakura. N-a fost bine. Nu spusesem tot ce-aveam de spus. Am scris alt text care m-a lăsat la fel de nesatisfăcut. Am oftat și-am purces să scriu un altul. Nu era decât o-nșiruire de virgulițe, neurmate niciodată de acel punct final. Acel demon neostoit începuse deja să mă devoreze. Goleam oceanul cu cana.

1933. Aveam douăzeci și cinci de ani. Trebuia să fi absolvit universitatea în martie. Nici nu se putea pune problema și nu am făcut nici măcar act de prezență la examenele de licență. Familia nu avea nici habar. Făcusem eu tot felul de tâmpenii, dar, de terminat facultatea, aveam să termin, nu eram chiar atât de prefăcut, încât să-i mint până-ntr-acolo... părea să fie ceea ce așteptau ei. Am reușit de minune să-i trădez. Nu aveam nici cea mai mică intenție de a absolvi. A înșela pe cineva însă înseamnă să te dedai unui iad care te poate duce la limita nebuniei. Am trăit în acel iad următorii doi ani. M-am rugat de frate-meu mai mare, tot promițând că la anu', cu siguranță la anu', aveam să termin. Iar el m-a crezut și l-am trădat din nou. Nu aveam de gând să schimb nimic anul următor. Hotărât să-mi iau zilele și suferind din cauza introspecției feroce, și a disprețului de sine, și a fricii provocate de acea hotărâre, continuam să trăiesc tot scriind povestire după povestire cu mine în centru, considerându-le pe toate drept scrisori suicidare. „De-ndată ce-o termin și pe-asta“, îmi tot ziceam.

Poate că nu erau decât sentimentalisme puerile și pretențioase, dar erau toate scrise cu gândul că viața-mi atârna de ele. De cum sfârșeam de scris o povestire, o puneam imediat într-un plic mare. Scrisesem pe el *Ani de amurg*[1]. Așa avea să se numească acea colecție de note sinucigașe. Ceea ce însemna, desigur, că mi se apropia sfârșitul.

Între timp apăruse un cumpărător interesat de casa vacantă din Shiba, așa că eram nevoiți să ne mutăm din nou. Banii mei lunari de acasă se împuținaseră considerabil de când nu-mi terminasem studiile și trebuia să fiu și mai frugal ca mai înainte. Amanuma 3-chōme, în districtul Suginami. Am închiriat o cameră la etajul unu al casei unei cunoștințe, un personaj respectabil care lucra la un ziar. Aveam să locuiesc sub acoperișul lui vreme de doi ani și să îi provoc un morman de probleme și griji.

Nu mai aveam nici urmă de intenție să termin facultatea. Eram un nebun cu o singură obsesie: să termin de scris antologia de povestiri. De teama c-aveam să fiu certat de gazda mea și de H., le tot spuneam că voi fi cu siguranță pregătit să absolv la anul. O dată pe săptămână îmi puneam pe mine uniforma de student

1. *Bannen* (*Ani de amurg*) este primul volum publicat de Dazai, o antologie de povestiri și nuvele, apărută în 1936.

și plecam de-acasă. Mă duceam la bibliotecă, mă uitam la o carte, două, le-aruncam cât colo, ațipeam puțin sau mai mâzgăleam scheletul vreunei alte povestiri, și de cum cădea seara mă duceam înapoi la Amanuma. Nici H. și nici gazda nu suspectau nimic. La suprafață totul părea în ordine, dar pe interior eram într-o grabă constantă. Orice secundă era importantă. Voiam să termin de scris mai înainte să se oprească cei de acasă din a-mi trimite bani. A, dar ce luptă era! Scriam ceva, și-apoi aruncam la coș. Acel demon îmi ronțăia neîncetat până la măduva din oase.

A mai trecut un an și eu tot n-am absolvit facultatea. Toți cei din familie erau furioși, dar eu le-am oferit din nou rugămintea bine-știută. La anu' aveam să termin fără greș, i-am mințit fără pic de ezitare. Nu vedeam nici o altă metodă de-a menține fluxul banilor. Nu puteam să mărturisesc nimănui adevărul adevărat. Nu voiam să-mi fac complici. Voiam numai să fiu considerat arhetipul fiului risipitor, care face totul de unul singur. Eram convins că numai așa puteam să-i protejez pe cei din jur de la a fi ei înșiși implicați. În fond, nu puteam să le spun, pur și simplu, mai am nevoie de înc-un an ca să-mi termin scrisoarea de sinucigaș. Iar să fiu etichetat ca mulțumit de sine sau visător poetic nu-mi doream chiar deloc. Ca să nu mai vorbim de faptul că, de le spuneam așa ceva, atunci cei de-acasă chiar n-ar mai fi avut încotro și ar fi fost nevoiți să îmi blocheze sursa de venit, indiferent dacă își doreau așa ceva sau nu. Pentru că, dacă-mi știau adevăratele intenții și continuau să mă sprijine financiar, atunci s-ar fi trezit acuzați de cei din jur că mă ajută să mă sinucid. Nu puteam să le fac așa ceva. Eram obligat să-i mint, să joc până la capăt rolul fratelui viclean și trădător, sau cel puțin așa vedeam eu lucrurile, un raționament construit cu absolută seriozitate. Așa că, o dată pe săptămână, îmi puneam uniforma pe mine și mă duceam la școală. Era minunat cum H. și tipul de la ziar erau convinși c-aveam să termin facultatea cât de curând. Mă forțam singur într-o capcană fără ieșire. Zilele treceau una după alta, la fel de întunecate. Nu sunt o persoană rea! A-i înșela pe alții înseamnă să trăiești în iad.

Din primăvară, cunoștința mea hotărî că nu îi mai era convenabil să locuiască în 3-chōme pentru a ajunge mai eficient la birou, și își găsi o altă locuință în spatele pieței din 1-chōme. Era lângă Gara Ogikubo. Ne-a invitat și pe noi să ne mutăm cu el și am închiriat o cameră la etajul noii locuințe. Noapte de noapte mă chinuiam să adorm. Beam sake ieftin. Tușeam cu cantități enorme de flegmă. Mi-a trecut prin minte că poate mă-mbolnăveam de ceva, dar îmi păsa prea puțin ca să mă gândesc prea mult la așa ceva. Nu-mi doream decât să văd prădalnicul de volum din plicul acela mare terminat odată. O idee egocentrică și pretențioasă, desigur, dar îmi spuneam că, dacă las acel volum în urmă, aceea va fi scuza mea pentru toți cei din jur. Era singurul lucru pe care gândeam că-l pot face pentru ei. Cam pe la finele toamnei, părea a fi încheiat. Din cele douăzeci de texte, am ales paisprezece și le-am aruncat pe restul. Un teanc de hârtii cât să umple o servietă. Le-am dus în grădină și le-am dat foc.

— Da' de ce? De ce le-ai ars? m-a-ntrebat H. în seara aceea pe neașteptate.

— Pen' că nu-mi mai trebuie, i-am zâmbit eu.

— Da' de ce le-ai dat foc? a insistat ea, plângând.

Mi-am început pregătirile finale. Am returnat toate cărțile pe care le împrumutasem și mi-am vândut scrisorile și carnetele de notițe unui negutător de vechituri. Apoi, am pus două scrisori în plicul cu *Ani de amurg*. Eram pregătit acum. Gândul de-a petrece timpul singur cu H. mă-nspăimânta, așa că plecam seară de seară la băut. Sake de mân-a treia.

Cam în același timp, se întâmplă că un amic vechi din perioada școlii mă întrebă dacă m-ar fi interesat să pornesc o mică revistă literară independentă împreună cu el. Nu-mi păsa cine știe ce, ca să fiu sincer. I-am răspuns că da, dar cu condiția să numim revista *Floare albastră*. Și uite-așa, o poantă oarecare s-a transformat în realitate. Ni s-au alăturat alții ca noi de prin toate colțurile. M-am apropiat bine de tot de doi dintre ei. Așa mi-am consumat, dacă vreți, ultima dintre pasiunile tinereții mele. Un dans nebun în ajun de marea trecere. Ne-mbătam împreună și-i torturam cumplit cu vorbele pe amărâții de studenți din jurul nostru. Și ne iubeam în draci cu muieri decăzute, de parcă erau carne din carnea noastră, sânge din sângele nostru. În doi timpi și trei mișcări, nu mai rămăsese nimic din garderoba lui H. *Floare albastră*, o revistă de litere și arte, a apărut în decembrie. Sătui de direcția noastră nebună și înnebunitoare, toți ceilalți membri din redacția dispărură după primul număr. Nu mai eram decât noi trei. „Cei trei nebuni“, cum ni se spunea. Dar acum eram prieteni la cataramă. Prieteni pe viață. Am învățat enorm de la cei doi.

Până să-mi dau seama, a venit din nou luna martie. Perioada examenelor de licență și a absolvirii. Prefăcându-mă că totul era cum se cuvine în fața lui H. și a persoanei cu care locuiam, m-am apucat să-mi caut de lucru pe la ziare, ca și cum anticipam să termin facultatea. Făceam glume tot timpul despre cum aveam să mă angajez la ziar și să devin reporter pentru a duce o viață normală și mediocră, și toți cei din casă râdeau cu lacrimi. Sigur că minciuna mea avea să fie dezvăluită în cele din urmă, dar cel puțin deocamdată mă străduiam să mențin o iluzie de pace și armonie în casă, chiar și dacă numai pentru încă o zi, încă o oră, o secundă. Nu-mi convenea deloc gândul că aveam să le provoc tuturor un asemenea șoc, așa că jucam teatrul cu acea minciună de parcă era o chestiune de viață și de moarte. Făceam din nou ceea ce făceam de obicei: mă înfundam singur din ce în ce mai adânc într-o gaură din care nu aveam cum să mai ies, gândindu-mă în același timp la propria-mi moarte. În cele din urmă, totul avea să fie expus drept o minciună sfruntată, iar șocul și furia vor fi și mai abitir amplificate de acest întreg joc al decepției, nu puteam în ruptul capului să le stric tuturor buna dispoziție spunându-le adevărul și continuam să mă afund din ce în ce mai adânc în iadul pe care îl creasem de unul singur cu minciunile mele. N-aveam nici cea mai mică intenție de a mă angaja la un ziar și nu aveam nici urmă de șansă de a trece examenele de licență.

Întreaga fundație a imposturii mele avea să se prăbușească cât de curând. Era vremea să mor. Pe la mijlocul lui martie m-am dus la Kamakura de unul singur. Aveam de gând să mă spânzur undeva în munți acolo. Era 1935.

Cinci ani se scurseră de când dădusem naștere întregului tărăboi când mă aruncasem în ocean tot la Kamakura. Știam să-not bine și nu mi-era ușor să mă înec, așa că mă hotărâsem acum să mă spânzur, despre care auzisem că nu dă greș niciodată. Eu însă am reușit cumva să mă umilesc și mai tare și să eșuez. Mi-am revenit și m-am trezit că încă mai respiram. Poate că aveam un gât mai gros decât alții... M-am întors la Amanuma ca prin vis, cu gâtul plin de zgârieturile roșii și dureroase lăsate de frânghie. Încercasem din nou să-mi decid singur soarta și dădusem greș. De-ndată ce-am ajuns acasă însă, m-am trezit parcă într-o nouă realitate, stranie și minunată. H. m-a întâmpinat la ușă și m-a mângâiat pe spate. Toți ceilalți mă tratau și ei cu compasiune. Slavă Domnului, slavă Domnului, se-ntrecea care mai de care să spună. Nu-mi venea să-mi cred ochilor, absolut uimit de bunătatea și de căldura tuturor. Frate-meu cel mai mare venise și el în grabă mare la Tōkyō. M-a mustrat desigur, dar am simțit în tonul vocii lui o afecțiune copleșitoare. Nu știu să mă fi simțit atât de minunat până atunci.

Mă aștepta însă o soartă complet neprevăzută. La câteva zile după acel incident, a început să mă doară rău de tot stomacul. Am strâns din dinți o zi și-o noapte fără să pot dormi și-am făcut tot posibilul să-mi atenuez singur durerea cu o sticlă de apă fierbinte. Când însă mi-am pierdut cunoștința, ai mei au trimis după doctor. Doctorul m-a îmbarcat pe loc, cu *futon* cu tot, într-o salvare și-am fost dus la un spital din Asagaya. M-au operat imediat. Aveam apendicită. Pe lângă faptul că nu chemasem doctorul imediat ce începuse să mă doară, mai pusesem și sticla cu apă fierbinte acolo, ceea ce înrăutățise situația. Infecția se întinsese până la peritoneu, și operație nu era una ușoară. A doua zi după operație, am tușit de mai multe ori cu cheaguri de sânge. Problemele mele cronice cu plămânii își făcuseră și ele din nou apariția, de data asta cu și mai multă putere. Eram mai mult mort decât viu. Până și doctorii își cam pierduseră speranța de a mă salva. Pacientul cel păcătos și incorigibil a început însă încet, încet să se facă bine. După vreo lună incizia de pe stomac se vindecase. Cum însă aveam acum o boală infecțioasă, am fost transferat la un spital în Kyōdō. H. nu m-a părăsit nici un moment. Povestea râzând că doctorul îi spusese nici să nu se gândească să mă pupe.

Directorul acelui spital era prieten cu frate-meu cel mare. Toți cei de-acolo îmi purtau o grijă specială. Am închiriat două camere de spital și ne-am mutat practic acolo, cu toate hodrobeiele noastre. Mai, iunie, iulie... Cam pe când venise anotimpul țânțarilor și ni se puseseră plase albe de țânțari peste paturi, m-am mutat, urmând sfatul directorului de spital, în Funabashi, aproape de țărm, în prefectura Chiba. Am închiriat o casă nouă în afara orașului. Aerul curat de acolo era menit să mă ajute să mă simt mai bine, dar se pare că nu era locul potrivit pentru mine. Treceam acum printr-o nouă încercare teribilă. În timpul internării din Asagaya devenisem dependent de un anumit analgezic. Îmi fusese dat mai întâi pentru a preveni durerile când mi se schimba pansamentul pe operație în fiecare dimineață și seară. În scurtă vreme însă, nu mai puteam dormi fără el. Eram oricum predispus la insomnie, și acum le ceream să-mi facă injecții cu acel analgezic în timpul nopții. Și, cum doctorii de acolo își pierduseră speranța că aveam să-mi revin vreodată, erau cât se poate de dornici de a-mi satisface dorințele. După ce m-au transferat la Kyōdō, l-am tot implorat pe directorul spitalului de acolo să continue să-mi administreze acel analgezic, dar el nu mă asculta decât poate o dată din trei ori când îl rugam. Nu mai aveam nevoie de medicament pentru a-mi ameliora durerea, ci numai pentru a-mi ușura rușinea și frica. Nu mai puteam să-mi suport amărăciunea din suflet. Când ne-am mutat la Funabashi, i-am cerut direct doctorului din oraș să-mi dea o rețetă pentru acel medicament, pe motiv că mă ajuta cu insomnia. Mai apoi, am reușit să-l forțez să-mi emită o adeverință pe baza căreia mi se putea administra direct de la farmacie. Până să-mi dau seama ce și cum, eram dependent irevocabil de acele injecții și nici nu mai aveam bani să mi le cumpăr. Primeam de la frate-meu nouăzeci de yeni pe lună pentru cheltuielile zilnice. I-am cerut o mărire a acelei stipendii, dar nu am fost surprins când m-a refuzat. Avea și el dreptate: ce făcusem eu pentru a-l răsplăti pentru sprijinul și afecțiunea lui decât să mă joc cu propria mea viață într-un mod absolut nechibzuit?

Când am început să reapar în Tōkyō în toamna acelui an, eram o epavă, dărâmat și cu mințile pe jumătate pierdute. Îmi amintesc însă totul, toate porcăriile pe care le-am făcut în perioada aia. Așa ceva nu se uită ușor. Eram cel mai josnic, cel mai mârșav tânăr din întreaga Japonie. Ori de câte ori mă duceam la Tōkyō era ca să împrumut zece, douăzeci de yeni. O dată, chiar am plâns la o întâlnire cu redactorul unei reviste literare. Evident, toți mă respingeau, enervați mai ales de insistențele mele lipsite de politețe. Chiar și-așa, aveam motive să cred la vremea aia că aș fi putut să vând câteva dintre piesele pe care le scrisesem. Pe când eram internat la spitalele din Asagaya și Kyōdō, îi rugasem pe unii dintre amicii mei să mă ajute să public vreo două, trei texte din cele din plicul cu „notele sinucigașe" în reviste de prestigiu, iar reacțiile primite, atât laude, cât și critici, fuseseră copleșitoare pentru mine și mă făcură să mă simt chiar și mai tulburat și derutat. M-am scufundat și mai adânc în dependență și, mânat de disperare de diversele forme de agonie prin care treceam, intram ca nebunul în redacții și ceream cu obrăznicie să vorbesc cu un redactor, ba chiar și cu directorul publicației, pe care încercam să-l storc de un avans. Eram atât de orbit de propria mea suferință, încât nu mai eram în stare să conștientizez faptul că și cei din jur încercau să-și trăiască propriile vieți. Până la urmă, am reușit să vând toate povestirile din plicul meu. Acum nu mai aveam nimic de vânzare. Și nici să scriu ceva nou nu mai eram în stare. Îmi epuizasem tot materialul de inspirație.

Lumea literară mă considera un scriitor talentat, dar lipsit de moralitate, pe când eu credeam că e exact pe dos: aveam ceva urme de moralitate, dar eram complet lipsit de talent. N-aveam, sub nici o formă, ceea ce se numește „geniu literar". Nu știam nici o altă tehnică de scris decât să mă arunc cu capul înainte cu toată ființa. Sunt grosolan și nerafinat. Sunt unul dintre aceia care aderă cu o scrupulozitate eronată la etica rigidă de a-și câștiga propria existență, care disperă pentru că trebuie să urmeze acea etică și care sfârșește prin a se comporta în modul cel mai nerușinat și mai umilitor. Am crescut într-o familie extrem de conservatoare. A-ți face datorii față de altcineva era unul dintre păcatele capitale. Ca să mă achit de datorii, mă înglodam și mai tare în ele. Iar ca să-mi mai reduc din umilința pe care o simțeam, îmi creșteam dozele de droguri. Acumulam din ce în ce mai multe datorii la farmacie. Îmi amintesc cum într-o zi mergeam prin Ginza suspinând și scâncind ziua-n amiaza mare. Voiam bani. Împrumutasem bani – sau mai bine zis, storsesem – de la vreo douăzeci de persoane. Acum nu mai puteam să mor. Cel puțin nu până nu-mi plăteam toate datoriile până la ultimul șfanț.

Oamenii pe care-i cunoșteam mă evitau. La un an după ce ne-am mutat în Funabashi, în toamna lui 1936, am fost luat pe sus într-o mașină și dus la un spital din districtul Itabashi. Era un spital de boli nervoase și m-am trezit a doua zi de dimineață într-o cameră acolo.

Am stat o lună internat și am fost externat într-o dup-amiază însorită de toamnă. H. a venit să mă ducă acasă și ne-am urcat amândoi într-un taxi.

Nu ne văzuserăm de vreo lună, dar nu ne-am spus nimic. După o vreme, H. a fost cea care a rupt tăcerea.

— Sper că nu-ți mai trebuie droguri de-acu' încolo! mi-a spus, părând supărată.

— De-acu' încolo, nu mai am încredere în nimeni, am răspuns eu. Era singurul lucru pe care-l învățasem în spital.

— Foarte bine! Pragmatică, după cum îi era felul, H. îmi interpretase cuvintele ca însemnând ceva în legătură cu banii. A dat din cap cu emfază: Nu te poți baza pe nimeni.

— Nu mai am încredere nici în tine.

A părut pierdută și rănită de vorbele mele.

Când fusesem în spital, H. ne mutase lucrurile din casa din Funabashi și locuia acum într-un apartament din Amanuma 3-chōme. M-am instalat și eu acolo. Aveam contracte să scriu texte pentru două reviste și m-am apucat de scris din seara în care am fost externat. Am scris cele două piese, mi-am luat banii și am plecat la Atami, unde am băut în neștire vreme de-o lună. Nu mai știam ce să mai fac cu mine. Aveam să primesc stipendia lunară de la frate-meu vreme de încă trei ani, dar aveam atâtea datorii acumulate de dinainte de intrarea în spital, încât nu era chip să le plătesc. Avusesem de gând să scriu câteva texte bune de tot în Atami și să plătesc cel puțin datoriile care-mi stăteau cel mai mult pe suflet, dar n-am fost în stare să scriu nimic, cum n-am fost capabil nici să mă lupt cu jalea și dezolarea din jur, așa că n-am putut decât să beau. Eram deplin convins că n-aveam nici o valoare ca om. Tot ce-am reușit să fac în Atami a fost să-mi fac și mai multe datorii. Fără pic de valoare, orice-ncercam să fac. Eram complet învins.

M-am întors la apartamentul din Amanuma și-am zăcut acolo, lipsit de orice speranță. Aveam deja douăzeci și nouă de ani și nu realizasem nimic. N-aveam la viața mea decât un chimonou căptușit *dotera*. La fel și H., n-avea decât hainele de pe ea. Eram acum la fundul fundului. Trăiam ca niște insecte, în tăcere, complet dependenți de banii pe care ni-i trimitea lună de lună frate-meu.

Se pare însă că nu eram chiar la fundul fundului. Mai aveam până acolo și puteam să cădem încă și mai adânc. Primăvara devreme în anul următor, un prieten al meu apropiat, un pictor de influență occidentală, îmi făcu o vizită ca să-mi împărtășească ceva care mă luă prin surprindere. L-am ascultat simțind cum mă sufoc la auzul poveștii lui. Din păcate, H. mă înșelase.

Mi-am amintit cât de supărată păruse când i-am spus despre încredere atunci, în dup-amiaza aia în taxi, când am ieșit din spitalul ăla blestemat. Îi făcusem mult rău și ei, dar cel puțin intenționasem să rămân cu ea până în ultima mea zi. Cum însă sunt complet incapabil de a-mi exprima afecțiunea, nici H. și nici pictorul nu știau ce simțeam pentru ea. Iar acum, că știam ce se întâmplase, nu-mi era clar ce puteam face. Nu voiam să mai provoc nimănui durere. Eram cel mai în vârstă dintre noi trei și voiam să îmi păstrez calmul, pentru a găsi cea mai potrivită cale de mijloc pentru fiecare dintre noi, dar adevărul este că eram cât se poate de copleșit de întreaga poveste și m-am pierdut complet, mi-au dat lacrimile și-am început să tremur tot, parcă invitându-i pe cei doi să mă disprețuiască. Nu eram capabil să acționez. Pe măsură ce trecu timpul, pictorul se îndepărtă de întreaga situație. Iar eu, chiar și din adâncul propriei mele agonii, nu mă puteam abține de la a nu-mi părea rău de H. Începuse și ea să pară că voia să-și pună capăt zilelor. De cum simțeam că nu mai e nimic la care să sper, și eu mă gândeam constant la moarte. Să murim împreună. Ne va ierta și Dumnezeu, fără doar și poate. Din spirit de camaraderie, am plecat într-o excursie împreună, ca frate și soră mai degrabă decât ca iubiți. La băile termale de la Minakami. În munții de-acolo, am încercat să ne sinucidem împreună în noaptea aia. Eu însă eram hotărât să nu o las să moară și am luat precauții ca să mă asigur că nu va muri. A supraviețuit. Am supraviețuit și eu, fiind atât de inteligent, încât am reușit să greșesc din nou. Luaserăm somnifere amândoi.

Ne-am despărțit. N-am mai avut curajul să o țin lângă mine. Da, poate că o lăsasem baltă, cum ar spune unii. Asta e. Eu însă vedeam cu claritate iadul teribil care mă aștepta dacă continuam acea iluzie de perseverență în numele unui ideal umanist gol. H. s-a întors la țară să stea cu maică-sa. Nu mai știu ce s-o fi întâmplat cu amicul pictor. Am rămas singur în apartament. M-am obișnuit să beau *shōcchū*. Au început să mi se strice dinții și să-mi cadă. Fața mi se transformă într-o mască grețoasă și vulgară. M-am mutat la o pensiune de pe lângă apartament. Era o pensiune de cel mai jos nivel, dar mie mi se părea că mi se potrivește bine.

O ultimă privire arunc acum la lume
Din poartă cum mai stau sub lună
Câmpii de frunze moarte sub pași mi le adună
Brazii odată falnici făr' de nume.

Beam. Beam în neștire în cămăruța mea de patru *tatami* jumate. Iar când ieșeam afară, mă sprijineam de poarta pensiunii și bolboroseam pierdut versuri amestecate ca astea.

Toată lumea mă evita, cu excepția a doi sau trei prieteni buni de care îmi era greu să mă despart și care simțeau la fel despre mine. Treptat, am început să îmi dau seama ce credea lumea despre mine. O canalie ignorantă și arogantă, un imbecil, o javră vicleană și lascivă, un hoțoman care se crede mare geniu și care trăiește pe picior mare, când el n-are bani nici să se pișe-n centru, și care-i amenință constant pe cei din familie cu amenințări false că se sinucide. Îmi abuzasem soția cea virtuoasă și o ținusem ca pe-un câine sau pe o pisică, după care am dat-o afară din casă. Astfel de caracterizări batjocoritoare și disprețuitoare despre mine circulau de la o persoană la alta, iar eu eram ostracizat și tratat ca un paria, ca un lepros. De cum mi-a dat seama ce se întâmpla, am încetat să mai ies din casă. Închis în camera mea, în serile când n-aveam nimic de băut, ronțăiam la biscuiți din orez uscat cu sare[1] și citeam povestiri polițiste. Nu mai primeam nici o cerere de texte de la reviste sau ziare. Dar nici n-aveam chef să scriu. N-aș fi putut oricum. Pe de altă parte, datoriile acumulate în timpul cât

1. *Shio senbei*, în original.

fusesem bolnav... Nu mă bătea nimeni la cap să le plătesc, dar mă torturau până și în vise. Aveam treizeci de ani.

Care să fi fost oare momentul crucial pentru mine? Ce m-a făcut să continui să trăiesc, ce mi-a dat puterea aceea care pentru alții este un dat natural? Poate că a fost șirul de nenorociri care s-a abătut asupra familiei. Frate-meu cel mare a fost acuzat de fraudă electorală imediat după ce fusese ales membru în Dietă. De când mă știu, fusesem plin de admirație pentru fratele meu cel mare, un om de un caracter indubitabil și strict, care nu ar fi putut în ruptul capului să facă ceva ilegal, dar care fusese, cel mai probabil, păcălit de vreunul dintre asociații lui. Apoi, soră-mea cea mai mare a murit. A murit și nepotu-meu. Și un văr. Am aflat despre toate în mod indirect, pentru că nu mai comunicam cu nimeni de-acasă. Veștile despre toate aceste întâmplări începură să mă forțeze să mă ridic din propria-mi prosternare. Fusesem dintotdeauna extrem de conștient de mărimea casei noastre părintești și handicapul de a fi progenitura unui bogătan mă dusese în adâncurile disperării. Sentimentul acela de a avea toată acea bogăție fără vreun merit anume mă făcuse, încă din copilărie, un tip laș, pesimist. Eram de credința că toți copiii de oameni bogați sfârșesc într-un iad al lor, mare și complicat, potrivit exact după situația lor socială. Numai un laș ar încerca să scape. Eram un copil cu un destin nefericit și aveam să mor ca o consecință a acelui destin. Într-o noapte însă, mi-am dat seama că nu mai eram nici pe departe un copil de bani gata, ci eram, fără îndoială, la limita de jos a societății. În fond, n-aveam nici măcar ceva ca lumea de îmbrăcat. La sfârșitul acelui an nu mai aveam să primesc nici bani de acasă. Fusesem șters din registrul familiei[1]. Casa în care mă născusem și crescusem aproape că scăpătase complet. Nu mai aveam nici un privilegiu dat de nașterea mea în fața cărora alții să se simtă complexați. Nu aveam nici un strop de avere, ba dimpotrivă, aveam numai datorii. Pe lângă aceasta, îmi mai dădusem seama de încă un lucru. Anume că, așa cum mă aflam eu acolo, în cămăruța mea, lipsit până și de voința de-a muri, mă făceam din ce în ce mai sănătos și mai puternic, un element important care merită menționat în schimbarea care mă cuprinsese. Se mai putea vorbi desigur și de alte cauze, precum vârsta la care ajunsesem, războiul, o reașezare a istoriei, scârba pentru propriul meu abandon, sentimentul de micime în fața literaturii, existența lui Dumnezeu și multe altele, dar astfel de explicații a ceea ce schimbă o persoană complet par a fi goale cumva. Oricât de bine ni se pare că explicația se potrivește faptelor, rămâne întotdeauna parcă un pic de gol pe undeva, o minciună. Iar oamenii nu gândesc și nu analizează într-un fel predeterminat calea pe care apucă. În majoritatea cazurilor, merg și se trezesc pur și simplu într-o altă poiană.

---

1. *Koseki* (registrul de familie) este un document în care se înregistrează toate evenimentele de stare civilă din cadrul unei familii în Japonia și prin care se stabilește apartenența la o familie și se determină dreptul la cetățenia japoneză. În forma lui modernă, *koseki* a fost stabilit în 1872.

În vara aceea, a celui de-al treizecilea an al meu de viață, am început pentru prima dată să mă gândesc serios să-mi câștig existența din scris. Știu, destul de târziu... În camera mea goală, de patru *tatami* jumate, am scris cât am putut de mult. Când rămânea orez fiert în oala de la pensiune după ce mâncam de cină, îl luam pe tot și îl făceam găluști, în caz că mi se făcea foame când lucram târziu în noapte. Nu mai scriam bilete de sinucigaș acum: scriam ca să trăiesc. Un mentor al meu mă încuraja puternic. Și când toți ceilalți mă luau peste picior și mă disprețuiau, acest scriitor, singurul, mă sprijinea în mod tăcut și consistent. Trebuia să mă achit cumva de datoria pe care mi-e creasem față de el. Am terminat de scris *Aruncarea femeii*[1]. Era o relatare onestă a excursiei pe care o făcusem cu H. la băile termale de la Minakami pentru a ne sinucide. Am vândut-o imediat. Unul dintre redactorii pe care îi cunoșteam nu mă uitase și mă aștepta să-i mai dau texte noi. În loc să risipesc banii, mi-am răscumpărat chimonoul de la amanet și am pornit într-o călătorie. Munții din Kōshū. Acolo am vrut să-mi reafirm schimbarea de trup și suflet și să încep să scriu un roman lung. Am stat în Kōshū un an întreg, dar nu mi-am terminat romanul. Am scris însă și publicat mai mult de zece povestiri. Am început să aud voci încurajatoare din toate părțile. „Lumea literară“ era un loc

1. *Ubasute*, povestire scrisă de Dazai în 1939 și publicată în 1947 într-o antologie. Deși o scriere semiautobiografică, Dazai invocă în titlu practica medievală a țăranilor japonezi de a-și părăsi bătrânii pe munte când sărăcia nu le mai permitea să îi hrănească.

pentru care eram foarte recunoscător și ce binecuvântați erau cei care își puteau permite să locuiască în ea, mi-am spus. Nu la multă vreme după Anul Nou în 1939, mentorul meu a intervenit pentru a mă ajută să-mi găsesc o soție printr-o obișnuită căsătorie aranjată. Sau nu, nu era vorba chiar de o căsătorie aranjată obișnuită, pentru că mirele nu avea nici un ban în buzunar. Am închiriat o casă cu două camere în orașul Kōfu, unde plăteam șase yeni și jumătate pe lună. Am publicat, unul după altul, două volume de povestiri. Ne redresam și noi, încet, încet. Deși era o sarcină enormă, am început să-mi plătesc și din datoriile care-mi stătuseră pe suflet atâta amar de vreme. La începutul toamnei acelui an, m-am mutat cu soția mea în Mitaka, în afara Tōkyōului. Nu mai locuisem în Tōkyō din ziua în care plecasem cu o singură boccea din pensiunea din Ogikubo și o pornisem spre dealurile din Kōshū.

Acum trăiesc numai din scris. Când mă semnez în registrul de oaspeți pe la hanuri când călătoresc, scriu fără ezitare, la ocupație, „scriitor". De mai sufăr, nu vorbesc prea mult despre asta. Poate că sufăr chiar mai mult decât înainte, dar îmi port suferința cu un zâmbet pe buze. Proștii se reped să spună că m-am făcut „plebeu". Un soare enorm apune peste Musashino în fiecare zi, sfârâind și fierbând când se scufundă la orizont.

Așezat cu picioarele încrucișate într-o cameră de trei *tatami* de unde se vedea bine apusul, mâncam o cină fadă, când i-am spus nevestei-mii: „Sunt genul de om care n-o să fie niciodată nici bogat, și nici faimos. Dar să știi că am de gând să păstrez și să protejez casa asta a noastră." Atunci mi-e venit ideea să scriu *Opt scene din Tōkyō*. Imagini din trecut începură să se învârtă în jurul meu, de parcă erau umbre în lumina unui felinar.

Mitaka e în afara orașului, dar Parcul Inokashira din apropiere este considerat unul dintre cele mai frumoase locuri din Tōkyō, așa că nu mi s-a părut deplasat să includ apusul de soare de la Musashino în cele „opt scene". Acum nu mai am decât să hotărăsc care sunt celelalte șapte, m-am gândit, și-am purces să răsfoiesc prin albumul de fotografii pe care-l port în suflet. Am descoperit însă că pentru mine nu peisajele din Tōkyō aveau să devină artă, ci eul din acele peisaje. Să fi fost eu păcălit de artă? Să fi păcălit eu arta? Concluzia. Arta sunt Eu.

Sezonul ploios în Totsuka. Amurgul în Hongō. Festivalul din Kanda. Prima zăpadă în Kashiwagi. Artificiile în Hacchōbori. Luna plină peste Shiba. Cicadele, seara în Amanuma. Ginza iluminată. Cosmosul[1] la Spitalul de Boli Nervoase din Itabashi. Ceața, dimineața în Ogikubo. Apusul la Musashino... Amintirile erau ca niște flori întunecate dansând și lăsându-se spulberate de vânt, rezistând a fi puse în ordine. Și-apoi, nu e ideea în sine de a le limita la exact opt scene ceva vulgar și de prost gust? Aveam, de altfel, să asist la încă două, una în primăvara asta, și alta în vară.

Pe 4 aprilie anul acesta, i-am făcut o vizită ilustrului meu mentor, Domnul S., în Koishikawa. Îi provocasem destulă mâhnire acum vreo cinci ani când mă îmbolnăvisem și totul se sfârșise cu o ceartă aspră din

---

1. *Kosumosu*, în original.

parte-i, precum și cu ceva ce nu aș putea asemui decât cu o excomunicare. M-am dus anul ăsta de Anul Nou să-i fac o vizită de politețe, dar și să-mi cer iertare. Nu ne mai văzuserăm de atunci și mă duceam acum să-l rog să fie gazda unei petreceri prilejuite de publicarea unei cărți scrise de un bun amic al meu. Domnul S. fu de acord și am vorbit apoi despre pictură și despre scrierile lui Ryūnosuke Akutagawa și altele asemenea.

— Știu că am fost aspru cu tine, mi-a spus pe tonul lui obișnuit, încet și măsurat, dar mă bucur nespus să văd acum că rezultatele sunt cât se poate de favorabile.

Ne-am dus împreună până în Ueno cu un taxi. Am vizitat o expoziție de picturi în stil occidental. Cele mai multe nu erau prea reușite. Stăteam în fața uneia, când domnul S. veni din spate și, uitându-se cu atenție la pânză, spuse cu o oarecare detașare:

— Slăbuț, nu-i așa?

— Nu-i bun deloc, mi-am dat și eu cu părerea.

Era de pictorul lui H.

Am plecat de la muzeu și am luat-o spre Kayabachō, unde m-a dus la vizionarea privată a unui film, *Frumosul conflict*[1], și apoi am plecat spre Ginza pentru un ceai. Și-așa ne-am petrecut împreună întreaga zi. Când s-a lăsat seara, am mers împreună cu S. până la Gara Shinbashi, de unde mi-a spus că o sa ia un autobuz până acasă. Pe drum i-am spus despre planul meu de a scrie *Opt scene din Tōkyō*. Tocmai îi spuneam despre

1. *Utsukushii arasoi*, titlul japonez al filmului francez *Conflit* (*Conflict*, 1938) al regizorului Léonide Moguy (1899–1976).

apusul de soare peste Musashino, când domnul S. se opri pe podul din fața Gării Shinbashi.

— Ia uite aici, ce mai scenă, nu crezi? mi-a spus cu voce joasă, arătând spre Podul Ginza.

— A! m-am oprit și eu ca să absorb peisajul.

— Ce mai scenă! a mai spus el încă o dată, de parcă numai pentru sine.

Și asta trebuie inclusă printre cele opt, mi-am spus. Nu neapărat peisajul, dar cele două personaje care îl admirau, domnul S. și discipolul lui excomunicat și delicvent.

O altă scenă superbă mi s-a ivit în cale două luni mai târziu. Am primit o scrisoare prin curier special de la sora mai mică a soției. „T. pleacă mâine. Înțeleg că o să putem să-l vedem puțin în Parcul Shiba. Vino acolo mâine la ora nouă. Aș vrea să-i spui ce simt pentru el. Sunt o proastă, nu i-am spus nimic până acum."

Cumnată-mea are douăzeci și doi de ani și este atât de mică de statură, încât ar putea fi ușor luată drept o copilă. Anul trecut, după un aranjament formal, s-a logodit cu T., dar imediat după ce au schimbat darurile de logodnă, T. a fost recrutat în armată și trimis la un regiment din Tōkyō. M-am întâlnit cu tânărul soldat în uniformă la un moment dat și am stat de vorbă preț de vreo jumătate de oră. E un bărbat deștept, cu o minte alertă și cu maniere frumoase. Acum însă se pare că avea să fie trimis pe front.

La mai puțin de două ore după prima scrisoare, a mai venit încă una, tot prin curier special. „M-am gândit mai bine și mi-am dat seama că ți-am cerut ceva frivol. Nu-i nevoie să-i spui nimic lui T. Dar, te rog eu mult, du-te să-l vezi înainte să plece“, scria cumnată-mea.

Ne-a pufnit râsul pe-amândoi. Fata era în mod clar dată peste cap. Se mutase în casa părinților lui T. numai de vreo două, trei zile.

Ne-am sculat devreme a doua zi și am plecat spre Parcul Shiba. O mulțime de oameni se adunase în curtea templului Zōjō-ji, pentru a-și lua rămas-bun de la soldați. Am oprit un om în uniformă kaki care își croia drum grăbit prin mulțime și am aflat că regimentul lui T. se va opri în fața enormei porți a templului, Sanmon, dar numai preț de cinci minute, pentru o pauză mai înainte de a pleca mai departe. Am ieșit din zona templului și ne-am plasat în fața Porții Sanmon ca să așteptăm. N-a trecut mult și-au apărut și sora nevesti-mii cu un stegulet în mână, însoțită de părinții lui T. Îi întâlneam pentru prima dată. Nu eram încă înrudiți în mod oficial și eram complet inept când venea vorba de situații sociale, așa că nu m-am prezentat cum se cuvine. Mi-am înclinat ușor capul în direcția lor și m-am întors apoi către cumnată-mea.

— Ei, i-am spus. Cum te descurci? Ești calmă?

— A, bineînțeles, mi-a răspuns ea, râzând.

— Ce naiba, nu ești sănătoasă? s-a luat nevastă-mea de ea. La ce te hlizești așa aiurea?

O grămadă de oameni veniseră să-l vadă pe T. În fața Porții Sanmon se aflau șase pancarte mari cu numele lui. Toți muncitorii de la fabrica familiei veniseră să-l vadă și să-i ureze cele bune. M-am îndepărtat de toată lumea și m-am postat într-o parte a porții masive.

Mi se părea că sunt privit cu dispreț. Familia lui T. era extrem de bogată. Iar eu aveam dinți lipsă și eram îmbrăcat în ultimul hal. N-aveam nici pantaloni *hakama* pe mine și nici nimic pe cap. Scriitorul sărac. Ruda amărâtă a logodnicei băiatului, așa trebuie să mă fi privit părinții lui T. Când sora soției veni să vorbească cu mine, i-am făcut semn să stea departe de mine și i-am spus: „Ai un rol important de jucat azi. Lasă-mă pe mine. Du-te și stai cu socru-tău!“

Am așteptat o bucată bună de vreme până a apărut și detașamentul lui T. Se făcuse zece, unșpe, doișpe... Tot nu apăreau. Autobuze cu grupuri de eleve venite să viziteze Tōkyō treceau pe lângă noi. Pe ușa fiecărui autobuz era numele școlii de fete. Am zărit și numele unei școli de pe-acasă de la mine. Din câte știam, fata fratelui meu cel mare era la școala aia. Poate că-i și ea în autobuzul ăla, mi-am zis. Poate că, în timp ce autobuzul trecea pe lângă mine, s-o fi uitat plictisită la figura unchiului ei idiot cum stă nemișcat și pasiv în fața acelui măreț obiectiv turistic din Tōkyō, Poarta Sanmon, a Templului Zōjō-ji, fără ca măcar să-și dea seama cine era. Au trecut așa vreo douăzeci de autobuze și, de fiecare dată când trecea câte unul, ghida arăta în direcția mea și începea să explice ceva. Mai întâi m-am prefăcut că nu-mi pasă, dar apoi am început să pozez în diverse feluri. Mi-am încrucișat mâinile pe piept într-o manieră relaxată, care mă făcea să arat ca Balzac, și am început să simt că devenisem și eu un faimos obiectiv turistic din Tōkyō.

De-abia pe la ora unu s-au auzit strigăte: „Au venit, au venit!“, urmate imediat de zgomotul camioanelor încărcate cu soldați. T. știa să conducă și era la volan. Am rămas la coada gloatei și am privit totul de acolo.

— Cumnate? îmi șopti în ureche și mă împinse în față sora soției, care apăruse de nu știu unde lângă mine.

Trezit brusc din reveria mea, am văzut că T. coborâse din camion și făcea semne în direcția mea. Se pare că pe mine mă văzuse primul. Am ezitat pe moment și m-am uitat în jur până când mi-am dat seama că într-adevăr către mine gesticula a salut. Așa că m-am strecurat prin mulțime către el, cu fata ținându-se scai de mine.

— Nu-ți face probleme din pricina noastră, i-am spus. Ăsteia nu-i prea merge mintea, dar are o inimă de aur. N-ai de ce să-ți faci probleme. O să avem cu toții grijă de ea. Am spus toate astea fără măcar să schițez un zâmbet, un lucru absolut straniu pentru mine. M-am uitat la fată, care ședea acolo ca o stană de piatră, cu bărbia ridicată. T. s-a înroșit brusc, de parcă s-ar fi rușinat, și își ridică din nou mâna a salut.

— Tu n-ai nimic de spus? am întrebat-o pe ea, cu un rânjet pe buze acum.

Femeia și-a acoperit fața cu mâinile și-a zis:

— Nu, nimic.

Câteva momente mai târziu a sosit și ordinul de plecare. Am început să mă retrag încet în mulțime, dar cumnata m-a împins din nou în față. M-a condus către un locșor lângă cabina unui camion unde nu se aflau decât părinții lui T.

— Mult noroc, și nu-ți face griji! am strigat eu.

Tatăl lui T. s-a întors și s-a uitat la mine. Mi s-a părut că detectez o umbră de iritare în ochii acelui om aspru care părea să spună: „Cine-i intrusul ăsta prostănac?“ Dar nici eu nu m-am lăsat intimidat.

Nu era, de fapt, ultimul resort al mândriei unui om capacitatea de a declara că știe ce înseamnă suferința care te poate ucide? Nu aveam ce căuta în armată și eram sărac lipit pământului, dar nu era acum vreme de timidități. Eu, obiectivul turistic din Tōkyō, am strigat din nou și mai tare:

— Nu-ți face griji de nimic!

Și de-avea să apară vreo problemă cu privire la mariajul celor doi, mi-am spus că aveam să-mi fac o datorie de onoare, eu, paria social pentru care aparențele nu înseamnă nimic, din a mă lupta până la capăt pentru acest cuplu.

Cu această ultimă scenă de la Sanmon la Templul Zōjō-ji, am simțit că povestirea mea căpătase o formă completă, un arc întins perfect ca o lună în primul pătrar. La câteva zile, înarmat cu o hartă a Tōkyō-ului, cu stilou, cerneală și hârtie, am pornit plin de încredere către Izu. Ce-am făcut, oare, cu timpul petrecut în această stațiune de băi termale? Am venit de zece zile și, iată, sunt încă aici. Ei, poate că totuși fac eu ceva.

Osamu Dazai și teribila povară a condiției omului modern

Osamu Dazai[1] (1909–1948), pseudonimul literar al lui Shūji Tsushima, este bine-cunoscut publicului cititor din întreaga lume pentru explorările sale intens naturaliste ale naturii umane, bazate pe propriile sale experiențe. Biografia lui Dazai a exercitat de-a lungul vremii o la fel de intensă fascinație ca și opera sa literară, mai ales pentru cititorii săi din Japonia, și continuă să rămână o componentă majoră a recepției și perenității scriitorului. Moartea sa prematură din 1948 în urma unui dublu suicid (a patra încercare de acest fel) a contribuit la rându-i la admirația pentru personalitatea artistică și caracterul torturat ale unuia dintre scriitori japonezi deveniți emblematici pentru modul în care au tratat modernitatea, omul și societatea modernă în opera lor.

Romanele postbelice ale lui Dazai, *Shayō* (*Amurg*, 1947; tradus în românește încă din 1982 de Angela Hondru) și cel inclus în deschiderea acestui volum,

1. Am optat de-a lungul acestui volum pentru scrierea numelor japoneze după model occidental, cu numele mic în fața celui de familie. Tradiția japoneză însă este de a scrie numele de familie, și apoi cel mic.

Ningen shikkaku (*Decădere umană*, 1948) au stabilit imaginea postumă a scriitorului ca membru al unei mișcări literare numite *nikutai bungaku* (literatura carnalului), dar și al unui grup de scriitori numit *burai-ha* (decadenții). Pe lângă Dazai, alți corifei ai grupului au fost Ango Sagakuchi (1906–1955) și Sakunosuke Oda (1913–1947). Descriși de Dazai drept *libertins*, cu un cuvânt francez, scriitorii *burai-ha* erau rebeli, neconvenționali, decadenți și ireverenți când era vorba de a-și exprima vreo apartenență politică, dar și animați de o dorință adânc înrădăcinată de a se distruge pe sine, fie prin sinucidere, fie prin stilul de viață haotic.

Născut în satul Kanagi din prefectura Aomori, în partea cea mai de nord-est a insulei Honshū, insula principală a arhipelagului japonez, Shūji a fost al zecelea copil (din unsprezece) al unei familii înstărite, dar cu origini țărănești. Tatăl lui Dazai, Gen'emon, a făcut îndeajuns de multă avere încât să devină membru al Camerei inferioare a Dietei, parlamentul japonez, unde a rămas până în 1922. Deși în acel an averea sa i-a garantat un loc pe viață în Camera superioară, Gen'emon s-a stins din viață la numai câteva luni după aceea, în 1923. Din cauza activității lui politice și a grijii constante pentru creșterea și administrarea averii considerabile pe care o acumulase, Gen'emon a fost mai mult absent din viața tânărului Shūji. Bolnăvicioasă, mama scriitorului l-a lăsat în grija numeroșilor servitori și rude care locuiau în vila impunătoarea a familiei.

La puțină vreme după moartea tatălui, Dazai a intrat la liceul din Aomori, plecând astfel din casa părintească.

Acolo, influențat fiind și de înclinațiile artistice ale celorlalți frați Tsushima, a început să scrie și să publice texte literare atât în revista școlii, cât și în reviste literare, pe care le publica împreună cu frații mai mari, Bunji – absolvent mai târziu al faimoasei Universități Waseda și devenit un cunoscut om politic – și Keiji, sculptor în devenire. În 1927, Dazai a intrat la colegiul din Hirosaki, dar seria de succese academice și literare care îl convinseseră deja că va deveni scriitor i-a fost întreruptă de vestea morții marelui scriitor Ryūnosuke Akutagawa (1892–1927), un eveniment epocal, care a marcat nu numai parcursul vieții și carierei artistice ale lui Dazai, dar și ale unei întregi generații de artiști. Sinuciderea lui Akutagawa a declanșat o criză existențială pentru tânărul scriitor, una care îl va urmări pe tot parcursul vieții.

Era o perioadă de transformări profunde pentru Japonia, întreaga țară alunecând încet, dar sigur către militarism și autoritarianism după o perioadă de relativă democratizare de după încheierea Primului Război Mondial, o perioadă în care rolul intelighenției în general părea să se diminueze din ce în ce mai mult, iar sentimentul că modernitatea nu era, până la urmă, un fenomen de pe urma căruia societatea japoneză avea să beneficieze devenea prevalent, conducând întreaga țară în lungul război de cincisprezece ani împotriva Chinei și a Forțelor Aliate, începând din 1941. Dovada acestui sentiment este adesea oferită de scrisoarea lăsată în 1927 de către Akutagawa amicului său, scriitorul Masao Kume (1891–1952), înaintea sinuciderii, și intitulată *Aru kyūyū e okuru shuki* (*Notă pentru un amic*). Akutagawa indică acolo motivul pentru sinuciderea sa ca fiind „un vag sentiment de neliniște cu privire la viitor“, o formulă care va deveni iconică pentru criza modernității în Japonia. Privit de o întreagă generație drept *bunjin* (literatul) *par excellence*, moartea lui Akutagawa este adeseori privită drept motivul principal din spatele transformării politice sau artistice a multor scriitori japonezi de după el. Mai mult decât atât, a fost privită drept un manifest al înfrângerii literaturii și artei neangajate politic, al artei pentru artă, și drept un triumf al literaturii angajate, așa cum apare în eseul *Haiboku no bungaku* (*Literatura înfrângerii*, 1929) al criticului literar și activist comunist Kenji Miyamoto (1908–2007). Dazai, printre mulți alții, își va trasa destinul literar de la sinuciderea lui Akutagawa.

După ce s-a concentrat mai degrabă pe scris decât pe studii, Dazai s-a mutat la Tōkyō în 1930 și s-a înscris la cursurile Facultății de Limbă și Literatură Franceză de la Universitatea Imperială din Tōkyō, deși nu a prea dat pe la cursuri. O vreme a primit o rentă lunară de la familie, dar, în loc de studii, a preferat să se ocupe de scris și de activități politice în cadrul unei celule clandestine a Partidului Comunist Japonez, dar s-a dedat și vieții boeme din capitală. În același an a avut loc prima sa încercare de suicid, împreună cu o animatoare dintr-un bar, Shimeko Tanabe (1912–1930). Tânăra femeie a murit, Dazai însă nu.

Din acel moment, viața lui Dazai a intrat pe o pantă a decadenței și a dorinței de autodistrugere, care l-a dus la încă două încercări de a-și lua viața, dar și la scrierea mai multor volume de proză. Prin 1935 era clar că nu mai avea cum să termine facultatea, așa că a lucrat frenetic la completarea unui volum de proze scurte intitulat *Bannen* (*Ani de amurg*, 1936), pe care și l-a dorit un testament și un rămas-bun adresat lumii. Iar dacă în 1935 a eșuat din nou să se sinucidă de unul singur, în 1936 a făcut-o împreună cu soția, gheișa Hatsuyo Oyama (1912–1944), despre care aflase că îi fusese infidelă în timpul unei lungi spitalizări pentru o operație de apendicită, urmată de o luptă cu dependența de morfină. Cei doi au luat somnifere împreună, dar au supraviețuit, divorțând la puțină vreme după aceea.

Dazai a continuat să scrie povestiri și nuvele de-a lungul anilor 1940, multe demonstrând o din ce în ce mai atentă capacitate de observare a societății și naturii umane. Majoritatea scrierilor sale fac parte dintr-o categorie literară apărută în Japonia la începutul secolului XX sub inspirația și ca răspuns la naturalismul european, numită *shishōsetsu* (adeseori tradus în mod eronat drept „roman al eu-lui"), proză semiautobiografică, care pretinde să descrie cu acuratețe experiențe din viața personală a scriitorului. *Shishōsetsu* se bazează pe un contract nescris, o înțelegere tacită între scriitor și cititori, cei din urmă „vânând" voyeuristic adevăruri narative în text despre experiențele personale ale celui dintâi.

Dazai s-a recăsătorit cu o profesoară de școală gimnazială, Michiko Ishihara (1912–1997), cu care a avut trei copii, Sonoko, Masaki și Satoko. Sub pseudonimul Yūko Tsushima (1947–2016), Satoko va deveni una dintre cele mai remarcabile voci literare feminine ale Japoniei postbelice și una dintre cele mai reprezentative scriitoare ale categoriei *shishōsetsu*. Tuberculos, Dazai nu a fost recrutat pentru război și a continuat să publice, deși era constant sub observația serviciului de cenzură. Spre onoarea lui, nu a făcut compromisuri politice și nu s-a exprimat public în favoarea agendei militariste și imperialiste a Japoniei din timpul Războiului din Pacific, așa cum au făcut nenumărați alți scriitori și intelectuali ai vremii, preferând să se concentreze, ca și Akutagawa înaintea lui, asupra rescrierii unor teme și subiecte din literatura clasică, medievală sau din basme și folclor.

Scriitor deja faimos, anii de după înfrângerea Japoniei au fost unii dintre cei mai prolifici pentru Dazai. Va scrie acum unele dintre contribuțiile lui esențiale la literatura japoneză postbelică, nuvela *Viyon no tsuma* (*Soția lui Villon*, 1947) și cele două mari romane, *Amurg* și *Decădere umană*. *Amurg* este bazat aproape în întregime pe jurnalul personal al uneia dintre cititoarele și admiratoarele lui, Shizuko Ōta (1913–1982), cu care a avut o legătura amoroasă din care a rezultat o fiică în 1947.

Complet dependent de alcool, Dazai și-a părăsit familia în același an și s-a mutat cu Tomie Yamazaki (1919–1948), o cosmeticiană. Și-a completat romanul *Decădere umană* și începuse lucrul la un alt roman, rămas neterminat, *Guddobai* (*Goodbye*, 1948), când s-a sinucis împreună cu Yamazaki în iunie 1948, aruncându-se în Canalul Tamagawa. Trupul i-a fost găsit pe 19 iunie, când ar fi fost cea de-a 39-a lui zi de naștere.

*

Decădere umană rămâne una dintre cele mai cunoscute scrieri ale lui Dazai, un amestec de elemente autobiografice din viața autorului și de altele ficționale, care plasează acțiunea textului în Japonia anilor 1930–1940, deși angajarea Japoniei în războiul cu China este absentă din roman.

Narată la persoana întâi de către un protagonist identificat drept artistul Yōzō Ōba și care se referă la sine însuși prin pronumele masculin de persoana întâi *jibun*, romanul se folosește de convenția narativă a jurnalelor pentru a descrie parcursul tulburat și chinuit al vieții protagonistului. (Pe de altă parte, naratorul *Prologului* și *Epilogului* este identificat prin pronumele personal de persoana întâi *watashi*, pentru a-l distanța în mod clar de cel al jurnalelor, un aspect imposibil de redat în românește.) Plecat de la țară la Tōkyō pentru a face facultatea, Yōzō este atras de studiul artei și de viața boemă a capitalei. Împreună cu un alt artist aspirant, Masaki Horiki, tânărul se angrenează într-un trai de dezmăț, beții și consum de droguri pentru ca, aproape la fel ca și scriitorul Dazai, să încerce să se sinucidă de mai multe ori. Volumul este o meditație asupra condiției umane în lumea modernă, dar și un întortocheat *bildungsroman*, întors pentru a descrie nu evoluția, ci devoluția unui om prins în capcana convențiilor unei societăți, unei lumi pe care nu o poate înțelege și la care nu se poate adapta.

Titlul romanului este interesant pentru că, deși s-ar traduce prin „eșec uman“, „pierdere a calității de om“, „decădere“ și ar părea astfel să se refere la personajul principal, trimite, de fapt, la critica întregii societăți moderne, a omului modern, în general. Tragedia protagonistului nu este că nu poate deveni un element adecvat societății în care trăiește, ci că nu se poate imagina integrându-se într-o societate ale cărei reguli îi sunt incomprehensibile numai pentru a trăi o viață așa-numită „normală". El este „eșuat", „descalificat", „incapabil" ca om, pentru că nu se poate concepe pe sine ca membru al unei societăți ea însăși eșuată, destrămată și irelevantă. Nu individul Yōzō este problema aici, ci societatea umană în general, individul modern. Criza lui Yōzō este criza omului modern. De aceea am optat în acest volum pentru o traducere generală a titlului, una care să redea tocmai decăderea societății per total, nu numai cea a unui singur individ.

Ca și *Amurg*, *Decădere umană* a devenit o lucrare reprezentativă a literaturii japoneze de imediat de după război, generații întregi de cititori identificându-se cu mesajul ei puternic și sumbru despre inabilitatea de a trăi după convențiile sociale arbitrare numai pentru a fi „integrat" cum se cuvine în societatea modernă și a nu-ți atrage oprobriul celor din jur, cu toate că tocmai acea societate se dovedește complet indiferentă la soarta propriilor membri. *Decădere umană* a fost transpus în două filme, cel mai recent în 2019, în regia lui Mika Ninagawa, una dintre tinerele regizoare japoneze ale noului val.

Și, dacă în Japonia *Decădere umană* rămâne până în ziua de azi a doua cea mai vândută carte de literatură modernă după romanul *Kokoro* (*Kokoro*, 1914) al lui Natsume Sōseki (1867–1916), la nivel internațional, romanul a fost tradus în nenumărate limbi străine și se bucură de la fel de mult interes. Imediat după publicarea în volum în Japonia în 1952, a apărut și ediția engleză în traducerea lui Donald Keene, în 1958, pentru ca versiunea franceză a lui Georges Renondeau să apară în 1962, la fel ca și cea italiană (*Lo squalificato*) și cea spaniolă (*Ya no humano*), urmate de cea finlandeză în 1969, ultimele trei probabil traduse după versiunea engleză a lui Keene. Mult mai multe traduceri ale *Decăderii...* aveau să fie publicate după anii '90: în germană, rusă, spaniolă, chineză (unde sunt deja publicate trei versiuni diferite), coreeană, turcă, suedeză, portugheză, estoniană, poloneză, vietnameză și multe altele. Alte două traduceri în engleză au apărut în 2018 și 2020, ambele cu titluri diferite decât cel oferit de Donald Keene: *A Shameful Life* (Mark Gibeau) și *No Longer Human: Confessions of a Faulty Man* (Mary Fox). În limba română, pe lângă traducerea romanului *Amurg* menționată mai sus, povestirea *Hashire Merosu* (*Aleargă, Melos!*, 1940) a fost tradusă și publicată în anul 2000 de către Raluca Nicolae. Un set de volume traduse rapid și, din păcate, neglijent din opera lui Dazai a apărut de asemenea în 2022.

Volumul prezent include, pe lângă romanul *Decădere umană*, trei povestiri în maniera *shishōsetsu*, dar și o alta, unică în contextul operei literare a lui Dazai, *Joseito* (*Eleva*, 1939), în care protagonistul narator la persoana întâi este o adolescentă. *Eleva* este singura scriere în care vocea narativă predominant masculină în literatura lui Dazai este înlocuită – cu succes – de una a unei tinere femei (vocea unei femei, matură de data aceasta, este și cea a naratorului-protagonist din romanul *Amurg*). Cele trei povestiri *shishōsetsu* incluse aici au fost alese pentru a ilustra talentul narativ al autorului în abordarea altor subiecte semi (sau fals) autobiografice decât cele surprinse în *Decădere umană*.

Traducerea scrierilor lui Dazai poate să pună anumite dificultăți, deși stilul lui este destul de direct. Cu toate astea, mai ales în lucrările postbelice – iar *Decădere umană* este reprezentativă din acest punct de vedere –, Dazai are tendința de a se lansa în fraze lungi și foarte lungi, unele de până la un paragraf, în cadrul cărora unele propoziții mai scurte par să urmeze propria logică semantică, cumva separată de restul frazei, și marcate numai de virgule. Mai mult, stilul lui Dazai în *Decădere umană* este dezlânat pe alocuri, unele idei pierzându-se înainte de completarea unei fraze, semn clar al declinului cognitiv și mental al autorului. Am încercat să mențin acest haos narativ în traducerea de față, tocmai pentru că este exemplar pentru Dazai în momentul scrierii romanului. Pe de altă parte, romanul este presărat cu nenumărate referințe, unele extrem de obscure, ancorate adânc în realitățile Japoniei anilor 1930. Acolo unde le-am putut găsi, am inclus explicații în notele de subsol, lăsând altele ca atare, pentru a menține parfumul de epocă. Versurile cântecelor din text au fost traduse păstrând atmosfera perioadei sau elementul folcloric, acolo unde a fost cazul.

În fine, într-o notă de subsol mai lungă am hotărât să ofer o explicație detaliată despre citarea falselor *Rubaiate* pentru că l-am găsit a fi un caz singular de istorie literară, care mi-a luat mult timp pentru a-l identifica și traduce corect. Ca și în cazul traducerilor de texte din cântece, și în cel al *Rubaiatelor* am făcut tot posibilul să redau versurile cu rimă, deși în japoneză rima nu joacă un rol în scrierea poeziei, ritmul, alternanța vocală/*mora* și accentul fiind elementele prozodice de bază. Nu pot decât să sper că am reușit, imperfect, cum altfel, să surprind atmosfera creată de acestea și alte versuri din roman.

*

Scriitor reprezentativ al modernismului literar japonez, adeseori asemuit și analizat împreună cu marele său model, Ryūnosuke Akutagawa, Osamu Dazai merită să fie mai bine cunoscut de către publicul cititor de limbă română. Popularitatea recentă de care se bucură personalitatea lui Dazai – devenit personaj de benzi desenate *manga* și de serial *anime* în *Bungō sutorei doggusu* (*Câinii vagabonzi ai literaturii*), create de Kafka Asagiri și rulând deja din 2012 – a adăugat o generație nouă de admiratori ai personalității și operei literare a marelui scriitor japonez. Deși acest volum nu este decât al doilea important al prezenței lui Dazai în limba română, este de dorit să nu rămână singular, tocmai pentru ca opera lui Dazai să își găsească locul cuvenit atât în conștiința cititorilor de limbă română, cât și în cea a criticii literare și a studiilor comparatiste de specialitate.

George T. Șipoș

Cuprins

La prețul de vânzare se adaugă 2%,
reprezentând valoarea timbrului literar.